威士忌海滩

Nora Roberts

[美] 诺拉·罗伯茨 著

梅静 译

Whiskey
Beach

漓江出版社

桂林

著作权合同登记号桂图登字:20-2013-220

图书在版编目(CIP)数据

威士忌海滩／(美)诺拉·罗伯茨 著;梅静 译.—桂林:漓江出版社,2015.11
书名原文:Whiskey Beach
ISBN 978-7-5407-7673-2

Ⅰ.①威… Ⅱ.①罗… ②梅… Ⅲ.①长篇小说-美国-现代 Ⅳ.①I712.45

中国版本图书馆 CIP 数据核字(2015)第 224889 号

策　　划:刘　鑫
责任编辑:刘　鑫
装帧设计:居　居

漓江出版社有限公司出版发行
广西桂林市南环路 22 号　邮政编码:541002
网址:http://www.lijiangbook.com
全国新华书店经销
销售热线:021-55087201-833

山东德州新华印务有限责任公司印刷
(山东省德州市经济开发区晶华大道 2306 号　邮政编码:253000)
开本:880mm×1 230mm　1/32
印张:15.25　字数:350 千字
2015 年 11 月第 1 版　2015 年 11 月第 1 次印刷
定价:49.80 元

如发现印装质量问题,影响阅读,请与承印单位联系调换。
(电话:0534-2671218)

献给我的儿子和女儿们。

谢谢他们给予我的，以及随之而来的一切。

绿龙、光明、黑暗，

满是毒蛇的大海。

——詹姆斯·艾尔劳埃·弗莱克

黑暗

芸芸众生

都在无声无息的绝望中度日。

所谓的听天由命

更是确定无疑的绝望。

——亨利·大卫·梭罗

第一章

大雨夹着雪花，漫天飘洒。布拉夫府的影子透过阴冷的雨雾，在南面峭壁传来的明灭强光中，长长地漫过威士忌海滩，岿然不动地迎向冰冷狂暴的大西洋。

它说："只要你在，我就在！"

三百多年来，尽管经历过一两次整修，这幢雄伟的三层府邸仍矗立在崎岖的海岸上，透过幽暗的窗户，凝望汹涌澎湃的大海。

曾经，它只是间小石屋。现在，还贮藏在这里的一些工具和园艺用品仍述说着它最初的简陋，述说着那些敢于跨越凶猛无常的大西洋，坚持在这片砾石遍地的新大陆开创新生活的人们。如今，绵延不绝的金色沙堤，蜿蜒的山形墙，和用当地石材建起、早已被风雨侵蚀的大阳台，都昭示着它昔日的辉煌。

它挺过了肆虐的风暴，任凭人情冷暖、人心叵测；它经历了繁华光景，也扛过了艰难时世。

在这方院墙里，兰登家族度过了一代又一代。他们在这里出生，又在这里死去；在这里欢笑，也在这里悲伤；在这里描画未来、茁壮成长；在这里繁荣，也在这里凋亡。

有时，它像马萨诸塞州那片礁石林立、大气恢弘的北海岸一样，被强烈的灯光照得雪亮；有时，它又蜷着身子，隐匿在黑暗里。

它已矗立很久。如今，它只是布拉夫府。一幢以昂然之姿，立于这片大海、这片沙滩，以及威士忌海滨区的府邸。

过去那可怕的十一个月，已经完全颠覆了伊莱·兰登的生活。对他来说，这里即便不是避难所，也是他唯一的容身之地。

他几乎认不出自己了。

从波士顿一路往北，在湿滑的公路上开了两个半小时，他已筋疲力尽。然而，他不得不承认，大多数时候，疲惫都像情人一般，拼命取悦于他。于是，他依然坐在屋外。黑暗中，大雨夹着雪花，狠狠地刮过挡风玻璃和车顶，可他还在犹豫不决：是咬咬牙进屋，还是就睡在车里？

傻透了，他想。几步外的大房子里就有舒适的床，当然不能干坐在这里。

可他又实在不想到后备箱里去拖行李，于是转而抓起邻座上的两个小包。包里装着手提电脑和一些生活必需品。

从车里爬出来时，雨雪劈头盖脸地砸了下来，大西洋呼啸而至的冷风，打破了表面的死寂。巨浪砸向岩石，拍过沙滩，隆隆声不绝于耳。伊莱从夹克口袋里掏出房门钥匙，踏上宽阔的石头门廊，躲进屋檐下。门廊前方那对巨大的双开门，是一百多年前用从缅甸进口的柚木雕琢而成的。

两年，差不多快三年了吧。他寻思着上次来这里的时间。他太忙。生活、工作，还有那场糟糕的婚姻，都让他抽不出任何周末或短暂的假期，驱车前来看看自己的奶奶。

当然，他是陪过她的。永不服输的赫斯特·霍金·兰登每次到波士顿，他都会陪她。他会定期给她打电话、发电子邮件，或通过脸谱网和网络电话跟她联系。赫斯特应该已经快八十了，但还是会无比热情和好奇地接受科技与新事物。

他会带她一起吃饭、喝酒，记得给她送花、贺卡和礼物，并在圣诞节和重要的生日时，带着自己的家人，与她相聚。

可这些，他边开门边想，都不过是没抽空或者说没能挤时间回威士忌海滩，回到这片她最爱的地方，真正好好陪陪她的借口罢了。

他终于找对钥匙，打开了门。踏进屋后，他啪地按亮了灯。

他发现，她换了些东西。不过，奶奶勇于改变的心，跟热衷传统的心是一样的。这样很不错，她就适合这样。

多了些新的艺术品——色彩柔和的海景画和园艺作品，在深棕色的墙上显得格外分明。他一进门便扔下了包。好一会儿，他就那么四下环顾着富丽堂皇的门厅。

兰登瞥向楼梯。端柱上那露齿而笑的古怪滴水嘴，还是他弄来的呢。楼梯蜿蜒而上，分别向左右两侧弯出一个优雅的弧度，通向南北两翼。

卧室多得是，他想。只需爬上楼梯，随便挑一个就成。

不过，现在还不是时候。

他反而径直走向客厅。客厅高高的拱形窗正对着前花园。或者，也可以说那些窗子就是严冬张开的利爪。

奶奶已经两个月没回家，屋里却纤尘不染。圆木反射着青金石炉框的幽光，静静地躺在壁炉里，随时都可以点燃。奶奶赞不绝口的赫普尔怀特桌上摆着鲜花。三张沙发绕着屋子摆了一圈，蓬松舒适的靠垫似乎随时欢迎来人坐下。栗色的宽板木地面光亮如镜。

她让人来过，他寻思着，揉了揉隐隐有些发疼的前额。

她告诉过他这事了，不是吗？她说过要找人照看这里。她找了个邻居，帮着干繁琐的日常清洁工作。这话他没忘，只是近来常犯糊涂的脑子，一时间没想起这事而已。

现在，照看布拉夫府成了他的工作。他要料理这里，用奶奶的话来说，要保持这里的人气。她还说，这或许也能让他恢复点生气。

他拎起包，望了眼楼梯，接着便顿住了脚步。

奶奶就是在楼梯脚被发现的。一个邻居发现了她。是同一个邻居吗？那个帮她打扫清洁的人？谢天谢地，有人过来看她，发现她浑身淤青、头破血流地躺在那儿，早已不省人事。此外，她不仅断了一条胳膊、几根肋骨，髋骨骨折，还有些脑震荡。

她很可能就这么死掉的，他想。她那近乎顽强的生命力，让医生们都惊讶不已。家里没人会每天关照她，没人会想到给她打电话。如果她一两天没有音信，也不会有人——包括他自己——感到担心。

赫斯特·兰登独立、顽强、坚不可摧。

若没有那个邻居和她自身顽强的毅力，这场可怕的坠落事件，很可能就会要了她的命。

现在，她正在他父母家养伤。她要一直待到人们认为她足够强壮了，才能再回布拉夫府。要不然，就是他父母想到什么办法，把她暂时留在了那里。

他很希望她能回到这里，回到这幢她热爱的房子。然后，像往常一样，端杯马提尼坐到阳台上，遥望夜色中的大西洋。或在花园里漫步，兴许还支起画架，描摹一番。

替自己倒第二杯晨间咖啡时，他脑中浮现出她活力四射、坚忍不拔的模样，却不忍回想她遍体鳞伤、无助倒地的情景。

所以，他一定会尽力照料这里，直到她回来为止。他也定会让这屋子如以往的自己一般，充满生气。

伊莱拎起包，往楼上走去。尽管拜访这里的次数越来越少，间隔时间也越来越长，他还是挑了以往常住的那个房间。林赛讨厌威士忌海滩，也讨厌布拉夫府。他们的到访，往往都会引发一场让他左右为难的冷战——一边是礼貌僵硬的奶奶，一边是冷嘲热讽的妻子。

现在想来，所以他才采取了最简单的处理方式。他应该为此而内疚，为自己不再到这里来而内疚，为奶奶来波士顿时，自己却找借口没能多陪她一会儿而内疚。然而，时光无法倒流。

他走进卧室，发觉这里也摆上了花。眼前仍是柔和的绿墙，上面挂着奶奶的两幅水彩画。他一直都特别喜欢这两幅画。

他把包放在雪橇床床脚的一张长凳上，脱去外套。

这里一切如旧。窗下摆着一张小桌，宽大的中庭门直通向阳台，靠背扶手椅和小脚凳上盖着他曾祖母很久以前缝制的罩单。

长久以来的第一次，他突然有了，或者说几乎有了一种回家的感觉。他打开包，翻出盥洗包，接着又找了几条干净毛巾和几块贝壳香皂。浴室里弥漫着一股柠檬香。

他脱掉衣服，看也没看镜子一眼。不用提醒，他也知道过去这一年来，自己瘦了，还瘦了不少。他转向淋浴，站到喷头下，希望热水能带走一些疲惫。经验告诉他，如果筋疲力尽地上床，不仅睡不踏实，即便醒来，也会有种挥之不去的宿醉感。

踏出淋浴时，他从那堆毛巾中随手抓过一条，就开始擦头发。一丝柠檬香再次钻入鼻端。这潮湿的香气缭绕在他脖颈间。他那暗金色的头发，已经比二十岁出头时还长。但将近一年来，他都再没见过经常给他剪头发的恩里克。他几乎已经不需要剪一百五十美元一次的头发，或继续留着那些意大利西装和皮鞋了。

他已不再是那个衣着光鲜、拥有转角办公室、能迅速联系到高级合伙人的刑事律师。那个男人已经随林赛一起死去。而他，只是还未意识到这点而已。

他抖开跟毛巾一样洁白松软的羽绒被，钻进去，关掉了灯。

黑暗中，他能听见大海沉稳的咆哮声和雨雪砸在窗户上的嘶嘶声。他闭上眼，像之前的每个夜晚一样，期待能有几个小时，忘却一切。

他能期冀的，也就只有这几个小时了。

※

该死的，他简直要气炸了。在冰冷的大雨中一路驶来时，他就觉得，说到惹怒自己，绝对没人比林赛更内行。

那个该死的婊子！

显然，她的想法和道德观跟他认识的所有人都不同。他肯定，她不仅设法让自己相信，也让她那些朋友、她妈、她姐和上帝相信，两人婚姻恶化，全都是他的错。两人从婚姻咨询发展到临时分居，继而到打官司准备离婚的地步，也都是他的错。

她劈腿整整八个月。也就是说，她争取临时分居前五个月，就已红杏出墙！这他妈也是他的错！但不知怎地，他还是赶在签字离婚、让她把什么好处都捞走之前，发现了她的撒谎和欺瞒。

于是，两人都勃然大怒。他为自己当了这么久傻瓜愤愤不平，而她，则因东窗事发大为光火。

那天下午，两人在她兼职的画廊当众大吵一架，却无疑都是他的错。时机不对，也着实有失身份，这点他承认。可现在呢？他一点也不在乎了。

她如此难堪，仍旧都得怪他。在剑桥一家酒店的大厅里，他妹妹曾亲眼目睹他已分居的妻子跟另一个男人搂搂抱抱，走进电梯。

特里西娅或许等了一段时间，才把这事告诉他。不过，他没法怪她。这话毕竟太难启齿。他又消化了两天，才打起精神，雇了名私家侦探。

八个月，他脑中再次浮现出这个数字。她和别的男人在酒店、小旅馆，还有天知道什么地方同床共枕。不过，好在她还没蠢到在家胡来，不然，邻居们会怎么想？

也许，他不该仗着私家侦探的报告和一腔怒火，就到画廊找她算账。也许，两人都应理智些，不该从画廊一路吵到大街上。

但这般窘境，他们都得承受。

他只知道一件事：现在，对她来说，结果已经不会太过美好。一切都清清楚楚、明明白白，还有什么必要严格执行婚前协议？事情马上就会了结。等她从慈善拍卖会回来，就会发现他已经拿走在佛罗伦萨买的那幅画和他曾祖母的德科钻石戒指。至于那套他不怎么感兴趣，却也算得上传家宝的银质咖啡杯碟，她要是敢算作共同财产的话，他绝对会发飙。

她马上就会发现，自己又有一场新仗要打了。

这么做也许小气又愚蠢，但也可能合该如此。他无法在看穿这愤怒和背叛后，依然毫不在乎。暴怒之下，他把车停在了波士顿后湾区家中的车道上。他曾相信，对于已然出现裂痕的婚姻来说，这幢房子将是一个坚实的基础。他也曾希望，有一天，孩子们会在这里快乐成长。他和林赛为这幢房子添置家具，就各种细节再平常不过地展开讨论，并最终达成一致的那一小段时日里，这幢房子也曾弥补两人之间的那些裂痕。

现在，他们却不得不卖掉它，带着自己那一半可怜的财产离开这里。短期内，他宁愿租一套公寓，也不想再买房子了。

他从车里爬出来，钻进雨中时，心里还在想：也没必要再进行什么争论、辩驳或协商了。

向着前门一路小跑，他感觉到一阵轻松。再也没有冷战，没有更多可能性，也不必假装他的婚姻还有救，或应该被挽救了。

也许她那些谎言、欺瞒和不忠之举，也是帮了他一个忙。

现在，他可以心安理得、毫无遗憾地离去。

不过，走之前，他最好还是能带走那些属于他的东西。

他打开门，踏进宽敞优雅的门厅，然后打开警报器，输入密码。她要是改密码，他也带了身份证，上面有他的名字和这里的地址。他已经想好怎么应付警察或任何安全问题。

他就说妻子换了密码——事实也的确如此——他却忘了。

可她没换。这个事实让他既松了口气，又觉得受到了侮辱。她以为自己太了解他，笃定他不会在未经自己允许的情况下，踏进这幢也属于他的房子。他同意搬走，给彼此留点空间，所以他从未擅闯此地，也从未逼得太紧。

她肯定以为，他会继续该死地文明下去。

她很快就会发现，其实自己压根就不了解他。

他站了片刻，全神贯注地感受着屋中的宁静。一片中性色调里点缀着几抹张扬的亮色，各种新老样式巧妙交织，透出几分古怪的意趣。

他不得不承认，她很擅长这个。她知道如何表现自己、表现她的家，也知道怎么成功地举办派对。在这里，他们有过美好的时光，快乐、满足，无比融洽。他们有过水乳交融的性爱，也曾共度一个又一个慵懒的周日清晨。

情况怎么会变得如此糟糕？

"该死的。"他嘟囔了一句。

快些进去，然后赶紧出来，他对自己说。待在这屋里，就够让他沮丧的了。上楼后，他径直走进主卧外的客厅，发现行李架上有个装了一半的旅行袋。

他想，她想去哪儿，就他妈的能去哪儿。或许有情人相陪，或许没有。

伊莱集中精力，开始寻找他想要的东西。在壁橱里输入了保险箱的组合密码后，他直接跳过现金、文件和那一个个装着首饰的珠宝盒。这些珠宝要么是多年来他买给她的，要么就是她自己买给自己的。

只要戒指，他对自己说。只要那枚兰登家的戒指。他仔细翻找着保险箱，一看见那枚在灯光下闪闪发光的戒指，就一把揣进了夹克口袋。他关好保险箱，正要下楼，突然想起自己应该带点泡泡纸，或别的什么可以起到保护作用的东西，把那幅画包起来。

他决定抓几条毛巾，替画挡挡雨。于是，他从壁橱里拉出几张浴巾，便继续往前走去。

快些进去，然后赶紧出来，他又对自己说了一遍。他不知道自己到底有多想远离这幢房子，远离那些美好和糟糕的回忆。

他来到客厅，从墙上取下那幅画。画是他在度蜜月时买的，因为林赛对它如此着迷：耀眼的阳光下，橄榄树丛前的那片向日葵，是那般地质朴和迷人。

他一边用浴巾包画，一边回想着。在那之后，他们也买过别的艺术品：画、雕塑，当然还有更昂贵的陶器。这些都算共同财产，都可成为谈判内容。唯独这幅画，不行。

他把包好的画放在沙发上，伴着屋外呼啸的风雨，穿过客厅。她会不会正开车回来，好收拾完行李，连夜赶到情人那儿去？

"尽情享受这最后的时光吧。"他喃喃道。因为明天早上要做的第一件事，就是打电话给离婚律师，然后彻底摆脱婚姻这道枷锁。

从现在开始，他要直奔主题了。

他转进那个被他们改造成图书室的房间，按下电灯开关。冰冷的灯光唰地扫过房间。他看见了她。

雷声阵阵，他脑中霎时一片空白。

"林赛？"

他一个踉跄，又拍到了开关。眼前的一切简直令他难以接受。

她侧躺在壁炉前。血，白色大理石和黑色地板上，到处都是血。

她的眼睛，那双曾一度让他痴迷不已，犹如醇香巧克力的眼睛，已如玻璃般毫无生机。

"林赛。"

他蹲在她身侧，抬起地上那只似乎还在拼命往前伸的手。他发现，她已冰凉。

※

布拉夫府，伊莱终于摆脱这个反复出现、满是鲜血和震惊的噩梦，回到阳光下。

他迷迷糊糊地坐了一会儿，瞪大眼睛扫视了一遍房间，才随着渐渐平复的心跳，想起一切。

布拉夫府。他到布拉夫府来了。

林赛已经死了将近一年。后湾区的房子终究还是出售了。那场梦魇却如影随形地跟着他。即便现在，他也能觉出它的鼻息喷在自己脖颈间的感觉。

他推了下头发，想哄骗自己继续睡下去。可他知道，一闭上眼睛，他又会回到那间小小的图书室，回到被谋杀的妻子身旁。

可他又想不出一个下床的好理由。

他好像听见了音乐声，模模糊糊的，从远处传来。那该死的音乐是怎么回事？

过去的几个月他都住在父母家，所以早已习惯各种噪音：人声、音乐声，或电视发出的嗡嗡声。可这里不应该有音乐，或任何其他声音啊。这里只会有风声，或大海的声音。

是他打开了收音机或电视机之类的东西，结果忘了关？由于他长久以来的持续低迷，也不是头一次发生这种事了。

他想：好吧，这是个起床的理由。

因为没把包里的其他东西拿上来，所以他只得拽过昨天穿过的那条牛仔裤，抓起衬衫，边穿，边朝卧室外走去。

快走到楼梯口时，他觉得那声音不像是从收音机里发出来的。或者说，不仅仅是收音机里的声音。穿过大厅时，他很容易便听出那是阿黛尔的声音。不过，那里头又明显夹杂着另一个女人的声音。两股声音彼此交织，形成了一道热情洪亮的二重唱。

他循着声音，一路穿梭着，朝厨房走去。

厨房台面上摆着三个布购物袋，阿黛尔的那位合唱伙伴正伸手从其中的一个袋子里拿出一小把香蕉，放进那个已经装上苹果和梨的竹碗里。

这情景让他脑子都有点转不过弯来了。

她声音很大，却很好听。虽然没有阿黛尔那种魔力，但已经很不错了。她看起来就像个仙女，那种窈窈婀娜的仙女。

瀑布般的栗色卷发从肩头垂到深蓝色的毛衣上。她的脸……很特别。绞尽脑汁，他也只能想到这个词。她有双长长的杏眼，鼻梁和颧骨都很高，上嘴唇有些厚，但左边嘴角处的一颗小痣，却猛然让他觉出些许超凡脱俗之感。

或者，这种感觉不过是他那一团糨糊的脑袋和周围的环境引起的。

几枚戒指在她指上闪闪发光。鬓边的耳环左摇右晃。一弯月牙儿绕过她的脖颈。左手腕上，还有块又圆又白，宛如棒球的手表。

她从购物袋里拿出一夸脱牛奶和一磅黄油时，还唱得很是投入。接着，她转向冰箱，看见了他。

她没尖叫，却趔趄着往后退了一步，险些没拿稳牛奶。

"伊莱？"她放下牛奶，用带着戒指的那只手拍着胸脯说，"天哪，你真是吓死我了。"她有些上气不接下气，沙哑着嗓子笑了笑，脑袋一晃，就把那头卷发甩了回去。"你不是应该今天下午才到吗？我没看见你的车。不过，我是从后面进来的。"她一边继续说，一边指了指通向主阳台的那扇门，"我猜，你是从前面进来的吧。为什么不呢？你是昨天晚上开车来的吗？那会儿车要少些。不过，雨雪天，地面肯定很糟糕。

"无论如何，你总算到了。想来点儿咖啡吗？"

她看起来就像个长腿仙女，他又这么想着，而且，还有海之女神般的笑声。

她拿出香蕉。

他却只是目不转睛地看着她。"你是谁？"

"噢，抱歉。我还以为赫斯特已经告诉过你了。我叫阿布拉，阿布拉·沃尔什。赫斯特让我替你把屋子收拾好。我正把采购来的东西放进厨房呢。赫斯特怎么样了？我已经两天没跟她说过话，就发了些电邮和短信。"

"阿布拉·沃尔什，"他重复了一遍，"是你发现了她。"

"嗯。"她从袋子里挖出一包咖啡豆，开始往咖啡机里倒。那台咖啡机很像他过去在律所办公室常用的那台。"那天真是糟透了。她没来上瑜伽课。她可从来不缺席的。我打了电话，但她没接。于是，我就过来看看。因为替她打扫，所以我有钥匙。"

她拿出一个特大号马克杯，放在嗡嗡直叫的咖啡机壶嘴下，便继续摆放起食品杂货来。"我习惯从后门进来。我给她打过电话了，可——接着我就开始担心她会不会哪儿不舒服，所以就走了过来，想上楼看看。她就躺在那儿。我还以为她已经——但她还有脉搏。我唤她的时候，她还醒过来一会儿。我打电话叫救护车，因为不敢移动她，我就从沙发上扯了条毯子替她盖上。他们很快就来了，可那时候，我还是觉得就跟过了好几个小时似的。"

她从冰箱拿出一盒奶油，往马克杯里加了些。"在厨房台面上喝，还是去早餐桌上？"

"什么？"

"那就在这儿吧。"她把咖啡往台面上一放，"这样，你就可以坐下跟我聊聊天了。"他呆呆地盯着咖啡，她却笑了。"赫斯特说加点奶油，不放糖。我可没弄错，不是吗？"

"没错，没错。谢谢。"他梦游般挪到台面前，在凳子上坐下。

"你奶奶那么健壮、那么聪明、那么潇洒恣意。她是我的英雄。几年前，我刚搬到这儿时，她是我第一个真正结交的人。"

她就那样滔滔不绝地说个不停。她觉得，他听不听，都没什么关系。有时候，别人的声音也能成为一种安慰。而他看起来似乎很需要安慰。

她想起几年前，赫斯特曾给自己看过他的照片。那时的他笑容可掬，一双眼睛光彩四溢。兰登家的人都有双水晶般的蓝眼睛，只有虹膜周围带一圈暗影。现在的他，却一脸疲惫忧伤，而且也太过单薄了些。

她愿意竭尽所能，帮他渡过难关。

这么想着，她又从冰箱里拿出鸡蛋、乳酪和火腿。

"你同意留下来，她真是很感激。我想，要是布拉夫府一个人都没有，她一定会很沮丧的。她说，你在写一本小说？"

"我——嗯。"

"我读过几篇你写的短篇小说。我很喜欢。"她把一个煎蛋锅放在炉子上加热，然后趁这空当倒了杯橙汁，把一些浆果倒进小滤盆里清洗，然后又把面包放进了烤箱，"十几岁时，我写过一首蹩脚的情诗。尝试着为它谱曲时，竟然发现它变得更糟了。我热爱阅读，很佩服任何能将词组串起来，讲出一个故事的人。赫斯特很为你骄傲。"

他抬起头，正撞上她的目光。他觉得，那双绿眸宛如薄雾中的大海，也跟她其他地方一样超凡脱俗。

也许，她压根儿就不在这儿。

接着，她的手覆上了他的，虽然只有片刻，却温暖而真实。"你的咖啡都要凉啦。"

"是啊。"他连忙端起马克杯喝了口，感觉稍微好了些。

"你已经有段时间没来了，"她边继续说着，边把打好的蛋液倒进煎蛋锅，"镇上有家很不错的小餐馆，那家披萨店也还在。你现在的存货应该足够了，不过市场也还在老地方。你要是想买什么，又不想去镇上的话，可以告诉我。你要是出门，也想顺便来看看我的话，我就住在笑鸥小屋，你知道那儿吧？"

"我——嗯，知道。你——你替我奶奶干活？"

"因为她需要，所以我每周都会替她打扫一两次。我也给其他需要的人打扫。我每周开五次瑜伽课，一个晚上在我的小屋里进行，其他时候在教堂地下室。我说服赫斯特尝试瑜伽的那次，她立刻就着了迷。我还替人按摩。"她飞快地瞥了他一眼，"保健按摩。我有按摩资格证的。因为对很多东西都感兴趣，所以我做的事情可多了！"

她把鸡蛋连同新鲜浆果和烤面包盛进盘子，推到他面前，又加了条红色亚麻布餐巾和一套银质餐具。"我得赶紧走了，我已经有些迟了。"

她折起购物袋，塞进一个大大的红色手提包，接着穿上深紫色外套，围上绚丽的条纹围巾，把紫色羊毛帽往头上一套。

"后天九点左右再见吧！"

"后天？"

"我要来打扫。如果到时候你需要什么东西，我的手机号和我家的座机号都已经写在那边那块板上了。要是你出门散步的时候我正好在家，就过来坐坐吧。对了……欢迎回来哦，伊莱。"

她走向阳台门，接着又转过身，微笑着吩咐了声"快吃早饭"，便离开了。

他坐在那儿，望着阳台门发了会儿呆，才低头看向盘子。因为也想不到别的什么事可做，所以他还是拿起餐叉，吃了起来。

第二章

伊莱漫无目的地在屋里逛来逛去，迫切地想要找到方向。他讨厌这种漂泊无依、身心都无从寄托的感觉。曾经，他的生活有条不紊、目标明确。即便林赛的死让一切成了一团乱麻，他也还是有目标的。

努力让自己的下半辈子别在监狱中度过，就是个足够有力而明确的目标。

现在，这一威胁已越来越弱，那他还有什么目标呢？写作，他提醒自己道。他常常想，正是因为逃避到写作中去，他才没有疯掉。

可现在哪里才会给他安定之感？哪里才是他的根？布拉夫府吗？就这么简单？

他的童年和少年都是在这幢房子里度过的。多少个夏日，那诱人的海滩总是近在咫尺；多少个寒假或周末，他都在这里看着雪花积满沙滩和嶙峋的礁石。

多么单纯美好的日子！它们还在吗？他想起了那些沙堡，想起跟家人朋友一起举办过的海滨野餐会，和爷爷一起驾驶那艘漂亮的单桅帆船出航。他知道，奶奶仍把那艘船停泊在威士忌海滩码头。他还想起了那些吵闹拥挤、五彩缤纷的圣诞晚餐上，所有壁炉都噼噼啪啪，烧得正旺的模样。

他从未想过，自己也会如幽灵般在这些房间中游荡，苦苦追寻昔日的欢声笑语，或已然消逝的美好时光。

站在奶奶卧室里，他才猛然惊觉，尽管她改变了这幢房子里的某些东西，但这间卧室，无论画作，还是寝具，几乎都丝毫未变。

那张豪华四柱大床还在。当时，因为暴风雪和奶奶分娩过快，他父亲就诞生在这张床上。写字台上，闪闪发光的银质相框里，爷爷奶奶的那张合照也那般年轻漂亮、充满活力。那张照片是他们结婚当天拍的，距今已有半个多世纪了。从窗外望出去，依然是那片大海、那片沙滩和那条礁石嶙峋、蜿蜒曲折的海岸线。

突然，那个风雨交加的夏夜，像放电影般清晰地从他脑海中浮现出来。雷声隆隆，电光闪闪，吓得在布拉夫府过周末的兄妹俩惊恐万状地跳上了爷爷奶奶的床。

那时他多大？五岁，还是六岁？但所有画面都历历在目，就跟透过清晰的镜片看见的世界一样：电光闪闪的窗外，那张他必须赶紧爬上去的美好大床。还有他拖着吓呆的特里西娅跳上床时，爷爷响亮的大笑声。奇怪的是，那一刻，他竟突然觉得，爸爸在这般年纪时，原来跟爷爷如此相像。

那天晚上，他们简直跟参加了一场疯狂派对似的！那是天堂里在开摇滚音乐会。

即便记忆已经褪色，伊莱还是觉得心中更坚定了些。

他走向阳台门，弹开门锁，跨进寒冷的风中。

狂风挟着雪花，卷起浪涛滚滚。最远端的那片海角处，如新娘衣裙般洁白的灯塔，高高地耸立在一片嶙峋的礁石间。远远地，他看见大西洋中似有一个小点——是一艘乘风破浪的船。

船上载着什么？它要去往何方？

很久以前，他们经常玩一种首字母猜词游戏。比如，从字母 A 可以想到"苹果"（Apple）那个词。在伊莱看来，还可以想到"亚美尼亚"（Armenia）和"洋蓟"（artichokes）。

在刺骨的寒冷中瑟缩着肩膀的他，第一次露出了久违的笑容。

他从"比米尼群岛"（Bimini）想到"狒狒"（baboons），从"开罗"（Cairo）想到"椰子"（coconuts），从"丹麦"（Denmark）想到"牙线"（dental floss），直到再也看不见那个小点为止。

他又站了会儿，才回到温暖的屋里。

他得做点什么事才行。他应该出去把行李拿进来整理妥当，好好地住下来。

或许，也可以再等等。

他又走了出去，一路踱向三楼。他出生前，那里是仆人们住的地方。

现在，那里已变成储藏室。曾经女仆和厨子生活的拥挤之地，现在除了些盖着布帘、恍若幽灵的家具、柜子和箱子，大部分地方都空了。他依然漫无目的，于是穿过这些东西，朝靠海的那侧走去。这个山形墙上的房间有一面弧线优美、面朝大海的宽窗。

他想，这应该是大管家，或仆役长的房间。他虽记不清到底是谁，却知道这片土地，包括私人入口和阳台，都归这房间的主人管。

现在已经不需要那些人，也不必再布置和维修三楼，甚至不用再供暖了。他那务实的奶奶早在数年前，便关闭了这里。

或许，有一天，也会有哪位主管将这里改作他用。扯掉那些幽灵般的布帘，让这儿再度充满生机，变得明亮又温暖。

但此刻他能感觉到的，依然是空旷和冰冷。

他又朝楼下走去，继续四处闲逛。

他发现，还有些东西，也不一样了。

奶奶重新设计了二楼的一间卧室，把它改造成一间办公室，或称"起居室"。他觉得，其实也可以叫它"书房"。往那张华丽的旧桌上摆一台电脑，再往房间里放一把阅读椅和一张沙发，改造便大功告成！他觉得，下午在那张沙发上打个盹，真是再合适不过了。这里也有她的画，有微风乍起、薄雾蒙蒙的沙丘，也有深蓝色花瓶里竞相怒放的粉红牡丹。

当然，这里也有一望无际的美景，就如在饥饿的灵魂前，铺展开的盛宴一般。

他走进房间，来到桌前，扯下显示器上的便利贴。

赫斯特说：

在这里写作吧。你为什么还没准备好？

转达者：阿布拉

他皱着眉，盯着便利贴看了一会儿，不确定自己是否欣赏奶奶让邻居转达心意的做法。然后，他攥着便利贴，四下环顾，看看窗户，甚至还看了看那间小浴室。如今，那里已成为堆放办公用品、亚麻布、毯子和枕头的地方。所以，那张沙发才有了安身之所。

再次体现了奶奶的务实精神。这幢房子有十几间卧室，虽然具体数字他记不太清了，但既然可以一物多用，又何必浪费空间呢？

他看着迷你冰箱玻璃柜门后的瓶装水和"激浪"①，连连摇头。说来惭愧，从大学起，他最喜欢的饮料就是"激浪"。

在这里写作。

是个好地方，他想。而且，写作这件事，似乎比整理行李有吸引力得多。

"好吧，"他喃喃道，"就这么办。"

他走进自己的房间，拿出电脑包，把键盘和显示器推向左边，给其他东西留出空间。反正都到这里来了，管他的，先来瓶冰镇"激浪"再说。他打开电脑，插上 U 盘。

---

① 百事公司旗下的一种饮料。——译者注。本书脚注均为译者注。

"好吧，"他又嘟囔了一句，"接下来该干什么？"

他边"咔咔"地拧开瓶盖，边调出文稿，迅速浏览起来。最后瞥了眼四周，他便一头扎了进去。

彻底逃离。

从大学时候起，写作就成了他乐于沉溺的爱好。而且，每卖出几篇短篇故事，都会给他带来些许成就感。

过去的一年半里，生活逐渐变得糟糕透顶。他发现，比起接受五十分钟的心理咨询，写作的治愈效果反而更好，至少能让他保持更清醒的头脑。

他可以躲进自己创造的世界。从某种程度上来说，这是个他可以掌控的世界。奇怪的是，比起在外面的那个世界，他在这里反而更加自在。

他又写了起来。从某种程度上来说，他写的都是自己熟悉的东西——构思巧妙的法律惊悚小说。一开始是短篇故事，然后是现在这部他忍不住开始创作的长篇小说。这部令人毛骨悚然的小说让他有机会尽情玩弄法律，无论是使用法律，还是滥用法律，一切都取决于书中的角色。他可以随着晦暗不明、难以捉摸的情节，设置进退两难的困境和解决方案，始终如履薄冰般地游走于法律与正义之间。

他是因为法律才当上律师的。法律的瑕疵，以及所有错综复杂的阐释，都让他着迷不已。他无法像爸爸、妹妹甚至妹夫一样适合家族企业——兰登威士忌，也是他成为律师的原因之一。

他喜欢刑法。为了追求这个目标，他一心一意地从法学院毕业，然后为他仰慕和敬重的莱因戈尔德法官做文员。接着，他又陆续供职于布朗、金塞尔和舒伯特等人手下。

现在，他无疑在法律上一败涂地。只有通过写作，他才觉得自己还活着，觉得有些时候，真理还是能战胜谎言，正义还是能得到伸张。

从写作中回过神来时，天色已经转暗，浪涛的声音也缓和了下来。

他吃惊地发现已经三点多了。他竟然心无旁骛地写了将近四个小时。

"赫斯特又料对了。"他喃喃道。

他备份好文档，转向电子邮箱。删完成堆的垃圾邮件后，他发现也没什么别的非读不可的东西了。

于是，他转而给爸妈写了封邮件，然后用几乎同样的措辞，给妹妹也写了一封。无非是一路平安，房子看起来很不错，回到这里很高兴，正在安定下来之类的话。但对于反复出现的梦魇、心底的抑郁或替他煎蛋的唠叨邻居，他却只字未提。

接着，他给奶奶写了封邮件。

照你的吩咐，我来这儿写作了，谢谢！海面波涛汹涌，白浪翻飞。任谁都知道，肯定是快下雪了。房子看着不错，住进来更是觉得好。我都快忘记自己曾经对它是什么感觉了。真抱歉，别说不要再道歉，奶奶，真抱歉没能再来看你。不过，我对自己的歉意，几乎跟对你的一样多。

也许，我早该来布拉夫府看你，我应该把事情看得更清楚些，也应该学会接受和改变。如果这样的话，结果是否就不会如此糟糕？

我永远也不可能知道了。假设毫无意义。

但我能肯定的是，回到这里真是太好了。我会好好照看房子，直到你回家。好啦，我要去沙滩走走，然后回来把火生上。这样，一旦开始下雪，我就能好好地欣赏一番了。

爱你的

伊莱

噢，补充一句，我已经见到阿布拉·沃尔什。她真有意思。我不记得自己有没有感谢她救了心爱的你。但她下次来时，我一定记住这事。

发出邮件后，他突然想起，他不记得自己是否感谢过她，却清楚地记得，他没有付她买食品杂货的钱。

他用从抽屉里找到的便利贴写了张便条，贴在电脑显示器上。近来，他老是忘事。

老拖着不收拾行李也没什么意义，他对自己说。如果没别的事，他需要换掉这身已经穿了整整两天的衣服。他不能再让自己又踏上那条消沉的老路。

他用写作积蓄起来的力量，拖拖拉拉地穿上外套，才想起还得穿上鞋。接着，他起身去拿包。

一打开包，他就发现自己根本没用心收拾行囊。他几乎一套西装都不需要，更别说三套了。还有那四双礼服鞋和十五条领带。老天！都是习惯惹的祸，他对自己说，不知不觉，就把那些东西都装上了。

他挂起衣服，把领带折好放进抽屉，接着又把书叠放整齐，找出手机充电器和iPod。看着屋子里渐渐放上自己的东西，他的确觉得更安定了些。

于是，他打开电脑包，把支票簿连同自己非要带来的那堆笔都塞进了抽屉。那位邻居下次来打扫时，他一定要记得付钱给她。

现在，他得出去走走了。伸伸腿，锻炼锻炼，呼吸点儿新鲜空气。这些都是健康又有益的事。他已经向自己保证一定要做到，所以尽管不想努力，他也强迫自己付诸行动。即便就是在海滩上走走，也得每天都出门。不用想太多，也不能太过放纵。

他套上风雪大衣，把钥匙塞进口袋，赶在自己改变主意前，跨出了阳台门。

他顶着咆哮的狂风，费力地穿过人工铺就的小径。他打算接下来的十五分钟，就低着头、缩着肩，径直走向海滩。只要走出房子，就是胜利！他会朝一个方向闷头走上七分半钟，接着原路返回。

然后，他会升起一堆火，坐在壁炉前沉思。只要他想，还能端上一杯威士忌。

海风肆虐，刮过海草，掠过沙丘，带起阵阵沙旋。他跟奶奶提过那些犹如白马奔腾的浪花。此刻，冰冷狂暴的灰色洋面上，浪花一层又一层地翻卷着朝前涌去。每一次呼吸，空气都像碎玻璃般划过喉咙。

冬天宛如冰冷的芒刺，将威士忌海滩紧紧地扣在掌心。他这才想起，自己忘了戴手套和帽子。

明天走三十分钟吧，他跟自己打起商量，或者，每周随便挑一天，走上一个小时。谁说非得每天都走的？谁定的规矩？外面真是冷死了。天空层云密布。白痴都知道那些扬扬得意、翻卷不休的云朵，就等着倒下漫天大雪了。

而且，只有白痴才会顶着暴风雪，到沙滩上散步。

他一路走下满是黄沙的台阶，脑子里都只有咆哮的水声和风声。这么做真是毫无意义，他说服自己。正待转身往上爬时，他抬起了头。

那片青灰色的世界里，怒涛犹如破城槌，全力砸向岸边，裹挟着阵阵喊杀声毫不间断地冲击，声声不绝。流沙和岩石随着袭来的巨浪聚了又散、散了又聚。双方势均力敌，似乎永远也无法分出胜负。

不断翻腾膨胀的天空静静地注视着下方战场，仿佛在算计着何时放出它的武器。

于是，驻足而立的伊莱被如此可怕的力量和美丽深深地震撼了。这完全是力量造就的奇景。

然后，他顺着依然激战不休的战场，继续朝前走去。

除了他，长长的沙滩上一个人都没有。灌入耳中的，也只有凛冽的风声和愤怒的涛声。为抵御严寒，沙丘上的房屋和别墅的窗户都紧紧地闭着。目力所及，没人上下海滩前的台阶，没人站在断崖或绝壁之上，也没人站在突堤上，遥望毫不留情的阵阵怒涛。

此时此刻，他就跟鲁滨逊·克鲁索般独自一人，却并不感到孤独。

他发现，在这里，被这般强大的力量包围，根本不可能感到孤独。他要记住这种感觉，他向自己保证，一定要在下次找借口前，或再次试图名正言顺地封闭自己前，记住这种感觉。

他爱海滩。而他最爱的，依然是这片海滩。无论春夏，还是秋冬，他最爱风暴来临前的这里。人们一头扎进波涛、舒展身子躺在浴巾上，或坐进阳伞下的沙滩椅时，此处随之而来的蓬勃生机，也让他着迷不已。它洒满阳光，或被夏日黄昏轻吻的样子，都分外迷人。

他为何强迫自己远离此处这么久？不怪环境，也不能怪林赛。为奶奶，也为自己，他原本可以来，也应该来的。可他选择了更省事的做法，而非解释为何自己的妻子不来。他为她和自己找寻诸多借口，也在林赛非要去科德角和马撒葡萄园①，或计划到蓝色海岸②度个长假时，跟她争吵不休。

可更省事的做法并未奏效。他已经失去那样对他来说十分重要的东西。

要是现在不能把它找回来，除了自己，他也怪不得旁人。于是，他径直朝突堤走去。走着走着，他想起了刚上大学的那个火热夏日，那位跟自己调过情的姑娘；想起了他们父子俩虽然都不擅长，还是一起去钓鱼；他还想起了更遥远的童年里，和那些短暂夏日中结识的朋友们，趁着落潮在沙滩上挖海盗宝藏的情景。

好像叫埃斯梅拉达的嫁妆吧。那个古老而重要的传说称，一群海盗在一场激烈的海战中偷走宝藏后，遗失在了威士忌海滩。据说，那艘名叫"卡吕普索"号的著名海盗船，就是在布拉夫府脚下的暗礁群中失事的。

---

① 美国马萨诸塞州东南岸外海岛，曾为捕鲸和渔业中心，现以避暑胜地驰名。
② 地处地中海沿岸，属于法国东南沿海普罗旺斯—阿尔卑斯—蓝色海岸大区一部分。

多年来，他已听过各种版本的传说。孩童时代，他也跟小伙伴们四处寻找。他们挖过宝藏，当过寻找西班牙古银币、各类珠宝和银器的现代海盗。

不过，他们也跟其他人一样，只找到蛤蜊、沙蟹和贝壳。但那些早已逝去的明媚夏日里，他们都是很喜欢这些冒险的。

在他看来，威士忌海滩不仅美好，也对他大有裨益。和那些吐着白沫的淘气碎浪站在这里，他相信，自己很快就能再次受益于这片海滩。

他比计划中走得更远，也待得更久。但此刻往回走时，他想起炉火旁的威士忌，却觉得那是件令人欣喜的东西，是某种奖励，而非逃避，或某个陷入沉思的借口。

鉴于压根没考虑过午饭，他或许应该吃点东西。他突然发觉，自己早饭后就没吃过东西。他向自己保证过要长胖，要努力生活得更健康，这下又食言了。

所以，他一定要做顿像样的晚餐，并开始采纳那种更健康的生活方式。两件事他都必须办到。既然已经有个邻居帮他把厨房塞满了，那……

想到她，他抬头一瞥，便看见远处沙丘上，一片屋舍中的笑鸥小屋。它的护墙板蓝得犹如夏日晴空，在一片乳白色的房屋中显得格外醒目。他记得它以前应该是浅灰色的，但那处奇特的地形，还有那独峰状的山形墙、宽阔的天台和隆起的玻璃日光浴室，就是笑鸥小屋无疑。

他看见玻璃墙后灯光闪烁，驱走一切阴霾。

他决定现在就走上去，直接把钱付给她，就不用老惦记着这事了。然后，他可以从那边往家走，回顾一路上看见的房子，想想那些屋子里现在都住着谁，或曾经住过谁。

他脑子飞转，不禁有些雀跃起来。这下，回家之后可有话说了。他可以好好描述一番在海滩漫步的场景，然后谈谈回家途中顺道探望了阿布拉·沃尔什，还有重新粉刷后的笑鸥小屋看起来还不赖等等。

瞧，我并没有孤立自己，不仅关心家人，还走出屋门，跟朋友们联系。一切都再正常不过了。

他一边爬梯子，一边饶有兴致地构思起邮件内容。他转入一条光滑的鹅卵石小径，进入一个小庭院。庭院中灌木葱郁，还立着不少雕像：有蜷起尾巴的漂亮美人鱼，有弹奏班卓琴的青蛙，还有张石凳，凳腿是长着翅膀的仙女。他被眼前从未见过的景色镇住了，如此布置，真是很适合这座个性十足的小屋啊！因此，直到踏上门前的台阶，他才发觉日光浴室里有动静。

几位女士正慢慢从瑜伽垫上站起，摆出倒 V 字形的姿势。他觉得这种姿势跟下犬式没什么两样。因为柔韧性和技巧掌握程度有异，她们摆出的倒 V 字也各不相同。

大多数人都穿着瑜伽服——五颜六色的上衣和修身长裤。以前总去健身房时，他常在那儿见到这种衣服。但也有人穿运动服，还有些穿着短裤。

虽然有些人站不太稳，有几个还一副摇摇欲坠的样子，但所有人都朝前跨出了一步，慢慢起身，一条腿向前弯曲，另一条腿向后伸直，前后舒展双臂。

他顿时觉得有些尴尬，不由得朝后退去。退了几步，他这才发现，领操的是阿布拉。

她保持着那个姿势一动不动，头发往后扎成了马尾。深紫色上衣显得那双手臂纤长优美。石灰色的长裤紧贴着翘臀，长腿下的纤足涂着跟上衣一样的深紫色指甲油。

他一下子就着了迷。目不转睛地看着她带领众人缓缓起身，伸展手臂弯向头顶，旋转身子，抬起头来。

接着，她伸直前面那条腿，一步跨出，俯下身，头径直往下触到脚边的地面，另一只胳膊则高高举向天花板。她再次转动身子，没等他完全退走，她的头也转了过来，眼光一扫，便对上了他的眼。

仿佛他并非故意偷窥，也仿佛他早已期待良久。她笑了。

他朝后退去，做了个表示歉意的手势，她却已经直起身来。他看见她一边在垫子和众人间迂回穿梭，一边朝一位女士打了个手势。

现在该怎么办？

前门打开了，她的笑容再次出现在他眼前。"你好啊，伊莱。"

"真抱歉，直到走近，我才发现你在……"

"老天，真冷啊！快进来。"

"不用了，你不正忙着么。我只是随便散散步，然后就——"

"好啦，快进来吧，我都快冻死了。"她光着脚踏出门来，拉起他的手。

"你的手冷得跟冰一样，"她不由分说地用力一拉，"可别让这风冻坏了我的学员。"

别无选择之下，他只得踏进屋，好让她关上门。日光浴室里，新世纪音乐如水般缓缓流淌。他看见房间后面的那位女士又回到了那个前倾的动作。

"打断你上课，真抱歉。"他说。

"没关系，莫琳可以领着她们做。我们已经快结束了。我收个尾，你不如到后面厨房里喝杯红酒？"

"不用了，谢谢。"他几乎绝望地想，要是没心血来潮地绕到这里就好了，"我只是——出来走走。因为想起还没付你食品杂货的钱，就趁着回家，顺路过来看看。"

"赫斯特已经付过了。"

"哦，我早该想到这点的。那我随后跟她说。"

进门处一幅装裱好的铅笔素描让他微微闪了神。即便底部没有签上 H. H. 兰登，他也认出这是奶奶的作品。

他也认出了阿布拉。站成瑜伽树式的她挺拔苗条，宛如一支长矛，高举双臂，脸上满是微笑。

"这是赫斯特去年给我的。"阿布拉说。

"什么?"

"那幅素描。我说服她到课上来画素描,其实也想借此劝她锻炼。所以,爱上瑜伽后,她就把这幅画送给我作为答谢了。"

"真不错。"

直到阿布拉往后退了一步,迫得他只得往前一步时,他才意识到前者依然拉着自己的手。"利娅,放下肩膀,往后用力。这就对了。希瑟,下巴放松,很好。非常不错。哦,不好意思。"她对伊莱说。

"不,挡着路了,该道歉的是我。你快回去吧。"

"真不想来杯红酒?那热巧克力如何?考虑考虑?"她把另一只手也覆到他手上,来回摩挲着,似要驱走那片冰寒。

"不了,不了,谢谢。我得回去了。"她的手依然飞快地搓着自己的手,带来一阵几乎令人刺痛的温暖。这温暖再次强调了一个事实:他把自己冻得都要冷到骨头里了。"快——快下雪了。"

"这样的夜晚,最适合拿本好书,坐在炉火旁细细读。"她松开他的手,再次打开门,"那过几天再见。如果需要什么,打电话或直接来都行。"

"谢谢。"他快步走开,好让她关门,不至于散了屋里的热气。

她却开着门站在那里,目送他离开。

人们常说她心太软,太宽容。此刻,她心中就充满了同情。

她想,除了家人,已经多久没有旁人在严寒中给过他温暖了?

她关上门,走回日光浴室,冲莫琳点点头,接替了她的位置。

做完最后的放松练习,她发现外面果然如伊莱所说,大雪纷飞,绵绵密密地飘落下来。于是,她这方舒适之地顿时宛若雪花玻璃球里的小屋一般。

真是太完美了。

"记得喝水。"女士们卷垫子时,她拿起了自己的水壶,"明天早上九点十五分，一位论派①教堂地下室的《东西方碰撞》课上，我们再见。"

"我爱死那堂课了。"希瑟·洛克比抖开一头金色短发，"温妮，如果你愿意的话，我可以顺路过来接你。"

"那太好了，来之前先给我打个电话。"

"那个——"希瑟搓着手说，"他——就是那人吗？"

"什么？"阿布拉应了一声。

"刚才上课时来的那个男人，难道不是伊莱·兰登？"

这个名字立刻引来一阵低语。阿布拉觉得，一个小时瑜伽练习带来的好处，顿时荡然无存。她一下子收紧肩膀。"没错，就是伊莱。"

"我跟你说过的，"希瑟用胳膊肘捅了温妮一下，"我跟你说过，我听说他要搬进布拉夫府。他在屋里时，你真的还去打扫吗？"

"没人住的话，也不怎么需要打扫。"

"但阿布拉，你难道不害怕吗？我是说，他被指控杀了他妻子啊。而且——"

"希瑟，他已经洗脱嫌疑。难道你不记得了？"

"没有足够的证据逮捕他，并不意味着他就没罪。你不应该跟他单独待在那幢房子里。"

"媒体喜欢丑闻，尤其是有主流新英格兰家庭卷入其中，不乏性和金钱元素的丑闻，并不意味着他就不清白。"莫琳火红的眉毛顿时一挑，"希瑟，你不知道法律上那条老规矩吗？被证明有罪前，都是清白的。"

"他以前是名刑事辩护律师，可我知道他被开除了。多可疑啊！要我说，他如果没罪，怎么会被开除？而且，人们都说他是头号嫌疑犯。而且，有目击者听见他威胁他妻子。当天，她就被杀了。她本来可以在离婚中大赚一笔。况且，他又没啥事，干吗要回那儿去？"

---

① 一个否认三位一体和基督的神性的基督教派别。

"那也曾是他的家。"阿布拉说。

"可他已经搬出去了。我是说，有烟的地方……"

"有时候，有烟的地方，放火的也可能另有其人。"

"你就是太容易相信人。"希瑟伸出一条胳膊搂了阿布拉一下，关切之意虽溢于言表，却带着几分屈尊俯就的味道，"我也是担心你而已。"

"阿布拉看人很准的，我相信她能照顾好自己。"七十二岁的格蕾塔·帕里什边拉上她那件暖和实用的羊毛大衣，边说，"赫斯特·兰登如果对伊莱有丝毫怀疑，就不会向他敞开布拉夫府的大门。再说，伊莱不一直都是个彬彬有礼的小伙子吗。"几人中，格蕾塔算比较年长的一位。

"噢，那兰登太太真是可亲可敬。"希瑟又开口了，"我们会为她祈祷，希望她尽早痊愈，快点回家，但是——"

"没有但是，"格蕾塔一把拉下钟形帽，遮住满头灰发，"那个小伙子是这里的一员。就算他曾经住在波士顿，但作为兰登家的人，他就是我们中的一员。天知道他已经历了多少苦难。我不想看到这里的任何人再给他添麻烦。"

"我——我不是这个意思。"希瑟慌忙扫向众人，"我真的不是这个意思。我只是担心阿布拉，一时没忍住。"

"我相信你。"格蕾塔冲希瑟飞快地点了下头，"我相信，你没理由这么做。阿布拉，刚才的练习真不错。"

"谢谢。我开车送你回家吧，外面雪下得正大呢。"

"步行三分钟而已，我想，我还是能行的。"

女士们裹得严严实实的，陆续出了门。莫琳却在后面磨磨蹭蹭。

"希瑟简直蠢到家了。"莫琳说。

"多得是蠢蛋。很多人都会像她那么想，认为一个人只要被怀疑，就必定有罪。真是大错特错。"

"没错。"莫琳·奥·马利抱着水壶又喝了一口，一头张扬的短发就如她的眉毛般耀眼，"问题是，我不知道自己是否也这么想。我要是不认识伊莱，多少也会有些芥蒂的。"

"我都不知道你认识他。"

"他是我第一个亲热对象。"

"别急别急，"阿布拉立刻用两手食指指着她，"忍住。这可得先倒杯红酒，再慢慢聊。"

"别扭着我胳膊啊。好歹让我先给迈克发条短信，说要再待上半小时左右吧。"

"那你赶紧，我这就去倒红酒。"

莫琳待在舒适的客厅，一屁股坐进沙发。阿布拉则去厨房，挑了瓶穗乐仙。

"他说没问题。孩子们还没弄死对方，正为这场暴风雪欢天喜地呢。"她抬起头，微笑着接过阿布拉递来的红酒，后者也坐了下来，"谢谢。我可得好好补给一番，再回隔壁战场去喂那些士兵。"

"快说说亲热那事。"

"当时，我十五岁。他吻我了。那可是我的*初吻*。缠绵的舌，热切的手，粗重的喘息。我可要先说一句，他的唇简直是这世上最棒的，那双手也不错。首先，我也得承认，那双手抚上我胸部的感觉，真是太销魂了。"她拍拍胸口，啜了口红酒，"不过，这还没完。"

"细节，快说细节。"

"那天是七月四日。放完国庆烟花后，我们一群人在海滩上燃起篝火。我跟你说，得到这种应允可不容易。至少，以我的经验来看，我那些孩子们要想也有此特权，可得费上一番工夫。话说回来，天哪，他可真帅。伊莱·兰登从波士顿北上回到这里，要待整整一个月呢。我的眼睛简直没法从他身上移开。我顿时觉得，自己再也不是一个人了。"

"有多帅？"

"嗯……一头鬈发晒过太阳，每天都有几缕会变得浅一些。那双湛蓝色的眼睛分外迷人。他不仅笑容让人失神，还有副运动员般的好身材。我记得，他以前常打篮球。不是光着膀子待在海滩上，就是在社区活动中心赤膊打球。我真是禁不住要再感叹一声：哇……"

"可他瘦了，"阿布拉提醒道，"太瘦了。"

"我也看到一些照片，还有媒体的报道。没错，他现在真是太瘦了。不过，当年的那个夏天，他多帅啊！年轻、快乐、风趣无比。那个国庆日，我搔首弄姿地挑逗他。当然，也付出了代价。他第一次吻我时，我们正围坐在篝火旁。音乐开得震天响，有些人在跳舞，有些人泡在水里。事情一件接着一件，我们自然而然地就走到了码头。"

回忆让她叹了口气。"温暖的夏夜里，只有几对荷尔蒙分泌过剩的少男少女。事情并没有发展到一发不可收拾的地步。尽管知道爸爸肯定会反对，那仍然是我这辈子最兴奋的一次约会。现在看来，真是甜蜜又单纯。虽然荒唐，却依旧浪漫。碎浪、大海、月光、前方远远的乐声，两具半裸的身体温暖地纠缠在一起，第一次探索那未知的世界，品味那陌生的情潮，于是……"

"于是怎么了？"阿布拉倾身向前，双手连连画圈，催促道，"接下来怎么样？"

"我们回到了篝火旁。我想，他要是不带我回去，我们应该会更进一步的。但接纳另一个人进入自己的身体，那时候的我真没做好准备。所以，真有人触及到那步，你知道那种感受的吧？"

"哎，可怜的男孩。嗯，我知道。"

"但他停下了，之后，他还陪我走回了家。他回波士顿前，我们又见过几次，也唇齿纠缠，却再没第一次那种怦然心动的感觉。等他下次回来，我们都已经在跟别人约会了。之后，我们再没走到一起，至少不再有那种关系。他甚至可能早就不记得，那年国庆，自己曾跟一个红发姑娘在威士忌海滩码头下约会过吧。"

"我觉得，你把自己看得太轻了。"

"也许吧。我们要是在他来访时碰巧撞见，或许就能像你们那样，来场愉快的闲聊。我怀利亚姆，正挺着个大肚子那会儿，偶然在超市撞见他。伊莱还帮我把那些大包小包拎出车子。他是个好男人。我一直都这么坚信着。"

"你见过他妻子？"

"没有。我瞧见过她一两次，却从未打过照面。要我说的话，她非常美。不过，我觉得她不是那种会喜欢站在超市外跟人闲聊几句的人。有传闻说，她和赫斯特·兰登互相厌恶。他们结婚后，伊莱自己来过几次，也跟其他家人来过几次。之后，他就再也不来了。至少在我的印象中，没再来过。"

她看了眼表。"我得回家去喂那群横冲直撞的家伙啦。"

"也许你应该顺便去看看他。"

"这时候去，似乎有些冒昧，也会显得我太过好奇了吧。"

"他需要朋友。不过你说得对，也许是太快了些。"

莫琳把葡萄酒杯拿进厨房放好。"我了解你，阿布拉小仙女，你不会由着他沉沦太久的。"她拉上外套，"修复是你的天性。你会疗伤，温柔地亲吻那伤口。赫斯特叫你去照看他和那幢房子时，可是非常清楚自己在做什么的。"

"那我最好别让她失望。"莫琳拉开后门前，阿布拉给了她一个拥抱，"谢谢你告诉我这些。它不仅是个年少冲动的旖旎故事，也让我从另一个角度，多了解了他一些。"

"你也可以跟他来上一两场激吻。"

阿布拉抬起手："赶紧啦！"

"知道啦，知道啦。我就是想说，要是有机会的话——他的唇滋味真的不错哦！明天见！"

阿布拉站在门边，目送朋友匆匆穿过大雪。直到看见隔壁后门亮起灯光，她才关上门。她决定生上火，喝点儿汤，然后好好想想伊莱·兰登的事。

第三章

伊莱虽然不得不承认，自己或许真的没什么进展；可是，一天中最美好的时刻，他都在写书，都在这里创作。

他的大脑要是能一直保持兴奋，他就可以从睁眼之时，写到筋疲力尽。好吧，也许这么干不太健康，但至少颇有成效。

而且，雪一直到下午三点左右才稍微缓和些。他本发誓每天至少出一趟门，但在这两英尺深的积雪面前，也只得作罢了。

混沌的脑子实在想不出几个连贯的词语。于是，他干脆继续探索起这幢房子来。

客房都干净整洁，装着古朴的浴缸。他吃惊又迷惑地发现，北翼楼上原先的客厅，如今已摆上交叉训练机、力量训练器械和一台巨大的平板电视。他皱着眉，在屋里走来走去。架子上码着卷好的瑜伽垫，毛巾叠得整整齐齐，还有一大盒 DVD。

他打开盒子，翻看了一番。力量瑜伽？他的奶奶？真的假的？太极、普拉提……想被活活撕裂么？

奶奶真的会做这些？

他努力想象。他必须相信自己极具想象力，否则，就永远也别想靠写小说过上体面的生活。他努力想象素日画水彩画和素描，参加园艺俱乐部的奶奶举重的模样，却怎么也想不出来。

然而，赫斯特·兰登从不会无缘无故做任何事。他无法否认，房间里的布置和陈设，都是经过仔细思量和精心琢磨的。

众所周知，她每天都会走上三英里。或许，她觉得在像今天这样不宜外出的糟糕天气里，自己还是需要一个方便的锻炼之地吧。要弄好屋里的设备，她完全可以雇人。

不，她做任何事都不会毫无理由。而且，她也从不会半途而废。

他同样无法想象她跟着 DVD 碟片伸展劈叉的样子。

他闲闲地翻看着盒子里剩下的 DVD，突然看见一张用便利贴写的留言。

伊莱，定期锻炼对身体、头脑和精神都有好处。现在，少想点事，多出点汗吧！

爱你的

奶奶

（阿布拉·沃尔什将传达我的爱意）

"老天！"他都不知道该高兴，还是该尴尬了。奶奶到底跟阿布拉说了多少事啊？还能有点隐私吗？

他把手插进口袋，走向那扇面朝大海的窗子。

天空跟褪色的淤伤一般颜色，平静无波的大海依然是灰色的。巨浪重重地拍打着白雪皑皑的海滩，一口口地缓缓蚕食着那张涟漪微漾的白毯。白色的沙丘渐渐隆起，海草也如针垫上的针一般，直直地伸了出来，在风有力的大手下弯下腰去，瑟瑟发抖。

海滩前的台阶全被埋在了雪下，扶手上也落下一层厚厚的白雪。

地上一个脚印也没有，外面的世界空无一人。遥远的灰色洋面上，一个模糊的影子一跃而起，转眼便消失不见。他望着海鸥飞过雪地、飞过大海。白雪皑皑的无声世界中，他听见了它们欢快的笑声。

然后，他想起了阿布拉。

他回头一瞥，兴致缺缺地打量了那台交叉训练机一番。他向来不喜欢在一台机器上消耗英里数。如果真想出汗，他宁愿打球。

"没球，连个篮筐都没有，"他冲着空无一人的房间说，"外面的雪有几英尺厚。或许，我应该去铲铲雪。为什么不呢？反正也不打算去哪儿。"

他突然觉得，自己近一年来的问题，也能在这最后一句上体现一二。

"好吧，没关系。不过，我才不会做那奇奇怪怪的力量瑜伽。老天，那玩意到底是谁想出来的？或许，就在那该死的机器上跑几英里，折腾个十分钟或十五分钟吧。"

天气好时，他经常沿着查尔斯的慢跑道，跑上几英里。虽然最后才会考虑查尔斯健身房里的跑步机，他也在那上面花了不少时间。

所以，他一定能搞定奶奶这台小小的交叉训练机。

然后，他就能给她发邮件，告诉她自己已经找到那张留言，并乖乖照做了。她要是想跟他聊什么，就直接聊，没必要事事都拉上她那位瑜伽好友。

他带着与生俱来的厌恶情绪，走向交叉训练机，顺便瞥了眼平板电视。噢，不，不要电视。自从经常能在电视屏幕上看见自己的脸，听见那些争论他清白与否的评论，他就不看电视了。那些或真或假的言论，已经彻底摧毁了他的个人生活。

下次吧，如果真还有什么事的话。他边想边踏上训练机，掏出iPod。此刻，他不想再琢磨那事，它已经过去了。

他抓住扶手，一脚踩下，想先找找感觉。显示屏一闪，冒出奶奶的名字。

"哈！"他好奇地打量屏幕，那上面现出她的数据。

"哇，不错啊，奶奶。"

他发现屏幕上的日期正是她失足摔落的那天。最后的数据显示，她用五十八分三十二秒，跑完了三英里。

"不错，但我一定能打败你！"

他兴致勃勃设置好第二用户，敲入自己的名字。他先慢慢地动了会儿，当作热身，随后才全力踩踏起来。

十四分钟后，他才跑完一点二公里，便大汗淋漓、气喘吁吁地缴械投降了。他摇摇晃晃地来到小冰箱前，上气不接下气地抓了瓶水狂饮一通，就四仰八叉地瘫倒在地板上。

"上帝啊！老天哪！我竟连一个老太太都不如。真是可悲可叹！"

他仰望天花板，努力顺着气。腿上的肌肉因冲击和疲劳不住颤抖的感觉，真是让他倍感厌恶。

他还为著名的哈佛大学打过篮球呢。虽然六英尺三英寸的身高相对来说矮了点，但他的速度、灵活性和耐久力，已经弥补了这项劣势。

他曾经可是名运动健将，现在却虚弱无力，不仅体重过轻，动作也过于迟缓。

他想过回原来的生活。不，不对，这么说不太准确。即便林赛被杀那件噩梦般的事之前，生活也并非完美无缺，而是让他极为不满。

他想找回曾经的自己。可见鬼的，他不知道该怎么做。

他到哪儿去了？他已经不记得快乐是什么滋味。可他知道，自己曾经快乐过。他有朋友、有爱好、有野心。那名为"热情"的该死玩意儿，他也曾拥有过。

他想，自己甚至连生气都不会了。面对曾经失去的一切，面对自己不知为何主动放弃的一切，他甚至都无法生出半分怒气。

他服用抗抑郁药，也跟精神科医生谈过话。他不想再回到那样的生活。他回不去。

他也不能就这样浑身汗湿地躺在地上。他得做点什么，无论多么微小、多么平凡的事，都无所谓。赶紧做下一件事吧，他对自己说。

他撑着地面站起身，一瘸一拐地走向浴室。

脑中有个声音不断地催促他就这么躺着，把剩下的一天睡过去。他努力忽视这声音，在冲锋衣外又套了件凉凉的长袖运动衫，戴上滑雪帽和手套。

他或许哪儿也不去，但并不意味着不能打扫人行道、车道甚至阳台。

他承诺要照料布拉夫府，所以，他这就去料理一番。

他开动推雪机，操起推雪铲，一干就是几个小时，完全忘了时间。直到如鼓的心跳拉响警报，手臂酸麻，颤抖不已，他才不得不停下来。但他已经清理完车道和屋前的人行道。这下，总算有条像样的人行道，可以穿过主阳台，直通海滩前的台阶了。

天色近暮，真是谢天谢地。如此一来，就没法再继续清扫其他的阳台了。他走进屋，把那身户外装往储藏室一扔，便像僵尸一样走向厨房。他随手往两片面包里夹了些午餐肉和瑞士奶酪，权当晚餐。

他和着啤酒吞下那些东西，完全是因为那里刚好有啤酒。他一边吃东西喝酒，一边站在水池前，遥望窗外。

他已经做完一些事了，他对自己说。他已经克服每日里的第一道障碍，钻出被窝。他写了东西，又在交叉训练机上自取其辱了一番。然后，他照料了布拉夫府。

总之，这天过得相当不错。

他一气儿吞了四颗布洛芬，拖着酸痛的身子上了楼。接着，他剥掉衣服，爬上床，一觉睡到破晓时分。一夜无梦。

※

看到布拉夫府的车道竟已被清理过，阿布拉不由得又惊又喜。她都做好要在两英尺厚的雪地里艰难跋涉的准备了。

通常，她会直接从家里走着过来。不过，她可不想在厚厚的积雪或薄冰上步行。她把自己那辆雪佛兰伏特停在伊莱的宝马后，一把抓起包。

她打开前门，探进头去侧耳细听。屋里一片静谧。她想，伊莱要么还没起床，要么就是关着门，待在哪间屋子里。

她把外套挂进壁橱，脱掉靴子，穿上工作鞋。

她先在客厅里生起了火，好让屋子多几分活力，然后就径直走进厨房泡咖啡。

她发现水池里没有盘子，便拉开了洗碗机。

她能看出他来这里之后都吃过些什么。早餐是她为他做的，里面有几个汤碗，两只小盘子，两个葡萄酒杯和两个咖啡杯。

她摇了摇头。

这样可不行。

为了进一步确定，她又查看了食橱和冰箱。

不，这样绝对不行。

她把厨房里 iPod 的声音关小，然后把食材收集到一起。做好一碗薄饼面糊后，她便上楼去找他。

如果他还在睡，那也是时候叫他起床了。

然而，她却听见赫斯特的家庭办公室里传出一阵敲键盘的声音。她不禁莞尔。不管怎样，总算是在做事。她悄悄挪到门边，偷眼往开着门的房间里望去。他坐在那张上好的老桌子前，键盘旁摆着瓶打开的"激浪"。她暗暗记在心里，下次再多替他买点"激浪"。

她决定再多给他点儿时间，于是径直走进他的卧室。她铺好床，从换洗衣物篮里拉出洗衣袋，又拿起了那几条浴巾。

返回的路上，她一一查看了各间浴室，以防还有他用过的方巾或毛巾。她也检查了健身房。

回到楼下后，她用手推车把洗衣袋推进洗衣房，经过一番分拣后，设定好了一个洗衣程序。然后，她抖开他那身户外装，挂了起来。

她发现，需要清扫的地方并不多。而且，他抵达之前，她已经把这房子彻底打扫了一遍。总能找出点事情做的。她计算着时间，决定挽起袖子正式开工前，先给他做份早午餐。

再次上楼时，她故意弄出了点声响，刚走到办公室，就正好碰见他起身来到门边。很可能是来关门的吧。这么想着，她赶紧趁他动手前跨了进去。

"早上好。今天天气真不错！"

"啊——"

"天真蓝啊！"她拎着垃圾袋，走上前倒空桌下的篮子，"蔚蓝的大海，阳光照耀下闪闪发亮的雪地。捕鱼的海鸥。今天早上，我还看见了一头鲸鱼呢。"

"一头鲸鱼。"

"运气好。我正好在它潜入水底前，望向窗外。看不太清，但还是很壮观了。"她转过头说，"你的早午餐好了。"

"我的什么？"

"早午餐。你没吃早餐吧，不过现在吃，可太晚了。"

"我……我喝过咖啡。"

"那你现在可以吃东西了。"

"事实上，我……"他指了指自己的手提电脑。

"被吃东西打断的确很恼火，但吃点东西，或许才能更好地工作。你今天已经写了多久了？"

"不知道。"真讨厌，他想。中途打扰，这些提问，还有他根本不想花时间去吃的那些东西，真讨厌。"我想，大概是从六点钟开始的吧。"

"哦，天哪！现在都十一点了，绝对该休息休息了。这次，我把你安排在早餐室。那儿的视野很不错，尤其是今天。要我趁你吃东西的时候，打扫一下这里吗？需要吗？"

"不用了。我……不用了。"他又稍稍顿了下,"不用了。"

"好吧。那赶紧去吃吧。既然这样,我就做点必须要做的事吧。你要是想回来继续工作,我就待在楼下,绝对不会打扰到你的。"

她站在他与电脑中间,露出温柔的笑容。她穿一件淡紫色长袖运动衫,衣服正中间有个和平标志,下身是条颜色更淡的牛仔裤,脚上却是一双亮橙色的卡骆驰鞋。

争论似乎既浪费时间,又毫无意义,他只得走出房间。

他的确打算停下来吃点东西,比如来块百吉圈什么的。他完全忘了时间。他喜欢忘记时间的感觉,因为这意味着他全副心神都投在了写作上。

她应该打扫房子,而不是该死地成为他的管家。

他没忘记她要来,但他原本打算赶在她到这之前停笔,然后抓块百吉圈出门散步,接着在外面给家里打个电话。现在可好,全被那书给弄砸了。

他左转走进装着曲面玻璃墙的早餐室。

阿布拉说得没错,这里的视野果然值得一来。要是能找到一条合理的路线,他打算待会儿去雪地里散散步。他至少可以走到海滩前的那些台阶处,用手机拍些照片,发回家里。

他在桌旁坐下。桌上摆着一个盖好的盘子、一小壶咖啡和一个盛着果汁的水晶玻璃杯。她甚至还从客厅的花束里抽出一支,插在芽花瓶①里。

这让他想起小时候生病时,妈妈总会把食物和一个托盘端到他床前。托盘里总会放上一样东西:一束花、一些游戏用具、一本书或一件玩具。

他没生病,也不需要谁像老妈一样关照自己。他只需要一个上门服

---

① 仅够容纳少量花枝和茎叶的小花瓶。

务的清洁工，好让他安心写作、生活、在需要时铲铲那些该死的雪。

他坐在那儿，僵硬的脖子和肩膀让他微微抽搐了一下。好吧，他必须承认，光荣的铲雪马拉松，还是让他付出了代价。

他提起盘子上的圆盖子。

几张热气腾腾的蓝莓煎饼香味四溢。盘子边上摆着一条炸熏肉片，旁边配一小碗缀着薄荷枝的甜瓜。

"哇。"

他呆呆地看了好一会儿，犹豫着到底该更恼怒呢，还是该就此接受算了。

他最终决定，这两种情绪都可以保留。既然东西都摆到这里了，那他就吃掉。他现在简直快饿死了，这感觉已经够让他恼怒了。

他蘸了点她舀在饼边的黄油，然后倒上糖浆，看着黄油慢慢融化。

这种待遇的确有点庄园主的感觉，但这些东西，味道真是不错。

他知道自己是在万般呵护中长大的，但桌上摆着叠好的晨报和如此美味的早午餐，这种事也不是天天都有。

他边吃，边翻开报纸，但又随手放在了一边。和电视一样，报纸也有太多不好的回忆。这里的风景让他很满意。他望着海水和日光下点点消融的白雪，任思绪飞扬。

他几乎感觉到了……安宁。

她进来时，他正举目远眺。"二楼已经打扫完了。"她边说，边开始收拾餐盘。

"哦，不用了，我来吧。"他坚持道，"我来收吧。瞧，你不用非得替我做饭。东西很好吃，谢谢，但你不用替我做的。"

"我喜欢做饭，要是只给自己做的话，就太不满足了。"她跟着他来到厨房，然后继续走进洗衣房，"而且，你都没有好好吃饭。"

"我吃了啊。"他嘟囔道。

"一罐汤、一块三明治和一碗冷麦片？"她把洗衣篮抱进来，坐在早餐区叠衣服。"在管家面前，你是没有秘密的。"她语气轻松地说，"跟吃饭、洗澡和性有关的事，管家都知道。要我说，你需要再长胖十五磅，二十磅也无妨。"

不，他已经好几个月生不起半分怒气，此刻却被她惹得有些按捺不住。"听着——"

"你可以说不关我的事，"她说，"但这还是不能阻止我。反正要来，所以我有时间就做。"

他想不出任何恰当的方式，跟一个正在替他叠内裤的女人理论。

"你会做饭吗？"她问。

"嗯，还行吧。"

"我来瞧瞧，"她头一扬，那双绿眼睛仔细地扫视了他一圈，"烤奶酪三明治、炒鸡蛋、在烤架上烤出来的牛排和汉堡……还有加了龙虾或蛤的什么东西。"

他管它叫"伊莱蛤"。不过，他真希望她别再烦他。"你会像喜欢做薄煎饼一样，喜欢阅读么？"

"我会读手相和塔罗牌，不过，主要也是为了好玩。"

他发现，自己竟一点儿都不意外。

"总之，我做一两锅砂锅菜吧，这样你热热就可以吃了。回来前，我要先去趟超市。我已经在日历上标出我要来的日子，这样，你就能有个时间表了。除了再买点'激浪'，想让我再帮你带点别的吗？"

这些飞快从她口中蹦出的大量琐事，猛地让他脑子转不过弯来。"我想不到什么别的了。"

"你要是想起什么，就写下来。你这本书是关于什么的？还是……需要保密？"

"它……它讲的是一个被剥夺律师资格的律师，寻求答案和救赎的故事。表面上看，就是他会失去自己的生活，还是将它找回来？诸如此类的事情。"

"你喜欢他吗?"

他盯了她好一会儿,这个问题问得太准了!这正是那类他想回答,而非回避或忽视的问题。"我理解他,我在他身上倾注心血。他正在变成我喜欢的那种人。"

"我想,理解他比喜欢他更重要。"看到伊莱不住地揉肩膀和后颈,她不禁皱起了眉,"你有些驼背。"

"不好意思,你说什么?"

"你敲键盘的时候,有些驼背。大多数人都有这毛病。"她把洗好的衣服放在一旁。他还没明白她的用意,她就已经走上前来,伸手扣住了他的肩膀。

一阵突然又甜蜜的疼痛,直窜到他脚心。"哎哟。"

"天啊,伊莱,你肩膀可真僵硬。"

恼怒渐渐转变为挫败。这女人为什么就不能让他一个人待着?"就是昨天铲雪铲过了头而已。"

他往后一退,她放下手,打开食橱,拿出布洛芬。

她想,一方面是因为劳累过度,另一方面是因为敲键盘时驼着背。但所有表象之下呢?那一系列深重、复杂的压力,才是真正的原因。

"我要出去一会儿,顺便打几个电话。"

"好。外面虽然冷,却很漂亮。"

"我该付你多少钱。我都忘了问。"

听到她说出金额,他伸手到口袋里掏钱包,却摸了个空。"我不知道把钱包放哪儿了。"

"梳妆台上,你的牛仔裤包里。"

"好吧,谢谢。我马上回来。"

穷困潦倒、压抑悲伤的伊莱。这么想着,她觉得自己一定要帮助他。她边往洗碗机里放东西,边摇着头想起了赫斯特,于是喃喃道:"你知道,我一定会帮他的。"

伊莱走回来，把钱放在厨房台面上。"为免没能赶在你离开之前回来，我先跟你说声谢谢。"

"不客气。"

"我就是去看看……看看海滩，然后给爸妈和奶奶打个电话。"还有，赶紧离你远一点儿。

"挺好的。代我向他们问好。"

他在洗衣房门口停了下来。"你认识我爸妈？"

"当然。他们来这里时，我们见过几次。而且，我去波士顿看望赫斯特时，也见过他们。"

"我都不知道，你竟然去波士顿看她。"

"我当然会去。至于你我，就是错过了而已。"她启动洗碗机，转过身来，"伊莱，她虽然是你奶奶，但对我也很重要。我爱她。在下面的海滩上拍张房子的照片发给她吧，她会喜欢的。"

"嗯，她会喜欢的。"

"伊莱？"趁他转身走向洗衣房，她赶紧走过来提起洗衣篮，"我大约五点半左右回来。我今晚的安排已经非常清楚了。"

"回来？"

"是啊，带着我的按摩床回来。你需要按摩一次。"

"我不想——"

"是需要。"她又重复了一遍。"你或许觉得自己不需要，但相信我，我一旦开始，你马上就会需要的。这次就在布拉夫府进行吧，就当是欢迎你回来的礼物。保健按摩哦，伊莱！"她紧跟着又补充了一句，"我可是有专业执照的，没有色情服务！"

"老天，那好吧。"

她却只是大笑着出了门："看来，我们挺了解彼此的嘛。五点半见！"

他赶紧追上去，想说清自己真的不想要这种服务。可这样突然从门边闪开，肩后顿时传来一股钝痛。

"该死，真该死。"

他只得缓缓放松手臂，对自己说，只需等布洛芬的药效发挥出来就好了。他要把她从脑子里赶出去，这样才能好好想想自己的书。

他要出去走走，随便去哪儿都行。打打电话，做做深呼吸。等着烦人的僵硬感和没完没了的疼痛散去后，他就给她发个短信——没错，最好发短信——告诉她不用来了。

但首先，他还是接受她的建议，走下海滩，拍了张布拉夫府的照片。也许，他还能说说好话，从奶奶口中套出点关于阿布拉·沃尔什的事来。

他依然是名律师，要应付一个已经偏向他的证人，还是不在话下的。

他沿着小路往前走，从庭院抄近道时，他回头瞥了一眼，看见阿布拉正站在他卧室窗前，冲他挥手。

他也抬了抬手，便又转过身去。

她有张迷人的脸，让男人禁不住想一看再看。

于是，他十分刻意地保持着直视前方。

第四章

他比料想中更喜欢在白雪皑皑的海滩上散步。海面和雪地在冬季白日的照耀下，反射出点点亮光。前方也有人散步。于是，他跟着他们的脚步，来到下方又湿又冷，却未被海浪扫到的沙滩。

岸边的滨鸟们或神气活现地踱着步，或急匆匆地跑来跑去，留下串串浅浅的脚印，等待翻涌的浪花将其一一抹去。它们叽叽喳喳，喁啾不止，尽管周围还是一片冬日景象，却让他想起了日渐回春的情形。

他跟着一串有三排脚印的足迹，走走停停。他觉得，这估计是燕鸥之类的鸟留下的。又拍了些照片发回家里后，他看看时间，算了算波士顿的时间，才拨通了父母家中的电话。

"你最近怎么样？"

"奶奶，"他没指望她回答，"我正在威士忌海滩上散步。这儿下雪了，积了几英尺厚，跟那年我回来过圣诞节时一样。我想想，那是哪一年来着？好像是我十二岁左右？"

"你跟你那些表兄弟，还有格雷迪家的男孩在海滩上堆了个冰雪城堡。你把我那条上好的红色羊绒围巾，拿去做了旗子。"

"旗子这事，我倒是忘了。"

"我可没忘。"

"你怎么样了？"

"正在好转。但稍微走上两步，有人都非要让我用那该死的助步车。没那玩意儿，我照样走得稳稳当当的！"

妈妈已经发来邮件，详细讲了助步车的事，所以他是有备而来，"小心点总是明智的，别冒再摔一次的险了。你一向都很明智的。"

"伊莱·安德鲁·兰登，那种绕着圈子的走法我真是一窍不通。"

"你不是向来都很聪明吗？"

对他来说，逗乐她也是个小小的胜利。"那是，我还会一直聪明下去。谢谢，我脑子可好使了，即便我已经想不明白怎么就摔了一跤。我真是不记得自己是怎么起的床。不过没关系，我正在痊愈，马上就能扔掉这老太太必备的助步车了！你怎么样？"

"我很好，每天都在写作。看起来，这本书每天都有进展，真让我高兴。待在这儿感觉也挺好，奶奶，我想再次感谢你——"

"不用了。"她声音中带着新英格兰人特有的坚定语气，"布拉夫府既是我的，也是你的。它是我们的家。棚屋里有柴火。你要是需要更多，可以找迪格比·皮尔斯。我的名册上有他的号码。名册放在小办公室的桌子和厨房最右边的抽屉里。你要是找不到，阿布拉那儿也有。"

"好的，没问题。"

"伊莱，你好好吃饭了吗？下次再见，我可不想看到你还是那副骨瘦如柴的样子。"

"我刚吃过煎饼。"

"哈！你去镇上那家海滩咖啡厅了？"

"没……其实，是阿布拉做的。我说，她——"

"她是个好姑娘。"赫斯特抢过话头，"也是个好厨师。有任何问题，或遇到任何麻烦，你都可以找她。她要是不知道答案，也会去找的。她是个聪明又漂亮的孩子，你要不是又瘦又瞎，应该也发现了吧。"

后颈突然传来一阵刺痛。"奶奶，你不是想撮合我们吧？"

"我干吗做这种事？你自己不会考虑么？伊莱，我什么时候干涉过你的感情生活？"

"好吧，你说得对。我道歉。只是……对她的了解，你比我多得多。我不想让她觉得必须给我做饭。而且，我似乎没法让她明白这点。"

"那些煎饼你吃了吗？"

"吃了，但是——"

"因为你觉得非吃不可吗？"

"有点儿。"

"更重要的是，我可以担保，阿布拉做的都是她喜欢的事，这也是我非常欣赏她的地方。她活得真切，懂得享受生活。你真该学着点。"

这话又让他警觉起来。"但是，你没有试图撮合我们，对吧？"

"我相信，你的想法、喜好和生理需求，你自己还是能搞清楚的吧！"

"好吧，那我们别谈这个，说说别的吧。我不想冒犯你的朋友，尤其她还在为我洗衣服。要我说，你最了解她，所以，我到底要怎么做，才能婉转地让她明白，我不想，也不需要做什么按摩？"

"她提出要替你按摩？"

"是啊，夫人。她说她五点半就要带着按摩床回来，完全没搭理我那句'谢谢，不用了'。"

"这可是一次治疗的好机会。那姑娘有双神奇的手。遇上阿布拉，每周接受她的按摩，并在她的劝说下开始练瑜伽前，我下腰和肩胛骨那块一直都疼，那会儿我还以为是年纪大了，都没在意。"

看见通往上方城镇的台阶，他才发现自己走得比预想中更远。只犹豫了几秒，他就决定调转方向，继续往上走，好让赫斯特说个畅快。

"孩子，你压力太大。你以为我听不出来吗？你的生活迅速恶化，这可不行，也太不公平了。但生活往往就是不公平的。所以，我们更要行动起来。每个人让我非做不可的事，也正是你现在应该做的：恢复健康、养好身子、从头再来。这些话我虽然不爱听，但并不意味着它们就不是真理。"

"所以，一个为你做煎饼的邻居提出要替你按摩，就能解决问题了？"

"算是方法之一吧。听听你的声音，连呼带喘，跟个老头子似的。"

他又窘又怒，急急争辩道："我可是一路走到镇上来的，有段路还是该死的雪地。而且，我这会儿正在爬台阶！"

"一个前哈佛大学篮球明星，就找这样的借口？"

"我才不是什么篮球明星。"他嘟囔道。

"对我来说，不管以前的你，还是现在的你，都是明星。"

爬上最后一级台阶。他终于可以停下来喘口气，也平复一下被她搅乱的心情。

"你看见我的新健身房了吗？"她问。

"看见了。很不错。赫斯特，你能做几个卧推？"

她哈哈大笑。"你这厚脸皮的猴精。这么说吧，我可没有瘦骨嶙峋的不中用。伊莱，好好利用那间健身房。"

"嗯，看到你的留言，我已经用过一次了。嘿，我正站在龙虾小屋对面。"

"他家的龙虾卷是北岸最好的。"

"这里变化不大。"

"很多地方都变了，但最根本的东西，才是最重要的。希望你记住自己的根。你是兰登家的人，还从我身上继承了霍金家的勇敢血脉。没人能压倒我们，有也不会持续太久。替我照料好布拉夫府。"

"我会的。"

"记住，有时候，煎饼就是煎饼而已。"

他被她逗乐了。声音虽然或许有些嘶哑，但毕竟是笑了。"知道啦，奶奶。那个助步车，你还是用用吧。"

"如果你接受按摩，那我就用用那该死的助步车。"

"好吧。去查查电子邮箱，我给你发了些照片。过几天，我再给你打电话。"

他走过记忆中的老店——"蛋卷冰激凌店"和"玛丽亚披萨店"，走过冲浪器材之类的新店——那家冲浪器材店，墙面还是粉红色的。他看见了卫理公会教堂的白尖塔、一位论派教会的岗亭、气派的北岸大酒店，还有随处可见、四季迎客的迷人家庭小旅馆。

回家途中，身边虽然偶尔有车轧轧地驶过，声音也很快便消散了。

或许，他会在下一个晴朗的午后回到镇上，挑几张明信片，写几句话，寄给爸妈和几个依然算得上朋友的旧识，让他们开心开心。

反正也没什么坏处。

逛逛那些老店和新店，再次熟悉这里，也没什么关系。

也可以说，是为了想起他的根。

不过，现在他又冷又乏，只想回家。

谢天谢地，车道上只有他的车。他磨蹭了这么长时间，阿布拉早已干完了活。这下，就不用考虑要不要跟她说话的问题了。考虑到靴子的情况，他绕了一圈，从兼为储藏室的洗衣房进了屋。

脱衣服时，他觉得此刻肩膀已经好多了。他可以给阿布拉发个短信，告诉她散步已经成功地舒缓了痉挛的肌肉。

只是，他刚跟奶奶达成协议。他会履行承诺的，只不过要推迟几天。他想，还有几个小时来搞定这事。看在上帝的分上，无论是否还在行业内，他也是名律师。而且，他还是个作家。他可以清楚明白地跟人沟通。

他踏出洗衣房，走进厨房，一眼便瞧见了台面上的便利贴。

鸡肉土豆砂锅在冰箱里。

燃烧室里的燃料已经补满。

吃个苹果。散完步，也别忘了喝水。五点半见！

阿布拉

"你以为你是谁？我老妈吗？万一我不想吃苹果呢！"

他从冰箱里拿水喝，也只有一个原因：他渴了。他不想，也不需要谁来告诉自己该什么时候吃饭，什么时候喝水。接下来她还要唠叨什么？叫他别忘了洗耳后的污垢吗？

他打算上楼去，琢磨琢磨，把那条短信写出来。

他刚一动作，就暗骂一声，绕回来，从竹碗里抓起一个苹果。该死，他怎么就突然想吃苹果了！

他知道自己这火发得很没道理。她是友好而体贴的。但归根结底，他只是想一个人待着而已。他需要空间和时间，重新站稳脚跟，但并不需要一双援助之手。

起初，帮他的人有很多，但接着便越来越少。朋友、同事和邻居都开始疏远他这个要么因为另一半的不忠，要么因为代价高昂的离婚，而打爆妻子头骨的杀人嫌犯。

或者，那两点都是杀人动机。

他不想再寻求那些人的帮助了。

走了那么长的路，只穿着袜子，脚依然有些冷。于是，他绕进卧室穿鞋。

一瞥到床，他顿时停下脚步，递向嘴边的苹果也僵在半空。凑近了些，他低头一看，不由闷笑出声。显然，这已是他今天第二次笑出声来。

她把一张方巾折来绕去，弄成了鸟的形状。这只怪鸟挂着太阳镜，蹲在羽绒被上，镜腿和方巾之间，还插了朵小花。

他想，真是又蠢——又甜蜜。

他坐在床边，冲那只鸟点点头。"我猜，又有留言了吧！"

他撇下这只方巾鸟，走进办公室。

他要琢磨琢磨，或许以下一处为出发点，好好寻觅一番。

但出于习惯，他还是先查看了邮箱。一堆垃圾邮件之外，有封老爸发来的邮件，有封奶奶收到了照片之后回复的邮件，还有一封，则来自他的律师。

他真不想点开那封邮件。但即便不看，它也会一直在那里，永无休止地等待下去。

肩上的肌肉一僵，他点开了那封邮件。

他略略扫了眼法律术语，跳过信誓旦旦的保证，甚至连对方提出的问题也没搭理，就直奔那丑陋的正题。

林赛的父母又吵吵闹闹，要对他提起非正常死亡诉讼。

真是没完没了，他想。除非警察抓到那个谋杀林赛的人，否则他就还是那个不应诉的被告，这事也永远没法了结。

林赛的父母对他极其蔑视，更坚信就是他杀了他们唯一的孩子。只要他们不改初衷，他不应诉的时间越长，他们就越有可能旧事重提，让媒体炒热当初的一切，将他和他的家人吞没。

再一次。

如今，似乎已不太可能找到确凿的证据，或者说，即便再次引起广泛关注，也毫无用处。因为认定自己追求的是正义，所以他们肯定会提起诉讼。

他又想起公众的反应，所有人都聚在一起怀疑揣测、争论不休。皮德蒙特家多半已经雇好私家侦探，就等着到他仅剩的容身之地——威士忌海滩来调查盘问一番了。

他想，不知道波士顿警局的沃尔夫警官有没有插上一脚。那些糟糕的日子里，伊莱觉得沃尔夫简直就是他的沙威①——为一项他根本没有犯过的罪行，对他穷追不舍。从好的方面来看，他觉得沃尔夫不过刚愎自用了些。这位固执的警察先生始终拒绝接受：缺乏证据或许就意味着清白无辜。

沃尔夫没能搜集到足够的材料，说服原告提起诉讼。可这并没有让他停止努力。直到上司发出警告，这个男人才停止了对他的骚扰。

至少，表面上是停手了。

不，他不能任由沃尔夫在皮德蒙特家的调查中煽风点火。

伊莱撑着手肘，双手不住地搓脸。他知道，这事迟早都会来，"另一只鞋子总会掉下来"②。因此，从糟糕的角度来说，顺其自然或许更好。

尼尔邮件的最后一句是"我们需要谈谈"。伊莱深表同意，随即提起了电话。

头疼欲裂。律师的再三保证，也没能让疼痛缓解半分。皮德蒙特家吵着闹着要提起诉讼，以便继续施压，保持媒体兴趣，并最终解决问题。

所有建议，即便他同意的那些，也无法确保任何事。

保持低调，不谈论调查情况、重新安排自己的私家侦探介入都无济于事。他早已决定要保持低调。要是再低，他都要低入尘埃了。鬼才会跟他讨论什么。而第一次经历已经证明，寄希望于私家侦探，不过是浪费时间，徒增抑郁的无用之举罢了。

正如他的律师和警察一样，他也知道，时间拖得越长，他们找到确凿证据的可能性就越低。

最有可能的结果是什么？他继续不明不白，既不被指控，也无法彻

---

① 《悲惨世界》里追捕冉·阿让的那名警官。
② 意为"令人提心吊胆的最后结果"。

底洗脱嫌疑，就这样在怀疑的阴影中度过余生。

所以，他得学会习惯这个结果。

他得学会生活。

有人敲门，他却没在意。直到门被打开，他才看见阿布拉拽着一个鼓鼓囊囊的巨大手提箱，使劲往里拖。

"嗨，别管我。你站那里就好，没关系的，这些东西我一个人都能拉进来。"

等他走过去，她几乎已经都弄好了。"真不好意思，我本想跟你联系，告诉你现下有些不巧的。"

她仰过身子关上门，惊讶地轻唤了一声。"太晚了，"她敛起微笑，盯着他的脸说，"怎么了？出什么事了？"

"没什么。"他依旧不假思索地说，"就是有些不巧而已。"

"你有别的约会？要出去跳舞？还是楼上有个一丝不挂的美人，正等着跟你抵死缠绵？有吗？"没等他回答，她又抢着说，"如若不然，那有什么不巧的。"

沮丧瞬间变为恼怒。"不巧就是不巧。这么说，你明白了吗？"

她舒了口气。"反驳得很好。我知道我很固执，甚至还有些讨人厌，答应了赫斯特帮忙，就非要信守承诺。其实，我是看不得任何人受苦。这样吧，我们来谈个条件。"

该死，这话立刻让他想起之前跟奶奶的那个约定。"什么条件？"

"给我十五分钟。在按摩床上待十五分钟，你要是没感觉更好，我就收拾东西走人，再也不提这事。"

"十分钟。"

"十分钟。"她同意了，"这卧室地方还挺大，我把按摩床装在哪儿比较好？"

"就这儿吧。"他愣了下，然后指向直通客厅的一处。他想，安在那儿，赶她走时也能省点时间。

"好吧。你不如趁我安装的时候把火升起来？我喜欢屋子里暖洋洋的。"

他原本也想生火的，结果一分心，就忘了时间。他可以把火生起来，并给她十分钟。作为交换，她总能让他一个人待着了吧。

可他还是很恼火。

他蹲在炉边点火。"到这里来，你难道都不担心吗？"他问，"单独跟我在一起，你不担心？"

阿布拉拉开便携式按摩床的床套。"我为什么要担心？"

"很多人都认为，我杀了我妻子。"

"很多人还以为全球变暖是无稽之谈呢。可那种观点，我恰好就不同意。"

"你不了解我。你不知道我在某个特定环境下，或许会做出什么样的事。"

她手脚麻利、有条不紊地装好按摩床，折起床套。"我不知道你在某个特定环境下会做什么事。但我知道，你没有杀妻。"

她随意冷静的口气激怒了他。"为什么？就因为我奶奶认为，我不是杀人犯吗？"

"那也是个原因吧。"她抚平按摩床的羊毛垫，铺上床单，"赫斯特聪明、有自我意识，还很关心我。哪怕有丝毫怀疑，她也会让我离你远点。但这只是原因之一，我还有别的理由。"

她边说，边在房间四周摆上蜡烛，一一点亮。"我为你奶奶工作，跟她是好朋友。威士忌海滩在兰登家的领地上，我住在这儿，自然从一开始就关心那件事。"

已然平息的沮丧心情，再次如黑云般翻卷而起。"周围的每个人，肯定都在关注这件事。"

"很正常，人的本性而已。跟嫌恶和愤恨的情绪一样，人们谈论你，并妄下结论，都不过出于自然的人性而已。在电视、报纸和网络上看见你，我也会得出自己的结论。但我看到的，是一个震惊而悲伤的人，不是一个罪犯。至于现在？我看到的是一个不堪重负、愤怒而挫败的人，也不是罪犯。"

她边说，边从腰间摸出一根发带，几声轻响，便把头发束成了马尾。"我可不认为罪犯还会失眠。虽然我说过我还有好几个别的理由，但你不是傻子，光这一条就够了。你们那天刚刚当众吵了一架。而且，你刚刚揭发了她的丑事，在离婚中占了上风。你怎么会挑那天杀她？"

"一级谋杀还有什么好说的。我气疯了。冲动犯罪。"

"胡扯。"她边说，边掏出按摩油，"你是很生气。你回到原来的住处，打算取回三样属于你的东西。虽然，那三样东西的所有权还有待争辩。伊莱，那件控诉你的案子证据不足，根本就不成立。因为你关掉了房子的警报器，所以他们能确定你进屋的时间。随后，他们又得知你打电话报警的时间。因为有人知道你那天晚上是什么时候离开办公室的，所以，你待在那幢房子里的时间，不到二十分钟。但那么短的时间内，你得上楼打开保险箱，只取走曾祖母的戒指。接着，你得下楼，从墙上取下你买的那幅画，并用浴巾将它包好。然后，你还得一时冲动杀掉妻子，最后再打电话报警。不到二十分钟，能干完这一切吗？"

"警察重现场景后，证明这不可能。"

"对，可能性不大。"她反驳道，"所以，我们可以站在这里，讨论那件针对你的案子。但你也可以相信我说的话，我一点儿都不担心你会因为不喜欢我在你床边搭折叠床，或我替你叠袜子的方式，就杀了我。"

"事情没你说的那么简单。"

"事情简单还是复杂，全看做事的人怎么处理。我要去浴室洗洗手。你把衣服脱了，躺到按摩床上去吧。我们从脸部按摩开始做。"

浴室里，阿布拉闭上眼，做了整整一分钟瑜伽呼吸。她很清楚，他的严词厉色，无非是为了赶走，或者说吓走自己。不过他做的这一切，已经惹恼了她。

要想用按摩替他人排解压力，赶走消极挫败的情绪，她自己就不能再有半点这样的情绪。于是，她一边洗手，一边继续清理思绪。

走回房间，她看到他已经躺在按摩床上，身上盖着床单，一动不动。他难道不明白，即便如此，也只会让她更加坚信他的清白？他已经跟她谈过条件。所以虽然很生气，他还是遵守了约定。

她什么也没说，只是调暗灯光，并走过去打开 iPod，放出舒缓的音乐。"闭上眼睛，"她喃喃道，"深呼吸。吸气……呼气。再来一次。"她边说，边把按摩油倒入掌心。"再来一次。"

趁他呼吸间，她伸手按上他的肩膀。她发现，他的肩膀甚至没能触到床垫，真是太僵硬了。

她伸出双手，抚触揉捏了一会儿，才顺着他的喉咙往上，开始轻柔的脸部按摩。

要是有人头痛，她一看便知。或许，她可以为他带来些许安慰。开始用力按摩前，她需要先给他放松一下。

他不是第一次接受按摩。生活变得一团糟前，一个名叫卡特里娜的按摩师经常替他按摩。那是一个身材结实、肌肉发达的金发女郎。她那双宽阔有力的大手，总能纾解工作和运动给他带来的压力。

闭上眼，他几乎要以为自己又回到了俱乐部里那间安静的治疗室，放松因一天的法律工作，或数小时的争辩而紧绷的肌肉。

而且，再过几分钟，等约定达成，这个女人，她并非强壮的卡特里娜，就会离开了。

她的手指沿着他的下巴揉捏了一阵，便开始按压他眼下的部位。

剧烈的头疼渐渐平息。

"再深呼吸一次。慢慢地吸气，再慢慢地吐出来。"她的声音犹如舒缓流畅的乐声。

"很好。吸气，然后呼气。"

她转过他的头，揉捏一侧脖颈，接着是另一侧，然后再度抬起他的头。

她有力的拇指在脖颈间带起一串猛烈的痛楚。可他刚要绷紧肌肉与之对抗时，那痛楚又如瓶口弹起的软木塞般，消失无踪了。

真像在敲开混凝土，阿布拉想，一次一英寸。于是，她闭上眼，一边动作，一边想象那块混凝土在她手下慢慢变软、寸寸破裂。按到他肩膀时，她渐渐加重了力道。

她感到他放松了一点。虽然还不够，但即便这点让步，也无异于一种胜利。

顺着他的胳膊，她一路揉捏着那些疲劳的肌肉，直到他的指尖。想到十分钟的最后期限即将悄无声息地滑过，她不禁有些沾沾自喜。不过，她余下的大部分精力，还是专注于工作的。

做完脸部按摩后，她知道，他已妥协。

"转过来，往前一点，把脸放低，枕在垫子上。如果需要调整，就跟我说。不急，慢慢来。"

睡意蒙眬间，他完全服从了听见的指令。

当她的掌根按压上他的肩胛，一种疼痛又畅快的感觉，几乎让他呻吟出声。

这双手真有力，他想。她看起来并不强壮，但随着那双手的推挤、揉捏、按压，和砸在自己背上的拳头，那些他已经习以为常的疼痛，渐渐如破土而出的玫瑰般，绽放开来。

前臂、肘关节、拇指、拳头都粘上了光滑的按摩油。她甚至还借助了身体的重量。每一次按压，那濒临承受极限的力量，似乎都让什么东西挣脱束缚，重新获得了自由。

她继续一下一下，坚定而有节奏地揉捏着。

而他，已飘然若仙。

※

当他如水面的一片浮叶，再度悠悠醒转时，愣了好一会儿，才意识到自己并不在床上。他仍舒展着身子躺在按摩床上。还好，身上盖了条被单。壁炉里仍煨着火，烛光摇曳，乐声呢喃。

他几乎要闭上眼，又昏睡过去。

接着，他猛然想起了什么。

伊莱撑起身子，环顾了一下四周。她的外套、靴子和包都在。他还闻到了她的味道，一股混合了蜡油和按摩油，外加一点儿泥土芬芳的淡香。他小心翼翼地围着被单，坐了起来。

首先，他得把裤子穿上。

他拽着被单，挪下按摩床。刚伸手去拿牛仔裤，就又看到一张该死的便利贴。

喝点水。我在厨房。

他边穿裤子，边偷眼往外瞧了瞧，才拿起她留在旁边的水壶。抬肩套上衬衫时，他再没感到丝毫痛楚。头不疼了，后颈也不再僵硬，那些活动之后如影随形的刺痛，也无影无踪。

他站在房间里喝水。烛影摇曳，火光翻跃，乐声缓缓流淌。他心中突然涌起某种难言的滋味。

是舒服的感觉。

还有愚蠢。他有意刺伤她。尽管如此，她还是帮了他。

他满心自责地穿过房间，走向厨房。

她站在炉边，屋中香气四溢。虽然不知道她在锅中翻搅什么，但那气味已经又勾起他某种久违的情绪。

真饿啊。

厨房里小声地放着碾核摇滚①。他一下子内疚起来。这么棒的重摇滚，却只能放得如此小声。

"阿布拉。"

她浑身一颤。他不由放下心来。她毕竟也是个人。

她转过身，眯起眼睛，抢在他开口前，竖起一根手指。她盯着渐渐走近的他，仔细打量了好一会儿，笑了。

"不错，你看起来好多了。不仅精力充沛，也显得轻松多了。"

"感觉是不错。首先，我得向你道歉，我既无礼，又好与人争辩。"

"那我们可以达成共识了。固执？"

"或许吧。好吧，我承认，我很固执。"

"那，就此一笔勾销吧。"她端起一杯红酒，"不问自取了，希望你别介意。"

"不，不介意。还有，我得跟你说声谢谢。我说感觉不错……我有多久没说过这话，我都不记得了。"

她眼神顿时柔和下来。怜悯或许会让他再度紧张，但同情就是另一回事了。

"噢，伊莱。生活难免会遇到挫折，不是吗？把剩下的那些水喝了吧。多喝水，才能排除毒素。明天，你或许会有些酸痛，因为我必须按到位。要喝杯红酒吗？"

"好啊，我去拿。"

"别动。"她对他说，"放轻松，好好体会下那种感觉。你应该每周预约两次按摩，直到真正战胜压力为止。之后，你可以每周做一次，如果不方便，隔一周做一次也行。"

"醉醺醺的时候，真是很难再争辩什么。"

"很好，那我把预约时间写在你的日历上。从现在开始，我来帮

① 一种极为冷僻的重金属乐风。

你。情况会怎么样，我们拭目以待吧。"

他坐在那里，啜了第一口红酒。真是琼浆玉液啊。"你到底是个什么样的人？"

"噢，那说来就话长了。如果我们能成为朋友，以后我会告诉你的。"

"你替我洗内裤，又让我脱光了躺在你的按摩床上，这已经很像朋友了吧。"

"那是工作。"

"你还一直给我做饭。"他冲炉灶抬了抬下巴，"在煮什么？"

"哪里？"

"炉子上在煮什么。"

"美味的蔬菜、豆子、火腿汤。不知道你能不能吃辣，所以我味道放得淡。至于另一个嘛，"她转身打开烤箱，更多香味扑鼻而来，激起他更多食欲，"是肉糜卷。"

"你做了肉糜卷？"

"还加了土豆、胡萝卜和青豆，很有男人味吧！"她拿出肉糜卷，放在炉子上，"你睡了两个多小时，我总得找点儿事做。"

"两……两个小时。"

她漫不经心地指了指钟，放下盘子。"你要邀请我共进晚餐吗？"

"当然。"他目不转睛地看了会儿钟，接着又看向阿布拉，"你做了肉糜卷。"

"赫斯特给了我一张单子，前三个里面就有肉糜卷。而且，我也觉得你应该吃些红肉。"她把食物舀进盘子，"噢，顺便说一句，你要是敢往里放番茄酱，我可不饶你。"

"一定当心，不敢，不敢。"

"还有个条件。"她端着盘子，却刚好让他够不着。

"只要不违法，为了肉糜卷，我肯定答应。"

　　"我们可以谈谈书、电影、艺术、时尚、爱好之类的普通话题，今晚不谈私事。"

　　"好。"

　　"那，我们吃饭吧。"

第五章

教堂地下室里，阿布拉带领学员们慢慢做完最后的放松练习。这个早班一共有十二个人。一年中，总有这么些人来上课。

这个数字不仅让她非常满意，也保证了她稳定的收入。

十二个人中有两位男士。阿布拉总会准备一些额外的垫子，给那些没带垫子的学员。这会儿，大家都站起身开始收拾垫子，顺道聊起天来。

"亨利，你今天表现真不错。"

六十六岁的退休兽医冲她骄傲地一笑。"我的半月式，总有一天会超过三秒。"

"你只要保持呼吸就好了。"阿布拉记得，亨利第一次极不情愿地被妻子拉来自己课上时，连他的脚趾头都碰不到呢。

"别忘了周四的《东西方碰撞》课。"阿布拉喊道。

阿布拉正卷着自己的垫子，莫琳走了过来。"我可得上上那课，还得好好做些有氧运动。今天，我给利亚姆的班级派对做纸杯蛋糕。结果，我一口气就吃了两个。"

"哪种纸杯蛋糕？"

"双层巧克力奶油糖霜蛋糕，还加了点儿橡皮水果糖。"

"我的那份呢？"

莫琳哈哈大笑，拍着肚皮说："我吃了呀。我得赶紧回家洗个澡，再穿得像个妈妈一样，拿着蛋糕出发。不然的话，我就算又求又哄，也一定要拉你陪我跑步，把那两层巧克力的热量消耗掉。孩子们有个课外玩伴聚会，我得赶紧去把那些文件弄完，所以，没有开溜的借口啦。"

"三点以后再找我。之前我都得工作。"

"替伊莱工作？"

"不是，明天才轮到他。"

"一切还顺利吧？"

"才过了几个星期而已，但要我说的话，嗯，一切都好。每次看到我，他已不再是那副'该死的，她到底在这儿干吗'的表情。现在，他只有一半时间会那么看我。白天，我只要在那儿，他通常都关着门，在办公室里写东西。我要上楼干活时，他就用偷溜出去散步来避开我。不过，他会吃我留下的食物，所以看起来已经没那么瘦了。"

阿布拉把她的垫子装进包里，拉好拉链，"不过，每次给他留言——迄今为止，我已经留过四次——都像要从头开始努力似的。他压力太大，而且每天在电脑前，一坐就是好几个小时。"

"阿布拉小仙女，你一定会搞定他的。对此，我非常有信心。"

"这是我目前的任务。"阿布拉穿上卫衣，拉好拉链，"不过，现在我得把一些新珠宝送去密宝金银店。所以，祝我好运吧。然后，我要替马西娅·弗罗斯特办几件事。她儿子的病还没好，离不了她。我两点有场按摩，但那之后，我打算跑跑步。"

"我要是能跑，就给你发短信。"

"那回头见。"

学员们陆续离开了。阿布拉放好垫子，把 iPod 塞进包里，正往卫衣上套夹克时，一个男人从楼梯上走了下来。

她不认识他。但他长得还不算太让人讨厌：一头浓密的棕发，低垂的眼睛让他显得有些疲惫。肚子虽然微微凸起，但只要打起精神，也不大看得出来。

"有什么事吗?"

"嗯,您是阿布拉·沃尔什吧?"

"没错。"

"我叫柯比·邓肯。"他伸手跟她握了握,然后递过一张名片。

"私家侦探。"她本能地生出了防备之心。

"我替波士顿的一位客户工作。我希望,我能问您几个问题。如果您给我几分钟,我很乐意请您喝杯咖啡。"

"我今天已经喝过了,不能超量。"

"我要是也能这么克制就好了。天知道我喝了多少咖啡。我想,街边那家咖啡店一定也供应茶,或者其他您爱喝的东西。"

"邓肯先生,我还有个约会。"阿布拉边说,边穿上靴子,"你有什么事?"

"据我们所知,您在为伊莱·兰登工作?"

"据你们所知?"

他的脸依然那么亲切,甚至算得上殷勤。"这已经不是什么秘密了,对吗?"

"的确不是,但这关你什么事。"

"收集信息是我的工作。您应该知道,伊莱·兰登涉嫌谋杀了他的妻子。"

"那项指控准确吗?"阿布拉戴上帽子,疑惑道,"经过一年的调查,我认为,更准确的说法应该是:警察收集到的证据,并不足以证明伊莱·兰登跟他妻子的死有什么关系。"

"事实上,要是不能像扣篮般轻松、快速地赢得诉讼,很多原告都不会轻易起诉。但那并不是说他们没有证据,不想打这个官司。我的工作就是收集更多信息——我帮您拿。"

"不用了,谢谢,我习惯自己拿。你为谁工作?"阿布拉问。

"正如刚才所说，有人雇了我。"

"谁雇了你，总得有个名字吧。"

"这点请恕我无可奉告。"

"明白。"她愉快地笑了，朝楼梯走去，"我也无可奉告。"

"兰登要是清白，就没必要躲起来。"

她停住脚步，直视着邓肯的眼睛说："邓肯先生，你没说笑吧？你真幼稚。抱歉，我可不是这样。"

"我可以为这些信息付费，雇主允许的。"两人顺着台阶往小教堂走时，他开口道。

"雇主允许你花钱听八卦？谢谢，我讲八卦不收钱。"她迈出教堂，朝自己停在停车场的车走去。

"您是不是跟兰登有染啊？"邓肯大声喊道。

她感觉自己牙关都咬紧了，刚做完瑜伽后的好心情，全被这该死的家伙毁了。她把垫子和包扔进车厢，打开车门钻了进去。然后，她二话没说，猛地朝他竖起中指，钥匙一转，扬长而去。

※

这次会面让她大为光火，接下来的每件工作都深受影响。她很想取消那场已经约好的按摩，却又无法说服自己。不能因为某个好管闲事的波士顿私家侦探在打探她的生活，就惩罚顾客。而且，因为他如此迅速地惹怒自己，所以她才会那般无礼。

打探的也不见得是她的生活，她提醒自己，应该是伊莱的。

无论如何，她也觉得这是极不公平，且极其冒昧的行为。

那种滋味，她非常清楚。

莫琳发短信叫她跑步时，她差点找借口推辞。但转念一想，她又觉得，也许自己正需要锻炼和朋友的陪伴。

她换了身衣服，拉上卫衣拉链，戴上帽子和无指手套，在海滩前的台阶上见到了她的朋友。

"我需要跑一炮。"莫琳慢跑着说,"那十八个幼儿园老师都有高血糖。美国的每个老师不仅工资应该翻倍,还应该每周都收到一捧玫瑰花,外加一瓶金色商标的兰登牌威士忌。"

"那些纸杯蛋糕应该大受欢迎吧。"

"简直是群蝗虫,"两人边往下方的海滩跑,莫琳边说,"我都不知道还有没有剩下一星半点。一切都还好吧?"

"怎么了?"

"你这儿又有川字啰。"莫琳戳了戳自己的眉心。

"该死。"阿布拉本能地伸手揉搓,"我这儿要长皱纹了,都要长成深沟了!"

"不会的。你只有在万分沮丧或极端生气时,才会出现川字纹。这次是哪种?"

"两样都有吧。"

她们跑得很慢,一边是浪花翻卷的大海,一边是白雪皑皑的沙堆。

因为了解自己的朋友,莫琳什么也没说。

"今天早上离开教室时,你看见那个男人了吗?中等个儿、棕发、面色和善、肚子微凸的那个男人?"

"我不记得了……噢,好像看见了。他还替我扶住了门。怎么了?出什么事了?"

"他下楼来了。"

"出什么事了?"莫琳猛地顿住脚步,但阿布拉没停,她只得又赶紧追上去,"亲爱的,他试图对你做什么了?他——"

"没有,没那回事。莫琳,这里是威士忌海滩,不是南波士顿。"

"该死,那我也不能把你一个人留在下面啊。老天啊,当时我光顾着纸杯蛋糕了。"

"事情不是你想的那样。而且,你忘了女子防身术是谁教的?"

"虽然是你，但这并不意味着你最好的朋友就能扬长而去，留你一人在那里啊！"

"拜托，他只是个从波士顿来的私家侦探，"阿布拉冲又停了下来的莫琳说，"继续跑啊，我还得靠跑步赶走坏心情呢。"

"他想干吗？那混蛋还在牢里，不是吗？"

"嗯。跟我无关，是伊莱的事。"

"伊莱？你说那是个私家侦探，不是警察。他想干吗？"

"他说要收集信息，想从我这儿打听些伊莱的八卦。他想听猛料，还说可以付费，就为找个卧底。"她愤愤不平地说，"有人在监视伊莱，向雇主报告他的一言一行。因为伊莱没采取任何行动，也没说过什么，所以我甚至不知道这事。我让那家伙滚蛋时，他竟然问我是否跟伊莱有染。那口气听起来，真他妈像在问我们有没有滚床单。烦透了。我讨厌那家伙。现在，我脸上都要长皱纹了。"

莫琳的脸因为怒气和运动一片嫣红。虽然上气不接下气，她的声音却大得盖过了澎湃的波涛："就算你俩在滚床单，也他妈不关他的事！伊莱的妻子都去世一年了，而且，两人当时就在闹离婚。再说，指控他的人，都只找到些间接证据罢了。警察没能证明任何事，所以现在才不愿善罢甘休，非要挖出点隐私不可。"

"我不认为私家侦探是警方雇的。"

"我猜也不是。那会是谁？"

"不知道。"身子因为运动而暖和起来。清凉的海风拂过面颊，阿布拉发现自己的情绪也渐渐平复。"保险公司？或许他妻子买了保险，但公司不愿意赔付？不过，那人说，他是受雇于一名客户。他不愿意告诉我雇主的名字。也许，是保险公司的律师吧。或者……我也说不好……会不会是他妻子的家人？那些人不是一向在媒体面前诋毁他吗。哎，猜不透。"

"我也不知道。我们不如问问迈克。"

"迈克？干吗问他？"

"他不一直都在跟律师和客户打交道么！"

"他打交道的，是房地产律师和客户。"阿布拉一针见血地说。

"那也是律师和客户啊。他或许有办法。而且，他肯定会保密的。"

"他会不会保密有什么关系。那家伙既然找上了我，天知道他还会跟谁搭讪？所有事情都会被再次翻出来。"

"可怜的伊莱。"

"你也不相信，那事是他干的吧。"

"不信。"

"莫琳，你为什么信任他？"

"我的侦探执照是从电视上得来的，这事你不知道？所以，电视上说了，一个刚在公共场合跟妻子大吵一架的男人，怎么会立刻用火钳敲死她？她的不忠固然让他勃然大怒，但两人正闹离婚时出了这事，她也难堪。不过嘛，我有时候也很想用火钳敲爆迈克的脑袋。"

"你才不会。"

"当然不会真这么干，但我的意思是说，我对迈克是真爱。我觉得，你只有真爱或者真恨一个人的时候，才会想要敲爆他的脑袋。如若不然，那就是为了别的：钱、恐惧、复仇什么的。唉，我也不知道。"

"那，会是谁干的？"

"我要是知道，还能予以证明的话，就该从侦探升到中尉，或者舰长了。还是舰长吧，我喜欢舰长。"

"你不已经是了吗！奥·马利舰的舰长。"

"没错。你可以当电视版警察局局长，负责替伊莱·兰登彻底洗脱罪名。"

看着朋友一言不发，莫琳一巴掌拍在阿布拉胳膊上。"开玩笑的，参与其中，这事甚至想都别去想。阿布拉，事情会平息下来的。伊莱扛得住。"

"我又能做什么？"阿布拉反问，却并未承诺不去做什么。

两人跑着跑着，准备转身折回时，她突然很高兴自己出来了。跑步真是个赶走坏心情，获得新视角的好方法。寒冬已令她错失很多跑步的机会，让她不能一边大口吞咽着海风，一边听自己踏在沙滩上的脚步声。

她不是个希望时间流逝的人。哪怕一分钟，她亦珍视。不过，她也会深切地盼望即将到来的春光和夏日。

天气渐暖，树木回春之际，伊莱还会在布拉夫府吗？和煦的春风，能吹散他心头萦绕不去的阴霾吗？

她暗自思忖着：要赶走那些阴霾，他也许需要一点儿助力。

接着，他就闯入她的眼中。他站在水边，手插在口袋里，凝望着遥远的天际。

"伊莱在那儿！"

"什么？哪儿？噢，该死的！"

"怎么了？"

"我可不想第一次撞见他，就是这副满头大汗、脸红气喘的模样。女人跟自己第一个亲热对象的意外重逢，总得有点样子吧。我怎么把最旧的一条慢跑裤穿出来了呀？这裤子把我的腿衬得跟大象腿似的。"

"才没有。我从来不会让你穿显腿粗的裤子。你这不是在侮辱我们的友谊嘛！"

"好嘛，是我太自私、太小气，我错了还不成嘛！"

"原谅你啦！不过你看，那是伊莱啊！"

"该死。"见他转身，莫琳又嘟囔了一句。怎么就没往兜里塞支润唇膏呢？

阿布拉抬了抬手。因为他戴着墨镜，所以她看不见他的眼睛。不过，他并没有挥挥手就走开，而是等在原地。她觉得，这可真是个好兆头。

"嗨。"她立时顿住，双手撑着大腿，拉开弓步舒展身子，"要是早点儿看见你，我们一定拉你一块儿跑步。"

"现在，还是散步更适合我。"他微一偏头，摘下了墨镜。

他笑了。阿布拉第一次看见他笑。他的目光一落到莫琳脸上，就绽开了一个温暖明媚的笑容。

"莫琳·班宁，瞧你这样！"

"是啊，瞧我这样。"她尴尬一笑，抬手就去扒拉头发，却忘了自己戴着滑雪帽。"你好啊，伊莱。"

"莫琳·班宁。"他又念了遍她的名字，"哦，不好意思，还有——还有什么？"

"奥·马利。"

"没错。上次见到你，你还……"

"挺着个大肚子。"

"你看起来不错。"

"我啊，满身是汗，头发也被风吹得乱七八糟……不过，还是谢谢夸奖。伊莱，看见你真高兴。"

莫琳猛地扑过来，一把搂住伊莱，给了他一个大大的拥抱。阿布拉想，正是因为莫琳身上这种单纯、直接的热情，和她那颗自然、包容的心，自己才这么快就深深地喜欢上她的吧。

她看见伊莱闭上了眼睛，心想，他是否想起那个在威士忌海滩码头下度过的夜晚，那个一切都还单纯美好的夜晚。

"我想，得给你点时间安顿下来，"莫琳轻轻地退了回来，"看来也是时候了。来我家吃顿晚餐，见见迈克和孩子们吧。"

"哦，这个嘛……"

"我们住海风小屋，就在阿布拉家隔壁。我们约个时间，好好叙叙旧。赫斯特怎么样了？"

"好些了。好多了。"

"告诉她，瑜伽课上的同学都很想她。我得赶紧走了，呵呵，还得去玩伴聚会上接孩子呢。伊莱，欢迎回来。知道你回布拉夫府，我真高兴。"

"谢谢。"

"阿布拉，回头见。对了，迈克和我打算周五在'乡村酒吧'来场约会之夜。劝劝伊莱，让他也来吧。"

然后，莫琳飞快地一摆手，跑开了。

"原来，你们俩认识啊。"伊莱开口道。

"我们是永远的好闺蜜。"

"啊哈。"

"不是女孩才有闺蜜。任何年纪的女人，都有无话不说的闺蜜。"

他频频点头。然后，她看见了他被墨镜砸中的脸。"噢，嗯……"他重新戴好墨镜，轻哼了一声。

她不禁笑出声来，捅了他肚子一下："甜蜜又香艳的少女秘事哦。"

"或许，我该躲着她丈夫。"

"迈克？完全不必。他除了是我非常喜欢的那一型之外，也是个好男人，一个好爸爸。你会喜欢他的。周五晚上的酒吧约会，你也来吧。"

"那是什么地方，没听说过啊。"

"之前应该叫'螽斯酒吧'。"

"哦，原来是那儿。"

"据说，那儿已经大不如前。过去三年里，我还没来这里的时候，那儿改了名字，也换了主人。不过，那儿的气氛还是挺好的。朋友们聚在一起，吃吃喝喝，听着音乐，开心地打发掉周五和周六晚上。"

"可我不是很想跟人打交道。"

"你应该出去见见朋友。这对缓解压力很有好处。瞧，你刚才就笑了。"

"什么?"

"认出莫琳时,你笑了,发自内心地笑了。见到她你很高兴,并立刻表现出了这种高兴。嘿,干吗不跟我走走?"她指了指上方的海滩。她的小屋恰好也在那个方向。没给他拒绝的机会,她一把拉起他的手,往上走去。

"上次做完按摩后,你感觉怎么样?"她问。

"挺好的。你说得没错,第二天我常常都会有些反应,但也感觉放松了不少。"

"等我们彻底舒缓那些肌肉,让你习惯放松,你会感觉更好的。我会教你一些瑜伽伸展法。"

虽然看不见他的眼睛,她还是从他的肢体语言读出了一分谨慎。"不用了吧。"

"不是只有女人才练瑜伽。"她长长地叹了口气。

"出什么事了吗?"

"有件事,我犹豫了很久,不知道该不该告诉你。虽然有可能惹你不快,我还是觉得你有权知道。真抱歉,我要惹你不高兴了。"

"什么事能惹我不高兴?"

"今天早上下课后,一个男人找上了我。他叫柯比·邓肯,是个从波士顿来的私家侦探。他说波士顿有人雇了他,想让我回答几个跟你有关的问题。"

"还好啊。"

"还好?怎么能好?他咄咄逼人,还说可以为了那些信息付我钱。这简直是对我的侮辱,怎么能好?这是骚扰,怎么能好?你被骚扰了,你应该——"

"告诉警察吗?恐怕已经晚了。雇个律师吗?我已经有一个了。"

"这事不对。警方已经跟踪你一年。现在,他们,或者别的某个躲在律师和刑警身后的人,又开始跟踪你?应该有办法阻止他们的。"

"没有法律可以阻止别人提问。而且，他们也没藏起来。他们想让我知道，是谁花钱买那些问题，买那些答案。"

"是谁？别说不关我的事。"她急忙开口，以防他有此念头，"那个混蛋接近我，还暗示说，我是因为跟你关系匪浅，才拒不合作。那明摆着就是我已经跟你上床的意思。"

"我很抱歉。"

"不，"他挣脱她的手，却又被她一把拉住，"你不必感到抱歉。就算我们有关系，他说的那种关系，关他屁事！我们是成年人，而且都单身。你的生活还长着呢，你迈步往前，有什么错？有什么不道德的？你妻子去世前，你的婚姻就已经结束了。所以你为什么不能跟我，或其他任何人发展出一段新的关系？"

他发现，她要真动了气，那双绿眼睛就会更加闪亮。

"听起来，你好像比我更生气。"

"你为什么不生气？"她问，"你怎么不大发雷霆？"

"我已经花了太多时间大发雷霆。但那根本没什么用。"

"这是骚扰，是——是报复。都这时候了还报复，有什么意义……"一个念头猛然击中了她，"是她的家人，对不对？是林赛的家人。他们不愿善罢甘休。"

"换了你，你愿意？"

"噢，该死，别再这么理智了！"她大步迈向浪花翻卷的水边，"我想，她要是我的姐妹、我妈，或者我女儿，我会渴望真相。"她转过身，面朝凝望着自己的他：

"但雇个人到这儿来问别人问题，也是一种探寻真相的办法吗？"

"所以，这也不是太说得通。"他耸耸肩，"虽然也不会太有用，但他们相信，就是我杀了她。对他们而言，其他人不能，也不会这么做。"

"真是顽固保守、目光短浅。你既不是她生命中的唯一，甚至在她死时，也并非她最重视的那个人。她在委员会工作，有个情人、有份兼职、有朋友，还有家人。"

注意到对方正皱眉看着自己，她顿了顿。"我告诉过你，我不仅追踪过这件案子，也听过赫斯特的倾诉。她觉得难以对你或家人开口的话，都说给我听了。我虽关心她，但毕竟不是血缘至亲，所以，她可以向我倾诉。"

他沉默片刻，点了点头。"你的倾听，一定帮了她不少。"

"的确如此。我知道赫斯特不喜欢她，非常不喜欢。她本可以努把力，尝试着欢迎她。"

"我知道。"

"我要说的是，既然赫斯特不喜欢她，那这世上就很有可能还有人不喜欢她。所以，和大多数人一样，林赛有敌人，或者说，至少有人不喜欢她，妒忌她，或者怨恨她。"

"这些人都没有跟她结婚，也没有在她被害，或者说尸体被发现的那天，跟她当众大吵了一架。"

"要这么想下去，我衷心希望，你没想过要当自己的辩护律师吧？"

他微微一笑。"那诉讼委托人就要当我是傻瓜了。我虽然不会这么做，但那些都是有效的证据。更何况，她家人还对我有诸多不满。他们认为，相对于她，我更重视自己的需要和野心，没给她幸福，所以她才会去别处寻找幸福。她对家人说我忽视她，接着开始抱怨她很多时候都得自娱自乐。然后，她说我非常冷淡，又对她恶语相向，所以怀疑我有外遇。"

"尽管自始至终都没找到你有外遇的证据，甚至警方经过全面调查后，发现有外遇的是她，也是如此吗？或者说，你真的曾经辱骂过她？"

"最后那次跟她当众进行的对话，我的确说得很难听。"

"就我读到的报道来看，你们说话都很难听。好吧，我理解家人需要支持和借口，或做任何能让他们觉得安慰的事。但雇个私家侦探到这儿来监视你？这里什么也没有啊。你已经多少年没回来过了？所以，他能找到什么？"

有她这么一个倾听者，的确帮了奶奶不少。这点他算是看出来了。尽管他在犹豫是否要旧事重提，他也知道，她的话抚慰了自己。"他们并不打算无声无息地放过我，我知不知道这事，其实都不太重要。她父母苦苦追求的死亡诉讼，完全就找错了人。"

"噢，伊莱。"

"要我说，这事就是为了让我知道，他们为达目的，已经用尽浑身解数。"

"他们怎么不去跟踪她的情人，或者任何可能跟她有染的人？"

"他有强有力的不在场证据。我没有。"

"多有力？"

"他和他妻子待在家里。"

"这些我都读到、听到了，但他妻子可能在撒谎啊。"

"当然有这个可能，但她为什么要撒谎？从警察那里得知他竟跟一个他们都认识的人有了外遇，那女人已经倍感屈辱，羞愤难当了。所以，她是很不情愿地发了誓，宣称他那天晚上六点前都待在家里。案发时他们都做了什么，她都讲得清清楚楚，与事实完全吻合。杀死林赛的不是贾斯廷·斯金德。"

"也不是你啊！"

"虽然不是我，但要说作案机会，我有，他没有。"

"你到底站在哪一边？"

他又微微一笑。"噢，当然站在自己这边。我知道杀她的不是我，正如我知道，他们凭着现有的证据，认为我有罪一样。"

"他们还想要更多证据。你上哪儿去找更多证据？"

"这问题我们已讨论过，不是没什么结果吗？"

"他们雇了个私家侦探。不如，你也雇一个？"

"雇了也没什么用。"

"就这么放弃了？别这样啊。"她轻推了他一把，"你也雇个人，再试一次。"

"这会儿，你听起来倒很像我的律师。"

"很好，听听你律师的意见吧。你不能就这么闲闲地任人摆布。这可是我的经验之谈。"接着，她又补充道，"我那事说来就话长了，改天告诉你。现在我要说的是，被动挨打只会让你沮丧怯懦，觉得自己不堪一击，觉得自己是个受害者。你不是受害者。只要你不想，你就不是！"

"有人伤害过你？"

"是啊。很长一段时间，我也跟你一样。但我最终还是接受了事实。伊莱，你要反击！"她把手搭上他的肩膀，"不管他们相不相信你的清白，他们都会知道，你不是他们的替罪羊。而且，你自己也要知道这点。"

她冲动地踮起脚尖，轻轻地吻了他一下。"去吧，给你的律师打电话。"下完这个命令，她转身离开，径直走向了海滩前的那些台阶。

长长的海岬上，柯比·邓肯用他的长镜头，飞快地俯拍着这一切。

他觉得，兰登和这位身材修长、浅黑肤色的女人，似乎即将发生什么。当然，他不是有意窥探，但他的工作就是记录、提问、让兰登不得安生。

人在不得安生时，犯的错也更多。

第六章

阿布拉到布拉夫府打扫。刚一进屋，就闻到一股咖啡的香味。她到厨房里转了一圈，发现这里竟干净又整洁。而且，他还破天荒地开始写购物清单了。

他走进来时，她正站在梯凳上，用抛光剂擦着橱柜。

"早上好。"她冲下方的他微微一笑，"起床有一会儿了吧？"

"嗯。我想找点事情做。"尤其是黎明前就被那该死的噩梦吵醒时。"今天，我得回波士顿一趟。"

"哦？"

"去见见我的律师。"

"那真是好极了。你吃过饭了吗？"

"吃过啦，老妈！"

她也不恼，继续擦着橱柜。"有时间去看看你的家人吗？"

"是打算去看看。不过，我不确定什么时候能回来。我可能在那里过夜。嗯，很有可能。"

"没问题。我们可以另外约个按摩时间。"

"我会把钱留给你。就跟上次一样，行吗？"

"行。不管怎样，如果还有什么变化，我们也下周来调整。既然你不工作，那我会快速地打扫一遍办公室，但我保证，绝不碰你桌上的任何东西。"

"好。"他站在原地，望着她。今天，她穿了件普通的黑色 T 恤。对她来说，这衣服着实保守了些。下身是条舒适的黑色长裤，脚上是双红色高帮运动鞋。

两粒小红球在她耳下摇晃。接着，他发现厨房岛上的一个小碗里，放着几只银戒。她多半是怕戒指也粘上抛光剂，才把它们脱下来的吧。

"那天，你说得对。"他终于吐出这么一句话来。

"嗯，那样子的确更讨我喜欢。"她走下梯凳，转过身，"我说什么了，你觉得很对？"

"关于反击的那番话。我一直任由事态恶化。虽然我也有理由，但那么做并不管用。打个比方，我至少需要武装起来。"

"很好。没人必须忍受骚扰和追踪，林赛的家人却正在把这些事加诸你身上。他们不会轻易放过这件案子的。"

"他们不会吗？"

"从法律上来讲，这里没什么值得他们追踪到底的东西。我看过不少律师题材的节目，我反正没发现。"

他忍不住轻笑出声："看来，那些节目真让你学到不少。"

他的反应让她很高兴。她点点头说："我都能以此为生了。到目前为止，他们只是想借人身保护令，来招惹你而已。"

"这个观点……真特别。"

"也很合理啊。他们多半以为，如果能把这事再拖些时日，继续在你身上做文章，或许就能找出新的证据。或者，他们至少可以用文件和传票之类的东西击垮你，让你提出经济赔偿，从而证明他们认为你有罪的看法。他们悲痛欲绝，所以正好穷追猛打。"

"或许，你真能以此为生了。"

"我喜欢看《傲骨贤妻》①。"

"什么?"

"是部法律题材的电视剧。那真是个值得研究的性感角色。总之,我要说的是,你决定约见律师真是太好了。这说明你在采取措施。今天,你的气色也更好。"

"比什么时候更好?"

"比你以前更好。"她停下正在干的活,手抚着自己的臀部,歪着脑袋说,"你应该系条领带。"

"领带?"

"通常来说,我不理解男人为什么要往头上套根绳索。领带就是绳索,不是吗?不过,你应该系条领带。它会让你感觉更强壮、更有掌控力,也更像你自己。何况,楼上正好有很多条领带。"

"还有什么要吩咐的吗?"

"别剪头发。"

她又一次让他不解。"为什么不能剪头发?"

"我喜欢你的发型,虽然不太像律师,却很像作家。如果你真觉得有必要,那就稍微修一下吧。其实,我都可以帮你,但是——"

"不,不,你肯定不行。"

"没准儿,我真有这本事呢?不过,你可别修成那种穿西装、打领带的律师发型。"

"系条领带,但保持现有的发型。"

"完全正确。对了,带些花给赫斯特。这会儿,你应该已经可以找到郁金香了。就带这花吧,它们会让她想起春天的。"

"我要把这些都写下来吗?"

她微笑着绕过厨房岛:"你不仅气色更好,感觉也更好了嘛,都会

---

① 一套美国法律剧情电视连续剧。

条件反射地顶嘴啦！"她的手拂过他运动衫的翻领。"去吧，挑一条领带。另外，开车小心些！"然后，她踮起脚尖，吻了吻他的脸。

"说真的，你到底是谁?"

"以后会知道的。代我向你家人问好。"

"好吧。等我办完这些事……回头见。"

"我会安排按摩时间，然后在你的日历上标注出来。"

她又绕过厨房岛，爬上梯凳，继续上抛光剂。

他选了条领带。系上它，虽谈不上感觉更强壮、更有掌控力，但说来也怪，他的确感觉更完整了。于是，他便带着这种感觉，拿出公文包，把文件、一本新的信笺簿、几支削尖的铅笔和一支备用钢笔装了进去。接着，他思索片刻，把自己那个迷你录音机也放了进去。

他穿上大衣，瞥了眼镜中的自己。

"你到底是谁?"他寻思着。

他看起来虽然和以前不太一样，却也并非那副他早已习惯的颓废样。不再是律师了，他想，但事实证明，他也还没成为一名作家。虽然没罪，但也还没被证明是无辜的。

依然处在地狱的边缘。不过，或许他终于做好往上爬的准备了。

他朝楼下走去，沿途把给阿布拉的钱放在桌上，便头也不回地出了门，任由她今天的打扫曲目——斯普林斯汀①的老歌在身后放得震天响。

他钻进车，突然发现自从三周前把车停在此处，这还是他首次再坐上驾驶座。

一步一步，重新掌控一切，感觉的确不错。他打开收音机，乍听见里头传出斯普林斯汀的歌，不由惊讶地笑出声来。

---

① 布鲁斯·斯普林斯汀（Bruce Springsteen）是美国 20 世纪 70 年代以来大红大紫的摇滚乐巨星之一。

这可真像有阿布拉作陪！这么想着，他驱车驶出了威士忌海滩。

他未曾注意，一辆车悄悄地跟了上来。

※

阿布拉见天气相对温和了些，便打开门窗透气。她替伊莱的床换了条干净的新床单，并拍松了羽绒被。她寻思片刻，用方巾叠出一条鱼，接着又在自己那个专做这类傻事的应急包里一阵翻找，终于掏出一个小小的绿色塑料烟斗，塞进鱼嘴里。

当卧室终于符合她的验收标准，第一批衣服也轧轧地在洗衣机里转个不停时，她的注意力才终于转向办公室。

她很想在桌子上乱翻一气，万一找到什么便条或线索，还能了解一下他目前的进展。不过，既然说好不乱翻，就不能食言。于是，她只是擦擦桌子，用吸尘器吸吸灰尘，替他补充好瓶装水和"激浪"。赫斯特要求他按摩。于是，她在便利贴上写好下一次按摩的时间，然后把那张便利贴贴在了一瓶水上。擦完真皮写字椅后，她在原地站了会儿，仔细打量眼前的风光。

感觉还真不错。海风习习，阳光明媚，雪已经都化了。今天的大海一片蔚蓝，海草随着微风轻轻摇曳。她看见一艘渔船，那抹暗红，在一片深蓝中缓慢推进。

她很想知道，他现在已经把这里当成家了吗？眼前的这番景致，海风、涛声和空中的气味，对他来说，已经有家的感觉了吗？她自己是花了多长时间，才把这里当成家的？

她想不起来了。好像并没有一个明确的时间。也许是莫琳端着一盘布朗尼蛋糕和一瓶红酒，第一次敲响她的家门时；也许是她第一次踏上那片海滩，内心真正感到安宁时。

和伊莱一样，她也是逃到这里来的。只不过，她还有别的选择。所以，威士忌海滩是她深思熟虑后的结果。

现在想来，这真是个正确的选择。

她下意识地伸出一根手指，沿着左边肋骨，摸到一处细小的疤痕。现在，她已经很少想起这条疤痕，很少想起自己到底逃离了什么。

但伊莱提醒了她。她如此强烈地想要帮助他，或许这也是原因之一吧。

她还有很多其他原因。她想，或许还能加一个：认出莫琳时，他脸上明媚灿烂的笑容。

她决定，让伊莱·兰登有更多微笑的理由，就是她的新目标了！

不过，现在，她得先把他的内衣裤放进烘干机里。

※

伊莱坐立不安地等在尼尔·辛普森的休息室里。三名接待员中的一位提出要给他咖啡和水之类的东西，都被他拒绝了。终于，尼尔大步流星地迎了出来。

"伊莱，"西装笔挺的尼尔飞快地伸出一只手，紧紧握住了伊莱的手，"见到你真高兴。走，回我的办公室说吧。"

他灵活矫健地穿过加德纳、戈比、赖特和辛普森迷宫般的办公室。这是个自信的男人，一名出色的律师。三十九岁的他，不仅已成为高级合伙人，信纸信头印有他名字，公司还属于该市最顶尖的法律公司之一。

伊莱信任他，也只能信任他。尽管两人效力于不同的公司，经常争夺同样的客户，但他们也属于同一个圈子，有很多共同的朋友。

伊莱想，或者说，他们曾经有过很多共同的朋友。因为媒体接连不断的打击，他的大部分朋友都已经悄悄溜走了。

尼尔的办公室视野开阔，可以清楚地看见冬日里的下议院。尼尔避开他那张巨大的办公室，冲伊莱指了指那套皮椅。

"我们先歇一歇。"尼尔刚开口，他那位迷人的助理便端着一个托盘走了进来。托盘里是两大杯浮满泡沫的卡布奇诺。"谢谢你，罗莎莉。"

"不客气。还需要什么别的吗？"

"有什么需要，会再叫你的。"

助手退出去，关上了门。尼尔往椅子里一靠，仔细打量了一下伊莱。"你气色好多了。"

"大家都这么说。"

"书写得怎么样了？"

"时好时坏，但总的来说，还不错。"

"你奶奶呢？恢复得还好吧？"

"嗯。我待会儿会去看她。尼尔，你没必要说这些的。"

褐色的眼眸精光一闪，尼尔端起马克杯，又靠了回去。"说什么？"

"寒暄，这些让客户放松下来的例行公事。"

尼尔尝了口咖啡。"你雇我之前，我们关系还不错。但你并不是因为我们关系不错，才雇了我。或者说，这不是最主要的原因。我问你为什么要专程来见我，你给了我几个很好的理由。其中之一就是，你相信我们都是干法律的，工作有相似之处。我们都是客户的代表。伊莱，我想知道你的精神状态。这能帮助我决定该建议你做什么，或者说不做什么。我得花多大力气，才能说服你接受一个或许你觉得自己还没准备好的建议。"

"我的精神状态和那该死的潮汐一样善变。目前嘛……不太乐观，但更积极。尼尔，拖着这么长一个烂摊子，我累了。没完没了地后悔我不能拥有的东西，我已经厌倦了。我甚至不知道，自己是否还想拥有它。我已经厌倦了这种不明不白的状况。或许，这比几个月前那种如坠悬崖的感觉好些，但我真他妈该往前看了。"

"好。"

"找到真正杀害林赛的凶手，将他逮捕、审判并定罪前，我都没法改变林赛的父母，或其他任何人对我的看法和感觉。即便到了那时候，有些人依然会认为我是蒙混过关，躲过了正义的审判。所以，得了吧，我无所谓。"

尼尔又啜了口咖啡，点点头。"可以。"

伊莱站起身，一边在办公室里踱着步，一边说："就算为了自己，我也得知道。她曾是我妻子。这跟我们曾经或许相爱，此刻却不再爱对方无关；跟她是否背叛我无关；跟我想结束这段婚姻，让她走出我的生活无关。她曾是我的妻子，我需要知道，到底是谁闯进我们的家，杀害了她！"

"我们可以再把卡尔森找回来。"

伊莱摇摇头。"不，他已经竭尽所能。我想找个新人，一个从未涉足过此事，可以从头开始调查的人。我这么说并不是要挖苦卡尔森。他的工作是找到支持合理怀疑的证据。我想雇个新人。这个人不需要再寻找能证明我清白的证据，而是要找出真凶。"

尼尔在信笺簿上有一搭没一搭地记着笔记。"深入调查此事，但不必自动将你排除在外。"

"没错。我们雇的这个人应该调查我，仔细调查。我想雇个女的。"

尼尔笑了："哈，谁不想雇个女的？"

伊莱也微微一笑，重新坐下来。"过去十八个月里，我就不想。"

"难怪你看起来这么糟糕。"

"我想，我已经好多了吧。"

"的确。不过这只能表明，你曾经糟糕到了什么程度。你很想雇个女侦探。"

"我想要个聪明、经验丰富、调查彻底的女侦探。一个更容易与林赛的朋友交流，比面对卡尔森时，更易敞开心扉的女侦探。我们都同意警方的结论，那个凶手要么有钥匙，要么就是林赛开门放进屋的。并没有强行入室的迹象。而且，她四点半到家，输入密码进屋后，下一个输入密码的人，就是六点半左右到那里的我。她背后受袭，说明她是背对凶手的。她并不怕他。没有打斗、挣扎，或入室盗窃的痕迹。她认识那个凶手，对他毫不畏惧。斯金德虽然有不在场证据，但如果他并非她唯一的情人，而只是她最新的情人呢？"

"这条路我们已经试过了。"尼尔提醒他道。

"所以，我们要再走一遍。这次走慢点，如果有希望，还可以绕绕路。警察可以不结案，可以继续折腾我。尼尔，这都没关系。我没杀她，而他们却穷尽一切办法，证明是我干的。不要再试图阻止他们，我们要做的，是用真相彻底摆脱这件事。"

"好吧，我会打电话的。"

"谢谢。既然讲到私家侦探，那就说说——柯比·邓肯吧。"

"其实，我已经打过一些电话。"他起身走到桌旁，拿回一份文件，"基本上，这都是你的副本吧？他有家空壳公司。他虽然经常钻法律的空子，打擦边球，却从未被正式传讯过。他在波士顿警察局干了八年，现在仍有不少关系在那里。"

伊莱边听尼尔述说，边打开文件，读起那份报告来。

"我觉得，雇他的多半就是林赛的家人。不过，他替他们办的事，似乎也太低调，太基本了些。"那些细节让他皱眉，但他仍继续寻找其他视角和其他的可能性，"我还以为，他们会找家名头更响的公司，做些技术更先进的分析。"

"我同意，但人们可以基于很多因素，做出这些决定。或许是某位朋友、某个同事，或家中的什么人提出的建议。"

"好吧，如果雇他的不是他们，那我真想不到会是谁了。"

"他们的律师对此不置可否。"尼尔说，"这时候，她没有义务透露这方面的信息。邓肯当过警察，所以很可能跟沃尔夫相识。而沃尔夫或许正好决定展开调查。就算事情是这样，他也不打算告诉我。"

"不太像他的做法，但是……不管谁雇了邓肯，他要在威士忌海滩打听消息，我们都无权干涉。他这么做并不违法。"

"正如你没有义务跟他说话一样。但这并不是说，我们的侦探不能向他提问，不能收集跟他有关的信息。而且，我们也并非不能放出消息，说我们同样雇了个人，做跟他一样的事。"

"没错。"伊莱附和道，"是时候搅搅这锅粥了。"

"此时此刻，皮德蒙特家不过是想弄出点动静，好激起对你的怀疑，让媒体继续把他们女儿那件已然沉寂的案子重新炒热，以保持公众关注度。而且，这么做还能顺便把你的生活搞得一团糟。所以，最近私家侦探这事，很可能就是他们弄出来的。"

"他们就是不想让我好过。"

"没错，就是这样。"

"那由他们去吧。这事曾经一天二十四小时，一周七天地折磨我。现在的情况还能比当时更糟吗？之前我都挺过来了，这次也一定能挺过去。"此刻，他坚信这点。他不会毫无作为地任由事态发展，而是要主动出击。"这次，他们要对付我，我并不打算坐以待毙。他们失去了女儿，我很抱歉，但要想因此搞垮我，办不到！"

"所以，他们的律师提出经济赔偿时，我表示坚决反对。其实，我早料到，她迟早会提起这事。"

"去他妈的。"

"你这么回应，显然更好。"

"去年的大部分时间，我都在震惊、内疚和恐惧的迷雾中苦苦挣扎。每次风向改变，稍有清明之色，我能看见的，就是另一个新的陷阱。我还没有走出那片迷雾，上帝啊，我真怕它会卷土重来，将我彻底淹没。但现在，今天，我却非常愿意冒冒险，踏进其中的一个陷阱，然后挣脱出来，再次呼吸到新鲜的空气。"

"好，"尼尔把一支银色万宝龙钢笔稳稳地放在信笺簿上，"我们来聊聊具体怎么办。"

※

终于离开尼尔的办公室，伊莱径直走向对面的下议院。回到波士顿，即便只回来一天，他问自己感觉怎么样，却怎么也找不出答案。这里的一切依然熟悉，让人备觉安慰。突破冬天的泥土，向着春日暖阳抽出的第一批绿芽，也让人充满希望和感激。

今天风虽大，却算不上狂风呼号。人们顶着风，有些在长凳上吃午餐，有些像他一样缓步而行，或抄近道去往别处。

他记得，自己是很喜欢住在那里的。那种熟悉而安定的感觉又回来了。如果他想来场远足，就可以从那里步行去办公室。然后像尼尔待他那样，愉快、熟练地应付各种客户。

他知道哪儿有他最爱喝的咖啡，知道哪儿可以快速解决午餐，哪儿可以悠闲地慢慢吃。他有最喜欢的酒吧，最喜欢的裁缝和最喜欢的珠宝商。给林赛的礼物，大多数都是从这个珠宝商那里买的。

这一切，他都已失去。但他站在那里，凝视着苍翠欲滴、含苞待放的水仙时，却发现自己并不后悔。或者说，他对它们已没有了曾经那种渴望。

于是，他找了家新店，稍微修了修头发，为奶奶买了郁金香。回威士忌海滩前，他要把剩下的衣服和运动装备都带上。他要好好地收拾收拾心情，学会放手，继续生活。

家里那幢漂亮的红砖房位于笔架山。他的车停在家门口时，翻卷的云层已经遮天蔽日。他觉得，这把超大束的紫色郁金香，应该可以弥补突然变坏的天气吧。他一手搂着郁金香，另一只手抱着盆经人工培育，提前开花的风信子，走下车来。他妈妈最喜欢的花，就是风信子。

不得不承认，开车、那场会面和之后步行带给身体上的疲乏，已经让他厌烦。不过，他不打算让家人看出自己的疲态。天气虽然阴沉下来，他还是要坚持他曾在下议院找回的希望。

他甚至还未走到门口，门就开了。

"伊莱先生！欢迎回家，伊莱先生！"

"卡梅尔！"他双手要是空着，一定会拥抱他们这位老管家的。于是，他转而弯下腰，亲了亲只有五英尺高，却满面笑容的她。

"您太瘦了！"

"是啊。"

"我让艾丽斯给您做个三明治，您一定要吃下。"

"遵命，夫人。"

"瞧瞧，这花儿可真漂亮！"

伊莱从花束中抽出一支郁金香。"送给您！"

"哦，谢谢，亲爱的！快进来，快进来。您母亲马上就回来了，您父亲答应五点半到家。所以，您要是待不到那时候，他是不会想念您的。不过，您会留下来的，对吧？留下来吃晚餐吧。艾丽斯正在做扬基炖牛肉。至于甜点，是法式香草烤布蕾哦！"

"那我得为她也留一支郁金香。"

卡梅尔宽宽的脸庞上挂着温暖的笑容，眼中却突然泛起水光。

"别哭。"林赛被杀后，他每天都能在自己所爱的这些人脸上，看到痛苦哀伤之色，"一切都会好起来的。"

"嗯，会好起来的，肯定会好起来的。我来帮您拿那盆风信子吧。"

"那是送我妈的。"

"真是好孩子，您向来都是个好孩子，即便有时候会开开小差。您妹妹也会过来吃晚餐。"

"我真该多带些花儿来。"

"哈哈。"她眨掉眼泪，手一挥，让他继续走，"把那些带给您奶奶吧。她在楼上客厅。多半正坐在电脑面前呢。她整日整夜都在电脑前，简直拉都拉不走。我去给您拿三明治，再找个花瓶装那些郁金香。"

"谢谢。"说着，他便朝宽阔优美的楼梯走去，"她怎么样？"

"每天都有好转。虽然还为想不起当时的情形沮丧，但人是越来越好了。见到您，她一定会很开心。"

伊莱拾级而上，踏过最后一级楼梯，转向东翼。

卡梅尔料得没错，奶奶果然坐在桌前，敲着她那台笔记本。

她穿一件整洁的绿色开襟羊毛衫，后背和肩膀挺得笔直。一头夹杂着几缕银丝的黑发，做了个很时髦的发型。

没有助步车。看到这点，他不禁摇了摇头。不过，她那根银顶狮头拐杖，倒是靠在桌边。

"又在煽动民心啦？"

他走到她身后，吻了吻她的额头。她伸手拉住他的手。"我这辈子都在煽动民心，现在干吗要停止？让我看看你。"

她转过椅子，推得他轻轻退了几步。那双深棕色的眼睛毫不留情地仔细打量着他，然后，她的唇角就微微扬了起来。

"威士忌海滩很适合你。还是太瘦，但没那么苍白，也没那么沮丧了。你给我带来了几点春色啊！"

"得感谢阿布拉。她让我带的。"

"你很聪明，知道听她的。"

"她是个从不接受拒绝的人。我想，这也是你喜欢她的原因吧。"

"算原因之一吧。"她伸出手，握了会儿他的手，"你看起来好多了。"

"嗯，现在还不错。"

"我们拥有的，不就是现在？快坐下。你真是太高了，望得我脖子疼。坐下，跟我说说，你最近都干什么啦？"

"工作、沉思、自怨自艾。然后，在一堆乱七八糟的事情中，找出那件让我觉得自己还活着的事。我要尝试着做点儿什么，以后就不用沉思和自怜了。"

赫斯特给了他一个满意的微笑。"瞧，这才是我的孙子嘛！"

"你的助步车呢？"

她一脸骄傲地说："早抛开啦！医生往我身上安的零件，都够造艘战舰了。理疗师简直跟教官似的折腾我。我这都忍了，当然能扔掉那该死的老太太助步车！"

"你还疼吗？"

"时不时还会这儿疼那儿痛的，但已经好多了。这话我对自己说，也对你说。伊莱，我们不会被那些东西打垮的。"

她也瘦了。那场事故和难熬的康复期，也让她的脸平添了不少皱纹。然而，他还是从她依然热烈的眼中，得到了安慰。

"嗯，我也开始相信这话了。"

伊莱和奶奶聊天之际，邓肯的车缓缓停在了路边。他先用相机的长镜头仔细观察了一遍房子，然后放下相机，掏出录音机，做完这天的记录。

他好整以暇地安顿下来，开始静静等待。

第七章

有时候，这份工作是很无聊的。柯比·邓肯没精打采地坐在他那辆普通轿车里啃胡萝卜条。他新交了个女朋友，很有可能发生的性生活，定能让他减掉十磅。

他已经瘦了两磅了。

两个小时里，他挪了一次车，正考虑要不要再挪一次。直觉告诉他，兰登应该会待上一段时间，多半是留下来吃晚餐。因为，邓肯瞥见了他母亲、父亲，刚刚还看见带着丈夫、孩子一起回来的妹妹。

不过，邓肯的工作是调查兰登。所以，他坐在这里就好。

即便遇到交通堵塞，他也毫不费力地跟到了波士顿，跟到兰登律师的办公大楼。他在那里得到机会，绕着兰登的车溜达了一圈，却没发现什么特别情况。

大约九十分钟后，他尾随兰登转了圈下议院，然后跟着他去了一家收费不菲的沙龙，一直等到他修剪完头发。邓肯觉得，花五十多美元修剪一番的结果，跟之前也没多大区别。

也许有区别吧，不过，天知道是什么区别。

兰登又走进一家花店，然后捧着满怀的鲜花走了出来。

就是一个先在城里办几件事，再回家探亲的普通人。做的都是普通的琐事，没什么特别的。

其实，就邓肯目前的观察，兰登做的都是琐事，而且加起来也没几件。兰登要是个杀了自己妻子，还逍遥法外的人，就肯定不会如此明目张胆地在外游荡。

到目前为止，关于他的报告，还是没几页。记录显示：兰登到海滩散了几次步，遇见了那个性感的女管家和一个用力拥抱了他一下的女人。事实证明，那个女人不仅已婚，还是三个孩子的母亲。

他觉得兰登和那个女管家擦出了火花。但兰登回到海滩上的那幢别墅前，他还压根无法将那两人联系到一起。

不过，他对阿布拉·沃尔什的背景调查显示，她曾经勾搭过某些暴力分子。这么看来，兰登要是敲爆了妻子的脑袋，她跟他还真是绝配。然而，邓肯已经开始怀疑这个结论。他觉得，兰登或许就是她现在才做出的选择。他找不到半点能证明两人在谋杀案前就有染的证据。

他甚至能仅凭这几页报告，断定雇主认为兰登有罪的观点站不住脚。或者，邓肯的老朋友沃尔夫虽然是波士顿最杰出的警察之一，但他笃定是兰登把红杏出墙的妻子打得脑浆迸裂的说法，也是错误的。

他观察的时间越长，就越觉得那个可怜的家伙是无辜的。

为了获得信息，他还试着直接接触了一些人。比如那个性感的女管家，能接触更多人的小旅馆职员，以及其他一些人。他做出一副对那幢大房子评头论足的样子，像其他任何游客一样，问关于其历史和主人的问题。

他听到很多那里如何因酒致富的传闻。艰难的禁酒时期里，从海盗掠夺，到建酒厂生产威士忌，都让那家人积聚起大量财富。然而，关于那里的传说并未由此终结，从秘传数代的失窃珠宝、家族丑闻，可能存在的鬼魂、英雄和恶棍，一路传到了今日伊莱·兰登的丑闻。

礼品店那个漂亮的女店员，是最让他高兴的消息来源。旺季之前的某个阴郁午后，跟一位付钱的顾客八卦半个小时，那姑娘是十分乐意的。八卦往往是私家侦探最好的朋友，而希瑟·洛克比又总是那般友好。

邓肯记得，她对伊莱印象很糟。看起来，那位死去的妻子是个势利小人，待人冰冷，极不友善，甚至不愿花时间探望伊莱年迈的奶奶。希瑟说着说着就跑了题，转而聊起赫斯特·兰登摔伤那事，但他还是轻易将她拉回了正题。

拜大嘴巴的希瑟所赐，邓肯很快知道，无论是在威士忌海滩度过的那些夏天和假日，还是兰登的少年和青年时期，这小子都未缺过女伴。他喜欢派对，喜欢在当地酒吧狂饮啤酒，也喜欢开着他那辆敞篷车四处兜风。

据希瑟所说，没人觉得他会在三十岁之前安定下来，与人步上红毯。而且，对于他的这场婚姻，旁人也有诸多揣测。直到未见小孩诞生，谣言才渐渐散去。

兰登不再带妻子来布拉夫府后，他们的婚姻显然出了点儿问题。接着，兰登自己也不来了。离婚的消息传来时，谁都没露出半点惊讶的神情。

消息传开前，希瑟就知道那个冷冰冰的妻子出轨了。显然，这是迟早的事。她一点儿都不怪伊莱大发雷霆，怒斥妻子。希瑟觉得，如果真是他杀了她——当然，这念头不过一闪而逝——那也肯定是场意外。

为了让她继续说下去，他已经花了二百五十美元。所以，他没问一个女人被火钳数次敲击后脑，怎么还会是场意外。然而，除了娱乐性，她的话没有任何其他价值。

不过，他觉得有意思的是，当地至少还有人怀疑这个备受宠爱的儿子是杀人犯。而怀疑，就会让那些人敞开大门。于是，这些日子以来，他做的事就是敲开那些门，以赚取他应得的那份工资。

现在，他却不想再这么继续下去了。他想收工，至少要休息片刻，好好地洗个澡。

他正来回挪着麻木的屁股时，手机响了。

"我是邓肯。"听到雇主的声音，他又挪了下屁股，"我在笔架山，正坐在他父母的房子外。今天早上，他开车来到波士顿。我正准备把报告发给你——"

被雇主那连珠炮似的问题打断时，他再次挪了挪屁股。

"嗯，没错。他整天都在波士顿。见了他的律师，剪了个头发，买了些花。"

对方是付账的人，他边往本子上记录这通电话，边提醒自己。"大约半个小时前，他妹妹一家人进了屋。看样子，全家都到齐了。从时间上判断，我想，他至少会在这里吃晚餐。我不知道还会不会有其他活动……好吧，如果您是这么想的，那我照做就是。"

反正是你的钱，邓肯边这么想着，边彻底放松下来，做好等上一晚的准备。"等他出来，我就联系您。"

听到电话挂断的声音，邓肯摇了摇头。付账的是雇主，他再次这么想了一遍，又啃了根胡萝卜条。

※

他或许只离开了几个星期，却有种重返家园的感觉。老狗萨迪蜷着身子，趴在巨大的石壁炉前。壁炉里，原木劈啪作响，火烧得正旺。每个人都围坐在客厅里。厅里一切如旧，仍放着那些熟悉的古董和家庭合影。钢琴边那个细长的花瓶里，插的依然是红色百合。他们坐在那里，一边啜着红酒，一边聊天。仿佛世界末日前的任何一个夜晚，都可以这般度过。

甚至经常唱反调的奶奶，也允许他将自己带下楼，放进她喜欢的那张靠背扶手椅里。接着，她也会跟大家闲聊，仿佛一切都未曾改变似的。

孩子起了很大作用，他想。未满三岁的塞利娜就像橡皮软糖般，飞快地让整个房间充满了欢笑和活力。

她要他陪。于是，伊莱只得坐到地上，帮忙用积木为她的公主娃娃搭建城堡。

这件事很简单，也很平常，却让他想起自己也曾想过要一个孩子。

他觉得，跟几周前他离开这里，前往威士忌海滩时比起来，爸妈看起来已经没那么紧张了。他们经历的这番折磨，不仅加深了爸爸脸上的皱纹，也让妈妈的面色更加苍白。

他想，但他们从未动摇过。

"我得去喂喂这个忙碌的小丫头了。"伊莱的妹妹特里西娅站起身，顺手掐了丈夫一下，"伊莱舅舅，不如，你也来帮把手？"

"啊……好吧。"

塞利娜抬起胳膊，摇摇晃晃地拎着娃娃，依然笑得让人爱不释手之际，就被他一把捞起来，带进了厨房。

肩膀宽宽的艾丽斯正在那带六个燃烧器、价格不菲的炉子前忙碌。"怎么，她饿了？"

塞利娜立刻扔下伊莱，伸长胳膊，去够厨娘。"噢，我的小公主。我来照顾她。"艾丽斯边对特里西娅说，边十分熟练地把塞利娜稳稳地放在了屁股后面的架子上，"她可以一边在这儿吃，一边陪我。卡梅尔也在。我一告诉她我们的小姑娘到了，她就忙不迭地赶来了。大约还有四十分钟，就可以开饭啦！"

"谢谢。如果她给你惹了什么麻烦——"

"麻烦？"艾丽斯滑稽地瞪大眼睛，夸张地惊呼，"瞧瞧这张脸！"

塞利娜咯咯笑着，搂住厨娘的脖子，轻声问："我还有曲奇吃吗？"

"吃完晚餐就有。"艾丽斯也轻声回道。"我们都很好，"她做了个赶人的手势，"去休息吧。"

"乖一点。"特里西娅警告了女儿一声，然后拉起哥哥的手。将近六英尺的身高，加上健美的身材和果断的性格，她不费吹灰之力，就拉着他离开厨房，穿过客厅，朝图书室走去。"我要跟你聊聊。"

"我就知道你要这么说。我很好。一切都很顺利,所以——"

"闭嘴!"

跟轻声细语、圆滑委婉的母亲不同,特里西娅的性格,更多是继承自勇往直前、坚韧不拔、固执己见的爷爷。

这也是现在她能完全胜任兰登威士忌首席运营官的原因。

"我们聊什么事都小心翼翼,之前到底发生了什么,现在呢?你都是怎么解决的?什么叫很好,现在只有你跟我。我们面对面地站着,你不用再字斟句酌地发电子邮件了。伊莱,你现在到底在干什么?"

"每天都写作啊。我会去海滩散步,还会按时吃饭。因为,奶奶的管家一直都在替我做饭。"

"阿布拉吗?她非常漂亮,对吧?"

"不,她非常有趣。"

特里西娅顿时来了兴致,往那张宽皮椅的扶手上一坐:"快接着说。伊莱,真高兴你说起这事。因为,它听起来,就像你现在应该做的事。不过,如果一切都顺利,你回波士顿来干吗?"

"我就不能回来看望一下家人?我是谁,被扫地出门的小孩吗?"

即便那时,她伸手一指的样子,也让他想起了爷爷。

"别打马虎眼。你计划复活节才回来的,却现在出现了。快老实交代!"

"也没什么大不了的。我就想跟尼尔面对面谈谈。"他朝门口瞥了一眼,"你瞧,我不想让爸妈不开心。没这个必要,不是吗?看得出来,他们压力已经小多了。皮德蒙特一家正吵着要发起死亡诉讼。"

"胡扯,纯粹是胡扯!这时候搞出这事,简直就是赤裸裸的骚扰!伊莱,你是应该……跟尼尔谈谈。"说完,她舒了口气,"既然已经谈过了,他怎么看?"

"他觉得那就是点儿杂音而已,至少目前是。我叫他雇个新侦探,这次雇个女的。"

"你终于恢复过来了。"特里西娅眼中已蓄满泪水。

"老天，特里西娅，别这样。"

"不是因为——你——或者说，不完全是。荷尔蒙惹的祸。我怀孕了。今天早上，我还一边跟萨莉①唱《哗哗巴士》②，一边哭呢。"

"哦，太棒了。"他觉得，喜悦似乎一下子从脚底窜入心间，"真是太棒了，不是吗？"

"是啊。马克斯和我都激动坏了。我们还没告诉任何人，但妈妈应该已经有些怀疑了。管他的，现在才七周而已。"她收起眼泪，"我跟马克斯说好了，晚餐时把这个消息告诉大家。干吗不一起庆祝下呢，你说是吧？"

"嗯，然后就可以不用谈论我了。"

"是啊。所以，别说我没为你做过事！"她起身搂住他，"你保证，别再给我发那些字斟句酌的邮件，我就帮你转移所有人的注意力。要是哪天不顺心，一定要告诉我。如果需要人陪，我可以安排一下，带萨莉来陪你住几天。如果马克斯能安排好，他也会来。你不必独自一人的。"

她一定能说到做到，他想。为了他，特里西娅会把所有事情打乱，重新安排。她简直是这方面的专家。

"恕我直言，其实，一个人挺好的。有些事扔下太久。现在，我正在琢磨它们。"

"提议依然有效。而且，你要是今年夏天还在那儿，我们可会不请自来哦。到时候，我肯定已经胖得像鲸鱼，每个人都得等我才行。"

"你哪次不让人等啦？"

"这样，等你再长二十磅，满脑子都只有妊娠纹时，就回来吧。我

---

① 塞利娜的昵称。
② 美国著名童谣。

会帮你偷偷看着塞利娜，不让她甜言蜜语地从艾丽斯那儿骗餐前饼干吃。"

※

当天晚上九点，刚上完家庭瑜伽课的阿布拉趁学生们收拾垫子之际，抓过了一瓶水。

"抱歉我来晚了点儿，今天事情太多，我忙得都忘了时间。"希瑟又用了同样的借口。

"没关系。"

"我讨厌错过热身的呼吸练习。它一直都对我很管用。"希瑟叹了口气，做了个双手下压的动作。阿布拉不由露出一个微笑。

任何事都无法打垮希瑟。她觉得，这个女人说梦话的样子，估计跟她接受一小时按摩时，喋喋不休的样子差不多。

"我像个疯子一样冲出屋子，"希瑟继续说道，"噢，但我发现，伊莱的车没在布拉夫府。别告诉我，他已经回波士顿了。"

"没有。"

不甘心就这样结束话题，希瑟一边拉上外套拉链，一边说："我就是好奇，多大的一幢房子啊！只跟赫斯特……呃，她肯定永远都在那儿的……你懂我的意思吧？但我想，伊莱肯定很熟悉房子里的一切。所以，他就成天在那里头游荡。"

"这点……我倒没注意。"

"我知道，你过去照料房子时，会遇见他。所以，这也算得上些许陪伴。但我就是觉得，其他那些独处时光，他会不知道该干吗吧？那可不太健康哪。"

"希瑟，他在写小说。"

"我知道，他是这么说的。或者，人们都说他是这么说的。但他是个律师啊，律师懂什么写作？"

"哦，我不知道，去问约翰·格里沙姆①吧。"

希瑟张了张嘴，又闭上了。"呃，那多半是真的吧。不过——"

"希瑟，好像要下雨了。"格蕾塔·帕里什走上前来，"你方便送我回家吗？我好像要感冒了。"

"哦，当然没问题。等我把垫子收好就走。"

"你欠我个人情哦。"格蕾塔趁希瑟冲向一边，悄声低语道。

"嗯，大大的人情！"她感激地紧握了下这位老太太的手，便匆匆离开，忙着收拾垫子去了。

待屋里终于再无旁人时，她才长长地舒了口气。

她喜欢在家上课，喜欢上课前后那些亲切、随意的交谈。但也有些时候……

收拾好日光浴室后，她上楼换了件粉色绒毛睡衣，才又走回楼下。这件带白羊嬉戏图案的睡衣，是她最喜欢的一件。

她打算倒点红酒，生上火，然后拿本书，舒舒服服地读。雨点敲在天台上的声音，让她不禁莞尔。雨夜、炉火、红酒——

雨。该死，布拉夫府的窗子，她全都关上了吗？

当然。她怎么会忘了关……

真的关了吗？每一扇都关了吗？赫斯特家庭健身房里的那扇关了吗？

她紧闭双眼，努力回忆，试图想起自己走过房间，关上窗户的画面。

可她就是想不起来，就是无法确定。

"该死，该死，该死！"

要是不检查一下，她是没法放松下来了。好在去看看，也不过几分钟的事。反正她已经做好一锅炖火鸡。于是，她带上了为伊莱精心挑选

---

① 约翰·格里沙姆（John Grisham）是美国律师、政客、畅销书作家。作品多是以法律为题材的惊栗小说。

的食盒。

她从冰箱里拿出火鸡，脱掉舒适的袜子，一脚踩进自己那双旧UGG雪地靴。她直接在睡衣外裹了件大衣，抓过帽子往头上一套，就朝车子跑去。

"五分钟，顶多十分钟。我就能回来，继续喝那杯红酒。"

她蜿蜒而下，朝布拉夫府驶去。隆隆的雷声并未让她感到丝毫意外。在气象部门看来，三月末的天气跟疯子没什么两样。今晚还雷声隆隆、雨雪交加，第二天就可能阳光普照。谁知道呢？

她一手攥着钥匙，一手端着火鸡，一头扎进雨里，径直冲向前门。

她用屁股关上门，伸手去够电灯开关，好输入警报器密码。

"很好，好极了。"看着依然黑漆漆的门厅，她不由嘟囔道。风暴来临时，布拉夫府，或整片威士忌海滩的供电有多么靠不住，她再清楚不过。她"咯哒"一声按亮钥匙环上的小手电筒，循着那束细小的光，朝厨房走去。

她先检查了窗户，然后报告了停电的事。事实上，备用发电机也不起作用。那东西又坏了。她真希望赫斯特能修好那台老怪物。虽然赫斯特说自己经历过很多次停电，早就知道如何应对，但她还是担心，赫斯特如何才能挺过一场严重的停电事故。

她从厨房抽屉里找出一支大手电筒。或许，她应该去地下室看看那台发电机。她当然不知道该查看哪儿，但没准儿有用呢？

她朝门口走去，接着又停住了脚步。那里又黑又冷，可能很潮湿，或许还有蜘蛛。

也可能没有。

她要给伊莱留张便条。如果他半夜回到这个没电、没暖气又没有亮光的家，可以到她的沙发上凑合一晚。不过，她得先去查看一下窗户。

匆匆赶到楼上一看，她担心的那扇窗户自然是关好的。而此时此刻，她也毫不费力地想起了自己关上它，并扣好闩锁的情景。

她回到楼下，转身走向厨房。虽然不会轻易被吓住，她还是想回家了，想离开这幢又大又黑、空空荡荡的房子，回到自己那间舒服的小屋里。

又是一声炸雷。被吓了一跳的她，不由笑话起自己来。

电筒突然脱手而出，有人从身后扼住了她！一瞬间，也仅仅是那一瞬间，她完全慌了神，无助地挣扎，死命地抓挠她脖子上那条越扼越紧的手臂。

她以为会有一把刀抵住她的喉咙，刀锋掠过肋骨，一路划开她的皮肉。恐惧让她尖叫，叫声却被那条胳膊勒成了哽咽的喘息。

空气被阻断。她拼命挣扎，想吸入一口气，直到眼前开始天旋地转。

然后，她得救了！

手肘往后，直击心窝；脚下用力，猛踩脚背；趁对方松手之际立刻转身，凭借本能，一巴掌扇向后方的脸；最后，迅速提膝，重重地往对方腿间一顶。

然后，她撒腿就跑，依旧凭借本能，盲目地冲向大门。虽然手臂因用力过猛传来阵阵刺痛，脚下却一刻也不敢停。她拉开大门，冲向自己的车，颤抖着一只手，从包里掏出钥匙。

"快走，快走，快走。"

一骨碌爬进车，插好钥匙点火，调转车身，哧溜一声，绝尘而去。她飞快地打着方向盘，猛踩油门，全速前进。

她不假思索地驶过自己家门，一个急刹车，停在了莫琳家门前。

有光。有人。她安全了。

她冲向大门，一把推开。直到看见依偎在电视机前的朋友，她才停住脚步。

两人都猛地站起身来。

"阿布拉！"

"警察，"眼前又开始天旋地转，"快报警。"

"你受伤了！你在流血！"莫琳冲向她的时候，迈克正好抓起电话。

"我流血了？没有啊。"被莫琳一把拽住，她左右晃动着身子，低头查看，发现自己的卫衣和下面的睡衣领子上都有血迹。

不是刀伤。至少这次不是。不是她的血。

"不，这不是我的血。是他的。"

"天哪。出什么事故了吗？快过来坐下。"

"不，不是的！"她又想了想，这不是她的血。她逃脱了，安全了！此刻，眼前也不再天旋地转。"有人闯进布拉夫府。快告诉警察，有人在布拉夫府。他抓住了我！"她伸手掐住自己的喉咙，"他要勒死我！"

"他弄伤你了。我能看出来。坐下，快坐下。迈克！"

"警察马上就到。"莫琳领着阿布拉走向椅子时，他往她身上裹了条毛毯，"没事了，现在你已经安全了。"

"我去给你倒点水。迈克就在这里。"莫琳对她说。

他在她面前蹲下身来。多友善的一张脸啊，阿布拉边喘气边想。这张写满关怀的脸上，有双小狗般黑亮的眼睛。

"停电了。"她几乎是心不在焉地喃喃道。

"没有啊。"

"布拉夫府停电了。漆黑一片。他就隐匿在黑暗中，我根本没看见。"

"没事了。警察马上就来，你已经没事了。"

她点点头，盯着那双小狗般的眼睛。"我已经没事了。"

"他伤着你了吗？"

"他……他用胳膊紧紧地勒住我的脖子和腰。我无法呼吸，头晕目眩。"

"亲爱的，你身上有血。让我看看好吗？"

"那是他的血。我打中了他的脸。我做完了全套 SING。"

"你做完了什么？"

"全套 SING，"莫琳一手端着杯水，一手端着杯威士忌，走进屋来，"就是全套自卫动作——顶心窝、踩脚、撞鼻、提膝顶裆。阿布拉，你真是个传奇。"

"我完全没有思考，就条件反射地做了出来。我肯定把他打出鼻血了。我也不清楚，只知道自己挣脱他了。然后，我撒腿就跑，一路逃到这里。我觉得……有些不舒服。"

"喝点儿水吧。慢慢喝。"

"嗯。对了，我得给伊莱打个电话。他有必要知道这事。"

"我给他打吧。"迈克对她说，"把号码给我，我来打。"

阿布拉喝了口水，吸口气，又喝了口水。"在我手机上。我把手机放家里了。"

"我去拿。包在我身上。"

"我没让他伤到我。这次没有。"阿布拉伸出一只手，紧紧地捂住嘴，眼泪滚滚而下，"这次没有。"

坐在她身边的莫琳一把揽过她，轻轻地摇晃着。

"对不起。对不起。"

"嘘。你已经没事了。"

"我已经没事了。"可阿布拉还是紧紧捂着嘴，"能一直忍到现在才崩溃，我应该庆祝才对。之前的每件事，我都做对了。他没伤到我。我没让他伤到我。只是……这事让我想起了从前。"

"我知道。"

"但好在已经结束了。"她缓缓向后靠去，擦掉眼泪，"我逃出来了。但看在上帝的分儿上，莫琳，有人闯进布拉夫府。我不知道他们躲在哪儿，也不知道他们在做什么。东西好像都在原位。但我只去了楼上的健身房和楼下的厨房。我差点就要走进地下室查看发电机，但……他的确可能躲在下面，多半就是为了切断电源，才跑那里去的。停电了，我——"

"喝点这个。"莫琳把威士忌塞进她手里,"慢慢说。"

"我没事。"她缓缓地啜了口威士忌,随着酒液滑下刺痛的喉咙,长长地舒了口气,"风暴来了,我想不起是否把所有窗户都关好了。这个念头让我烦不胜烦。于是,我只得开车下去看看。我以为,就是停电了而已。莫琳,我没看见他,也没听出他的动静。至少,风雨交加之下,我什么也没听见。"

"你让他流血了。"

此刻,已经冷静一些阿布拉低头看了看。"我让他流血了。干得好!但愿我已经打断他那该死的鼻子。"

"但愿吧。你真是我的英雄!"

"你也是我的英雄。不然,你以为我为什么直接就到这里来了?"

迈克走进屋,对她们说:"他已经在路上了。警察也正往布拉夫府赶。他们处理完该做的事,就会到这里来找你谈谈。"他走上前,递了件长袖运动衫给阿布拉。"我想,你或许想要这个。"

"谢谢。天哪,迈克,谢谢。你最好了!"

"所以我才留着他嘛。"莫琳撑着阿布拉的腿站起身来,"我去弄点咖啡。"

她出门后,迈克走上前关掉电视,坐下来,啜了口阿布拉的威士忌,微笑着望向她。

"那么,你今天过得怎么样?"他这问话,立刻把她逗乐了。

第八章

伊莱只花了不到两个小时，便从波士顿赶到了威士忌海滩。他顶着往南吹的暴风雨，艰难地往回开。处于风暴中心的那二十分钟，他不得不全神贯注，不敢有半点马虎。

他对自己说：专心开车，除了开车和路况，其他事一概别想。

他飞速驶入小镇时，路上正腾起袅袅白雾。路灯摇曳的光照亮了地上的水坑和流向排水沟的小溪流。接着，他驶过林立的商铺和旅馆，在海滨路一个急转，便没入了黑暗之中。

他肩膀一甩，猛打方向盘，停在笑鸥小屋门前。他刚要大步流星地走向那条狭窄的前廊，旁边小屋的门却突然打开了。

"伊莱？"

这个披了件薄夹克，穿过草坪向这边走来的男人，他并不认识。

"迈克·奥·马利，"他边说，边伸出一只手，"我一直留意着，就等你来了。"

无疑，这是刚才电话中的那个声音。"阿布拉。"

"她跟我们在一起。"他指了指自家小屋，"她很好——只是刚刚受了些惊吓。一些警察已经赶去布拉夫府了，你想跟他们谈谈吧。我——"

"等会儿。我想先看看阿布拉。"

"在后面厨房里。"迈克赶紧引路。

"他伤到她了吗?"

"只是受了些惊吓。"迈克又重复了一遍,"她有些害怕。他从身后勒住了她,所以她有些轻微的淤伤。不过,看起来,她把他伤得更严重。他给了她一些淤伤,她却让他流了血。"

伊莱听出迈克语气中的骄傲之意,觉得应该可以放下心来了。不过,他还是想亲眼看看。他也需要亲眼看看。

他们穿过舒适的客厅,进入一间开放式厨房(或者叫巨大的房间)时,他听见了她的声音。她坐在桌前,身穿一件宽松的蓝色连帽运动衫,脚上一双厚厚的粉色袜子。她抬着头,脸上是一种混合了同情和歉意的复杂表情。不过,被蹲在面前的他握住手时,这种表情就被惊讶取代了。

"戒指呢?"

"别说话。"他仔细扫过她的脸,然后抬起手指,轻轻抚上她颈间的淤伤,"还伤着哪儿了吗?"

"没了。"她紧紧握着他的手,既为了表达感谢,也为了寻求安慰。"没别的伤口。他吓死我了。"

伊莱望向莫琳,寻求确认。

"她没事了。我要是不确定,那不管她愿不愿意,现在也早在急诊室了。"莫琳站起身,指着并排放在一起的咖啡壶和威士忌酒瓶问,"你想喝哪个,还是两样都来点儿?"

"咖啡吧,谢谢。"

"真抱歉,我们不得不给你打电话。让你的家人不开心,真是对不起。"阿布拉开口道。

"他们没有不开心。我跟他们说家里停电了,所以想回来看看。不管怎样,我本来就打算今晚回来的。"

"太好了,没必要让他们担心。我不确定有没有丢东西,"阿布拉继续说道，"虽然警察说东西似乎都在原位，但他们知道什么？这两个家伙不让我下去看看。莫琳一旦开启保护模式，就是这副草木皆兵的架势。"

"这要是场入室盗窃案，丢了什么东西的话，你打算怎么办？"莫琳停住脚步，冲伊莱伸出手，"抱歉，这个问题，我们已经反复讨论半个小时了。"她把咖啡递给伊莱，但还没来得及递过牛奶或糖，他就已经灌下了半杯。

"我要下去了，跟警察聊聊，然后看看情况。"

"我也去。"阿布拉没等莫琳反对，抢着说道，"首先，我自卫成功了，不是吗？其次，有警察和伊莱陪着呢。第三，除了此刻不在这儿的赫斯特，我比任何人都更熟悉房子里的东西和它们的摆放位置。"

她起身紧紧拥抱了一下莫琳。"谢谢！不仅谢谢你的袜子，更谢谢你对我的照顾。"然后，她也拥抱了一下迈克。

"待会儿一定要回来，睡我们家客房。"莫琳坚持道。

"亲爱的，那混蛋对我感兴趣的唯一原因，就是我闯入了他以为已在他掌控之下的房子。他不会偷偷溜进我家的。所以，明天见。"

"我保证，她不会有事的。"伊莱说，"谢谢你的咖啡……和其他的一切。"

"当妈的就这样，操不完的心。"阿布拉边跟伊莱往外走，边说，"我们都知道，这事跟我无关。"

"你是受到袭击的那个人，所以，这事跟你关系大着呢。我来开车吧。"

"我开车跟在你后面，不然的话，你待会儿还得把我送回来。"

"话是没错。"但他还是挽着她的胳膊，把她领向自己的车。

"好吧，今天晚上，每个人都像老妈一样爱操心。"

"把事情经过讲给我听听，迈克没说细节。"

"风暴来临时，我不记得是否把你家的窗户都关好了。今天，我开窗通过风，却忘了有没有关赫斯特健身房里的那扇窗户。这念头让我烦不胜烦，所以我只得下去看看。对了，下去的时候，我还带了锅炖火鸡和饺子。"

"好吧，像老妈一样。"

"我更爱听'像乐于助人的邻居一样'。停电了。现在看来，我当时可真蠢，既没好好想想，也没注意到周围并未停电，至少五秒钟之前没有停电。我只顾着生气，打着我的小手电筒回到厨房，找出一支大手电筒。"

她舒了口气。"我没听见任何动静，也没感觉到任何异样。气死我了，亏我还觉得自己有第六感，这真是今晚最大的失败。于是，我上了楼。那扇窗户嘛，当然关得好好的。接着，我回到楼下，努力抗拒想去地下室，看自己是否能修好那台发电机的念头。要知道，我得克服蜘蛛和那种阴森恐怖的黑暗，才能下去。何况，我根本对发电机一窍不通。然后，我就被他抓住了。"

"从后面吗？"

"嗯。虽然雷声隆隆，风雨交加，但该死的，我竟然什么都没听到，也没感觉到，就被他扼住了。经历了最初的恐慌和挣扎后，我抓住了他的手臂——"

"皮肤，还是衣服？"

"衣服。"不得不承认，这是小细节。和警察一样，一个前刑事律师，也会注意到这种小细节。"应该是毛料的。柔软的毛料。可能是毛衣，也可能是外套。无法呼吸的情况下，我的脑子可没法太清醒。幸运的是，我本能地进入自卫模式。我教过一些相关课程。SING，就是——"

"我知道那是什么。你当时还记得那套动作？"

"潜意识里记得。这点我已经告诉警察。"正说着，他已驶到布拉夫府，"我用手肘猛地往回一顶，打了他一个措手不及。他应该很疼，或者，至少有点疼，总之已经足够让他松开钳制。因为，我觉得自己又能呼吸了。我狠狠地踩他的脚，但因为穿的是 UGG 雪地靴，所以应该没挣开他的那下疼。接着，我冲他的脸，反手挥了出去。黑暗中，虽然看不见他的脸在哪儿，但我能感觉到。手掌使力，致命一击！"

"还有提膝顶裆。"

"我知道，那下他肯定很疼。当时我发疯般往大门和车子冲，并没怎么注意。不过，我肯定听到他倒地的声音了。挥向鼻子的那一击也很奏效，因为他的血流到了我身上。"

"你倒挺冷静。"

"那是现在。你没看见我蜷在莫琳怀里，哭得跟个孩子一样。"

一想到那画面，他全身的肌肉都绷紧了。"阿布拉，让你经历这些，真对不起。"

"我也很抱歉。但这不是你的错，也不是我的错。"她走下车，冲朝这边走来的副警长微笑道，"你好啊，文尼。伊莱，这是汉森警长。"

"伊莱，你估计已经不记得我了吧。"

"不，我记得。"头发虽然短了些，从淡金变成了棕色，但伊莱还记得他，"冲浪好手！"

文尼哈哈大笑。"要是有块冲浪板，现在我也会去啊。不过，出了这些麻烦事，真是很抱歉。"

"我也很抱歉。他怎么进屋的？"

"他应该是用短路的方式切断电源，然后撬开了通往洗衣房的那扇侧门。所以，他不是知道、就是怀疑那里有警报器。阿布拉说，你今天早上出发去波士顿时，时候已经不早了。"

"嗯。"

"所以，你的车白天都不在这里，直到晚上才开回来。你四处转转吧，看有没有丢什么东西。我们已经给电力公司打过电话，但他们多半要明天早上才能来。"

"已经很快了。"

"没找到任何恶意破坏的迹象。"文尼边领路，边继续说道，"我们在门厅地板、阿布拉的睡衣领子和卫衣上发现一些血迹。如果那家伙在系统里，那这些血已经够做 DNA 测试了。或者，也可以等我们抓到他，但那估计快不了。"

他打开前门，拧亮手电筒，拿起他放在门厅桌子上的一支手电筒——正是阿布拉掉下的那支。

"淡季时，偶尔会有人闯进那些空着的出租屋。但大部分闯入者，都是想找个地方约会、做爱或吸毒的年轻人。最糟糕的情况，也不过是想进去搞搞破坏，或偷点电器。这次，却不像是年轻人干的。首先，这儿就没有哪个小子，敢打布拉夫府的主意。"

"有个叫柯比·邓肯的波士顿私家侦探最近老在附近转悠，到处打听我的事。"

"不是他。"阿布拉说。但文尼已经掏出本子，写下这个名字。

"黑漆漆的，你又没看见他的脸。"

"我是没看见，但我跟他有过近距离接触，我熟悉他的身材。邓肯腹部松弛，大腹便便，这个男人却不是。而且，邓肯更矮，也更壮实一些。"

"但我们还是要跟他谈谈。"文尼又把本子收了起来。

"我已经查探过，他就住在冲浪旅馆。"阿布拉说。

"我们会去看看的。屋里有些便于携带的贵重物品和电器。你楼上的那台手提电脑就很不错，还有那几台平板电视。我想，赫斯特女士的保险箱里，应该有珠宝吧？或许，你也在屋里放了些现金?"

"嗯，是放了些。"伊莱拿起厨房里的那支手电筒，朝楼上走去。他首先检查的是办公室，一进去就启动了手提电脑。

他怀疑，邓肯要是想在这里找到什么，肯定会看他的个人邮件、文件和网页浏览历史。于是，他启动了一项快速诊断程序。

"结果显示，今天早上我关机后，便再也没有新的操作记录。"他拉开抽屉，摇了摇头，"没有被翻找过的痕迹，东西也一样没少。"

伊莱从办公室走进卧室。他拉开一只抽屉，一眼就看见里面随手可取的几百美元现金。"他要真上这里来了，"伊莱抬起手电筒，转了一圈，"也没碰过任何东西。"

"也许他还没开始，就被阿布拉打断了。听我说，你应该慢慢来，好好四处检查一下。也许，可以等到来电后再开始。我们出去巡逻一下。除非他蠢到家了，才会在这个点儿上再回来。"文尼又补充道，"时候不早了，可对我来说，把一个私家侦探从床上挖起来，还是没问题的。伊莱，我明天早上再跟你说最新情况。阿布拉，想搭便车回家吗？"

"不用了，谢谢，你先走吧。"

他点点头，拿出一张名片。"阿布拉虽然已经有一张，但你还是放一张在身上吧。如果发现丢了东西，或遇到任何麻烦，打电话给我。还有，要是想冲浪了，我们正好也可以看看，你还记不记得以前我给你上的那些课。"

"三月？水太冷了吧。"

"所以真男人才穿湿式潜水衣嘛。保持联系！"

"他真是没怎么变。"随着文尼渐渐远去的脚步声，伊莱感叹道，"好吧，头发变了点儿。估计漂染成浅金色的及肩长发，跟警察的形象不符吧。"

"但我敢打赌，他那模样一定很帅。"

"你们认识？我是说，你们今晚之前就认识？"

"嗯。去年，他跟妻子打赌输了，只得来上了堂我的瑜伽课。现在，他已经算半个定期学员。"

"文尼结婚了？"

"幸福美满，都有孩子了。他们住在南岬，还会举办非常棒的烧烤聚会。"

伊莱边扫视着房间，边想：文尼也许真的变了。他记忆中的文尼，是个又高又瘦，为冲浪而生，成天想着移居夏威夷的小伙子。

光束从床上扫过，接着马上又回到那只抽着烟斗的方巾鱼上。"不是吧？"

"下次，我看能不能叠条看门狗出来。兴许就一只罗特韦尔犬，或一只杜宾犬吧。没准儿能行。"

"你需要一张大点的方巾。"他借着昏暗的光，仔细打量她的脸，"你肯定累了，我送你回家吧。"

"比起疲惫，我更兴奋。不该喝咖啡的。我说，你不该待在这幢没电的房子里。待会一定会更冷，没有光，水泵不能用，也会没水的。我有个姑且算是客房的房间，还有张非常舒服的沙发。你可以随便选一个。"

"不用了，没事的。刚出了这样的事，我不想让这幢房子空着。我打算下去看看，捣鼓捣鼓那台发电机。"

"好吧，我也去。弄点儿女孩子的声响出来，再给你递递不称手的工具。你虽然呆头呆脑的，但踩踩蜘蛛，应该还是没什么问题吧。我知道，考虑到它们的有益贡献，踩死它们是不对的，但我就是怕嘛。"

"我可以弄点男人的声响出来，然后自己去拿那些不称手的工具。你应该去睡会儿。"

"我还不想睡。"她晃晃身子，冲他耸耸肩，"除非，你强烈反对我陪你下去。否则我宁愿在这儿转转，好歹还有红酒喝。"

"好吧。"他怀疑，不管她跟莫琳说过什么，让她一个人回家待着，她还是有些害怕的。

"那我们都先把自己灌醉，然后再去捣鼓那台发电机。"

"就这么办！我已经趁你回来前，去下面打扫过。虽然没扫完所有地方，但至少酒窖和分季储藏室之类的主要区域还是弄干净了。我没深

116

人多远。我想，这么多年来，赫斯特应该也没有。剩下的地方又大又黑，潮湿无比，吓死人了。"两人朝下走时，她对他说，"我可不喜欢那样的地方。"

"令人毛骨悚然吗？"他边说，边把手电筒凑到下巴跟前，制造出恐怖电影里的效果。

"是啊，快别闹了！噼里啪啦的炉火，叮叮当当或嘎吱作响的东西，加上这么多稀奇古怪的房间和空地，简直就是《闪灵》①里的地下室，所以……"

她走进厨房，亲自拿出红酒。"勇气从葡萄中来，没准儿，还能抵消深夜咖啡和冒险带来的副作用。波士顿家里的情况怎么样？"

"一切都好，真的。"她要是需要聊点儿别的，他可以奉陪，"奶奶看起来健朗多了，爸妈压力也没那么大了。我妹妹刚怀上第二个孩子。所以，的确有值得庆祝的事。"

"太好了！"

"齿轮已经转起来了，你懂我的意思吧？没人再小心翼翼，生怕谈起我为何要搬回这里。根本就没人再想起这事。"趁他说话间，她为两人倒上了红酒。

"为了新的开始，也为即将出生的宝宝和赶紧来电。"她跟他碰了下杯。

呷了口酒后，她决定带着酒瓶去地下室。或许，她马上就会有点醉意了吧，也好有助于入睡。

地下室的门吱呀一声开了。当然是这声音，她这么想着，一指头就钩住了他的一个皮带扣。"这样，我们才不会走散。"她冲回头瞥来的他说。

"这里又不是亚马逊丛林。"

---

① 美国经典恐怖片。

"对地下室来说，也差不多。这儿的大多数房子甚至都没有地下室，这种堪比亚马逊丛林的地下室，就更少了。"

"大多数房子并未建在峭壁上。而且，这房子有部分还比地平面高。"

"地下室就是地下室。只是，这一个也太安静了些。"

"我倒觉得，那里头热闹着呢。"

"没有火和水泵，是无法发出声音的。好吧，天知道那下头还有什么。所以，它太安静，肯定是在伺机而动。"

"好吧，你开始吓到我了。"

"我可不想一个人害怕。"

这个备货充足的酒窖里，所有东西的摆放位置，都经过了精心考量。踏下最后一级台阶时，伊莱从墙充上拔下一支手电筒。

他想，曾经，这里的每个壁龛里都有一瓶酒。数百瓶酒，被管家码放得整整齐齐。但他数了数，即便现在，这儿也有上百瓶非常棒的红酒。

"拿着。如果走散，你可以用它给我发信号。我要到处看看。"

她松开他的皮带扣，打开他带给她的手电筒。

跟洞穴似的，她对布拉夫府地下室的印象，便是一连串洞穴。有些老墙，就是建造者直接在石头上凿出来的。走廊和低矮的拱道一条连着一条。通常情况下，她一定会按下开关，让这里充满喜人的灯光。现在，却只有她和伊莱手中彼此交错的微芒。

"很像史考莉和穆德①。"她感叹道。

"真相就在那里。"

她冲他会意一笑，紧紧跟了上去。他弯腰钻过一条拱道，左转后，猛然停住脚步，害得阿布拉一头撞到了他身上。

---

① 美国著名肥照剧《X档案》中的主人公。

"对不起。"

"嗯。"伊莱照向那台漆着红漆的巨大机器。

"简直是另一个世界的产物。"

"是另一个时代。我们干吗不把它升级一下？干吗不替这幢房子买台新的发电机？"

"赫斯特不介意停电。她说，停电有助于提醒她保持独立。而且，她喜欢那种静谧的感觉。她囤了很多电池、蜡烛、木材和罐头食品之类的东西。"

"拥有一台全新可靠的发电机后，她也能独立啊。也许，这破东西就是没油了。"他轻轻踢了它一下，仰头猛灌了口酒，把杯子往旁边置物架上一放，就蹲下身来，打开了一个五加仑的油罐。"不错，这里有油。让我们来瞧瞧这台来自另一个世界的家伙吧。"

阿布拉看着他绕到那东西后面。"你知道它是怎么工作的？"

"嗯。我们已经交过好几次手。虽然有些时日了，但还记得怎么应付这家伙。"他回头看向她，手电筒的光刚扫到她左肩，他就猛地瞪大了眼睛，"哎呀！"

她一蹦三尺高，惊得连连打转，一手捏着玻璃杯，另一只手还拿着酒瓶。"它在我肩上？真的在我肩上？快把它弄下去！"

看到对方忍不住哈哈大笑，她才停下来。即使万分恼火，对她来说，这低沉浑厚的笑声也犹如温暖而振奋的乐章。

"该死的，伊莱！男人都怎么了？你可真幼稚！"

"你能在黑暗中独自对付一个闯入者，却像个小姑娘一样，被想象中的蜘蛛吓得惊声尖叫。"

"我本来就是个姑娘，所以叫叫有什么稀奇的。"她拔掉瓶塞，喝了口酒，"你太坏了。"

"可这不挺有趣的吗。"他握紧发电机的汽油盖，用力旋转。没反应。他甩甩肩膀，又试了一次。"去他妈的。"

"小子，要我帮你拧吗?"她颤动着睫毛说。

"来吧，瑜伽姑娘。"

她活动了一下肱二头肌，也绕到后面。这样，两人就屁股挨着屁股地站在了一起。用尽全力试了两次后，她退了回来。"抱歉。这东西显然已经焊死了。"

"不，它只是生锈老化了。而且，最后一次拧上盖子的那个人，显然想炫耀一番。我需要一把扳手。"

"你要上哪儿去?"

他停住脚步，转过身来。"工具室在后面。或者说，它曾经在后面。"

"我可不想去后面。"

"我可以自己去拿。"

如果只有一个人，她哪儿也不想待，但又不想承认这点。"那……你要继续讲话，但不准再弄出任何窒息或尖叫之类的愚蠢声响。我不会上当的!"

"好，如果遇到地下室怪物的攻击，我绝对一声不响地把它打跑。"

她坚持道: "别停，继续说话! 对了，你第一次是在什么时候?"他越走越远，渐渐没入更深的黑暗中。

"你说什么?"

"我也不知道为什么，脑子里想到的第一件事就是这个。好吧，我先说。我的第一次是在高中毕业晚会那天。出于某种原因，这似乎已经成为一种老掉牙的习俗。当时，我以为会跟特雷弗·本宁顿天长地久。结果，我们在一起的时间只有两个半月。说到婚前性行为嘛……不过六次而已。伊莱?"

"在呢。最后谁甩了谁?"

"我们自然而然就疏远了，真让人气闷。照理说，应该更戏剧性一些，比如因为欺骗而大吵几架。"

"听起来也不怎么样。"回声让他的声音听起来怪吓人的。阿布拉抬起手电筒扫射那片区域时，都禁不住用上了乌加依呼吸法①。

接着，她听见一阵撞击声和一句咒骂。"伊莱？"

"该死，这他妈是什么玩意儿？"

"别开玩笑。"

"我的小腿刚刚撞上一架该死的独轮手推车。这东西居然他妈的放在路中间。而且……"

"伊莱，你受伤了吗？"

"阿布拉，快过来。"

"我可不想过去。"

"这里没有蜘蛛。我需要你过来看看这个。"

"哦，天哪。"她一步步地往那边挪去，"那东西是活的吗？"

"不是，这东西是独一无二的。"

"别又是什么愚蠢的男孩把戏，不然，我可真发飙了。"直到两人手中的光束撞在一起，她的呼吸才容易了些，"什么东西？"

"就是那东西。"他用手电筒照着它说。

堆满沙石的地面裂了个大口子。这个大坑足有六英尺宽、三英尺深，几乎从这面墙，一直延伸到对面的那堵墙。

"这……这里埋了什么东西吗？"

"有人显然这么认为。"

"比如……一具尸体？"

"要我说，如果地下室里有尸体，那更应该被埋起来，而不是挖出来吧。"

"怎么会有人在这里挖东西？赫斯特从没提起过这事。"她手电筒一扫，发现周围还有一把丁字镐、几把铁铲、几只桶和一把长柄大锤。

---

① 瑜伽中常用到的一种呼吸方式，也称为"喉式呼吸"。

"用这些手工工具，恐怕永远都挖不完吧。"

"电动工具动静太大。"

"没错，但是……噢，天哪，今晚的事，难道就是因为这个？那人要下到这里来挖……东西。是因为那个传说吗？埃斯梅拉达的嫁妆？太荒谬了。没错，肯定是为了这个！"

"那么，他就是在浪费自己的时间和经历。看在上帝的分儿上，如果这里真有宝藏，你觉得我们会不知道，或者直到现在都找不到吗？"

"我并不是说——"

"对不起——对不起，"他踱向一边，"这不是今晚就能挖出来的。得每次花几个小时，挖上好几个星期才行。"

"所以，他之前已经来过这里。不过，他切断电源，撬开了房门。赫斯特已经换过警报器密码了。"阿布拉回想着说，"去医院前，她让我换掉警报器的密码。她看起来很不舒服，而且，当时提出这种要求简直毫无道理，她却仍然坚持。不仅要替警报器换新密码，还要重设密码锁。我照办了。就是你搬来前一周的事。"

"她并非失足那么简单。"这突如其来的笃定犹如一记重拳，砸在他心上，"那个王八蛋。他肯定推了她，或者绊住了她，再不然就是恐吓她，才害她失足摔了下去！然后，他就扔下她跑了。就那么把她一个人留在地板上。"

"我们得给文尼打个电话。"

"早上再打吧，反正这东西又不会跑。我走错路了，放扳手的地方不在这边。好多年没下来过，脑子一乱，就走错了路。小时候，我们经常到这里来，把自己吓得半死。这幢房子最古老的部分，就是这里了。听着——"

片刻的宁静，让她清楚地听见了拍过岩石的怒涛声和呼啸的风声。

"我们觉得，这儿听起来像……像死人聚集地。反正，就是海盗幽灵和塞勒姆女巫之类的东西。上次深入到此是什么时候，我已经不记得了。奶奶不会到这里来的。她没在这存放任何东西。我要不是转错了弯，估计也不会发现那东西。"

"伊莱，我们出去吧。"

"好。"他领着她往外走，在第一个转角处停了片刻，从架子上抽出一把老旧的活动扳钳。

"肯定是冲着珠宝来的，伊莱，"两人朝着发电机往回走时，她仍坚持这么说，"只有这个理由才说得通。你不相信那些东西的存在，但他相信啊。根据传说，那可都是价值连城的东西——毫无瑕疵、精美绝伦的钻石、红宝石和祖母绿。对了，还有黄金和女王的赎金。"

"确切地说，是一位富裕公爵女儿的赎金。"他用扳手弄开了汽油盖。"的确有这事，金额还很有可能高达几百万。放到现在，那就更多了。而那艘沉没的船，则带着船员和剩下的战利品，静静地躺在海底某处。"他借着手电筒的光朝里张望，"干得就跟老处女似的……抱歉，应该说，干燥如尘土。"他连忙纠正道。

"你真是越来越流氓了啊。"

他加油时，她就负责照明。他小心翼翼地摆动开关时，她一边继续举着手电筒，一边端起了自己的葡萄酒杯。

他按下电源开关。那机器一阵打嗝、放屁、连咳带喘，就没动静了。伊莱又试了一遍，接着第三遍。然后，它卡住了。

"要有光。"她大声宣布道。

"在某些精挑细选之地。"他接过她递来的葡萄酒杯，手拂过她的手，"天哪，阿布拉，你都快冻僵了。"

"想象一下，在某个潮湿阴冷，无火取暖的地下室。"

"上去吧，我来生把火。"下意识地，他伸出一条胳膊，揽过她的肩膀。

走着走着，她也下意识地靠入了他的怀中。

"伊莱，虽然我不愿这么想，但干这事的，会是当地的某个人吗？

他们得知道你不在家。如果你在，他们就不会冒险切断电源，闯进门来。事实上，那会儿时间还早，刚过九点半而已。"

"当地这些人，已经不再是我记忆中的样子了。不过，我知道有个私家侦探，正住在当地的某家小旅馆里。而确定我是否在屋里，就是他的工作。"

"不是他。我可以肯定。"

"也许不是吧。但他在为某人效力，不是吗?"

"对，的确如此。或者，他也可能有搭档。你真认为，赫斯特是他——或者说他们——弄伤的?"

"我们谁都想不明白，她为什么半夜下楼。我要从一个全新的角度，重新审视这件事。今天早上，"走到厨房后，他放下手电筒和葡萄酒杯，搓着她的胳膊，补充道，"'亚马逊丛林'比我想象中更冷。"

两人就那么站着，靠得极近。他的手渐渐从揉搓转变成摩挲。

她觉得下腹一阵酥麻，这种自禁欲以来就被她忽视的感觉，伴随着升腾的热意，再次席卷而来。

她看着他闪烁的眸光愈来愈深，在她唇间流连片刻后，又缓缓抬起，再次望进她眼底。被这眸光所引，她忍不住倾身靠向他。

他后退一步，垂下了手。

"时机不对。"他说。

"是吗?"

"时机不对。受伤、受挫、红酒。我还是先把火生上吧。你可以先暖和暖和，我再送你回家。"

"好吧。不过，承认吧，你也有点儿不想停下。"

"很不想。"他又定定地看了她片刻，"非常不想。"

看着他离开的背影，她想：他的确想继续的吧? 即使希望两人能用另一种方式取暖，她还是又啜了口红酒。

第九章

县副警长走后，柯比·邓肯关上门，径直走向窗台上那瓶苏托力伏特加，倒出几乎满满一杯酒。

混蛋，他边想，边把酒灌下了肚。

幸好有需要签收的东西：几条街外的兰登屋送来的一杯花式咖啡，以及加油站送来的一张汽油账单和一块火腿奶酪三明治。

他一确定兰登正驱车往家赶，就停在了威士忌海滩往南几英里的那家加油站，给自己的车加油。这些需要签收的东西，足以证明那场闯入案件爆发时，他不在布拉夫府附近。否则，他肯定得去牢里，好好地跟当地警察解释一番了。

混蛋。

或许是巧合，他想。今晚，他向雇主汇报兰登在波士顿，而有人就选在今晚闯入那里，不过是巧合而已？

绝无可能。

他不喜欢被人耍。他可以根据需要，站在雇主身后，或挡在他身前，却不希望被对方耍得团团转。

他不希望对方在自己毫不知情，或并不赞同的情况下，利用自己闯入那幢房子。当然更不希望雇主还借此对一个女人动粗。

雇主要是下令，他可以亲自去探探布拉夫府，如果因此被抓，他也会自己收拾烂摊子。

但他不会对一个女人下手。

他决定：是时候摊牌了。否则，那家伙就另请高明吧，他反正不会替一个对女人下手的人卖命。

邓肯从充电器上抓过手机，开始拨电话。他都快气炸了，管它现在是什么时候。

"嗯，我是邓肯。没错，我这边是有些进展。进展就是：县副警长就昨晚有人非法闯入布拉夫府，并袭击了一个女人的事，盘问了我半天。"

他又替自己倒了杯伏特加，听对方说了一会儿。"你本来不想糊弄我的？把我要得团团转的人，我可不想替他卖命。应付当地人没问题，但别让我蒙在鼓里。嗯，他们问了我的雇主是谁。没有，我没说。这次没有。我的确收了钱，要调查那个家伙，但雇主要是想利用我扫除障碍，闯入他的屋子，还对屋里的一个女人动手，那我也难免会有些疑问了。从现在开始，我会怎么做，全都取决于你的答案。我可不想拿自己的执照冒险。现在，我已经知道这场袭击女人的犯罪案件，还知道我因此成了从犯。所以，你最好给我几个极好的理由，否则我们就玩完了。如果警察回头再来，我会告诉他们你是谁。没错。那就好。"

邓肯看了眼时间。该死，这么晚了。不过，反正他也气得睡不着。"好，我会去的。"

他还是先坐到电脑前，把详细的笔记录了进去。他要事无巨细地全部写下来，如有必要，他会把这些笔记直接送到县警长那里去。

私闯民宅是一回事，并且已经够糟了。可攻击一个女人呢？那就太过分了。

不过，他还是要给雇主一个解释的机会。有时候，蠢货之所以蠢，就是因为电视看太多，遇到啥事都不会应对。天知道他会在这事面前，也成为被雇主要得团团转的蠢货。

所以，他们会澄清事实。这样，他就清白了。再也不用受人糊弄。那些调查的事，就留给其他专业人士来干吧。

此刻，邓肯冷静了些，便穿好了衣服。为驱除嘴里的伏特加味，他漱了口。满嘴酒气地去见雇主，总归不太好。出于习惯，他把自己那把九毫米口径的手枪别进腰间，然后拉上毛衣，又在外面套了件防风夹克。

他把钥匙、录音机和钱包塞进口袋，然后从私人通道溜出了房间。

为了这条通道，他得每天多花十五美元。不过，这让那位快活的女主人无从得知他的出入情况。

他想了想，还是决定放弃开车，选择步行。开车来回波士顿，又在兰登家门外待了几个小时，现在，他可以走着去。

虽然公开宣称自己是城里人，他也很喜欢小镇的静谧。此刻的感觉，犹如置身午夜时分的布里加东镇①，所有店都已经关门歇业，传入耳中的，只有近旁的阵阵涛声。

地面渐渐腾起一层雾，更添了几分超脱尘世之感。一阵大风刮过，却只是让这层几乎贴近地面的大雾多了些水汽。天色浓重得根本看不见月亮。

此时，灯塔明灭的光，让这种复古味更浓了。他边朝那边走，边趁机思考该如何应对待会儿的情况。

总之，他现在已经冷静下来，所以，最好还是到此为止吧。如果不能信任雇主，那就没法再合作下去了。何况，经过这些天来的监视，以及跟当地人的接触，他发现最有破坏性的信息，也不过是一堆出自某个饶舌礼品店店员的八卦而已。那件该死的谋杀案，压根就不是兰登干的。

或许，兰登的妻子真是他杀的。虽然值得怀疑，但也不排除这种可

---

① 一个颇具复古风的苏格兰小镇。

能。但不管是从海滩上的小镇，还是崖上的那幢房子里，邓肯都没找出什么重要的消息。

如果能回到波士顿，在那里展开调查，从另一个角度看看那些报告和证据，或许他会考虑继续干下去。他还可以跟沃尔夫详细地讨论一下这件案子。

不过，还是先得到答案再说。

他想知道自己的雇主为何会闯入那幢房子，也想知道，他是不是第一次这么干。

采取点专业的非法入室行窃手段，邓肯并不反对。但认为能在那幢房子里找到什么东西，将兰登与一年前发生在波士顿的杀妻案扯上关系，就太愚蠢了。

现在，那幢房子、兰登和他这位受雇到处打探消息的私家侦探，都会受到当地警察的密切关注。

都是外行，邓肯想。他顺着陡峭的小径爬上岩岬，微微有些气喘。此处，威士忌海滩灯塔宛如一根长矛，直插入幽暗的天际。

雾气流转，在此处升腾得更高一些，不仅吞没了他来时的脚印，也把冲上岩石的浪涛声，模糊成了鼓点般的回响。

这场大雾，把这里的景致也破坏了。这么想着，他已经走到灯塔前。明天要是放晴，他或许可以在返回波士顿的途中，再走到这里来。

看来，他已经做出了决定。你可能厌烦一份工作，可能被雇主惹毛。你的调查，也可能进入死胡同。但要是同时遇到这三件事，那就是时候斩仓止蚀了吧？

他承认，自己这种突然撂担子的做法的确不应该。但是天哪，这事简直愚蠢透顶。

身后传来一阵脚步声。他转过身，看见雇主穿过雾气，一步步地走来。

"看看你把我害成什么样了，"邓肯急急开口道，"我们得把这事解决了。"

"嗯，我知道。真抱歉。"

"过去的，就让它过去吧。如果你——"

他没有看见枪。和脚步声一样，大雾弥漫中，枪声也变得低沉暗哑、古怪异常。那一刻，突如其来的疼痛，让他困惑不已。

他没来得及去拿自己的枪，他压根就没想过，要去拿自己的枪。

他跌了下去，双目圆睁、嘴唇颤抖，却只溢出几个破碎的音节。凶手的声音似从很远的地方传来。

"真抱歉。事情本不该如此。"

他没有感觉到那双在他身上摸索的手。那双手拿走了他的手机、录音机、钥匙和武器。

但他感觉到了冷——刺骨的冰冷，还有被拖过崎岖不平的石头地面时，那种贯穿全身、难以形容的痛楚。

有一瞬，他觉得自己似乎飞了起来。凉爽的风，呼啸着刮过脸庞。然后，他就一头撞上下方的岩石，顷刻间被雷鸣般的潮水吞没了。

事情本不该如此。太晚了，早已无法回头，只能继续走下去。不能再犯错。不能再雇用任何私家侦探，或任何不可信任且无法忠诚的人。

尘埃落定前，就做一切需要做的事吧。

或许，他们会怀疑兰登杀了这个私家侦探，就像怀疑他杀了林赛一样。

但是，林赛本来就是兰登杀的。

除了他，还能有人？还会有谁？

也许，林赛就是兰登雇邓肯杀掉的。有时候，正义就是这般迂回曲折。

眼下最重要的事，是把这位侦探的房间清理干净，消灭任何可能将两人联系起来的证据。邓肯的办公室和他的家，也需要清理一番。

要做的事真是太多了。

最好现在就开始。

※

早上，伊莱下楼时顺便看了眼客厅。昨晚，疲惫不堪的阿布拉在沙发上睡着了。他替她盖上的那条毯子，此刻正极其巧妙地搭在沙发靠背上。接着，他注意到，门口并没有她的靴子。

这样更好，他想。有了前一晚那突如其来、不甚舒服的一幕，不见反而少了许多尴尬。屋里又只有他一个人了，这样的确更好。

差不多就行吧。正这么想着，他闻到一阵咖啡的香味，看见一锅新鲜的食物，以及一张便利贴。

> 煎蛋饼在保温箱里。别忘了关电源。冰箱里有新鲜水果。
> 谢谢你让我在沙发上过夜。
> 我待会儿再来。给文尼打电话！

"好吧，好吧。老天，你介意我先喝杯咖啡，看看能否激活我这笨脑袋不？"

他倒上咖啡，往里加了块奶油，揉揉后颈僵硬的肌肉。不需要提醒，他也知道给文尼打电话。他只是想在再次跟警察和那些问题打交道前，先喘口气。

或许，他根本不想吃什么该死的煎蛋饼呢？谁让她做煎蛋饼了？他边想，边拉开了保温箱的盖子。

他似乎……突然又想吃了。该死，这东西看起来真诱人。

他怒气冲冲地看了好一会儿，才把它端出来，抓过一把叉子，边吃，边朝窗口走去。不知怎的，虽然这种想法有些蠢，他还是觉得，也许，站着吃，屈服感会少一些。

他端稳盘子，踏出门，站到了阳台上。

今天风有些疾，但并不凛冽。而且，疾风之下，整个世界再次清明。阳光、海浪、沙滩、点点浪花，也让颈后僵硬的肌肉纾解了几分。

他看见沙滩上有对手牵手的情侣，不禁暗想：有些人就适合做朋友、做伴侣。他真羡慕他们。他把自己的生活搞得一团糟。借由谋杀逃脱离婚，便是他唯一认真的尝试。

对他来说，那事能说明什么呢？

那对散步的情侣停下来拥抱时，他又咬了一口煎蛋饼。

没错，他真羡慕他们。

他想起了阿布拉。他没对她动心。

对自己撒谎，是多么愚蠢的事啊！他当然动心了。面对那样一张脸、那副身材、那般处事方式，他当然动心了！

但毫无疑问，他宁愿自己没对她动心。他不想考虑做爱的事，更不愿想象与她做爱的情形。

他只想写作，只想逃进他创造的那个世界，找到回归现世的路。

他想找出杀害林赛的凶手，也想知道那人为何会杀了她。因为只有这样，那个无论多少海风都无法吹散阴霾的世界，才能再次获得清明。

但愿望无法应付已经发生的事。至于什么是已经发生的事……某个或某些陌生人，在地下室的地板上挖出的那个洞，到底是什么？

是时候给警察打电话了。

他走进屋，刚把盘子扔进水槽，就看见阿布拉放在厨房电话旁的一张名片——文尼的名片。

他很想翻个白眼，但这的确省去了他上楼从裤袋里找名片的工夫。昨天接过文尼的名片后，他就顺手将其塞进了裤袋。

他拨了号码。

"我是汉森警长。"

"嗨，文尼，我是伊莱·兰登。"

"你好，伊莱。"

"我发现一个问题。"他开口道。

※

不到一个小时，伊莱就已经跟县副警长站在老地下室，研究起那个大坑来了。

"这个嘛……"文尼抓抓后脑勺，"是个挺有意思的问题。总之……你没在这下面挖过坑，是吧？"

"没有。"

"你确定，赫斯特女士没雇人挖坑……我也说不好，比如为了铺设新管道之类的东西？"

"这点我可以肯定。如果她真雇过人，阿布拉一定知道。而且，这项工程显然还在进展中，所以，它要是合法，负责人肯定会联系我的。"

"好吧，虽然事实并非完全如此，但也差不多了。还有，如果这真是件受雇而为的工作，如今我也应该早就有所耳闻。不过，你介意问问你奶奶吗？"

"我不想问她。"半个晚上，伊莱都在反复考虑这事的利弊，"我不想惹她不开心。我可以仔细翻翻她的文件和账单。她要是真雇了什么人，肯定得付账。文尼，我虽然不是专家，但我还是要说，对水管或任何你能想到的东西来说，这坑都太深了点。而且，她脑子又没坏掉，干吗要到这里来装什么东西？"

"我不过是想把问题简单化，所以才觉得应该是那些东西。不过，用这些手工工具，可够费时的啊。而且，这不仅需要时间和毅力，还意味着要反复出入这幢房子。"

"阿布拉告诉我，奶奶摔伤后，叫她换掉警报器的密码，并重设门上的密码锁。"

"嗯哼。"文尼的目光从大坑上移开，转向伊莱，"真的吗？"

"虽然毫无理由，她也坚持要这么做。或者说，其实是有理由的，她却不能说。虽然记不清是怎么摔下来的，但我觉得，应该是本能，或某种尘封的记忆，促使她非换密码不可。"

"你先是在地下室找到一个大坑，现在又来怀疑，赫斯特女士摔伤的事并非意外。"

"是啊，说简单点，就是这样。昨晚，阿布拉遭到袭击。他得切断电源再进屋，却没料到会碰上她。他知道我不在家。没准儿，他跟邓肯就是一伙的。邓肯知道我在波士顿。你说他给你看了收货单，还跟你交代了时间表。他却可能替昨晚的那个闯入者解除警报，跟他说我在波士顿，尽管闯进去，继续挖坑。"

"为什么挖呢？"

"文尼，你我可能觉得埃斯梅拉达的嫁妆纯粹是无稽之谈，但不这么想的，大有人在。"

"所以，有人拿走并复制了兰登太太的钥匙和密码？这点倒不难，我可以想到。他借此进入地下室，开始挖那个该死的坑。一天晚上，他袭击她，把她推下了楼梯。"

"但她已经不记得了。"

再次想到她头破血流、奄奄一息地躺在那里，伊莱就恼怒地踱来踱去。"她或许听到什么动静，所以下去看看。也有可能刚刚下去，就听到声响。她的卧室门很厚，还可以从里面上锁。她肯定努力往回赶，好在屋里打电话报警。他也有可能恐吓她，害她失足摔下去。不管怎样，他都扔下毫无知觉、受伤流血的她，扬长而去。"

"如果真是那样。"文尼一手按上伊莱的肩膀。

"如果真是这样。她摔伤后的几周，这里又发生了很多事。警察和阿布拉也多次进出，替奶奶拿东西。然后，看到这里平静些了，他才继续回来挖坑，直到传出我要过来住和阿布拉更改了安全密码的消息为止。文尼，他肯定知道昨天这房子好几个小时都没人。一定是邓肯告诉他的。"

"我们会再跟邓肯谈谈。在此期间，我要找人来这里拍些照片，测量一下。那些工具我们也会好好检查，但这需要花点儿时间。伊莱，在这附近，我们毕竟还是无足轻重的人。"

"我理解。"

"把警报器修好，我们也会加强巡逻。对了，你应该考虑养条狗。"

"养条狗？你没开玩笑吧？"

"它们不仅会叫，还有牙。"文尼耸耸肩，"南岬虽算不上罪恶的温床，但我还是希望自己出门后，有条狗看家。总之，我会派些人来的。不过，干吗在这儿挖坑呢？"两人开始往回走时，文尼还在暗自琢磨这事。

"那里是这幢房子最古老的部分。早在'卡吕普索'号奔向岸边时，它就存在了吧。"

"那么，那位幸存者叫什么名字？"

"有人说是乔瓦尼·默里尼，也有人说是若泽·科特兹。"

"没错，就是他们。我还听说，就是布鲁姆船长本人，啧啧。"

"可别忘了那热烈的号子声。"伊莱补充道。

"总之，他很顺利地把那箱嫁妆拖上岸，然后埋到了这里？我一直都很喜欢他偷了艘船，把珠宝埋进某个近海岛屿的故事。"

"还有个故事，说我的祖先下来后找到了他，便把他和那箱珠宝带进这幢房子，还替他养好了身体。"

"我妻子很喜欢那个故事，说它很浪漫。不过，得排除你祖先的兄弟杀了他，把尸体扔下悬崖的那段。"

"从此以后，就再没人见过那箱嫁妆。事实却是，无论传说如何，挖出这个大坑的男人，却笃信它一定存在。"

"似乎是这样。我会顺便再去那个小旅馆一趟，再跟邓肯聊聊。"

※

伊莱本来不打算一整天都忙着应付警察、电力公司、保险公司和安全技术人员。过于拥挤和繁忙的屋子，让他清楚地认识到自己已经多么习惯拥有个人空间，习惯安静而孤独的日子。他发现，自己也能适应完全不同于往日生活的安宁与孤寂。那些整日都是各种会面，每晚都是派对的日子，已经一去不复返。

他并不遗憾。要是一整天都忙着回答问题、做决定和填表格的日子反而成了异常状态，他觉得，自己还是可以忍受的。

屋子和庭院终于再次空闲下来，他才如释重负地舒了口气。

接着，他听见储藏室的门被推开的声音。

"天哪，又有什么事？"他走过去，打开室内的门。

只见阿布拉正从肩头卸下一个购物袋，放到洗衣机上。"你需要备点东西。"

"是吗？"

"是啊。"她抽出一瓶洗衣液，放进一个白色的橱柜，"看起来，你似乎已经恢复过来了。"

"没错。我们有新的安全密码了。"他从口袋里掏出一张便条，递给她，"我想，你也许需要这个。"

"也对，除非你想大早上的下来给我开门。"她瞥了眼便条，就把它塞进了手提包。"我碰见文尼了，"她越过伊莱，边朝厨房走，边继续说道，"所以，我告诉他柯比·邓肯好像已经结账离开。他走得并不正式，没有告诉旅馆的凯茜他一早就要离开。但他的东西都不见了。文尼说，你要是有什么问题，就给他打电话。"

"他就那么走了？"

"看来似乎是这样。"她边说，边把袋子里的东西都倒了出来，"文尼会'交涉'的。这词你喜欢吧？多有警察范儿！他会跟波士顿警察局交涉。鉴于有人在你地下室挖出的那个大坑，他们好像会仔细调查邓肯。但他既然已经走了，就不能再四处打探，侵犯你的隐私。这可真是个好消息。"

"被雇主召回去了？还是被解雇了？邓肯亏掉的钱都补回来了？"

"说不准。"她把一盒全麦饼干塞进食橱，"但我知道他的房费一直付到了周日，而且，他也嚷嚷要继续住下去。可突然之间，他却收拾东西，一言不发地走了。我不觉得遗憾。我不喜欢他。"

放好食品杂货后，她叠好购物袋，塞进手提包。"所以，我觉得咱们该庆祝一番。"

"庆祝什么。"

"庆祝再也没人四处打探你的隐私，庆祝这房子又来电了。还可以庆祝你的安全再次得到保障。经历了那么糟糕的一晚，今天过得多充实啊！待会儿，你该来酒吧喝一杯。今晚不仅有好音乐，你还可以跟莫琳和迈克聚聚。"

"我大半天都耗在这事上了。我得赶赶进度。"

"借口。"她一指头戳上他前胸，"周五晚上，每个人该放松放松，喝杯冰啤酒，听听音乐、聊聊天。何况，将成为你服务生的我，可会穿条非常短的裙子哦。我要去找点水，待会儿在车上喝。"她边说，边转身打开了冰箱。

他一巴掌拍在门上。她眉毛一挑，转过身来。"也不给我喝点？"

"你怎么老来烦我？"

"没有啊，让你有这种感觉我很抱歉。"她这才发现，他又逼近了几步。有意思。不管他有没有意识到这点，他这模样都性感极了。"我只是想看到你轻松愉快地出现在那里，不仅因为多跟人接触对你有好处，也因为我想看到你。而且，你可能也需要看看我穿短裙的模样，才好决定要不要对我动心。"

他又逼近几步，却没实现预期的警告之意，反而挑起了几分欲念。

"你在点火。"

"美色当前，谁能忍得住？"她反驳道，"我搞不懂那种人，或那种克己之举，但你要是已经对我动了心，我为何不应该在更吸引你之前，明白这点？这不是很公平的事吗！"

马上要出大事了，她想，就像一场正在盘旋的风暴。

她一手搭上他的胳膊，试图平息这种感觉。"伊莱，我并不怕你。"

"你并不了解我。"

"正因为如此，我才想在更进一步前，多了解了解你。无论如何，我不需要像你想的那样了解你后，才能对你动心，或被你吸引。对我来说，你是只无害的泰迪熊，还是个冷血的杀人犯，都没关系。你悲伤的外表下，掩藏了太多愤怒。这点我并不怪你。事实上，我非常理解。"

他猛地往后一退，把手插进口袋里。她想，他在克制自己。因为，她能感觉出一个男人是不是想碰她。而刚才的他，的确想。

"我不想对你或任何人动心，也不想跟谁纠缠不清。"

"相信我，我明白。遇到你之前，我也是这么想的。我之所以选择禁欲，也是这个原因。"

他不禁皱眉。"禁欲？"

"已经有段时间了。估计，这也是我动心的原因之一吧。任何禁绝行为，都总有结束的时候。然后，你出现了。顾不上忧思时，你是那般清爽帅气、聪颖迷人。而且，你还需要我。"

"我不需要你。"

"胡扯，完全是胡扯。"这突然腾起的怒意和欲火，令他猝不及防，"这房里为什么有食物？因为那是我放的。你为什么会吃掉那些食物？因为那是我给你做的。你不仅长胖了，脸上的憔悴之色也在减少。你为什么有干净袜子穿？因为我替你洗干净了它们。你说话时，有人倾听。不需要我找根铁棍撬开你的嘴，你偶尔也会说话的吧？你已经拥有一个相信你的人。每个人，都需要这么一个人！"

她几步跨了过来，一把抓起自己的手提包，可接着又一把甩掉了它。"你以为，只有你才有可怕的过往，只有你才经历过无法控制的事？只有你曾被深深地伤害？只有你不得不学着疗伤，重建自己的生活？竖起屏障，并不能助你重建生活。伊莱，屏障无法保证你的安全，它们只会带来孤独。"

"我喜欢孤独。"他立刻反驳道。

"你又胡说八道了。适度的孤独和空间，当然没问题。大多数人都需要这个。但我们也需要与人接触，需要朋友和恋人。这一切我们都需要，因为我们是人。你在海滩上认出莫琳的那天，我看出了你脸上的喜悦。她就是个朋友。我也是。你对这些东西的需求，跟你对吃饭、喝水、工作、做爱和睡觉的需求一样强烈。因此，我确保你有饭吃，有干净被单可睡。我替你储备好饮用水、果汁和你喜欢的'激浪'。所以，别说你不需要我！"

"你漏掉了做爱。"

"那事可以再商量。"

她是个相信本能的人，于是，她就那么往前踏了几步，双手捧起他的脸，吻了上去。这只是个很朴实的吻，并无性别之分，就如人与人之间的接触一般平常。

不管她心中翻腾的是什么，她都甘之如饴。她喜欢这种感觉。

她往后退了一步，手却依然捧着他的脸。"瞧，它并没有要了你的命。你也是人，身心健全的人，你——"

这并非本能，而是回应。她点的火，所以他立刻添上柴，燃起一片熊熊大火。

将她吞没。

他猛地一拉，将她困在自己与厨房岛之间。他的手，紧紧纠缠着她狂野的卷发。

他感觉到了她再次抚上自己脸的手，印在自己唇上的唇，还有那颗紧贴着自己、狂跳不止的心。

他感觉到了。

血液在沸腾，苏醒的欲望带来一阵疼痛，想把一个女人狠狠揉进自己怀里的冲动，啃噬着他的心。

软玉温香在怀，曲线玲珑、凹凸有致。

她的体香，那声从喉间溢出的惊呼，还有她的唇舌如海啸般划过自己唇舌的感觉，都让此刻的他想不顾一切地攻城掠地。

她的手滑入他的发间，被他举起的刹那，体内热流涌动。她感觉自己被放到了厨房岛上，双腿随着他的挤入而张开，灼热的欲望在腹中喷薄而出。

她想用双腿缠紧他的腰，跟他尽情有力地驰骋。然而，本能再次占据上风。

不，没想清楚前，不能这么做，她警告自己。要是没有感情，最后两人都不会好过。

于是，她的手再次抚上他的脸，来回摩挲着，退开了身。

他那双炽热的蓝眸死死地盯着她。那双充满欲望的眼里，隐含着丝丝怒意。

"瞧，你是活生生的人。而且，就我此刻的感觉来看，你真是健康得不能再健康了。"

"我不会道歉的。"

"谁让你道歉了？点火的是我，不是吗？我也不会道歉的。但是，我得走了。"

"你要走了？"

"我得换上那条短裙，赶紧去上班。说实话，现在已经有些迟了。好消息是，我们都有时间可以好好考虑一下，是否要更进一步。不过，说起来，这也是坏消息。"

她跳下厨房岛，舒了一口气。"这么久以来，你是第一个让我很想破戒的男人，也是第一个让我觉得即便破戒，也很值得的男人。我只是想确定，如果我真这么做了，我们不会生彼此的气。这事需要好好想想。"

她拿起手提包，朝外走去。"伊莱，今晚记得来。到酒吧来听听音乐，见见人，喝几杯啤酒。第一轮酒水算我的。"

她走了出去，直到抵达自己车前，才一手按上躁动的小腹，慌乱地长舒了口气。

他要是再碰她，要是求她别走……上班可就真要迟到很久了。

第十章

伊莱展开了激烈的内心挣扎，反复权衡利弊，掂量自己的心情。最后，他终于决定去那家该死的酒吧。他规定自己每天都要出门一段时间，去酒吧，就权当完成今天的任务吧。

他可以去看看新老板把那里改造成什么样了，喝杯啤酒，听听音乐，然后回家。

如此一来，阿布拉或许也不会再唠叨他。

而且，他如果能借此向两人证明，他还是可以走进镇上的酒吧，毫无困难地喝点儿啤酒，那就更妙了。

他是喜欢酒吧的，他不住地提醒自己：他喜欢那里的氛围、那里的人、那些对话，以及有人陪着自己喝杯冰啤酒的感觉。

或者说，他曾经是喜欢那一切的。

再说了，他也可以把这视为一种调查。写作或许是一种孤独的职业，虽然非常适合他，却也需要不断地观察、感受和偶尔与外界交流。否则，他的写作终将陷入一片真空。

所以，还是遵守每天出门一小时的誓言吧。况且，感受到的这些当地特色，说不定还能写进他的故事里。

他决定步行。停在车道上的车，加上他特意留的灯，或许会让任何试图私闯民宅的人认为，屋里是有人的。

而且，实实在在地走过去，也正好可以完成每天的运动量。

他对自己说：一切都很正常。

然后，他一脚踏进"乡村酒吧"，迷失了方向。

曾经的卖酒处已经不见了。二十一岁生日时，他在这儿买的那瓶康胜啤酒，是他人生中第一瓶合法酒。墙壁不再昏暗肮脏，那些营造出海洋风的破渔网、石膏海鸥、破烂的海盗旗和混着沙砾的海贝壳也消失得无影无踪。

装着琥珀色灯罩的暗铜天花板取代了船轮，光源采取情境式照明。室内放着各色画作、壁饰和一套他奶奶描绘当地风景的铅笔素描三联画。

沿途有人用沙子刮掉了多年尘垢，在厚木板地面上露出一块块光亮的啤酒渍和类似呕吐物的残痕。

有人坐在桌边、雅座、真皮双人沙发和吧台旁那条长长的铁凳上，也有人待在巴掌大的舞池里。虽然只有零星的几个，还是扭着屁股跳得正欢。正在奏乐的五人乐队，把"黑键乐队"的《孤独男孩》演绎得非常到位。

那五人并没有一身装模作样的海盗服，反而要么穿着黑衬衫或黑裤子，要么穿着白衬衫。

他突然有些迷糊了。虽然之前的"螽斯酒吧"又脏又乱，破得不成样子，他还是有些想念它。

没关系，他对自己说。他会像其他任何周五到此的人一样，点杯啤酒，然后回家。

于是，朝吧台走去的他，看见了阿布拉。

她正在服务的那张桌子有三个男人。伊莱觉得，他们应该都不过二十几岁。阿布拉一手端着托盘，一手往桌上摆皮尔森啤酒。

那条如她宣扬般短的裙子，露出一双好似从腋窝直延伸到黑色高跟鞋的修长美腿。一件舒适的白衬衫包裹着她纤瘦的身体，显得二头肌尤为强壮。

音乐掩盖了人们的交谈声。不过，无须听清，他也知道周围满是随意而直白的调情。

她拍了其中一个男人的肩膀后，便转过身，撇下那个笑得像傻瓜的家伙。

然后，她对上了伊莱的目光。

她立刻扯出一个温暖而友善的笑容，仿佛几个小时前黏在他唇上、带着那点性感小痣的嘴，并不是她的。

她夹起托盘，穿过不断变幻的灯光和音乐，摇曳生姿地朝他走来。一双海之女神般的眼睛闪闪发亮，一头美人鱼般狂野的长发恣意飞扬。

"嗨，真高兴你来了。"

他有种想一口吞了她的冲动。"我就是来喝杯啤酒。"

"那你可找对地方了。我们有十八种啤酒。你想要哪种？"

"呃……"总不能说，他想把她剥光吧。

"来种当地口味的吧。"她眼中一闪而逝的笑意，让他有种被看穿了的感觉，"鲸鱼牌啤酒最受欢迎。"

"好，没问题。"

"过去跟迈克和莫琳一起坐吧。"她指着某处说，"我去端鲸鱼啤酒。"

"我来酒吧只是为了——"

"别犯傻，"她抓起他的胳膊，拖着他在人群中迂回前行，"快瞧瞧我找到谁了！"

莫琳随手打了个招呼，拍拍身旁的空位。"嗨，伊莱，快坐。跟我们这两个烦人的家伙坐在后面，不用喊来喊去，也能好好聊聊天。"

"我去给你们拿酒，烤干酪辣味玉米片也马上就来。"阿布拉对迈克说。

"这里的烤干酪辣味玉米片不错。"阿布拉快步离开后，迈克说。

而没有其他选择的伊莱，只能在那个位子上坐了下来。

"以前，这里还经常卖不新鲜的薯片和来源可疑的花生。"

莫琳冲伊莱笑笑。"以前就那样。不过，迈克和我还是每周尽量来这一次，享受片刻成人时光。而且，周末或旺季时，这里也是个打发时间的好去处。"

"是啊，人可真多。"

"那个乐队很受欢迎。所以，我们才早早赶来，占了这张桌子。家里来电了吗？没丢东西吧？"

"嗯。"

莫琳安慰性地拍了拍他的手。"今天我虽然没跟阿布拉聊多久，但她说，有人在你家地下室挖坑。"

"是啊，究竟是怎么回事？"迈克凑上前，"除非接下来的几个小时，你都不想谈论这事。"

"不，没什么事。"无论如何，在这片社区，布拉夫府都是个举足轻重之地。每个人都想知道到底出了什么事。他把大致情况向他们讲了一遍，然后耸耸肩。"我猜，多半是来寻宝的。"

"我就说嘛！"莫琳一巴掌拍在丈夫手臂上，"我也是这么说的。迈克真是太无趣了，一点幻想基因都没有。"

"你穿那条很清凉的红裙时，我可不缺幻想基因——"

"迈克尔！"她强忍着笑，喊出他的名字。

"亲爱的，挑起这话题的可是你。"迈克搓着手说。接着，他又转向伊莱："烤干酪辣味玉米片，你会喜欢的。"

"烤干酪辣味玉米片来啦！三个盘子，附赠纸巾。"阿布拉稳稳地放下盘子，"还有一瓶鲸鱼牌啤酒，请慢用。别忘了，第一轮算我的。"看到伊莱伸手拿钱包，她赶紧说道。

"你什么时候休息？"莫琳问她。

"还没到时候。"话音刚落，她就忙着回应别桌的召唤。

"她到底有几份工作?"伊莱纳闷道。

"我可数不清。她喜欢多变的生活。"莫琳把玉米片舀进自己的盘子,"下一份工作是针灸。"

"她要往别人身上扎针?"

"她正在学怎么扎。她喜欢照顾别人。甚至她做的珠宝,都是为了让人感觉更好、更快乐。"

他有很多疑问,却苦于不知怎么问,才不会给人一种盘问之感。"她在这里住的时间不是很长吧?如此短的时间,就学会了这么多东西?"

"三年前才从斯普林菲尔德市搬到这里。你应该找个时间问问她。"

"问什么?"

"问斯普林菲尔德市啊,"莫琳眉毛一抬,咬了口玉米片,"你想知道什么,都可以问。"

"呃,你觉得,红袜队今年有多少胜算?"

莫琳狠狠地瞪了丈夫一眼,端起自己的红酒。"好吧,的确比直接让我闭嘴含蓄点。"

"我也这么认为。我喜欢的人中,你奶奶是最喜欢聊棒球的。"

"她是个棒球迷。"伊莱说。

"没人能像她那样,一口气背出那么多统计数字。我每过几个星期,就会去一趟波士顿。你觉得,她可以接受探望了吗?"

"我想,见到你她一定会很高兴的。"

"迈克是少年棒球联合会的教练,"莫琳解释道,"至于赫斯特嘛……就是名业余助理教练。"

"她喜欢看孩子们打球。"趁乐队休息的间隙,迈克一勾手指,示意阿布拉再上一轮酒,"我希望她能在赛季结束前回来。"

"她能不能回来,我们都说不准。"

"噢,伊莱。"莫琳握住他的手。

他这才发现，自己不仅从未当众说过这些话，也没对任何人提起过。他不知道，为何现在就脱口而出了。不过，他突然对奶奶有了一些全新的认识。练瑜伽、参与少年棒球联合会、替酒吧画下这些铅笔素描的奶奶，都被以前的他错过了。

"起初的几天……她手臂做了两场手术。手肘……完全碎裂，臀部、肋骨和头部也受了伤。每天的情况都很危急。然后，昨天我见到她——"难道仅仅是昨天？"因为觉得助步车是老太太才用的东西，所以，她拄着拐杖站起来了。"

"听起来的确像她会做的事。"莫琳赞同道。

"在医院时，她瘦了很多，现在才又胖起来，也结实了一些。好多了之后再见到你，她一定会很高兴的。"他对迈克说。

"这点我会注意的。有人闯进家里的事，你告诉她了吗？"

"还没有。没什么可说的。而且，我很纳闷，不知道昨晚那个家伙，之前到底已经闯进来多少次了。她摔伤那晚，他是不是也在呢？"

伊莱端起啤酒一口干掉时，瞥见迈克和莫琳交换了下眼神。

"怎么可能？"

"听说挖坑那事时，我们也是这反应。"莫琳用胳膊肘捅了迈克一下，"不是吗？"

"她的确是。"

"他说，我是推理小说读多了，根本不可能有那事。不管什么书，都不该读太多。"

"我真会为此干一杯的。"伊莱仍然一边转着杯子，一边仔细打量莫琳，"不过，你怎么会这么想？"

"赫斯特很……很'有活力'。我真讨厌这么说，因为用这词来形容老年人，几乎是种侮辱。但赫斯特真的很有活力。而且，我打赌你从没见过瑜伽课上的她。"

"我的确没见过。"而且，他也不确定自己是否真的能接受那样的她。

"她平衡感极好,能完成树式和勇士一式等许多瑜伽体位。我的意思是,她根本不会跌倒,做起动作来身子都不会晃一下。孩子倒很有可能跌下楼梯,但这实在不像会发生在赫斯特身上的事。"

"她不记得了。"伊莱说道,"不仅不记得如何摔下去的,连怎么起的床,也不记得了。"

"她要是头部受创,想不起那些事也不意外。但我们听说,有人不仅溜进你家,还疯狂到在地下室挖坑。这事我倒挺想知道的。而且,不管闯入的那人是谁,他都弄伤了阿布拉。而且,她要是不知道如何反击,肯定会伤得更重。他既然能对阿布拉下手,就很有可能恐吓赫斯特,甚至还有可能把她推下去。"

"第二轮酒到!"阿布拉端着托盘来到桌边,"哟呵,怎么这么严肃!"

"我们在谈赫斯特和昨晚那场非法入室案。我觉得,你应该到我家住几晚。"莫琳烦躁地说。

"他闯入的是布拉夫府,又不是笑鸥小屋。"

"但他要是觉得会被你认出来——"

"再逼我,我可要赞同迈克的观点了!"

"我才没读多少推理小说,我读的是你的短篇小说,"她对伊莱说,"写得真棒!"

"你都这么说了,看来,这轮只有我请啰。"

阿布拉哈哈大笑,把账单递给他。接着,她的一只手随意地拂过他的发,搭了在他的肩上。

莫琳在桌下轻踢了迈克一脚。

"阿布拉,或许可以请伊莱到我们的读书俱乐部讲讲话。"

"那可不成。"一阵恐慌顿时涌上喉头,他赶紧吞了一大口啤酒,压下这种感觉,"我还在写书呢。"

"你是个作家。我们的读书俱乐部还从没请到过一名真正的作家。"

"我们请过纳塔莉·格尔森。"阿布拉提醒她道。

"噢,得了吧。自费出版的诗集,写的还是自由诗体,简直糟糕透顶。那天晚上,还没等到活动结束,我就有戳瞎双目的冲动了。"

"我倒想戳瞎纳塔莉的双目。哎呀,我要歇会儿。"阿布拉这么想着,就一屁股靠在了桌上。

"来这边坐吧。"伊莱正要起身,却被她按了回去,"没关系,我靠着就好。伊莱从没谈论过自己的书。我要是写书,肯定随时随地,见人就说。要是大家都开始躲我,我就找完全不认识的人说,直说到他们也见我就跑为止。"

"仅此而已吗?"

她立刻一拳砸在他胳膊上。"我曾经想过写歌。要不是根本不识谱,也没什么创作灵感的话,我现在早成作曲家了。"

"所以,你才转而学针灸。"

她冲伊莱咧嘴一笑。"哦,那不过是个爱好。但既然你提起,我们就谈谈吧。我需要练习,最佳人选,非你莫属啊。"

"这主意真糟糕。"

"我可以帮你舒缓压力,集中精神,激发创造力。"

"真的?如果那样的话,我考虑考虑。嗯,不行。"

她倾身凑向他。"你真是太保守了。"

"而且受不了扎针。"

他感觉自己被她的气味引得蠢蠢欲动。那双光华流转的眼,勾魂摄魄。看着她微弯的唇,他脑中一片空白,只余曾经吻上它的感觉。

没错,是该狠狠地吻上一通。

"我们待会儿再谈。"阿布拉站起身,端着托盘,走向邻桌接受点单。

"你要是哪天发现自己插满银针、光着身子躺在按摩床上,可别觉得意外。"迈克提醒他道。

见鬼，他当然不会感到意外。

享受着朋友们的陪伴，他又多待了一个小时。他突然觉得，下次再想来酒吧时，肯定不用再经历一番内心挣扎。

有进步！这么想着，他向莫琳和迈克道了声"晚安"，便朝外走去。

"喂！"阿布拉匆匆跟了出来，"你不跟你友好的女服务生道晚安吗？"

"你那会儿不正忙着吗。老天，快进去，这儿冷死了。"

"在里头来来回回地跑了三个小时，我多得是散发不完的热量。看来，你今晚过得挺开心。"

"这么休息一会儿挺不错的。我喜欢你的朋友们。"

"莫琳跟你成为朋友的时间，可比我早。不过，说得没错，他们是最好的朋友。那，我们周日见！"

"周日？"

"你的按摩。"看到他脸上的表情，她说，"即便你没停留片刻，给我一个晚安吻，按摩依然是很有疗效的哦。"

"我已经给你留小费了。"

她忍不住哈哈大笑。这股快乐的情绪不禁勾起他强烈的渴望。仿佛是为了证明什么，他不慌不忙地凑上前来，双手顺着她的肩膀缓缓往下，感受着她在酒吧里升腾起来的体温。

接着，他俯下身子，攫住了她的唇。

她觉得，这一次的吻缓慢而温存、梦幻般轻柔。和之前那个激烈迫切的吻，形成了绝妙的对比。她环上他的腰，任自己沉醉其中。

他能给予的，比他想象中更多；他受到的创伤，也比他承认的更多。于是，这两点都促使他将她拥得更紧。

等他终于松开自己的怀抱，她叹气道："好吧，好吧，伊莱，莫琳的话完全正确，你的确吻技高超。"

"已经有点生疏了。"

"我也是。但这不是很有趣吗？"

"你也会生疏？为什么？"

"这个嘛，就等到有瓶红酒和一个温暖房间的时候再说啦！我得进去了。"

"我想听听你的故事。"

这话立刻让她眉开眼笑，那股喜悦，堪比收到一捧玫瑰。"以后我会告诉你的。晚安，伊莱。"

她轻盈地飘回屋内，回到那片乐声阵阵的喧嚣中，留下了心潮澎湃、满心渴望的他。他发现，除了安宁，自己对她的渴望，已经超越一切。

※

大雨滂沱的周六，伊莱工作了一整天。他任由自己沉浸在故事中，直到写完一个完整的场景，才惊觉自己已在不知不觉间，将两个世界联系在了一起。那幕场景里，也是一片大雨滂沱。狂风肆虐，夹起雨水，猛烈地拍向窗户。主人公找到钥匙，带着内心的迷茫和困惑，在已逝兄弟空无一人的屋中，四处游荡。

对这般进度颇为满意的他，强迫自己离开键盘，走进奶奶的健身房。他想起在波士顿健身中心度过的那些日子。那里有光亮的器械、健美的身姿和动感的音乐。

他不禁提醒自己：那些日子已经一去不返。

但这并不意味着他也无可救药。

也许，奶奶那些软糖豆色的力量训练器械不会让他太过难堪。可十磅就是十磅。他已厌倦这般消瘦无力、不堪一击的模样，也厌倦了只能在"岸边徘徊"或"稍涉浅水"的糟糕局面。

他要是能写作——每一天，他都在用实际行动证明这点——就一定能大汗淋漓地举起力量训练器，变回曾经的那个硬汉。举起一对紫色哑铃时，他不禁开心地想：情况也许还能更好，自己一定能行！

他还没做好照镜子的准备，所以只是站在窗前，一边开始第一组肱二头肌练习，一边凝望着风暴中拍向岸边的滔天巨浪，以及白色灯塔明灭的强光里，不断冲击着下方礁石的翻腾浪花。想到此刻的自己已经做出的重大转变，他也不仅琢磨起笔下这位主人公可能的去向。因为，他觉得自己已经完成了那个重大的转变，或至少即将完成。

上帝啊，但愿他能做到。

他从举重转为有氧运动，但坚持了二十分钟，肺部便如火烧般灼痛，双腿也抖个不停。伸展一番，狂饮一通后，他又做了一组举重练习，便气喘吁吁，扑通一声跌坐在地。

好多了，他对自己说。他或许没能坚持到一个小时，就有种刚完成铁人三项之感，但这次的表现，的确好多了。

而且，这一次，他可不是一瘸一拐地走进浴室。

好多了。

下楼找吃食时，他再次向自己道贺。竟然真的想吃东西。事实上，他都快饿死了，这可是个好现象。

也许，他应该像每天的祈祷一样，把这些小小的进步都记录下来。

这个念头顿时让他大为尴尬。尴尬程度，甚至比举那对紫色哑铃时还深。

一踏进厨房，还没发现厨房岛上的那盘曲奇，他就已经被那股香味俘虏，立刻抛弃了随便做个三明治之类的想法。

便利贴真是无处不在啊！他拿起保鲜膜上那张便利贴，边读，边撕开保鲜膜，把第一块曲奇塞进了嘴里：

> 雨天烘焙。我听见你敲键盘的声音，所以不想打扰。好好

享受吧。明天五点左右见。

阿布拉

她一直给自己做东西吃，他是不是应该做些报答呢？给她买点儿花或别的东西？刚咬下一口，他就觉得，送花完全不足以报答。他又抓起一块曲奇，并启动了咖啡机。他决定生一堆火，随便从图书室挑本书，痛痛快快地读一场。

他把火烧得极旺，热气升腾、火光熊熊、劈啪作响，非常契合这个周六狂风肆虐、大雨滂沱的氛围。在装有方格天花板和深巧克力色皮沙发的图书室里，他的目光扫过层层书架。

小说、传记、新手入门书、诗集，关于园艺、畜牧和瑜伽（显然，奶奶真的在练习这东西）的书，一本讲礼仪和一堆讲述威士忌海滩的书。他发现，有些跟历史和传说有关的小说没准儿会很有趣。而且，其中的几本写的还是兰登家族，另外几本则跟海盗和传说有关。

心血来潮之下，他抽出一本薄薄的皮面装订书——《卡吕普索：命定的宝藏》。

鉴于地下室的那个大坑，这本书似乎正合适。

舒展开身子躺在沙发上，伴着熊熊炉火，伊莱边吃曲奇，边读了起来。这本出版于世纪之交的老书里不仅有插画和地图，还有作者笔下那位主人公的些许生平介绍。伊莱越读越欢喜，最后竟仔细钻研起书中最后那场决定性的远航来。那次航行的船长，正是小有名气的海盗兼走私贩——纳撒尼亚尔·布鲁姆。

该书将他塑造成了一个英俊潇洒、浑身是胆的家伙。但在任何不喜欢埃罗尔·弗林或强尼·德普海盗形象的人眼中，书中这位主人公或许就是个废物。

读到“卡吕普索”和“圣卡泰丽娜”号那场精彩纷呈，却毫不血腥的海战时，虽然或许不公平，他仍然怀疑查尔斯·G.哈弗沙姆这个名字，不过是某位女作家的男性笔名而已。

从登上"圣卡泰丽娜"号，到将其击沉，对该船的掠夺和干掉大部分船员的过程，就变成了一场颇具浪漫元素的公海传奇。根据哈弗沙姆的描述，埃斯梅拉达的嫁妆不可思议地充满了女主人的爱心。因此，只有得到真爱的人，才能找到这批宝藏。

"不是吧？"伊莱又吃了块曲奇。他本可以放下这本书，另外换一本，但作者显然很喜欢写作，再加上诙谐有趣的行文，这段传奇便成了有史以来最吸引他的故事。

他不需要相信爱的变革之力。何况，在该书中，这种变革之力还是通过神奇的钻石和红宝石完成的。然而，这并不妨碍他喜爱这个故事。而且，一直存在于激烈斗争中的浪漫元素，也让他赞赏不已。在作者笔下，布鲁姆船长不再是个虽然从"卡吕普索"号导致的海难中幸存下来，却得到宝藏的卑微水手，而变成了一个极具浪漫色彩的角色。

他读完了整本书，读到那悲伤却浪漫的结局后，又回头仔细看了遍插画。暖洋洋的炉火和一肚子曲奇，让他不知不觉睡了过去。书耷拉在他胸前。他梦见了海战、海盗、闪闪发光的珠宝，梦见一个年轻女子敞开心扉，还梦见了背叛、救赎和死亡。

他梦见林赛躺在布拉夫府地下室那个大坑里，她的血染红了周围的石头和泥土。而他自己，则握着丁字镐，站在坑边望着她。

他一身大汗地醒了过来。此时，炉火只剩些许红色火星。他哆嗦着僵硬的身子，强忍着作呕的冲动，摇摇晃晃地从沙发上爬起来，走出图书室。那个梦，尤其是最后那一幕，如此强烈而清晰地印在他的脑海。他穿过迷宫般的房间，朝地下室走去。终于，他站在大坑彼岸，确定了自己死去的妻子并不在这里。

傻透了，他对自己说。因为梦中的幻觉，就要来这里检查一番根本不可能发生的事，真是傻透了。何况，那个梦还是一本愚蠢的书和吃多了曲奇引起的。此外，只是几个晚上没再梦见林赛，便认为自己已经摆脱这一切，也傻透了。

无论有多么愚蠢，此刻，先前的乐观和活力，都已像风雨中的粉笔一般消融殆尽。他得赶在被黑暗吞噬之前，回到上面，找些事情做。天哪，他不想再为重回光明之地，而在黑暗中苦苦挣扎！

或许，可以把这个坑填了。他边往回走，边对自己说。先跟文尼商量商量，然后就把它填了。他要让那个坑消失。无论谁抱着愚蠢的寻宝念头闯入布拉夫府，也会被他赶出去。

回去的途中，他任由这丝愠怒愈演愈烈。生气，总比沮丧好。就让这越来越强烈的怒火，击退任何胆敢闯入他家的人吧！

他再也不想被侵犯；不想再承受某人非法闯入他的家——或者说他曾经的家——杀了他妻子，却要由他顶罪的事；他也不想接受或许有人闯入布拉夫府，害他奶奶摔下楼梯的事实。

他不想再觉得自己是个受害者。

他拾级而上，朝厨房走去。突然，他猛地顿住脚步。

阿布拉正一手捏着手机，一手握着把大菜刀，站在他面前。

"我真心希望，你是要用那东西切点大胡萝卜。"

"噢，天哪，伊莱！"她哐当一声把刀扔在台面上，"我一进来，就看见通往地下室的门开着。无论我怎么喊，你都没应声。然后，我听见下面有东西，就……就抓狂了。"

"抓狂的话，你该跑啊。正常的反应是逃跑和报警。拿把刀站在那里，既不明智，也不是抓狂该有的反应。"

"两种感觉我好像都有。我需要……我能……唉，算了。"她拿过一个葡萄酒杯，从冰箱里取出一瓶红酒。拔掉镶着假宝石的瓶塞，像倒早餐果汁般倒着酒。

"吓到你了，真抱歉。"他发现，她的双手一直抖个不停，于是说道，"但时不时，我也可能去一趟地下室的啊。"

"我知道。不是这事。是上面……"她灌了一大口酒，又长舒了口气，"伊莱，他们找到柯比·邓肯了。"

"很好。"先前的怒气又回来了。这一次，他终于找到宣泄的目标。"我要跟那王八蛋聊聊。"

"聊不成了。他们找到的，是他的尸体。伊莱，他们找到他时，他就卡在灯塔下的礁石间。我看见警察了，我看见那些人都在那里，所以，我挤了出来。他……他已经死了。"

"怎么死的？"

"我不知道。或许是失足摔死的。"

"这种解释也太简单了，不是吗？"他们一定会再回来找自己的，他想。又是警察和没完没了的问题。这些事简直逃都逃不掉。

"没人会认为你跟这事有关。"

他摇摇头，毫不意外她读懂了自己的心思。他走上前，拿过葡萄酒杯，也灌了一大口酒。"他们当然会这么认为。不过，这次我会做好准备的。你既然把这事告诉我了，我就一定能做好准备。"

"了解你的人，都不会认为你跟此事有关。"

"也许不会。"他把杯子递还给她，"但这事一定会引起轩然大波。一个已经遭到指控的谋杀案嫌疑犯，肯定跟另一位受害者的死脱不了干系。一定会有人泼脏水。如果站得不够远，那就等着被浇个透心凉吧。"

"去他妈的。"她目光灼灼地望着他，脸色因悲愤而瞬间苍白，"不准再这样侮辱我。"

"这不是侮辱，是警告。"

"那也去他妈的。我想知道，如果你相信有人认为你跟此事有关，如果你认为有人会朝你泼脏水，你会怎么做？"

"现在还不知道。"但他会知道的。这一次，他一定会想出办法来。"没人能把我赶出布拉夫府或威士忌海滩。直到我愿意离开，我才会走。"

"很好。我给咱俩做点吃的吧？"

"不用了，谢谢。我吃过曲奇了。"

她瞥了眼厨房岛上的盘子，看见里面只剩六个曲奇，惊得差点下巴都掉了下来。"天哪，伊莱，整整两打曲奇啊。你会生病的。"

"也许会有点不舒服。阿布拉，回家去吧。警察来的时候，你不应该出现在这里。虽然说不准他们什么时候会来，但一定快了。"

"我们可以一起应付他们。"

"最好还是别这样。我要给我的律师打个电话，把这事告诉他。锁好你家的门。"

"好吧，那我明天再过来。要是有什么事，给我打电话。"

"我能应付的。"

"我知道你能。"她歪着头说，"伊莱，到底发生了什么事？"

"今天大部分时候，我都过得很愉快。最近，这些事的确比以往多了些，但我能应付的。"

"那明天见。"她放下葡萄酒杯，捧起他的脸，"我喜欢想象等你终于要求我留下时，我会怎么做。"她的唇轻轻扫过他的。然后，她穿上卫衣，冒着雨离开了。

他发现，自己也喜欢想象那样的场景。时机，迟早会成熟。

光明

希望是个长着羽毛的东西

它栖息在灵魂中

唱着无词的旋律

永不停歇

——艾米莉·狄金森

第十一章

黎明时分，他便起床了。他做了个很糟糕的噩梦。梦中，他站在威士忌海滩灯塔下的礁石上，俯视着下方林赛血淋淋的破碎尸体。

他不需要付费找精神科医生，帮他找到一条进入潜意识的线索。

无须任何私人教练告知，他也知道自己的每根骨头、每块肌肉和体内每个该死的细胞，都因为昨天举重过度而疼痛不已。

趁还没人来到附近，他一边嘟囔着，一边拖着身子往浴室走，希望热水能减轻些许疼痛。

此外，他还冒险吃了三片布洛芬。

他到楼下冲好咖啡，边喝，边处理电子邮件。他觉得，是时候再给家人写封信了。虽然很不想提有人非法闯入和发现尸体的事，但此刻看来，他们从他这里得知这些事，总好过从别处听闻。

事情总是藏不住的。若是坏事，那肯定传播得更快。

他写得很小心，并再三保证屋子已经安全了。至于那个波士顿私家侦探的死，他觉得自己有必要，也有权利遮掩一番。看在上帝的分上，他甚至压根就没见过那个人。他有意将他的死描述成一场意外。它本来也可能是场意外。

虽然他只琢磨了片刻，就觉得那肯定不是意外，但干吗要让家人担心？

接下来，他谈了谈自己那本书的进度，又聊了聊天气，就昨天读的《卡吕普索：命定的宝藏》和那批嫁妆，开了几个玩笑。

他来回读了两遍，决定把坏消息穿插到轻松愉快的事里，放在整封信的中间。这么写，再好不过。于是，他按下了发送键。

想起妹妹和他们之间的约定，他又写了封邮件，只发给特里西娅。

> 你瞧，我也没……太斟酌措辞。房子已经安全了，当地警察在周围巡逻。就现在的情况来看，似乎有个王八蛋在这里挖神秘宝藏。我不知道那个从波士顿来的家伙是怎么回事，谁知道他是摔下去、跳下去，还是被布鲁姆船长的复仇幽灵扔下去的。
>
> 我在这里很好，非常好。警察要是过来——我知道，他们一定会来——我也能应付。我已经做好准备。
>
> 好啦，别再冲着屏幕皱眉头了。我就知道你是这表情。要操心的话，也赶紧去找个别的什么人吧。

他决定就这么写。她肯定会觉得又好气又好笑，也一定会相信，他说的都是实情。

喝完第二杯咖啡，并吃完桌上的那个百吉圈后，他打开存放书稿的文件夹，再次沉入自己的正在写作的故事中，直到日上中天，高高地悬在大海之上。

等他改喝"激浪"，并吃完最后的两块曲奇时，从未有人用过的门铃，第一次奏起他奶奶最喜欢的那首歌——《欢乐颂》。

他不慌不忙地结束工作，把那瓶喝了一半的软饮料塞进办公室冰箱，然后才踏着第二次铃响，朝楼下走去。

他料到门外是警察，却没料到一下就来了俩。或者说，没料到会看见一张愁眉苦脸的熟面孔——来自波士顿的阿特·沃尔夫警官。

较年轻的那位警察一头军事发型，方正的脸庞坚毅果敢，蓝眸平静温和，身材高大健硕。他举起自己的警徽说："是伊莱·兰登先生吗？"

"嗯。"

"我是埃塞克斯县警察局的科比特警官。我想，您应该认识沃尔夫警官。"

"认识。我们以前见过。"

"我们想进去跟您谈谈。"

"好吧。"

他直接无视自己律师的建议，退后一步，把他们让进了屋。他已经下定决心，该死的，他自己也是个律师。他知道那句"啥都别说，给我打电话，所有问题都先问问我"是什么意思。

但他没法那么做。他不能，也不想再继续那么做。

因此，他把他们领进了大客厅。

因为早有预料，所以他已经提前生好了火。此刻，火已烧得噼啪作响，让客厅更显温暖、大气。屋里摆了些艺术品和古董，却显得十分和谐。明亮的光线透过高大的拱形落地窗，洒在盘形天花板上。透过窗户，可以看见前花园里那片随风摇曳的绿水仙。那如长矛般强健的花丛里，只有一支，傲然地开出了黄色的花。

他觉得，自己有点儿像那朵花，无论接下来会发生什么，都做好了尽显本色的准备。

"这房子真不错，"科比特赞叹道，"从外面看，我就觉得它一定不赖。从里面看，果然也不错。"

"家就是最舒适的地方。我们还是坐下谈吧。"

坐下后，他暗暗查看了一番自身的情况。手心没有出汗，心跳没有加速，喉咙也并不干涩。都是好现象。

不过，看见沃尔夫那张固执的脸和那双狭长锐利的眼，他还是不得不保持警惕。

"兰登先生，感谢您抽出宝贵的时间。"科比特边往椅子上坐，边扫了眼自己，也环视了一下房间和伊莱，"您可能已经听说，我们发现了一场事故吧。"

"我听说，昨天，灯塔附近发现了一具尸体。"

"没错。我想，您应该认识死者——柯比·邓肯。"

"不，我不认识。我从没见过他。"

"但您知道这个人。"

"我知道他自称是波士顿的私家侦探。我也知道，他在到处打听我的事。"

科比特掏出一个笔记本。但伊莱知道，那东西就跟道具差不多。

"您告诉警察，说您认为周四晚上闯入这里的人是柯比·邓肯，对吗？"

"得知有人闯入后，我首先想到的就是他。所以，我把他的名字告诉了赶到现场的文森特·汉森警长。"该死，这些事你们不都知道吗！"不过，遭到闯入者攻击的那位女士之前见过邓肯，还跟他说过话。她十分明确地说抓住她的那人并非邓肯，因为他更高、更瘦，也更结实。此外，汉森警长那晚跟邓肯谈话时，邓肯提供的收货单，也能证明非法入室案发生期间，他在波士顿。"

"他跑这里来搅混水，你肯定气炸了吧。"

伊莱转而望向沃尔夫。看来，这场问答是没法友好地进行下去了。"我的确不太高兴。但我更关心到底是谁雇他来这里，到处打听我的消息。"

"说得简单点，就是某个很想知道你最近在干什么的人。"

"那说得简单点，我不过在调整自己、工作，并在奶奶恢复期间照料布拉夫府。鉴于邓肯能报告给他雇主的消息也就只有这些，所以我不得不说，他们在浪费钱。不过，那也是他们的事。"

"兰登，你妻子的谋杀案并未结案。你还是嫌疑人之一。"

"哦，我知道。我还知道，你要是能把我跟第二宗谋杀案扯上关系，岂不更方便？"

"谁说这是第二宗谋杀案了？"

自以为是的混蛋，伊莱虽然心中这么想，语调却依旧平稳。"你是个调查命案的警察。你要是相信邓肯死于意外，就不会出现在这里。所以，那即便不是谋杀，也是非正常死亡。我当过刑事律师，知道你们要的是什么把戏。"

"是啊，是啊，所有内情你都一清二楚。"

科比特抬起一只手。"兰登先生，您能说说周四午夜到周五凌晨五点期间，您都干了些什么吗？"

"周五凌晨？周四，我去了波士顿。接到电话，得知有人非法闯入时，我正在爸妈家。然后，我便径直开车回来了。到达这里的时间大约为十一点半。我不确定具体是什么时候，反正没到午夜。我去看望了阿布拉——阿布拉·沃尔什，就是在布拉夫府遭到袭击的那位女士。"

"你都不在，她跑这里来干吗？"沃尔夫问道，"你们是情人？"

"怎么，我的性生活还跟这次问话有关？"

"抱歉，兰登先生。"科比特警告性地瞥了沃尔夫一眼，尽管动作不大，却含了一丝责备之意，"您能告诉我们，沃尔什小姐当时为什么会在这幢房子里吗？"

"她到这里来打扫清洁。这几年，都是她在替我奶奶打扫。那天她来过，却不记得是否关好了所有窗户。那天风很大。我想，你们应该已经跟她谈过了，但我还是帮你们回顾一遍吧。知道我在波士顿，所以她下来检查窗户，还顺便给我带了锅炖肉。有人从身后拽住她。当时停电了，所以屋里一片黑暗。她设法挣脱了钳制，开车赶到她的朋友——邻居迈克和莫琳·奥·马利家。迈克联系我，并报了警。接到迈克的电话后，我立刻离开波士顿，开车回到了威士忌海滩。"

"在十一点半到午夜之间抵达。"

"没错。阿布拉非常惶恐。不过，她挣扎着逃离时，弄伤了那个袭击她的人。她衣服上有行凶者的血迹。赶到现场的警察拿走了她的衣服，作为证据。我在奥·马利家待了一会儿，才回到这里。阿布拉也跟了过来。我们在这里遇见了汉森警长。"

"他是你们的朋友。"沃尔夫插嘴道。

"文尼是我少年时代到二十几岁时的朋友，我已经很多年没见过他了。"伊莱无视对方话中的暗示，继续语调平稳地说道，"赶到现场的警察发现有人切断电源，破坏了警报器。当时，屋里的东西并没有丢失或移位。我跟汉森警长说起了柯比·邓肯。但正如我之前所说，根据沃尔什小姐的描述，攻击她的那个男人跟邓肯的身量并不一样。为了调查得更彻底，汉森警长说要跟邓肯谈谈。我相信邓肯那时候在冲浪旅馆，但我依然不知道汉森警长离开的确切时间，估计是十二点半左右吧。"

真糟糕，伊莱想，怎么就没记下确切时间！

"他走后，沃尔什小姐陪我去了地下室。那里有台不怎么靠得住的发电机，但我希望能让它发点儿电。下楼后，我到处找工具时，在地下室最古老的一部分发现一个大坑。坑边还有丁字镐和铁铲之类的工具。不过，那些东西也被警察拿去当证据了。显然，之前就有人闯进那里。"

"去地下室挖坑？"科比特问。

"你要是在威士忌海滩待上一段时间，就会听到关于那批嫁妆的传说。每每有一个人相信那批传说中的宝藏是无稽之谈，就有五个人对此深信不疑。虽然我无法打包票，但闯进来挖坑的那个人，很可能相信这里埋着宝藏。"

"那坑也有可能是你自己挖的。"

这一次，伊莱连看都不想再看沃尔夫一眼。"我不会闯入自己正在居住的房子。而且，我也不会蠢到把自己费时费力挖出来的坑，暴露在阿布拉或者警察面前。总之，我们在地下室待了一会儿。成功搞定那台发电机，得到应急电源后，我们就出来了。屋子里很冷，所以我生了把火。阿布拉还是很难受。我们坐在那里，喝了些红酒。后来，她在沙发上睡着了。我上楼时，确定当时已经凌晨两点。我起床时，大约是第二天早晨七点半左右，也可能是八点。那会儿她已经走了，只在保温箱留下了一个煎蛋饼。看来，她好像忍不住要给人做吃的。我不知道她什么时候走的。"

"也就是说，你没有不在场证明。"

"没有。"他对沃尔夫说，"我想，以你的标准来看，我的确没有。你凭什么认为，是我杀了他？"

"兰登先生，没人指控您。"科比特开口道。

"你坐在这里质问我的行踪，旁边是负责我妻子谋杀案的头号警官。不用提出指控，我也知道自己成了嫌疑犯。我只是在想，我有什么作案动机。"

"邓肯是个很可靠的侦探。你知道他在调查你。可他所有的调查记录都不见了。"

"你认识他。"伊莱冲沃尔夫点了点头，"奇怪的是，他曾当过一段时间警察。你认识他。他是你的手下？"

"兰登先生，提问的是我们。"

伊莱转回到科比特身上。"你为什么不问，我他妈为什么要杀掉一个根本没见过的人！"

"他可能发现了一些能指控你的证据，"沃尔夫开口道，"你很可能因此而紧张。"

"那件根本不是我干的案子发生在波士顿，他能在威士忌海滩挖出可以指控我的证据？一个可靠的侦探不仅会做记录，还会备份。那些证据在哪儿？"

"一个熟悉内情的聪明律师，肯定会确保销毁所有证据。你拿了他的钥匙，驱车前往波士顿，走进他的办公室，销毁了所有记录、电子档案和相关资料。然后，又去他的公寓，故伎重施。"

"他在波士顿的办公室和公寓失窃了？"伊莱往后一靠，"有意思。"

"你有时间、有机会，也有动机。"

"你当然这么认为。你如此确定是我杀了林赛，所以这事肯定也是我干的。"伊莱没给沃尔夫开口的机会，继续说道，"所以，照你的说法，在他找到能证明我已经杀过一次人的证据后，他要么同意在风雨交加的午夜与我在灯塔见面，要么就是我用了什么办法，将他引到那里。也就是说，我要趁阿布拉熟睡之际，悄无声息地溜出屋子。毫无疑问，这根本不可能。杀了邓肯后，我又要悄无声息地溜进他在小旅馆内的房间，拿走他所有的东西，并开走他的车。我得开着他的车，一路返回波士顿，将他的办公室和公寓清理一遍，再开车回到这里。虽然把他的车再开回来简直愚蠢透顶，但如若不然，我该怎么回来？所以，我得找个弃车之地，然后徒步走回布拉夫府，赶在阿布拉知道我出门之前，回到屋里。"

他知道无论怎么说，也无法打动沃尔夫，于是转向科比特："看在上帝的分儿上，这些事得费多少时间啊！我要有多好运，才能赶在阿布拉醒来做那张该死的煎蛋饼之前，把它们全都做完。"

"也许，你并不是一个人。"

伊莱一下子火了，怒斥沃尔夫道："你要把阿布拉也扯进来吗？一个我才认识几个星期的女人，会突然决定帮我杀人？老天！"

"你也说，已经认识几周了。邓肯来这里查案，并在此找到足够对你造成威胁的证据。兰登，你跟那女管家鬼混多久了？你妻子的风流韵事，也是她发现的吧。这不，正好又让你多了个杀妻的理由。"

原本压抑着的怒火瞬间爆发。"你要是想抓我，尽管放马过来！但你他妈的别把她扯进来！"

"扯进来了又如何？你还要审讯我不成？"

"沃尔夫警官！"科比特厉声喝道。

"你觉得既然已经逃过一次，所以这次，肯定也能逍遥法外?!"沃尔夫一拍大腿，凑上前来，丝毫无视科比特的警告。

步步逼近，伊莱想，这家伙果然喜欢在审问中侵犯对方的个人空间。

"没错，我认识邓肯。他是我的朋友。即便为了他，我也要完成使命，把你绳之以法。这一次，你休想逃掉!你和那女人在做什么，已经做了什么，或打算要做什么，我都会搞清楚。等你落到我手里，就永远别想再翻身!"

"恐吓罪加骚扰罪。"说来也怪，伊莱再次平静下来，"我的律师又有个完美的立足点了。这种情况，我已经经历过一次。之前，我的生活因此而每况愈下。这一次，我不会再重蹈覆辙。你们的问题，我已经答完。接下来的事，请先跟我的律师联系。"他站起身，"请你们立刻离开我家!"

"是你奶奶的家。"

伊莱点点头："我修正，请立刻离开我奶奶的家!"

"兰登先生，"科比特也站起身，"如果您觉得受到了恐吓或骚扰，我真诚地向您道歉。"

伊莱瞪眼望着他："你没开玩笑吧? 如果?"

"事实上，鉴于各方关系和被害者前来威士忌海滩的目的，你的确与此案关系重大。请问，您有枪吗?"

"枪? 不，我没有。"

"那这幢房子里有枪吗?"

"说不好。"这下，他反而笑了，"这是我奶奶的房子。"

"我们会申请搜查令。"沃尔夫插嘴道。

"那就申请吧。我已经受够了你们的纠缠，下次要想再踏进这里，你们的确需要一张搜查令。"他迈步走到门口，拉开门，"我们之间已经没什么好谈的了。"

"随你怎么想，我们走着瞧。"沃尔夫嘟囔着，大步走出门外。

"非常感谢您抽出宝贵的时间。"科比特说。

"很好，反正我也不打算再给了。"伊莱毫不犹豫地关上门，双手不禁攥成了拳头。

直到两人都上了车，科比特才对沃尔夫说："该死，你他妈到底在干吗？"

"就是他干的。这次，他休想再逃掉。"

"去你妈的。"怒火中烧的科比特狠狠踩下油门，"即便他有作案动机，他的作案机会也几乎为零。何况，我们既不知道，也无法证明他有作案动机。他能大半夜地把邓肯引到灯塔，开枪杀了他，再把尸体扔下悬崖，然后接着做完剩下所有的事？兰登的描述完全正确。"

"如果那女人也有分儿，兰登的话就不可信。把邓肯引到那上头去的，也可能是她啊。她跟随兰登去了波士顿，然后又开车送他回来，并为他做不在场证明。"

"胡扯，纯粹胡扯。我虽然不认识她，但她绝对是清白的。她的那些邻居们也一样。而且，我认识文尼。他都为那两人担保，他可是个好警察！事实就如他们所说——有人非法入室。那个该死的大坑和每件事发生的时间，也都说得通。"

"兰登有钱。钱可以买到很多不在场证明。"

"沃尔夫，你他妈说话小心点。你之所以在这儿，是因为我们邀请了你。我们也可以取消邀请。而且，我正打算提出这项建议。你简直遭魔障了。我本想争取兰登的合作，结果却被你搞得一塌糊涂。"

"他杀了他妻子，又杀了邓肯。跟他合作才是胡说八道。"

"为了他妻子，你整整追踪了他一年，却毫无进展。邓肯的案子调查面应该更广些。你若不是这般执迷不悟，就该问问自己，邓肯的雇主是谁，那人（或那几个人）为何会雇用他，以及周四午夜到周五凌晨五点之间，他/他们身在何处？你还该问问自己，兰登身在波士顿时，到底是谁闯入了那幢房子，以及他们怎么会知道兰登当时在波士顿。"

"他杀没杀人，跟这些事情有屁关系！"

科比特只能摇摇头，又低声嘟囔了一句："魔障了。"

※

屋内，伊莱径直上楼，接着转向南翼，进入一个房间。一直以来，他都认为这里是专门用来存放家族纪念品的。祖先们的各种零碎东西，分门别类地放在众多盒子里，比如：一对花边手套、一个饰有宝石蝴蝶的音乐盒、一对华丽的银马刺。有些东西虽然混放在一起，但在他看来，也显得优雅又迷人：三本皮面日记、几块军功章、一个非常棒的黄铜六分仪、一对大理石研钵和研杵、一双缎面系扣鞋和其他一些兰登家的小玩意儿。

还有一橱柜古董枪。看到柜子一如既往地上了锁，他不禁大大地松了口气。里面有几支霰弹枪；一支保存完好，成色还相当棒的亨利步枪；一把珍珠手柄的掌心雷①；几支佐治亚风格的决斗用手枪；几支明火枪和一支看起来颇为强悍的科尔特点四五左轮手枪。

直到检查完所有定制橱柜，确定里面的武器都还在，他才稍微松了口气。

所有枪都在，检查完毕。他至少可以保证，用来杀掉柯比·邓肯的，不是兰登家的枪。据他所知，这些枪不仅在他有生之年从未开过火，好像在上一代时也没开过。估计是太贵重，才不能用吧，他若有所思地喃喃道，突然想起爷爷向八岁的自己介绍其中的一支明火枪时，他还曾有幸亲手端起它。当时的他，可真是激动坏了。

太贵重。伊莱边再次琢磨着这个词儿，边在房间里漫步。仅那几支

---

① 由美国费城人亨利·德林杰（Henry Deringer）发明的小型手枪，极易隐藏携带，通常有一到两根枪管。

佐治亚风格的决斗用手枪，就价值数千美元。而且，它们不仅便于携带，要想卖给某个收藏者，也极易脱手。一个上了锁的玻璃门柜子，几乎是防不住小偷的吧？这般唾手可得的宝贝，那个在地下室挖坑的家伙，为何无动于衷？

不识货吗？还是对这屋子的布局和历史了解得不够清楚？除了那些枪，屋里还有很多便于携带的贵重物品。即便装枪的那个橱柜里，也有六尊唾手可得的雕像。

奶奶终究会注意到的。但从她出事，到他搬进这里，中间肯定有段足够长的无人期。这家伙是利用那段时间闯进来的吗？若果真如此，他的注意力，也显然集中在了地下室。

集中，伊莱又琢磨了一遍这个词。所以，他不仅仅是为了钱。要是真为钱，干吗不拿走那些唾手可得的财物？他的目标，肯定是宝藏。

到底什么意思啊？他百思不得其解。明明一个晚上，就可以带走价值数百万的艺术品、收藏品、古董和银器（老天，他伯祖父那些海量邮票，还陈列在图书室呢！），干吗还要为了一个传说，花那么多个晚上，用手工工具在地下室挖坑！

不仅仅是为了钱，他心中又升起这个念头。他边在屋里徘徊着，边盯着那些唾手可得的财物，细细思量了一番。因为传说更刺激吗？还是因为坚信那批嫁妆是无价之宝？

这是一种执念吗？就像沃尔夫对他的执念一样？

这念头让他回到地下室，进一步研究那个闯入者的杰作。心血来潮之下，他跳入坑中，发现坑里某些地方的深度几乎齐腰。在他看来，这坑似乎是从中间开始挖的。之后，才以某种方式，向东南西北四个方向拓宽。

就像罗盘经点一样吗？该死，他怎么知道！

他从坑里爬了出来，掏出手机，从各个角度拍照。警察们虽然已经拍过照，但现在，他想自己也拍一些。

不知为何，这带给了他一种积极主动的感觉。无论如何，他喜欢有事做的感觉。

除此之外，回到上面后，他还从红木座上拿下那支别人当作礼物送给奶奶的铜质望远镜，走上阳台。要想积极主动，就得知情。对他来说，现在也许不是步行或驱车前往灯塔的最好时机，但这并不意味着他不能看看那里。

他对准那里，聚焦、调试了一番后，终于清楚地看见黄色警戒线。整片区域，包括灯塔都被警戒线围了起来。他发现，线后站着几个好奇的围观者，旁边还停了几辆官方模样的车。

他转动望远镜朝下看，发现正在礁石上忙活的，好像是几个刑事技术人员。尽管穿着防护服，他们也全都湿透了。

这高度可不低哪！他边挪动望远镜，估算着从崖顶到下方礁石群的距离，边这么想着。从那里摔下来，邓肯十之八九也死定了，但先开枪杀了他，更保险些。

为什么？他知道了什么，看到了什么，或做了什么？

这事跟林赛的死又有什么关系？照理说，两者之间必定会有些联系。他相信，沃尔夫做出的这个判断，应该不会出错。除非整件事都像在地下室挖海盗宝藏一样有悖常理，否则，这两场谋杀之间，就必定有联系。

这么说来，邓肯的死，或许跟那个闯入者有关。

他不禁又产生同样的疑问：为什么？他知道了什么，看到了什么，或做了什么？

一个谜团。在他的另一种生活里，他是喜欢谜团的。或许，是时候看看，他是否还有解开它们的能力。

他把望远镜扔在阳台，转身上楼拿信笺簿和笔。这一次，经过厨房时，他顺便给自己做了个三明治，还拿了瓶啤酒。他把所有东西都带进了图书室，接着生好火，坐在奶奶那张上好的老桌子前。

他本想从林赛的死开始，却发现那着实算不上一个开始。于是，他开始回忆婚后第一年那段适应期。生活虽然起起落落，但两人的大部分时间，还是花在了彼此磨合、添置家具和装饰新家上。

老实说，搬进新家后没几个月，两人之间就已经开始发生变化了。

她觉得还需要一些时间，才能做好要孩子的准备。没问题。他把大量时间和精力都投入到工作上。她希望他能完全投入到丈夫的角色中，他却觉得，自己早已在为此努力。

她喜欢款待客人，也喜欢去别人家做客。她有自己的职业道路和社交网络。然而，两人还是因为他繁重的工作或各自不同的喜好，争吵得越来越频繁。当然，如果他继续保持诚实，就不得不承认，每周六十小时的工作时间，对他来说已是家常便饭。而且，作为一名刑事律师，他熬的通宵也不少。

她虽然喜欢由此而来的高报酬，却开始怨恨他一心扑在工作上。他虽然赞赏她事业上的成功，却开始厌恶两人之间因喜好不同而争论不休。

他承认，究其根本，无非是他们都不够爱对方。至少，没有爱到足以长相厮守的地步。

在涉及他奶奶、他对布拉夫府和威士忌海滩的感情时，她表现出的褊狭——用这个词，一点儿都不过分——更是加剧了两人婚姻恶化的进程。现在看来，他们之间的感情，甚至在婚后第一年，便已经出现裂缝。那条裂缝越变越大，终至两人都无法，或不愿弥补的地步。

他虽然因为林赛决定少去甚至最终再也不去布拉夫府，但他心中真的对此毫无怨言吗？他想拯救自己的婚姻，但更多是出于原则，而非对妻子的爱。

真糟糕，他想。

何况，他还遭到了背叛。所以，优势依然在他这边。

他曾经花了很多时间，计算她到底是从什么时候开始不忠的。结论？应该是婚后不到两年，她开始声称需要工作到很晚，开始周末独自旅行，以及他们的性生活越来越糟之时。

他把大致日期、她的名字，以及她那些好友、家人和同事的名字都写了下来，接着在"伊登·斯金德"这个名字下画了一条线。林赛遇害时，这个人既是她的朋友兼同事，也是她的情人贾斯廷·斯金德之妻。

伊莱又把"贾斯廷·斯金德"的名字圈了起来，才继续做笔记。

林赛遇害那晚，伊登为她出轨的丈夫做了不在场证明。无论如何，他几乎没有作案动机。所有证据都显示，他正准备带她去缅因州来场浪漫之旅。据说，他还在那里订下她最喜欢的酒店。

毫无疑问，他妻子也没理由替他撒谎。那场风流韵事曝光，也让她羞愤难当，几近崩溃。

至于林赛是否还有旧情人或第二个情人，会不会是那人遇到林赛，一时冲动下杀了她，伊莱的私家侦探当时也展开过调查，结果却一无所获。

至少，目前还没有结果。伊莱提醒自己道。

那天晚上，她让那人进了屋。没有强行闯入或挣扎的痕迹。她的手机和电邮记录显示，无论家里，还是办公室，与她有过交流的人都没有嫌疑。然后，沃尔夫的注意力就全都集中在了他身上。他的私家侦探肯定漏掉了某些事和某些人。

伊莱把所有能想起的名字，都一丝不苟地写了下来，一直写到林赛的理发师的名字。

两个小时后，他已经写满好几页纸，做出数条交叉引用线，留下好些未解的谜团，理出两桩袭击案——奶奶的坠楼事件和那场谋杀案。

他决定出去走走，也好慢慢琢磨琢磨此事。

他感觉好极了。尽管肌肉依然酸疼，他还是感觉好极了。因为他知道，走出这间图书室的自己，再也不会重蹈覆辙。

一切，全拜杀死柯比·邓肯的凶手所赐。

第十二章

阿布拉按响了门铃，起初是出于礼貌，接着是希望能有人过来搭把手。见没人回应，她只得自己掏钥匙开门，并设法将按摩床拖进了屋。瞥了眼警报器面板上不停闪烁的信号灯，她边输入，边喃喃地念叨着新密码。

"伊莱！你在楼上吗？快下来帮帮忙。"

依然是一片静默。她喘了口气，用按摩床撑住门，然后才回身去车里拿购物袋。

她把袋子搬进屋放好，使劲将按摩床弄进大客厅后，回到车里，把剩下的购物袋抱进了厨房。

放好新鲜蔬菜后，她把购物清单钉在了小布告板上。接着，她打开下午做好的那盒土豆火腿汤，拿出烤好的啤酒面包和上次剩下的巧克力曲奇。既然他这么爱吃，就都拿来吧。

她没上楼去找他，而是转身架起按摩床，摆好精心挑选的蜡烛，升上火，接着又往里面添了一根木头。或许他会找借口，说不想或不需要这场早已安排好的按摩。但既然她已经把一切都安排就绪，他应该也不太容易说出拒绝的话。

对一切都颇感满意后，她便决定碰碰运气，不紧不慢地朝楼上走，看看他到底是什么原因没听见她的喊话。是工作得太投入了？打盹睡得太沉？在洗澡？还是正在健身房？

她没找到他，却发现他铺的床——就是把羽绒被卷成一堆。她觉得，只有随时可以躺下休息的床，才是整洁的床。于是，她抖开被子，放平了枕头。接着，她又把他扔在椅子上的毛衣叠好，把扔在地板上的袜子放进床边的洗衣篮。

然后，她慢悠悠地晃出卧室，决定去健身房瞧瞧。瑜伽垫还摊在地板上，是个好现象。在好奇心的驱使下，她试了试二楼的厢房，接着又去一楼转悠了一圈。最后，她在那张上好的老桌子上看到了那本信笺簿、一个空盘子和一个空酒瓶（还好，他还记得用杯垫）。

"伊莱，你到底在干什么啊？"她端起盘子和酒瓶，瞥向第一页笔记，"啊哈，有点意思。"

她虽然不是所有名字都认识，却跟着连线、箭头和潦草的笔记读了下去。笔记中时不时会出现一幅漂亮的素描。认出长着魔鬼角、露出尖牙大声咆哮的沃尔夫警官时，她不禁感叹，他的手真是像他奶奶一样巧。

他显然在这东西上花了不少时间，她饶有兴致地往下看，终于发现自己的名字。她的名字与赫斯特、他、文尼和柯比·邓肯连在了一起。

她高兴地发现，旁边也有一幅给自己的素描。画中的她慵懒地躺在海边的沙滩上，腰部以下，一条美人鱼尾巴优雅地蜷曲着。

她用指尖慢慢拂过那条鱼尾，才继续往下读。

他把邓肯遇害那晚发生的事，做了张时间表。就她的记忆来看，这张表似乎非常准确。他将邓肯的死亡时间列在午夜到凌晨五点之间。

看来，警察找他谈过话了，正如他们也找过自己一样。

过程肯定不愉快。鉴于他的车还停在前门，他应该是步行的。警察来过后，她炖了汤、烤了面包，又做了一小段瑜伽练习，才平静下来。她怀疑，伊莱多半把一部分怒气发泄到了这些笔记中，然后用散步的方式，纾解余下的怒气。

干得好!

她把盘子和酒瓶端进厨房,然后跨出房门,踏上阳台。惊讶地看见望远镜后,她赶紧走了过去。一凑到接目镜前,灯塔就填满了她的视野。

她不能怪他这么做。事实上,这反而让她希望自己也能拥有一架望远镜。一阵寒意袭来,她搂紧胳膊,走到阳台边,扫视整片海滩。

她看见了他。寒风中,他微微缩着肩,手插在兜里。她就那么看着他,直到他转身朝海滩前的台阶走去。

她回到屋里,倒了两杯红酒,然后端着它们来到门边,等他回来。

"今天天气真不错,不是吗?"她递给他一杯酒,"要是够努力,都能闻到春天的气息了!"

"春天的气息?我耳朵都快冻僵了。"

"你要是戴顶帽子,它们就不会冻僵。我已经把客厅里的火生上了。"

然而,他的目光已经落到厨房的台面上。"你又给我带曲奇啦!"

"那是待会儿再吃的。"她有意上前一步,挡在他身前,"先喝红酒,然后跟我聊聊天。做完按摩后,还有超棒的土豆火腿汤和啤酒面包——都是我今天下午做的。"

"你做了汤和面包!"

"我想,跟警察打过交道后,这些东西可以起到治愈作用。这是你应得的奖励,所以它们就来了啊!"

"是啊,它们就来了。"

"我们可以边喝红酒,边听你讲讲那事。或者,你是想让我先讲吗?"

"按时间顺序来吧。"他脱掉夹克,随手扔在一张厨房凳上。"你说什么?"刚问出口,便看见她眉毛一挑,定定地望着自己。

"你妈难道没教过你挂衣服?"

"老天爷，"虽然嘴里嘟囔着，他还是抓起那件夹克，走进洗衣房，把它挂在了一根木钉上，"这下好多了吧？"

"简直棒极了。按时间顺序的话，那我先讲。"心血来潮下，她拽过一瓶红酒，扔下一句"没准用得上"，就朝大客厅走去。

"这是你装起来的？"他盯着那张按摩床问。

"是我。嘿，别胡思乱想。按摩是按摩，做爱是做爱。虽然得到一样，你也可能得到第二样，但不能在我要向你收费的时候。而这一次，我可是要收费的哦。"

"收什么费？按摩，还是做爱？开始之前，我总该先知道价码吧。"

"不消沉的时候，你也挺有趣的嘛。"她坐进沙发，蜷起双腿，"基本上，我得对两位警官——一位当地的，另一位来自波士顿——回顾周四晚上这里发生的事。我从一开始到这里检查窗户说起，回忆了我跟邓肯在教堂地下室的那场谈话，再回头接着说你何时从波士顿赶回来，到迈克和莫琳家来见我，最后回到这里，跟文尼的谈话。我对他说的话，你说的话和他说的话，这些你都知道的事我全告诉警察了。从我们一起到地下室，发现那个大坑，到我在这里过夜，呼呼大睡的事也说了。第二天，我是大约六点左右起的床。那时候，我曾想过上楼爬上你的床，但我觉得，这事就没必要告诉他们了。"

"显然，你也是直到现在，才觉得有必要告诉我嘛。"

"我才没有。你睡得很沉。"接着，她又补了一句，"我真的上去过。"

他眼睛一眯。"那天早上，你上过楼？"

"是啊。醒来时，我有点不舒服，多半是还有些紧张吧。真庆幸，当时我不是一个人。但想起头天晚上发生的那些事，我还是觉得一个人待在下面很孤独。想着你也可能醒了，我才决定上楼，结果却事与愿违。我挣扎了半天，还是决定不吵醒你。事实上，看到你躺在楼上，我待在楼下的确不再觉得孤独了。"

"你应该叫醒我的。你可以待在上面，也可以让我下去，怎么样都行。这样，你就不是一个人了。"

"真是事后诸葛亮。不过，我告诉警察我一大早上过楼。因为看见你还没醒，所以才又回到楼下。我非常明显地感觉到，你那位沃尔夫警官认为，我是个荡妇和无耻的大骗子。"

"他跟我没关系。"

"他可不这么认为。"阿布拉啜了口红酒，"之后的事，我都为他们复述了一遍。再次回到楼下后，我冲了杯咖啡，吃了点水果，然后替你切了些甜瓜和菠萝等水果，做了张煎蛋饼放进保温箱，然后给你留了张条子，就回家了。到家后，我冥想了一会儿，接着便换衣服，准备上早课。"

"他们知道我不可能先到这里杀了邓肯，然后开车前往波士顿，清理完他的办公室和公寓后，再开车回到这里。"

"他的办公室？在波士顿的办公室？怎么回事？"

"显然，有人扫荡了邓肯在波士顿的办公室和公寓，清理了他的记录和电脑。除非你确信是我杀了他，否则上述情况就表明，肯定是他的雇主杀了他。但警察跟你谈过话，知道你将近凌晨两点和清晨六点左右，都在这里看到了我。我要在四小时之内做完所有事不止是很难，而且根本不可能。他们知道，那点时间根本不够用。"

"那就得看情况了。"她又喝了口酒，"你要是沃尔夫，并认为我是个荡妇和无耻的大骗子，就很可能把我放在谋杀案共犯的位置上。"

"老天爷。"伊莱放下葡萄酒杯，用掌根按了按眼睛，"真对不起。"

"噢，闭嘴。你不是在暗示，我的确是个荡妇和无耻的大骗子吧。沃尔夫坚信自己不会判断失误，一定是你杀了林赛。这就意味着，你也必须杀掉邓肯。所以，我才是个荡妇和无耻的大骗子。我认识像他那样的人。他们无疑坚信自己绝对正确，所以质疑其观点的一切，都是谎言、借口和错误的判断。"

她又喝了几口酒。"那种人让我觉得……很不耐烦。"

"不耐烦?"

"是啊,在他们把我惹毛前,我的感觉就是不耐烦。另一位叫科比特的警官却不买账。他很小心,但并不相信我会伙同你杀掉邓肯。对沃尔夫提出一系列问题,暗示我们不仅在你搬来威士忌海滩后不久就认识,还早就打得火热,因此肯定一起密谋杀害了林赛的推测,他也不太感兴趣。"

她换了个姿势,无意中,竟摆出几乎跟那条美人鱼一模一样的造型。"我坦白地告诉他,虽然还没决定是否要跟你热烈地缠绵一场,但我已有这个念头。如果我真的付出行动,那这事就不会成为秘密,更不会成为他口中的偷情事件。因为我们都没有婚姻的束缚,也没有跟其他人建立恋爱关系。"

"你告诉他们……"伊莱却只是叹了口气,又端起自己的酒杯。

"那是因为他让我觉得不耐烦,接着就把我惹毛了。我这人很不容易发火,但他真的把我惹毛了。突然之间,我就成了骗子、小三、荡妇和杀人犯。而这一切,全都因为他无法接受自己判断失误和你根本没杀任何人的事实。"

"混蛋!"她喝完自己的酒,端起酒瓶,也要给伊莱再斟点,他却只是摇了摇头,"好吧,那该你说了。"

"没什么要补充的。我也跟你一样,向他们回顾了一遍已经发生的事。而且,沃尔夫或许认为文尼不仅是个贪赃枉法的警察,还跟我那位无耻又淫荡的朋友同流合污。"

"你那位朋友,还是个谋杀案共犯。"阿布拉边举起葡萄酒杯,边提醒他道。

"你还挺能适应这些新身份的嘛!"

"土豆已经剥皮削好,红酒也下肚一杯了。不过,话说回来,有人闯进邓肯在波士顿的办公室和公寓。现在,那里再也没有半点关于他雇主的记录。雇他来调查你的人，到底是谁？而且，他在小旅馆的东西，也全都被清理干净了。这不是一个很大的逻辑漏洞吗？警察应该好好调查这个漏洞才对。"

"要是沃尔夫，他就不会调查。我才是他穷追不舍的白鲸。"

"我讨厌《白鲸》。无论如何，认识文尼的人，都不会觉得他是个贪赃枉法的警察。而且，你搬到这里后，我们才认识。说我们同流合污，简直毫无根据！何况，我还处在禁欲阶段，怎么就成了荡妇？伊莱，这些指控都是为了击垮你。"

"无所谓，我一点儿都不担心。"见她又挑起眉毛，他坚持道，"我感兴趣的不是他们的反应。除了写作，我已经很久没有对别的东西产生过兴趣了。不过，我现在真的很有兴趣，弄清这一切。"

"很好。人人都应该有个爱好。"

"你这是在讽刺我吗？"

"当然不是。你虽然不是警察或私家侦探，但要关注此事，却是完全合法的。我也一样。好啦，我们有个可以完全跟对方分享的爱好了。我看见你放在图书室的那些笔记了。"

"哦。"

"如果不想让我看到某样东西，就把它收起来。比如……那张对我的美人鱼素描。不过，你要是拿张更好的纸再画一遍，我会很乐意收下它的。我有钥匙，而且也不会放着不用。当时，我到处找你。"

"好吧。"想到那张素描，他的确有些不自在，"有时候，随手涂鸦有助于我思考问题。"

"那可不是随手涂鸦，那是绘画！让我这种画什么都跟气球动物似的人来画，才叫涂鸦。那幅恶魔吸血鬼沃尔夫，我也很喜欢。"

"嗯，那幅的确不错。"

"我也这么认为。画画的确能帮助你思考问题。与此有关的所有人、他们之间的关系、每件事发生的时间等诸多要素，你都逻辑分明地列出来了。看起来，这似乎是个好的开始。我想，我是不是也该做点笔记了？"

他想了一会儿。"沃尔夫肯定会盯上你的。但即便展开调查，他也无法找到任何证据，证明我们在我搬来这里之前就相识，或证明你是个满口谎言、身负血案的无耻荡妇。"

"你怎么知道？"她微笑着望向他，"我还没告诉你我的经历。或许，我真是个有谋杀倾向的无耻荡妇呢？"

"说说你的经历，我来评判评判。"

"我会说的。过会儿再说。现在，是时候替你按摩了。"

他不自在地瞥了眼那张按摩床。

"放心，我不会玷污你清白。"她边说，边站起身来，"这绝对不是前戏。"

"我可一直对你想入非非。"事实上，他的确老想剥掉她的衣服，像饥渴的种马般在她身上驰骋。可那似乎有点太过……粗野。

"你要是不行动，我才会失望呢。不过，接下来的一小时可不行。快，脱衣服，脸朝上，躺到按摩床上去。我先去洗洗手。"

"你真霸道。"

"没错。虽然我也在努力改正这个缺点，但我又不想当完人，那多无聊啊。"她伸手拂过他的胳膊，走出了房间。

既然还不到剥掉她衣服的时候，他就乖乖脱掉自己的吧。

光着身子躺在被单下，感觉真奇怪。而她再次走进屋，打开轻音乐，点上蜡烛后，感觉就更奇怪了。

然后，那些充满魔力的手指从他的脖子开始，一路按到肩膀。他不得不问自己，要是满脑子想着做爱，是否会奇怪？

"别冥思苦想了，"她对他说，"随它去吧。"

他很想什么都不想，或者想点别的什么事。他试着想自己的书，但那些角色的问题，却随着肌肉的疼痛，渐渐消失了。

就在他努力什么都不想、想别的事，或把自己的书当作一种逃避时，她已经放松了那些僵硬的肌肉，缓和了疼痛，消解了强烈的压力。

在她的吩咐下，他翻了个身。他觉得，她简直无所不能。无论战争、经济，还是激烈的冲突，仿佛只要让其中的关键人物在她的按摩床上躺够一小时，任何问题都能迎刃而解。

"你正在好转。"

她的声音似乎也跟她的手一样，充满抚慰。

"嗯，的确好些了。"

"我能感觉到。但亲爱的，你的背部肌肉依然很紧张。"

他努力回想上一次有人（包括他妈）叫自己"亲爱的"，是在什么时候。

"看来，这几天会很有趣。"

"嗯。我教你几个有助于放松的伸展动作吧。每次起身离开键盘，你都可以花几分钟来做做。"

她推挤、揉捏、按压，接着抚平每一次小小的抵抗，直到他终于瘫软如泥。

"你怎么样了？"她轻抚着他身上的被单，问道。

"我好像看见了上帝。"

"她什么模样？"

他终于忍不住低低地笑出声来："很性感。"

"我也一直这么想的。好了，慢慢起来吧，我过几分钟再回来。"

等他终于坐起身，用被单遮住重要部位时，她已经端着一杯水走了回来。

"都喝了。"她把杯子塞进他手里，然后拨开他额前的发，"你看起来放松多了。"

"'放松'和'不省人事'之间应该还有个词。我想不起来那词该怎么说了，但用它来形容我的状态，再贴切不过。"

"这状态不错。好了,我得去厨房了。"

"阿布拉。"他拉住她的手,"虽然这话听起来老套又无力,但我还是要说。你真的很有天赋。"

她粲然一笑:"我并不觉得它老套又无力。好了,你慢慢来。"

他走进厨房时,炉子上正热着汤。她则端着一杯红酒问:"饿了吗?"

"还没,但那东西闻着真香。"

"你要先去海滩上散散步吗?"

"也许吧。"

"很好。现在正是一天中最柔和美丽的时候。我们待会儿就有食欲了。"她拉好卫衣拉链,率先走进洗衣房拿外套。

"刚才我用了下望远镜。"两人踏出屋门时,她对他说,"视野不错。"

"我看到一群刑事技术人员在灯塔周围转悠。"

"通常来说,威士忌海滩是不会闹出谋杀案的。死亡事故可引不来游客。所以,彻底检查很重要。而且,他们检查得越彻底,对你就越有利。"

"也许吧。但不知怎么,我还是脱不了干系。当地警察问这屋里是否有枪。我给了个模棱两可的答案。因为我突然觉得,或许真有人闯进来,从那堆藏品中拿走一支,射杀了邓肯。"

"天哪,我还从没这么想过。"

"因为你从没成为过谋杀案中的头号嫌疑犯。总之,那些枪都原封不动地锁在橱柜里。等他们拿到搜查令——他们一定会申请搜查令的——或许就会把那些枪拿去测试。但他们终究会明白,杀死邓肯的不是布拉夫府中的武器。"

"因为他们会弄清楚凶手用的是哪种口径的枪,也许甚至还能弄清是什么枪。犯罪现场调查之类的节目,我可没少看,"她补充道,"这里都是些古董枪。邓肯会被一支步枪或决斗用手枪杀死？我表示怀疑。"

"这种可能性很小。"

"无论如何，我们还是先别谈警察和谋杀案了吧。"两人已经走到海滩前的台阶。她把头发甩到身后，冲越来越柔和的蓝色夜空扬起了脸。"你想不想知道，我为什么搬来威士忌海滩，为什么会觉得自己应该待在这里？"

"嗯，我想知道。"

"我马上告诉你。这是个适合在海滩上散步时讲的故事。不过，为了让你了解背景，我得从头讲起。"

"有个问题，我已经琢磨很久了，我得先问问。你来这里开始按摩、教瑜伽课、做珠宝和保洁前，是做什么工作的啊？"

"你是说专职工作吗？我是华盛顿一家非盈利机构的市场总监。"

他看着手上戴着戒指、长发飞扬的她。"好吧，我前十个猜测中，都没这个答案。"

她用手肘捅了他一下。"我有西北大学工商管理硕士学位。"

"真的？"

"千真万确。好啦，我先讲讲从前的事。我妈是个很了不起的女人。一个绝顶聪明、充满奉献精神、勇敢又专注的女人。她读研究生时怀上了我。我爸觉得这完全超出他的承受范围。所以，我两岁时，他们分开了。我的生活中，几乎从未有过他的影子。"

"真遗憾。"

"所以，有一段时间，我就是那么过的。不过，我还是熬过来了。我妈是个人权律师。我们经常外出。只要可以，她去哪儿都会带上我。要是不行，我便和姨妈（也就是她妹妹）或外婆待在一起。但大多数时候，我都跟着她。那些经历真是让我大开眼界，学到不少东西。"

"等一下。"一个突如其来的念头让他目瞪口呆地望向她，"你妈不会是简·沃尔什吧？"

"是啊，你知道她？"

"当然！天啊，我怎么会不知道简·沃尔什？她得过诺贝尔和平奖啊！"

"我说过，她是个了不起的女人。我一直梦想长大之后，能成为她那样的人。但谁又不想呢？"阿布拉高高举起双臂，闭上眼睛，迎向怡人的海风，"在我看来，她是个百里挑一，不，万里挑一的人。她教会我爱、怜悯、勇气和正义。我本想直接追随她的脚步，拿个法学学位。但是老天，那真的不适合我。"

"她失望吗？"

"没有。跟随本心，也是她给我上的宝贵一课。"走着走着，她挽住了他的胳膊，"你没有子承父业，你爸失望吗？"

"不。在这点上，我们都是幸运的。"

"是啊。所以，我读了工商管理硕士，接着在一家非盈利机构工作。我工作干得很不赖呢！"

"我想也是。"

"我觉得我正在作出贡献，虽然工作并非时刻顺心，但也差不多。我喜欢那份工作，喜欢那种生活，也喜欢周围的朋友们。我在自己发起的一次募捐活动上，邂逅了德里克。他也是个律师。我多半就喜欢干这行的人。"

她突然停止讲述，眺望起大海来。"天哪，这可真美！每天，只要一望向大海，我就觉得：能身在此处看着它、感受它，真是无比幸运的事。现在，我妈在阿富汗，和那里的妇女一起，为女性权益奋斗。我知道，我们都在最适合的地方，做着自己命中注定之事。但就在几年前，我还身处华盛顿，拥有一柜子职业套装、一张堆满东西的办公桌和一本排得满满当当的记事簿。而且，那时候跟德里克在一起，似乎也是个正确的选择。"

"但其实他不是。"

"从某种角度上来说，他是。他聪明、迷人、热情，还雄心勃勃。我们都很理解对方的工作。我们的性生活和谐，谈话也很有趣。他第一次打我时，我让自己相信那不过是个可怕的错误，一次压力之下的反常行为。"

感觉到伊莱的僵硬，她用空出的那只手摸了摸他的胳膊。"我把他的怒火视为强烈的爱意，把他的占有欲视为一种奉承。但他第二次打我时，我便离开了。若只发生一次，还有可能是个可怕的错误。但若还有第二次，就很有可能一发不可收拾。"

他伸手，覆住她放在自己胳膊上的那只手。"身处其间时，有些人是看不出这点的。"

"我看得出来。我跟支援团里的很多女人谈过话，知道一个人会如何禁不住劝说，接受道歉，或开始相信，自己就该遭受凌辱。我很快便抽身而退了。"

"你没有把消息公开。"

这下，轮到她叹气了。"嗯，我没有。我想，只要离开就够了，干吗还要毁掉他的事业，或让别人看自己笑话呢？我选择请几天假，而非向同事和朋友们解释我青肿的眼睛。当时，我来这儿待了一周。"

"来威士忌海滩吗？"

"嗯。多年前，我跟妈妈来过一次，后来，又跟姨妈一家来过。我对这里有美好的回忆，所以，我租了座小屋，在沙滩上散步，给自己时间思考和疗伤。"

"你没告诉任何人？"

"当时没有。我犯了错，所以，我对自己说，我一定会纠正这个错误，继续好好地生活下去。但当时那些愚蠢的举动，让后来的我无比尴尬。短暂休假后，我虽又回到工作中，却发现所有事似乎都不太对劲了。朋友们开始问我出了什么事，因为德里克联系他们，说我崩溃了。

我实在没脸告诉他们，我是因为挨了德里克的打，才离开他。"

"他却播下了种子。"

她抬头瞥了他一眼。"另一种一发不可收拾，不是吗？没错，他播下了种子，一批足以生根发芽的种子。他认识很多人。他聪明，也很愤怒。他到处散布流言，暗示我精神不正常。而且，他还跟踪我。被跟踪的人，并不会时刻意识到自己被跟踪了。我当时就没发现。直到偶尔开始约会，我才意识到这点。你瞧——"

她指向一只跃出水面，接着又一头扎下，直扑其晚餐的鹈鹕。

"我很想同情那条鱼，但我就是喜欢看鹈鹕。它们长得那般奇形怪状，就跟麋鹿一样笨拙，却能将身子收得那样紧，如箭般插入水中。"

伊莱扳过她的身子，让她面向自己。"他又伤害你了？"

"噢，天哪，是啊，还不止一个方面。我应该赶紧结束了，没必要重复所有细节。上司开始收到关于我行为不检的匿名信。那些信说我滥用毒品、酗酒、乱交，还性贿赂捐赠者。面对越来越多的信件，他终于把我叫到跟前询问真相。我只得再次忍住羞愤（当时，我的确是这种感觉），把德里克的事告诉了他。我的上司把这事报告给他上司后，纸就开始包不住火了。"

她小心翼翼地深吸了口气。"起初，还是些恼人的小麻烦。比如车胎被人放了气、车子被锁住，或手机半夜三更地响个不停，却一接就挂断。然后，我预约的午餐或晚餐，会莫名其妙地被人取消。办公室和家里的电脑都遭到黑客攻击。至于偶尔跟我约会的那个男人，不仅被人砸了车窗，还有人向他的上司发出极其恶劣的匿名投诉。于是，我们便不再见面了。事情虽然并不严重，但分开似乎是更方便的解决办法。"

"警察做了什么？"

"他们找他谈过话，但他对一切都矢口否认。他很会说服人。他告诉警察，我不仅占有欲过强，还有暴力倾向。所以，他才离开了我。他还说很担心我，希望我已经得到帮助。"

"一个正派的警察，应该看不穿他那些把戏。"

"我想，他们应该看出来了，却没办法证明那些事都是他做的。那些大大小小的麻烦持续了三个多月。我时刻都紧张不安，工作受到严重影响。他开始在我吃午饭或晚饭的餐厅出现。一从公寓窗户望出去，就能看见他的车从我面前开过。或者，我以为我看见了。我们圈子相似，工作和生活也几乎在同一片地区。但因为他从未接近我，所以警察也无计可施。"

"一天，我正跟一位同事共进午餐。看见他大步迈进店来，我终于忍不住爆发了。我气势汹汹地走到他跟前，叫他滚远点。我破口大骂，把场面搞得很难看。最后，还是那位女同事将我拉了出去。"

"他让你歇斯底里了。"伊莱说。

"没错。但整个过程中，他都表现得极其平静，或者应该说，我以为他极其平静。那天晚上，他便闯进了我的公寓。他就在那里等着我回家。他完全失去了控制。我拼命反抗，但他不仅更强壮，还从我的厨房里拿了一把刀。我以为他要杀了我。我想逃出去，却被他死死抓住。争斗间，他砍伤了我。"

伊莱猛然停住脚步，转手握住她的双手。

"顺着肋骨砍的。直到现在，我仍然不知道这到底是场意外，还是他有意为之。但我以为自己要死了，随时都可能断气，于是开始尖叫。他见状扔下刀，抡起拳头，对我又打又掐。邻居们破门而入时，他正在强奸我。听见我的尖叫声后，他们报了警。谢天谢地，他们没有等到警察到了之后再来。我想，要不是他们及时制止了他，他很有可能徒手弄死我。"

他伸手搂她，她也顺势靠进了他怀里。她想，很多男人听到"强奸"这个词后都会放弃。但伊莱不会。

她又转身继续，安慰性地拍了拍他环在自己腰上的胳膊。"这一次，我远不止被打肿眼睛这么简单。当时正在非洲的妈妈，也立刻赶了回来。你应该很熟悉之后发生的那些事：各种检测，以及跟警察、顾问和律师们的谈话。重述当时的场景固然可怕，但被视为受害者的感觉，却让我非常愤怒。后来，我虽然终于接受了自己的受害者身份，却不想一直都被别人那般看待。我很感激他们最后提起公诉，让我得以不用当庭再重述一遍案发经过。他进了监狱，我则被妈妈带到此处乡下，住进一个朋友在月桂高地的夏日别墅。她不仅留给我一定空间，还给了我足够的时间，让我得以安静地散步、痛痛快快地哭泣，或喝着龙舌兰，半夜起来烘焙。天啊，她真是这世上最棒的女人。"

"真想见见她。"

"会见到的。她陪了我一个月，然后问我接下来如何打算。星星都出来了，我们该往回走了。"

于是，两人乘着夜风，转身往回走。"那你是怎么说的?"

"我告诉她，我想住在海边，想每天都看见大海。我还说，虽然很想帮助别人，我却无法再回到办公室，重新过上日程满满，成天都是各种会面和策划会议的日子。因为觉得自己肯定让她失望了，所以我又哭又闹。我的教育背景、能力和经验，足以让我过上不同的生活。我渴望改变，现在，我就想每天都看见大海。"

"你错了。她不会对你失望的。"

"我的确错了。她说，我应该找到自己的位置，过我想要也会让我快乐的生活。所以，我来到这里，并找到让我满足和快乐的生活方式。要是没被德里克击垮，我或许根本不会来到这里，做我真正热爱的事。"

"他没有击垮你。我虽然不相信命运和神灵，但它有时真的会给你迎头一击。因为这里适合你，所以你才会留在这里。我想，你已经找到属于自己的生活。"

"这真是个不错的想法。"她站在最后一级台阶下，转身扶住他的肩膀，"在这里，我不仅很开心，还比以前更开放。大约一年前，经过深思熟虑，我决定禁欲。因为虽然也遇到一些不错的男人，但他们都无法填补我内心所受的伤。伊莱，我知道这担子很重，但我真的希望，你能帮我打破僵局。"

"现在？"

"我觉得，现在也不错啊。"她倾过身子吻他，"如果你不介意的话。"

"好吧，看在你做了汤的分儿上。"

"还有面包。"她提醒道。

"看起来，至少这是我力所能及的事。不过，我们应该先进屋去。"

两人刚迈上台阶，他就清了清嗓子，说道："啊，我得先去镇上一趟。因为直到最近，我才又开始考虑做爱的事，所以什么防范措施都没有。"

"没关系，不必去了。前几天，我已经在你的卧室放了一盒避孕套。最近，我也满脑子都想做爱。"

他舒了口气。"我见过的所有管家中，你真是最棒的。"

"噢，伊莱，你还什么都没见着呢！"

第十三章

已经生疏了啊。两人边顺着海滩前的台阶往上爬，他边有些紧张地想。而且，他也无法完全说服自己，做爱就跟骑自行车差不多。

当然，这事只要经历过，就不会忘记。但整个过程，还得考虑该用什么动作，用哪种技巧，以及如何把握好时机和氛围。这事不向来都是自己的强项吗？没人对此有过怨言，包括林赛。

但是……

"我们还是别再想这事了。"走到门口时，阿布拉说道，"我已经满脑子糨糊，我打赌，你估计也好不到哪儿去。"

"或许吧。"

"那我们还是别想了。"

她脱掉卫衣，挂到木钉上，然后抓住他的夹克往下一扯，就顺势扑进他怀里，狠狠地吻上了他的唇。

他的脑子即便没有立时炸开，也已经一片混沌。

"就是这样。"她边说，边拽掉他的夹克，挂了起来。

"嗯，我全都想起来了。"他紧紧地攥着她的手，拉着她往前走，"我可不想在洗衣房或厨房地板上做这事。虽然现在看来，这两个地方都不错。"

她不禁轻笑出声，一转身，扑进他怀里，再次攥住他的唇，边吻，边飞快地解他衬衫的扣子。"没理由不现在就开始。"

"说得对。"她穿了件柔软的蓝色套衫。但两人如箭矢般冲向楼梯的途中，这件衣服已经被他剥下，扔在他们身后。

她猛拉他的皮带，他则拼命撕扯她套衫下的白色紧身背心，结果，两人齐齐绊倒在楼梯前。

好一阵手忙脚乱，他们才摇摇晃晃地站起来。

"看来，我们最好还是先上去。"她挣扎着说。

"好主意。"说着，他又攥住了她的手。

两人一路狂奔。事后想来，他觉得当时的他们就像两个孩子，奔向圣诞树下那个亮晶晶的大礼物。不过，大多数孩子，都不会边跑边脱同伴的衣服。

两人跌跌撞撞地冲进卧室时，他终于气喘吁吁地剥掉了她那件白色背心。

"噢，天哪，瞧瞧你的模样。"

"等会儿再瞧。"他的皮带终于被她扯开，哐啷一声掉到地上。

他知道他们没法立刻扑到床上去，但离那步，也非常接近了。他忘了动作、时机和技术。当然也忘了所有技巧。不过，她似乎并不在意。

他想握住那对柔美的椒乳，感受女性玲珑的曲线和光滑的肌肤。他想吻上它们，用自己的唇舌体味她跃动的心跳。他也喜欢她攥住他的头发，与他紧紧相拥。

她高高弓起的身子，已向他发出无言的邀请。

他贪婪地吸着她身上的香味，那宛如海之女神的芬芳，让他想起美人鱼和迷人的海妖。那光滑细腻、凹凸有致的身体充满激情，让他饥渴难耐，再也把持不住。

当两人终于喘息呻吟着滚到床上，他顿时有种无所不能的感觉。这一刻，他仿佛可以成为任何人，拥有任何他想要的东西。

渴望让她疼痛不已，快感如潮水般涌来。两人的手，都在对方身上游移。虽然之前已看清他的身材，但直到此刻，她才能亲手感受那肌理和线条。她的手也不再带来抚触或安慰，而是要将他点燃。

她要将他点燃，与他一起焚烧成灰。

所有强烈、美好、健康的渴望——那些她想深埋的渴望，都蜂拥而出，将一切约束或禁制，狠狠踩在脚下。

还不够，远远不够。她疯狂地在他唇上肆虐，迫切地想要得到更多。然而，那渴望却愈演愈烈，宛如一柄钢刀，直插入飞速旋转的车轮。她只能牢牢地攫住身下的他，一口咬上他的肩。但下一刻，她就随着再次被翻转的身子和他探入自己蜜地的手指，乱了呼吸。

高潮迭起，将她瞬间淹没。意乱情迷间，她只顾得上疯狂地摸索他的身体。

"天哪，天哪，快，就是现在。"

感谢上帝，他想，就是现在了！当他猛地沉入她体内，世界不止在运转，更是在震颤。

地动山摇，雷声隆隆。他的身子瞬间被点燃，极致的快感喷薄而出。心荡神驰间，他战栗着，想要得到更多。

她的四肢与他疯狂地纠缠在一起。两具大汗淋漓的身体狂野地律动着。肉体拍打的声音、大床猛烈摇晃的嘎吱声和粗重的喘息声，都盖过了窗外，大海轻柔的呢喃声。

他觉得自己在下沉，不断沉入那声音的漩涡、猛烈的冲击和令人迷醉的欢愉中。

沉入她的身体里。

他带着她一路攀升，越来越高，越来越远。直至那极乐的天堂，他才将一腔热情，尽数宣泄而出。

两人都没动弹。从冲进卧室激战一场到现在，天已经黑了。但他还是无法完全确定，刚才的自己，是否真的没有短暂失明。

看来，还是维持眼下的姿势更好。而且，身下那光滑柔软、一动不动的身体，感觉真是好极了。虽然已经化成一汪春水，她依然心如擂鼓。那急促的跳动，让他无比满足。

"我无法确定，是否已经把这事办成了。"

"噢，成了！我或许永远都不会再禁欲了。"

他眨眨眼。"我表现得还不赖吧？"

她不禁闷笑出声。"那是当然。起先，我还不确定我们能不能成呢。我觉得，自己简直要燃烧起来了。真奇怪，我怎么没像火把一样，照亮整个房间。"

"那是因为，我们都短暂失明了。"

感觉到他换了个姿势，阿布拉睁开眼，迎上他灼灼的目光。"不，我能看见你。尽管天黑了，尽管只有一弯新月，我还是能看见你。"

"我觉得，自己好像已经飘到那月亮上去了。"

"登月之旅。"她微笑着抚弄他的头发，"这比喻不错。但我现在只想趁着还没渴死，赶紧喝点水。或许，我们还能吃点东西，再开始回程之旅。"

"我有水，我放了一些在……"他翻身去够床头柜，却一骨碌摔下地去，"该死！"

"你还好吧？"她连忙爬到床边，盯着他说，"你怎么滚到地上去了？"

"我也不知道。"

"灯在哪儿？床头柜呢？"

"不知道。我们不会穿越时空了吧？"他揉揉屁股，站起身来，睁大渐渐适应黑暗的双眼，使劲打量四周，"不太对劲啊。阳台门不应该在那边的吗，怎么跑这边来了。而且……等等。"

他小心翼翼地在昏暗的房间中挪动着，却突然踢到一张椅子。他咒骂着绕过它，接着摸到了床头灯。

房间顿时一片通明。

"我怎么到这边来了？"她问他。

"因为床在那边。原本在那边。现在却掉了个头，跑这边来了。"

"我们干的？"

"它本来在那边的。"他又重复了一遍，然后朝她走去。"现在，它却到那边去了。"他重新爬上床，坐到她身边。两人就那么坐着，仔细打量两个床头柜之间的空白地带。

"这得释放出多少被压抑的能量啊！"她感叹道。

"要我说，那得极多才行。你以前遇到过这种情况吗？"

"这是第一次。"

"我也是。"他转身笑看着她，"我得去日历上标注一笔才行。"

她哈哈大笑着，环上他的脖子。"那就让它留在这儿吧，看看一会儿再战一场，能不能把它挪回去。"

"这房子里多的是床。我们可以慢慢试验。我想……该死，哦，该死。压抑已久的欲望。阿布拉，床在这边，床头柜和避孕套却在那边！我完全忘了，根本什么都顾不上了。"

"没事的。我来避孕吧。话说回来，你的能量已经积蓄多久了呀？"

"一年多。"

"我也是。好啦，这问题我们已经解决了。现在，干吗不喝点水、吃点东西，然后再看看我们还能挪动什么呢？"

"我可真喜欢你的思考方式。"

※

汤果真如她所说，美味极了。他不禁开始觉得，她对任何东西的评价，几乎都不会出错。

两人坐在厨房岛上。他穿一条法兰绒裤子，身上套了一件运动衫。阿布拉则披了件奶奶的长袍。他们喝了汤，吃了一大块面包，然后边喝红酒，边讨论她让他非看不可的电影，或两人都读过的书。

他跟她讲起自己在图书室里的发现。"那是本很有趣的书，而且，显然是个顶着男性笔名的女人写的。"

"这话有些偏见，也有点刻薄啊。"

"我不是这个意思。"他连忙解释，"作家虽然是个中性词，但这本书就是让我觉得是女人写的，尤其考虑到写作时期，可能性就更大了。它文辞有些华丽，字里行间满是浪漫气息。即便应该将这本书归入小说一类，我也很喜欢它。"

"我很乐意帮你评判一下。能借给我看看吗？"

"当然。鉴于那个大坑，我应该好好逛逛图书室，把跟那个传说、'卡吕普索'号、纳撒尼亚尔·布鲁姆和我的祖先——维奥莱塔有关的书，都读一遍。"

"这个计划我支持。我一直想问赫斯特借些书看，却一直没开口。我喜欢小说或励志类书籍。"

他觉得，她不就是自己见过的最有自我意识，也最自得其乐的女人吗，怎么还需要读励志类的书。他非得问问不可。"你还需要什么帮助？"

"那得视具体情况而定。但我刚搬来这里时，依然觉得有点儿不安稳，于是读了很多寻找平衡和应对创伤的书。"

他伸出一只手，覆上她的。"我不想勾起糟糕的回忆，但我还是想问，他被判了几年？"

"二十年。公诉人提了数条罪状：强奸罪、殴打罪和谋杀未遂。他拒不接受，所以，他们以严重性侵罪提起公诉。加上被告动用了刀子，最后以最大标准量刑。我以为他不会接受，但——"

"蓄意跟踪、预谋闯入你的公寓，加上可作为目击者的邻居。他要不傻，就会认罪。判二十年，你觉得怎么样？"

"很好，我很满意。他提出假释时，我就打算冲进去跟陪审团交涉，也打算把遭受攻击后的自己拍下来。我很想说服自己，这么做不是报复，但——"

"这不是。"

"即便是，我也不在乎。因为，这么做为我带来了安宁。我能确定的是：他要是待在监狱，我会感觉轻松一些。所以，我要竭尽所能，让他一直待在里面。无论是我，还是其他可能被他盯上的人，都要离他远点。我找到了平衡，不仅偶有提升，还能时不时碰到开阔视野的东西，让我学会一种新的思考方式。"

她展颜一笑，又舀起一些汤。"伊莱，你找到平衡了吗？"

"我觉得，我现在完全可以在钢丝上翻筋斗。"

她哈哈大笑着端起红酒。"性真是最棒的发明。"

"完全同意。"

"或许，你也可以在你的书里写几场性事。除非，你觉得这么做太过女性化，或太过绚丽。"

"这挑战可不小。"

"你难道不希望你的主人公，最终也找到平衡？"她倾过身来，嘴唇轻擦过他的，"我很乐意陪你一起探索。"

"我要拒绝，就是傻瓜。"凝望着她的眼，他的手悄然滑上她的大腿，"看起来，厨房地板仍然不错啊。"

"我们应该试试，感觉如何。"

可她刚凑向他，门铃响了。

发现门外站着的是文尼，他立刻意识到自己并未找到平衡。看到警察，即便这个警察是老朋友，他的心依然猛地一沉。

"嗨，文尼。"

"伊莱，我刚值完班，便在回家的路上接到一个电话，所以就想着顺便过来看看……噢，你好啊，阿布拉。"

"你好，文尼。"她往前一步，站到伊莱身旁，"快进来，外面冷。"

"哦，好吧……我来得真不是时候。伊莱，我还是明天再找你谈吧。"

"进来吧，文尼。我们正在喝阿布拉炖的汤。"

"你要不要也来一碗？"她问他道。

"不用了，谢谢。呃……我几小时前才吃过晚饭，而且……"

"伊莱每周要进行两次按摩。我刚刚才替他按摩完。"阿布拉若无其事地说道，"我还要确保他没忘了按时吃饭。而且，我们刚刚上床了。这可是个新进展。"

"好吧。噢，上帝啊。阿布拉。老天！"

"干吗不进屋来，坐到伊莱身边？我给你弄点咖啡来。"

"我可不想当电灯泡。"

"太晚了。"说完，阿布拉便转身走开了。

伊莱笑望着她的背影，说道："她太迷人了。"

"嗯，没错。听我说，伊莱，我喜欢你。至少，我喜欢过去的你，但我也在努力喜欢现在的你。别辜负她。"

"我会努力的。不过，我们最好还是进屋坐下聊吧。"他转身朝客厅走去，发现文尼盯着那张按摩床，便停下脚步解释，"她不接受拒绝。"

"她的确不太喜欢被拒绝。"文尼的拇指钩着制服腰带，说，"无论如何，伊莱，我知道科比特警官和沃尔夫警官找你的事了。"

"嗯，前不久，我们才进行了一场有趣的对话。"

"科比特不仅为人正直、思维敏捷，查案也很细致彻底。我不认识沃尔夫，但他显然打算咬定此事，誓不罢手。"

"他咬着我不放，已经整整一年了。"伊莱一屁股坐在沙发上，"伤疤现在还未退呢。"

"现在，他又打算盯上阿布拉。当然，也会继续盯着我。"

"真抱歉，文尼。"

文尼摇摇头，低身坐进一张椅子。"我不需要抱歉，但我觉得，你应该知道，他会想尽一切办法，让阿布拉丧失为你做不在场证明的资格。至于插足此案的我，他估计随时准备给我一记迎头痛击。"

"我觉得，他简直就是仗势欺人。"阿布拉端着一杯咖啡走了进来，"而且，还很危险。"

文尼接过咖啡，盯着它道："他虽然顽固，却是个经验丰富、声誉良好的警察。伊莱，当他的直觉和当时的状况都表明你罪大恶极，结果却无法真正将你绳之于法时，我想，他才会勃然大怒，誓要与你对抗到底。"

"我不能为了保持他的骄人记录，就变成谋杀犯吧。"

"他认识邓肯。"

"我知道。"

"我虽还没来得及详查，但直觉告诉我，他们很熟。所以，他现在更有击垮你的动机。这一次，你却有不在场证明。"

"也就是我。"

"至于你，"文尼对阿布拉说，"肯定会被他视为一个大骗子，为了保护……"

"用现在的话来说，该叫保护'爱人'。"阿布拉插嘴道，"要让我失去作证资格吗？他尽可以试试看。他肯定会一败涂地的。我看得出来，你在想：我要是没跟伊莱上床，事情就会容易得多，也清楚得多。我虽然——我们虽然把事情弄复杂了，但是文尼，事实，始终都是事实。"

"我只是想告诉你，他要把水搅浑。他会追根究底的。阿布拉，伊莱身上能挖掘的，都已经被他挖出来了。你要做好准备，他也会这么对你的。"

"我无所谓。文尼，伊莱知道德里克的事。"

"好吧。"文尼点点头，喝了几口咖啡，"我不想让你们担心。做好准备吧。"

"谢谢你。"

"他们求助弹道学专家了吗?"

"我不能向你透露调查的细节。"文尼耸耸肩,又喝了几口咖啡,"你奶奶在楼上存了好些非常不错的古董枪。她让我参观过一次。我记得,那里头好像没有点三二口径的枪。"

"没有。"伊莱漫不经心地说道,"不仅那批藏品里没有,这房子里也没有。"

"好了……我得走了。阿布拉,谢谢你的咖啡。"

"欢迎随时再来。"

伊莱起身把他送到门口。"文尼,谢谢你来看我。我会一直记在心里的。"

"照顾好她。她虽然知道人有恶意,却依然倾向于认为,他们不会作恶。别惹上麻烦。"

我恐怕已经惹上了吧,伊莱好笑地想。不过,麻烦总会扭动着身子,从最小的缝隙钻进来。

再次回到客厅时,就看见刚往炉火中加完原木的她起身转了过来,背后的火焰舐舐着木材,越蹿越高。

"无论如何,事情还是发生了。"他开口道,"不管应该怪谁,你还是来到这里,来到了我身边。这将让你成为众矢之的。你的个人生活、过往经历、曾经做出的决定、你的工作、家庭和朋友……一切的一切,都会被人翻出来逐一调查、研究和议论。这种事你已经经历过一次,好不容易才走出来。但继续待在这里,一切又会重来。"

"没错。然后呢?"

"你应该花点时间好好想想,再决定是否真的愿意再经历一遍那样的调查。"

她凝望着他,目光依旧平和安宁。"也就是说,你以为我没有考虑过?你以为,我根本没多少自我意识,或没能力推测出某些行为会带来的后果。"

"我不是这个意思。"

"伊莱，你无法拯救我。这方面的事，我做得很好。我不反对你照顾我，因为我坚信人们应该互相照顾，但文尼的话不对。空房子里声音传得远，而我又恰好听力不错。"她明确地说道，"我当然知道人有恶意，但我并没有倾向于认为，他们不会作恶。我倾向于希望他们不要作恶。这两者是非常不同的。"

"通常来说，人但凡有一点儿机会，就会作恶。"

"真遗憾你会这么想。不过鉴于过往的经历和现在正在发生的事，也很难责怪你。不过，我们还是可以找个时间，继续就那个话题，展开一场有趣的争论。但是，你想知道我在想什么吗？"

"嗯，想知道。"

"我想，厨房地板看起来不错，沙发看起来甚至更好。想不想试试看？"

"好啊。"他走向她，"当然想。"

※

她留下来了。当两人终于筋疲力尽地回到床上，她发现他真不是一个依偎的好对象。但他至少不反对她的依偎，所以，在她的记分册上，即便不能替他加一分，加零点五分还是没问题的。

一片灰珍珠般的晨光中，他换了个姿势准备下床，却把她吵醒了。"嗯，你起床了？"

"是啊。对不起，把你吵醒了。"

"没事。"可她又蜷起身子，搂住了他，"几点了？"

"快六点了。你应该再睡会儿。"

"我八点有课。"她在他喉间蹭来蹭去，"你打算吃什么？"

"通常来说，喝杯咖啡，就开始工作。"不过，他可以稍作调整。

这么想着，他便伸出一只手，顺着她颀长赤裸的脊背，一路摸了下去。

"你要是有时间跟我做一段简短的晨间伸展练习，作为奖励，我便在走之前替你做早餐。"

"我们可以就在这儿伸展。"

他一个翻身，滑入她体内。她没有拒绝，反而深深地叹了口气，微笑着望入他的眼。"这般迎接朝阳，真是不错！"

缓慢而轻柔，犹如漂浮在平静的海面上。这般舒缓的节奏，与头天晚上疾风骤雨般的动作形成了鲜明的对比，如阳光般拂过她全身，仿佛带来了新鲜的希望。

此刻，她可以看见他了，看见他轮廓分明的脸，还有那双依旧暗藏阴霾的清澈眼眸。

天性促使她赶紧驱散那阴霾，带来光明。于是，为了他的欢愉，也为了自己的欢愉，她将自己完全交给了他。她随着那温柔的律动沉浮，然后在属于两人的那一刻，看见那片耀眼而明亮的光。

紧紧相拥的两人，共同沐浴在那片光亮中。

"你今天都该想着我。"

他转过头，轻轻吻她的脖颈。"嗯，这种可能性很大。"

"今天一定要有意想着我。"她纠正道，"尤其是中午的时候。我也会有意想着你的。我们看看，能不能把这种强力、积极又性感的想法传到宇宙中去。"

他抬起头。"把性感的想法传到宇宙中去。"

"有什么关系。作家、艺术家、发明家和所有有创造力的人，不都是从宇宙中获得灵感的吗？"她抬起手，食指在空中画着圈。

"它们都是从那儿来的？"

"它们都在外面。"她放下手，手指坚定地沿着他的脊背一路往下，接着又折返回来，"人们必须要敞开胸怀，才够得着它们。是获得积极的想法，还是消极的，全都取决于你。活得好点的方法之一，就是以开放的心态开始一天。"

"我想，我们已经做到这点了吧。"

"第二步，"她猛地把他推到一边，飞快地冲向浴室，"看你能不能替我找一条运动裤或短裤。带拉绳的就行。我就从柜子里拿把备用牙刷刷牙。"

"好。"他想：那些东西多半是她放的，她总是比自己更懂舒适生活。

他找到一条带拉绳的短裤，接着又拉出一条他自己的运动裤。

"它们应该太大了吧。"看见她走出来，他连忙说道。

"我会搞定的。"她穿上裤子，开始调整，"你可以在健身房等我。"

"噢，其实我——"

"伊莱，我们已经光着身子亲热很久了。"

看到她仅穿一条他的短裤，光着上身站在那里，真是很难再争辩什么。

"我觉得，要是把尴尬的事列成一张表，呼吸和伸展练习的排名应该非常靠后。"她抓过那件白色紧身背心，扭动着身子穿了起来。"我还需要一个发圈。从我包里拿一个到健身房来。"她又重复了一遍，才撇下他离开。

或许，他的确呆滞了片刻，但那并没什么好尴尬的，他对自己说。他就跟普通人一样，喜欢用咖啡开始新的一天。

但当他在健身房里找到她时，她已经盘腿坐在一张瑜伽垫上。她的身边，还有一张展开的瑜伽垫。她手搭膝盖，闭着眼睛。

穿着他的短裤，不该显得很滑稽吗？为何她还是那般性感、平和，看起来毫无违和感？

她伸手拍拍旁边的那张垫子，眼睛依然没有睁开。"找个舒服的姿势坐下来。花几分钟，好好呼吸。"

"我不是成天都在呼吸吗？对了，晚上也在呼吸。"

她的唇角弯了弯。"现在，要有意识地呼吸。用鼻子吸气，像吹气球一样把腹部撑起来，然后再如给气球放气一般，把气从鼻子里呼出去。悠长、平缓地深呼吸。腹部一起一伏。放松，什么也别想。"

他觉得，除非正在写作，否则自己并不擅长什么都不想。可写作也算不上放松大脑，而应该是正在用脑才对。不过，深呼吸至少能帮助更快地吸收喝下的咖啡吧。

"吸气，举起手臂，双掌合拢后再慢慢吐气，放下手臂。抬起手臂，吸气——"她继续平静舒缓地说道，"放下手臂，呼气——"

她让他分别伸展开盘着的双腿。先伸一条腿，接着是另一条腿，然后双腿一起伸展。他终于放松了一点儿。最后，她让他起身站在垫子前方。

她微笑着望向他，晨曦透过身后的窗户，洒在她背上。就算她要他把身体拧成椒盐卷饼，他也会试上一试的。

结果，她只是让他站着重复了一遍刚才在地上的动作。就是以几个不同的站姿，呼吸、伸展和弯腰。所有动作，都如晨间的那场欢爱般柔和舒缓。

最后，她让他平躺下来，闭上眼，手心朝上。她一边用指尖按压他的太阳穴，一边不住地说着要放手，吸入光明，呼出黑暗。

当她再次将他唤醒，让他坐起身来朝前弯腰，以结束练习时，他觉得自己仿佛在温暖的大海中打了个盹儿。

"不错。"她拍拍他的膝盖说，"准备好吃早餐了吗?"

他盯着她的眼睛说："他们给你的报酬真是不够。"

"谁?"

"那些来上你课的人。"

"你不知道我上课的收费。"

"总之不够。"

"私人课程，我收费更高。"她莞尔一笑，手指一路爬过他的胳膊，

"有兴趣吗?"

"这个嘛……"

"考虑考虑吧。"她边说,边站起身来。"现在,每敲几个小时键盘,就做一做我教你的那套脖颈伸展操。还有那几个耸肩的动作,也做一做。"两人朝楼下走去,一路上,她依然喋喋不休,"既然闻到了春的气息,我就做春饼吧。你去煮咖啡。"

"别费事了,你不是还有课吗!"

"我还有时间。尤其我买完杂货回来打扫清洁时,还能顺便把我那些按摩装备拿走。"

"这感觉——我感觉——我们都有那种关系了,你还继续照料这幢房子、替我做饭和做家务,有点怪怪的啊。"

她打开冰箱,开始往外拿她想要的东西。"你要炒我鱿鱼?"

"不!我只是觉得,这有点像在占你便宜。"

她拿过菜板,又抄起一把刀。"谁先点的火?"

"严格说来,是你。但那也只是你抢先了一步而已。"

"你这么说我真高兴。"她把洗好的芦笋和蘑菇放到菜板上切片,"我喜欢在这儿工作。我爱这幢房子,也爱做饭。看到你喜欢我的厨艺,这真是让我十分满足。你自从开始吃我做的东西,已经胖了点,也更健康了。我喜欢跟你做爱。我们干吗不约定,如果上述任何一件事发生了改变,我就告诉你,然后我们一起解决。你要是觉得不喜欢让我照料这幢房子、做饭,或不想再跟我做爱,也告诉我,然后我们一起解决。够公平吧?"

"非常公平。"

"很好。"她拿出一口煎锅,倒上橄榄油,微笑着说,"咖啡煮得怎么样了?"

第十四章

　　他不能说阿布拉的到来已经成为惯例，但他觉得，在随后的几天里，两人已经发展出某种固定的相处模式。

　　她会做饭，要么在布拉夫府做，要么在她的小屋做。然后，两人会一起到海滩上散步。而且，他也开始闻到春天的气息。

　　他已经渐渐适应饭来张口的生活，也适应了屋里充满鲜花、蜡烛、她的香气、她的声音。

　　还有她。

　　对他而言，写作的工作也有长足的进展。他开始觉得自己真的是在做什么事，而非借此逃进自己的世界。

　　他阅读、写作、强迫自己走进奶奶的健身房。在那十分难得的几天里，甚至跟谋杀有关的念头，似乎都已经是另一个世界的事。

　　然后，科比特警官便带了一队警察和一张搜查令，找上门来。

　　"这是搜查令，我们有权搜查这幢房子，以及这里的任何外屋和车辆。"

　　胃里一阵翻腾。伊莱接过搜查令，快速浏览了一下。"那你们就赶紧开始吧，这可是幢大屋子。"

　　他往后退了一步，虽一眼就瞧见沃尔夫，却什么也没说。伊莱端起厨房电话，出门踏上阳台，给自己的律师打电话。安全起见，现在麻烦点，总比事后后悔强。毕竟，他已经吃过一次亏。

挂断电话后，他想：虽然闻到春天的气息，但春天也会像冬天一样，带来风暴。他也得像以往一样，经受住这次风暴。

科比特也走了出来。"楼上存的枪可不少啊。"

"是不少。但据我所知，它们至少有三十年，没被拿下来开过火了。"

"能拿出橱柜的钥匙吗？非常感谢。"

"没问题。"伊莱走进屋里，在图书室他爷爷那张桌子的抽屉间找了半天，"你明明早就清楚，杀死邓肯的，不是这里的任何一支枪。"

"那您就不会有麻烦。"

"只要沃尔夫依然无视证据、时间表、目击者口供和其他所有东西，只顾盯着我，我就不会没有麻烦。"伊莱把钥匙递了过去。

科比特还是一副无动于衷的表情。"谢谢您的合作。"

"警官，"伊莱冲转身欲走的科比特说，"如果搜查完毕，什么都没发现呢？你们要是找不到切实证据、真正动机，或实际可能的原因，我就要以骚扰罪，起诉你们部门和波士顿警察局。"

科比特眼中怒光一闪："您这是在威胁我吗？"

"你知道这不是。但不管这是什么，我也受够了，早就受够了！"

"兰登先生，我只是在执行公务。如果你没什么好隐瞒的，我调查得越彻底，您就能越快洗脱嫌疑。"

"对一个已经被纠缠了一年多的人而言，这些话还是留着跟别人说去吧。"

伊莱穿上夹克，出了门。他知道自己不应该出门，但他实在没法再一次眼睁睁地看着他们搜查布拉夫府，搜查他和他家人的东西。

相反，他决定去海滩看看大海、鸟儿，和那些多半正在放春假的孩子们。

妈妈希望他回家吃复活节大餐。他打算邀请阿布拉一起去。他已经完全做好带阿布拉参与家庭活动的准备。艾丽斯会烤个大火腿，而他的妈妈，肯定会坚持亲自替它刷上糖浆。此外，一篮篮的糖果和彩蛋，肯定也少不了。

这就是节日的传统，也是节日令人舒心的地方。

但现在……似乎哪儿也不去才是更明智的做法。警察抓到杀害邓肯的凶手前，他似乎应该离每个人都远一点，别去打扰他们的生活。

还有得抓到杀害林赛的凶手。

或者，至少等他的私家侦探发现一些对案情有帮助的线索再说。

不过，这方面目前还毫无进展。

他抬起头，望了眼笑鸥小屋，心想：不知道阿布拉现在在哪儿？

上课？替某位客户办事？给哪户人家打扫清洁？躲在自己的厨房里烹饪？还是在她常待的那间小屋里，做耳环和垂饰？

跟她扯上关系，把她拉进这个烂摊子，或者说得更确切些，由着她一头冲进这堆烂摊子，已经快把他逼疯了。

布拉夫府也有她的东西。都是些私密小物——衣服、洗发水和一把梳子。一想到那些警察就因为这些东西跟自己的东西放在一起，便在其间任意翻弄的情景，他就气得胃疼。

他知道他们会发出何种评论，会怎样挂着嘲讽的微笑，妄加揣测。更糟糕的，还有沃尔夫脑中根深蒂固的牵连之罪。

要是能得到法官签字，他们接下来肯定会搜查她的屋子。

这念头让他恼怒不已。于是，激愤之下的他又回到屋里，拿走了之前忘带的手机。

他又踏上阳台，再次拨起自己律师的电话。

"改变主意了？"接通后，尼尔的声音传了过来，"我几个小时内就可以赶到。"

"不，你不必来。听我说，我已经跟阿布拉·沃尔什在一起了。"

"这事我知道。但……你不是要跟我说，你们已经上床了吧？"

"我就是要告诉你这个。"

不出所料，那头果然传来一声叹息。"好吧，伊莱，什么时候开始的？"

"几天前。尼尔，我知道人们会怎么想，所以别再白费口舌了。事实就是事实。沃尔夫很有可能申请搜查令，搜查她的屋子，你务必要随时留意。她租下了笑鸥小屋。如果你需要的话，我可以找到房东。我不希望她惹上麻烦。这事跟她没关系。"

"伊莱，她是你的不在场证明。警察虽然不再为了邓肯的案子盯着你，但他们之所以罢手，她是很大一部分原因。她也可以请律师啊。对她来说，这又没什么坏处。何况，她肯定知道这事该怎么处理吧。"

伊莱的身体和声音陡然一僵。"你说什么？"

"伊莱，你是我的客户。她是你的不在场证明。沃尔夫暗示，你俩在林赛生前就是情人。你以为我没调查过她的背景吗？你要是处在我的位置，你会做的事，难道我不会做？她清白、聪明，而且，从各方面看来，她都是个能应付好所遇之事的人。当然没有任何一条法律，可以禁止你俩在一起。所以，放轻松。就算他们拿到搜查令，她也应付得来。不过，她是应该请个律师了。我告诉你的事，你都知道。你还有什么没告诉我的吗？"

"没有了。尼尔，她给我带来炖汤，结果却不仅遭到攻击，还被卷入一场谋杀案调查。我想做点什么。该死的，光站在这儿有什么用，我真的很想做点什么！"

"你已经做了。你给我打了电话。我已经联系过波士顿警察局。沃尔夫正在非常卖力地申请搜查令。为了这件事，他已经快把自己的影响力用光了。伊莱，让他折腾去吧，反正也折腾不出什么结果来。而且，现在还有闲心听皮德蒙特家唠叨那场诉讼的记者，也没剩几个了。"

"一大群警察正挤在我奶奶的房子里。所以，我很难做到毫不在意。"

"由他们去吧。"尼尔又重复了一遍,"然后关上门。如果他们还敢回来,就等着被起诉。相信我,伊莱,不管是引发争论,还是引起公众的关注,都不是头头们想要的结果。他们一定会停沃尔夫的职。对了,警察走的时候,记得跟我说一声。"

"没问题。"

伊莱挂断电话。沃尔夫的上司或许会停他的职,但伊莱压根不信,那家伙会就此收手。

※

因为某个妈妈的紧急呼救电话,阿布拉在教堂地下室的瑜伽课稍微迟到了一会儿。那家小孩感染了链球菌,所以他妈不得不求阿布拉帮她买杂货。

阿布拉冲进教室。"抱歉。纳塔莉的孩子链球菌感染,所以让我帮她买点东西。而且,她也显然没法来上课了。"

即便已经放下垫子和手提包,她激动的心情依然没有平复下来。然后,她捕捉到周围人探究的表情,以及一脸愤怒的莫琳。

"出什么事了吗?"她一边拉开卫衣拉链,一边尽可能随意地问道。

"警察——好多警察——就在布拉夫府。莫琳,别那么看着我。"希瑟厉声喝道,"又不是我瞎编的。我看见他们了。他们肯定是来逮捕伊莱·兰登的。他杀了那可怜的男人,还有自己妻子。"

"来了一堆警察?"阿布拉尽可能平静地重复道。

"噢,至少来了一打,没准儿还更多。开车经过那里的时候,我特意放慢了速度,所以正好看见那些进进出出的警察。"

"所以,你认为他们会派出一打,或更多的警察,只为逮捕一个人?他们是不是把特警队也派来了啊?"

"我理解你为什么要替他辩护。"希瑟充满同情地说,"毕竟,你们关系匪浅。"

"你是这么想的?"

"阿布拉,看在上帝的分上,你有没有刻意保密。深夜或一大早的时候,都有人看见你的车停在那里。"

"好好想想,要逮捕一个人,怎么会需要出动一群警察?就因为我和伊莱上了床,你就认为我是在为他辩护吗?事实上,因为那天我恰好跟他在一起,所以我非常清楚,那个可怜的男人不是他杀的。"

"亲爱的,我不是在批评你。"

"噢,胡说八道!"莫琳勃然大怒,"你一直站在这里,做出一副十分同情阿布拉的样子,其实却在兴高采烈地质疑她的判断。而且,你已经在一无所知的情况下,逮捕了伊莱,并完成审判,将其定罪。"

"涉嫌谋杀——两场谋杀——的人又不是我!家里挤满了警察的人也不是我!我不怪阿布拉,但是——"

"你还是闭嘴吧,"阿布拉建议道,"希瑟,传播流言蜚语,或对一个你甚至根本不认识的人妄下定论,我也不怪你。从现在开始,别再怪来怪去了。我们开始上课吧。"

"我只是说出了亲眼所见之事。"此刻,那双眼已经蓄满泪水,"我还有孩子。威士忌海滩上可能住着一个杀人犯,我有权关注此事。"

"我们都很关注此事。"格蕾塔·帕里什拍了拍希瑟的肩膀,"尤其我们并不知道谁杀了那个城里来的私家侦探,或者说为什么杀掉他。我觉得,与其互相指责,大家最好还是团结起来。"

"我没有指责别人。布拉夫府的确有一群警察。那个遇害的私家侦探跟伊莱一样,也来自波士顿。有人在这里把他枪杀了。而且,伊莱·兰登当时也在这儿。我完全有权谈论此事,并为我的家人感到担心。"

希瑟哽咽着抓起自己的东西,飞快地离开了。

"这下,她反倒成受害者了。"莫琳叹了口气。

"好啦,莫琳,别说了。"阿布拉深吸了口气,"误会解除。希瑟就是因为有人被杀,心里难过而已。我们都很难过,也很关心此事。但伊莱与此无关，因为案发当晚，我就跟他在一起。他不可能同时出现在两个地方。不过，除非我愿意分享，否则，我的私生活只能是我的事。要是有人对我的个人选择感到不安，那也没关系。要是有人想退课，没问题，我可以退款。如若不然，我们就坐到垫子上，先呼吸一分钟吧。"

她展开自己的瑜伽垫，坐了上去。当其他人也一一照做时，她紧绷的神经终于放松了一些。

尽管始终心神不宁，她还是领着学员们上完了一小时的课。

下课后，莫琳却磨磨蹭蹭地没有离开。阿布拉早料到她会如此。

"你家，还是我家？"莫琳问。

"我家吧。一个小时后，还有份清洁工作等着我。我得回家换衣服。"

"好吧。你可以载我一程。我走着来的。"

"昨晚吃圣代冰激凌了？"

"是今早吃了果馅卷。我不该在家里吃这些东西的，但我就是忍不住。"

"你马上就要更忍不住了，"两人朝外走去，阿布拉警告她道，"我做了布朗尼蛋糕。"

"该死！"

她们钻进车。"我在想，流言到底是从哪儿传出来的。"

"第一个说这话的人，就是个白痴。"

阿布拉叹了口气。"可能是她，但也可能是我们所有人。"

"希瑟不就是白痴吗？"

"不，她是长舌妇。我俩不还时常因此把她当笑话吗！我也努力提醒自己她有孩子，所以会做出一些过分保护的行为。但我没孩子，她那些行为，的确已经超出我的标准。"

"我有孩子啊。但她那些做法，实在太极端了。要是可以的话，她恨不得在孩子们身上植入全球定位系统。别光摆出一副理解而宽容的表情坐在那儿啊！她的确太过分。这点所有人都知道，包括她的闺蜜温妮。老天，阿布拉，看到警察去了布拉夫府，她真是幸灾乐祸啊！"

"我知道。我知道。"阿布拉"吱"的一声，把车停在了小屋门前。"因为她四处宣扬，所以你才会觉得她幸灾乐祸。但伊莱的麻烦，可远不止这些。我才没有摆出一副理解而宽容的表情。"她抓起包，推门下车，接着啪地甩上门，"我简直快气炸了。"

"很好，我也是。那我们把那堆布朗尼蛋糕都吃了吧。"

两人朝门口走去。阿布拉说："我想下去看看，但又怕让他更加为难。我还想把希瑟揪出来，给她一巴掌。不过打完之后，我估计会感觉更糟吧。"

"是啊，但打起来肯定很爽。"

"肯定。"阿布拉把包往门边一甩，径直走进厨房，撕掉保鲜膜，端出一大盘布朗尼蛋糕。

"要是让你站在旁边，看我狠狠地扇她一巴掌，你还会觉得很糟糕吗？"房间里，莫琳趁阿布拉用水壶烧水，拽过一叠餐巾纸说。

"也许会吧。"阿布拉抓起一块布朗尼蛋糕，咬了一口，用空出来的那只手比画着说，"我说邓肯被杀时，我跟伊莱在一起。她肯定觉得我在撒谎。没看见她脸上那副表情？分明就是在说：'可怜的家伙，被迷惑了都不自知，我可真担心你啊。'"

"我也恨死她那副表情了。"莫琳也咬了口自己手中的布朗尼蛋糕，"自以为是得很。虚伪透顶，看着就让人生气。"

"她认为我在撒谎，警察也可能这么认为。这点很让我担心啊。"

"他们没理由认为你在撒谎。"

"我跟他上床了。"

"案发那会儿，你们还是清白的。"

"可我现在不是了啊。"她又咬了口布朗尼蛋糕，才去沏茶，"我喜欢跟他上床。"

"你最近做得这么频繁，多半也是因为这个原因吧。"

"他床上功夫很好。"

"你这是要开始吹牛了吗。那……赶紧接着讲啊。"

阿布拉扑哧一笑，把餐桌中央那瓶小蝴蝶花挪到石青色台面上，然后放下茶杯。"跟他做爱的感觉真是棒极了。"

"空口无凭，快，举个例子。"

"床都做移了位。"

"这种情况不多得是吗。床、沙发和桌子，都有可能移位。这叫重新排列家具。"

"我们是在做爱过程中让它移的位。"

"那也有可能发生啊。"

阿布拉摇摇头，拿起一支钢笔，边说边画："床在这里。我们开始前，它是靠着这面墙的。我们做完后，它已经到这边来了。"她画出一条线，转了个弯，直指向床的位置。"从这儿一直挪到这儿，还调了个头。"

莫琳一边嚼布朗尼蛋糕，一边仔细研究那张餐巾纸。"你瞎编的吧。"

阿布拉咧嘴一笑，伸出一根手指，在胸前做发誓状。

"床是带轮子的?"

"没有。久经压抑的欲望一旦爆发，力量真是惊人哪!"

"好吧，我可嫉妒死了。但我不用想也知道，希瑟的床，肯定从没挪动过分毫!"

"你知道她最让我生气的是什么吗? 有些女人会写信给监狱里的连环杀手，会爱上某个用鞋带勒死六名女性的家伙。她那模样，就好像我跟她们一样轻率似的。我不知道伊莱会如何应对此事。但我发誓，他脑子里肯定时刻都想着，自己在被怀疑。"

"现在他有了你，一定能轻松些。"

"但愿如此吧。"阿布拉又吸了口气，"但愿如此。我对他很有感觉。"

"你爱上他了？"莫琳突然来了兴致，舔着大拇指上的巧克力说，"阿布拉，你们才认识几周而已啊。"

"我没说我爱上他了啊。但是，也不能说我没有。应该说，我对他很有感觉。第一次见到他，我就动心了。不过，当时我以为那种感觉，大部分都应该是同情。他看起来那般憔悴、疲倦和忧郁。而且，心中日复一日地藏着那样的愤怒，滋味一定糟透了。随着了解日渐加深，我对他的感觉除了同情，还有了尊敬。得需要多大的勇气，才能熬过他经历的那一切啊！显然，我对他不仅有喜欢，还有爱。"

"我们在酒吧那晚，我觉得他很开心，很放松啊。"

"他需要有人陪伴。很长一段时间里，即便跟家人在一起，他也感到孤单。"在阿布拉看来，对于自我恢复而言，偶尔的孤单是必需的。一个人若感到孤独，却会引起她的同情，让她想伸出援手。"一直以来，我看着他一点一点放松下来，变得越来越快乐。他很幽默，也有一颗善良的心。现在，我真的很担心他。"

"你觉得，那些警察为什么会去布拉夫府？"

"若抛开希瑟的危言耸听，我觉得，他们一定是拿到了搜查令。我不是告诉过你，那位沃尔夫警官坚信是伊莱杀了林赛吗！所以，他一门心思，就想证明那件事。现在，他当然也想证明伊莱又杀了人。"

"那他们就得先证明你作了假证。"莫琳握住阿布拉的一只手，"他们还会回来盘问你，对吗？"

"肯定会的。或许，你和迈克也会遭到盘问。"

"我们会搞定的。希瑟等人传播的流言，我们也会搞定。不知道下次在笑鸥小屋上课时，她还会不会来。"

"她要是来了，就不扇她耳光。"

"真扫兴。就冲你这句话，我也要拿一个布朗尼蛋糕路上吃。如果有什么需要，给我打电话。今天我一直都在家。我得赶在孩子们回家前，把一些文件处理完。"

"谢谢。"两人都站起身来，阿布拉凑上来给了她一个拥抱，"遇到希瑟那种白痴真是倒霉，谢谢你治愈了我的坏心情。"

莫琳走后，她回到卧室换了衣服。中午之前就吃了两块布朗尼蛋糕虽然有些不舒服，但她还忍得住。不管怎样，今天一完工，她便要立刻去找伊莱。

※

搜查整整持续了好几个小时。警察一窝蜂地涌进办公室来搜查时，伊莱退了出去。刚把所有东西归位，他就忙不迭处理电话、电子邮件和被忽视的文件。

虽然很不想给爸爸打电话，但纸终究包不住火。由他亲口告诉家人到底出了什么麻烦事，总好过让他们从别处听到消息。他都不用花心思轻描淡写，因为爸爸太聪明，根本没法糊弄。但他至少可以让爸爸安心，然后通过爸爸，让家里其他人也安心。

警察肯定会一无所获，因为这里本来就没有他们要找的东西。

他没法在周围都是警察的情况下继续写作，更何况，那些人就好似站在他背后。于是，他转而用调查来消磨这天剩下的时光，一直从书，研究到埃斯梅拉达的嫁妆。

有人轻敲了下门，随即转动了门把手。他椅子一转，并未站起来。看见来人是科比特，他也没说话。

"我们快收工了。"

"嗯。"

"关于地下室那个大坑……"

"它怎么了？"

"那该死的坑可够大的啊。"科比特顿了顿，伊莱却并未接口，"不知道是谁干的？"

"我要是有线索，早告诉汉森警长了。"

"汉森认为——我听说你也是这么认为的——那个闯入布拉夫府，并在同一天晚上杀掉邓肯的人，就是在地下室挖坑的那个人。而且，既然他绝对不可能一个晚上就挖出那么大的坑，那他肯定不是第一次闯入这里。"

"理论上来说，的确如此。"

科比特走进屋，反手关上门，脸上闪过一丝愠色："听着，沃尔夫已经返回波士顿。除非他能带回确凿的证据，否则他即便再回到这里，也只能靠他自己了。这一次，没有任何迹象表明你跟邓肯的死有关。要说唯一的联系，就是雇他的那个人或那些人让他报告你的行踪。从我们上次会面的情形来看，我也觉得您与此案无关。另外，即便我的侦察能力告诉我，阿布拉·沃尔什在那之后又在这里过了几夜，而且显然并不是睡在楼下的沙发上，我也毫不怀疑她的供词。"

"就我上次会面后的查询情况来看，两个成年人在马萨诸塞州自愿发生性关系，依然是合法的。"

"谢天谢地。我要说的是，您并不是我此案要追逐的对象。问题是，直到现在，我都不知道该去追逐谁。我只知道，同一天晚上发生了三件案子——有人非法入室，有人遭到攻击，还有人被谋杀。这些都让我迷惑不解。所以，如果您对挖坑事件有任何线索，为了您的利益着想，也请立刻通知我。"

他转身朝门口走去，接着又停住脚步，面向伊莱。"要是一群警察在我家翻找了一整天，我也会火冒三丈。这些人都是我精挑细选出来的，所以，我们要是都一无所获，这里就没什么好找的了。补充一句，虽然他们已经很小心，但这房子太大，东西也太多，所以有些东西或许没有归位。"

看到科比特拉开房门，伊莱犹豫了一下，还是鼓起勇气说："我觉得，挖坑那人就算没把我奶奶摔下楼梯，也害她摔了下去，然后丝毫不顾她的死活，扬长而去。"

科比特立刻退了回来，又关上门。"我也考虑过这点。"没等伊莱邀请，他便几步跨过房间，坐了下来，"她什么都不记得了吗？"

"嗯。她甚至连起床和下楼的原因都忘了。头外伤……医生说，这种现象并不罕见。她可能会想起来，也可能想不起来。想起一部分、全部想起来和一点儿也想不起来，三种情况都有可能。要是没被阿布拉发现，她很可能早就死了。把一个老太太推下楼梯，然后任其自生自灭，跟枪杀一名私家侦探差不了多少。这是她的家，她心灵的港湾。她可能再也无法生活在这里，至少无法再独自生活在这里。我想知道，谁该为此事负责。"

"她摔下楼梯那晚，您在什么地方？"

"老天！"

"兰登先生，我们要注意细节。您还记得吗？"

"嗯，记得。第二天早上，阿布拉给我家里打过电话后，我妈进门告诉我这事时的表情，我永远也忘不了。那天，我睡得不太好。从那以后……很长一段时间，我都没法睡个好觉。林赛遇害后几周，我就搬去跟爸妈同住了。所以，奶奶出事那晚，我在爸妈家里。那天晚上，我和老爸边喝啤酒，边打金罗美双人牌，一直玩到凌晨两点。但我想，我他妈还是能一路赶到这里，把奶奶推下楼梯，然后赶在老妈进屋告诉我奶奶受伤住院之前，冲回波士顿，钻进被窝躺好！"

科比特像是没听见他最后那句牢骚似的，掏出笔记本，做了些记录。"这房子里有很多值钱的东西。"

"嗯。所以，我简直无法理解。那么多唾手可得的财物，他随手卖掉都能大赚一笔，干吗还要花费数天时间，接连几个小时地在地下室挖坑。"

"埃斯梅拉达的嫁妆。"

"我能想到的，就只有这个了。"

"有意思。如果医生允许，我想跟您奶奶谈谈，可以吗？"

"我不想惹她不快，仅此而已。我也不想再把家人拖入另一个烂摊子。他们已经受够了！"

"我会小心的。"

"你为什么要关心这件案子？"

"因为我把他的遗体送回了波士顿。而且，在我看来，他只是在做他的工作。因为有人闯入这幢房子，如果那个遭到袭击的女人自卫失败，没能及时逃脱，也很有可能受到更大的伤害。还因为，您并未杀掉您的妻子。"

伊莱刚想说话，脑中的念头却突然消失了。"你说什么？"

"您觉得，我没有反复阅读与您相关的文件吗？您的供词始终没变。虽然遣词造句有所不同，内容却从未变过。您没有撒谎。要真如推测所言，是一桩冲动犯罪，那作为一名履历辉煌、极其优秀的刑事律师，您多得是手段，将行迹掩藏得更好。"

"但沃尔夫认为是我干的。"

"沃尔夫的直觉告诉他凶手是你。他虽然向来直觉都很准，我觉得，这次他却料错了。偶尔出一次错，也是正常的。"

"直觉出错的，也有可能是你。"

科比特微微一笑："您到底是哪边的啊？"

"你是第一个看着我的脸，跟我说我没有杀掉林赛的警察。我需要一些时间适应适应。"

"检察官也认为您是清白的。不过，他们找到的嫌疑犯只有您，加上沃尔夫又那般肯定，所以他们直到最后一步，才撤销诉讼。"科比特站起身，"您已经遭受过一次不公平待遇。这种事，我一定不会让您再经历一次。如果想起任何与案情有关的事，您有我的电话。"

"嗯，我有。"

"那我就不打扰您了。"

又是一个人了。伊莱休息了一会儿，试着理清混乱的思路。

一个警察认为他是清白的，另一个认为他罪无可恕。有人相信自己和调查尚未有定论的感觉，真是很不错。

但不管怎样，他都会迅速采取行动，打破这进退维谷的僵持局面。

第十五章

她很担心，他到底怎么样了。消沉沮丧？还是愤怒不屑？

无论他是什么反应，她都不怪他。他的生活又被打乱，他的品行再次遭到质疑，他的隐私也再次被警察和希瑟那样的人侵犯。

她已经做好要理解他的准备，也就是说，她或许需要表现出坚定和实事求是的态度，或支持与同情。

她压根没想到，他会攥着一头蒜，满面怒容地在凌乱的厨房岛前忙个不停。

"呃，这儿出什么事了？"

"混乱。显然，我只要一下厨，就会把一切都搞得乱七八糟。"

她把装着布朗尼蛋糕的那个盘子放在一边。"你在做饭？"

"应该说，在'尝试着'做饭。"

她觉得，这真是一种甜蜜又积极的尝试。"在试着做什么？"

"大米和鸡肉之类的东西。"他扒拉了一下头发，怒视着自己留下的那堆烂摊子，"我还是在网上下的'傻瓜菜谱'。"

她绕过厨房岛，研究了一下那张打印出来的菜谱。"看起来还不错，需要帮忙吗？"

他转过身，不悦地盯着她。"既然已经在这方面被归入傻瓜一列，我就应该自己搞定它。"

"很好。不介意我倒杯红酒喝吧?"

"去吧。拿个平底玻璃杯,给我也倒一杯。"

她虽然觉得烹饪是件很放松的事,但也理解一个新手,或偶尔才下下厨的人会有的那种挫败感。"怎么有心情做饭啊?"无视他的要求,她依然拿出了葡萄酒杯。

看见她溜进管家的餐具室拿红酒,他眼睛一眯,说道:"你这是想找打吗?"

"事实上,我想找瓶上好的灰比诺①,"她大声回应道,"啊哈,找到了! 你会邀请我共进晚餐的吧?"她拿着酒回到厨房。"已经很久没人专门为我下厨了。"

"想法不错。"她几乎钻进酒柜,才翻出这瓶酒来。看着她开酒的样子,他说:"把911设置成快拨号码了吗?"

"嗯。"她递给他一个葡萄酒杯,吻了吻他的脸颊,"谢谢你。"

"等确定不会发生厨房大火和食物中毒后,再来谢我吧。"

她甘愿冒这两种风险,于是找了张凳子坐下,愉快地啜了第一口红酒。"你多久没做过饭了? 加热罐装或盒装食物,不算做饭。"

"哟,某个自命不凡的人,在嘲笑罐装和盒装食物。"

"是啊。我们该无地自容才对。"

他皱着眉,目光又落回那头大蒜上。"按照指示,我得把它去皮切片。"

"嗯。"

见他只是愣愣地盯着自己,她只得起身,拿起刀子。"我给你示范一遍。"

她掰下一瓣蒜,举在手里扬了扬,然后将它放在菜板上,刀身一横,就拍了上去。蒜皮立刻如脱衣舞娘的衣服般,轻巧滑落。然后,她

---

① 一种产于意大利的干白葡萄酒。

把刀和剩下的蒜递还给他。"明白了吗?"

"嗯。"差不多。"我们家有厨师。从小到大,家里一直都有厨师。"

"只要开始学,永远都不算晚。你甚至还可能爱上烹饪。"

"我觉得不太可能。但是,傻瓜菜单上的东西,我应该还是做得出来吧。"

"我对你有信心。"

他学着她刚才切片的步骤,觉得自己更有希望不切断手指了。"一件事要真那么有趣,我肯定立马就能感觉出来。"

"做饭不正是一件有趣又有爱心的事吗?瞧这满满的爱意,我都想教你个小窍门了。"

"什么小窍门?"

"快速又简便地将那只鸡腌好的窍门。"

这点子让他惊恐又厌恶:"菜谱上可没说腌泡的事。"

"它应该有这个要求才对。等等。"她站起身,走向步入式橱柜。看到所有东西都杂乱无章地混在一起,她猛地一惊,随即想起那些警察。

她一言不发地拿出一瓶玛格丽特鸡尾酒①。

"我们不是要喝红酒吗!"

"是啊。这瓶鸡尾酒,是给鸡'喝'的。"

"龙舌兰酒在哪儿?"

她哈哈大笑。"这次不用了。其实,我做墨西哥酸辣汤时,就是用龙舌兰酒腌的鸡。不过,这一只,'喝'那瓶鸡尾酒就行了。"

她把鸡装入一个大口袋,灌满酒,然后封好袋口,来回翻转了几圈。

---

① 鸡尾酒的一种。主要是由龙舌兰酒和各类橙酒及青柠汁等果汁调制而成,系一般在餐后饮用的短饮。

"这样就行了?"

"嗯,行了。"

"这事傻瓜也会做啊。我绝对没问题。"

"下一次,你就知道怎么做了。腌鱼也可以用这种方法。不过,意见仅供参考。"

等她再次坐下,他的注意力也回到大蒜,而非手指上。"警察今天来了。他们带着搜查令,在这里待了一整天。"他抬头瞥了她一眼,"我想,你应该已经知道了吧。"

"嗯,我也猜到他们带了搜查令。"她的手越过厨房岛,来回抚摸着他的手腕,"我很抱歉,伊莱。"

"他们走后,我收拾了几个房间,把所有东西放回原位。接着,我便又开始生气,所以才决定做点儿别的事。"

"别担心,我会收拾的。"

他却摇了摇头。他打算每次收拾几个房间,直到整幢房子都恢复原样为止。现在,布拉夫府和这里的一切,都是他的责任。

"这还不算最糟的。我见过搜查是什么样子,警察完全可能把一个地方弄得一片狼藉。今天这些人虽然搜得很仔细,但手脚已经够轻了。"

"好吧,给他们加分。不过,这事仍然是不公平的,也是错误的。"

"不公平和错误的事,每时每刻都在发生。"

"这种观点,可真够悲伤和愤世嫉俗的。"

"应该叫现实才对。"他纠正道。

"见鬼!"积聚了好一会儿的火气,腾地蹿了上来,"那不过是逃避现实的借口罢了。"

"面对一张正式授权的搜查令,你有什么应对的办法?"

"被迫接受与主动妥协可不是一回事。我虽然不是律师,但也是被一名律师养大的。毫无疑问,他们要想得到搜查令,也得使出九牛二虎之力。而且，波士顿的警察显然也在为此而努力。"

"完全同意。"

"他得遭到惩罚才行。你应该火冒三丈，以骚扰罪起诉他。"

"我已经这么做了。我给我的律师打了电话。如果他再不罢手，我们就起诉。"

"你怎么还不生气？"

"老天，阿布拉。就是因为在屋里四下转悠，收拾警察留下的残局让我火冒三丈，我才开始按网上的菜谱，做这道鸡的啊！这种情况下，我一定得找点儿别的事做，否则就要气炸了。"

"嗯，像我，非常像。所以，别跟我说不公平和错误的事就是这样。政府不应该仗势欺人，我也不会天真到相信它任何时候都不会做出那样的事。但作为一个人，我有足够的理由希望它别那么做……我得出去呼吸点新鲜空气。"

她一把推开面前的东西，大步走向阳台门，跨了出去。

伊莱寻思了一下，也放下刀，双手随意在穿着牛仔裤的屁股上抹了抹，跟了上去。

"没什么用。"她一边围着阳台踱来踱去，一边冲他招手，"我知道，这些东西都没什么用。"

"什么东西没用？"

"自从听到布拉夫府被搜查的消息，我心里就开始不舒服。虽然已经吃掉两大块布朗尼蛋糕，我还是不舒服。"

他知道女人对巧克力的依赖，不过，让他选择的话，他会喝啤酒。"你怎么听说的？"

"早晨的瑜伽课上，听一个学员说的。散播流言就是她的信条，简直太恶毒了。我讨厌这种恶毒。这只会传播负能量。"她挥舞着胳膊，补充了一句。那动作，就跟要动摇那些负能量，让它们随风而逝一般。"她太自以为是，太过瞎操心，也太能胡说八道。她那口气，就跟警方已经派出一个突击队，前来捉拿疯狂杀手似的。而我已经因为判断失误，爬上了这个杀手的床。她一副担心社区，当然也很担心我的样子。她觉得，我很有可能在睡梦中被你掐死，或敲爆脑袋。

"噢，天哪，伊莱。"她突然惊恐地住了嘴，"对不起，对不起，我真是太蠢了。愚蠢、恶毒、迟钝——我竟然同时犯了我最讨厌的三个错误。我应该鼓励你、支持你，或同时做到这两件事的。结果，我却大叫大嚷地侮辱你，说这些可怕又愚蠢的话。我马上住嘴。否则，我就立刻带着这些糟糕的情绪，离开这里。"

他发现，她的脸因愤怒和挫败涨得通红，眼里也是惊恐和歉意。海风拂过，吹起她的一头卷发。

"你知道吗，那事之后，我的家人和以前的那些朋友们都沉默了。我能感觉到他们就在我身边。那不是房间里有头大象的感觉，而是……有头霸王龙。有时候，我甚至觉得自己会被它一口吞掉。可他们就那样围在我身边，不到万不得已，都不愿提起半句。"

"'别惹伊莱，别再让他想起那事，别让他不开心。'知道他们不能或不想告诉我他们的真实想法，只会说'没事，一切都好，我们会支持你'，感觉真他妈糟透了。我很感激他们都支持我，但那头霸王龙带来的极度沉寂，和他们内心真实的想法，几乎令我窒息。"

"他们爱你，"阿布拉开口道，"他们只是在担心你。"

"我知道。我到这里来，不仅是因为奶奶需要有人照料房子。为了我，也为了他们，我已经决定搬出爸妈的房子，另外找个地方。虽然当时我没能积聚起足够的能量，立刻付诸行动，但我知道，我必须摆脱那种四处蔓延的寂静。"

这种感觉她完全理解，被德里克攻击后，很多人也这样悄无声息地围在她身边，生怕说错任何话，结果就是什么都不说。

"对所有人来说，那都是一场可怕的煎熬。"

"因为今天我不得不赶在其他人之前，告诉他们出了什么事，所以，那种感觉又要回来了。"

她心中再次涌起无限同情。她压根没想到这点。"真难为你了。"

"难办也得办。再说，我也没把它当回事。兰登家的人，估计都这么处理事情的吧。你是第一个不加掩饰，说出心中所想的人，也是第一个没有假装看不见那头霸王龙的人。有人敲爆了林赛的脑袋，而且，很多人都认为凶手就是我。"

"今天我屋里的所有人都七嘴八舌、兴奋异常地讨论着同一件事。"

"这种事，谁又能料得到呢?"

这话不禁让她莞尔。"我虽然并不打算说什么，但我没踢希瑟一脚，的确把今天的忍耐力都用完了。"

"你可真是个强悍的女人。"

"我会打太极。"她边说，边特意抬起一条腿，做白鹤亮翅状。

"我觉得，这应该叫功夫吧。"

"反正都是武术。所以，你瞧，我的脾气已经不像以前那么坏了。"

"我也是。"

她走到他跟前，伸手环上他的脖子。"我们做个约定吧。"

"好啊。"

"无论何时，都要向对方坦诚自己的想法和感受。如果房间里走进一头恐龙，我们也别视而不见。"

"就跟烹饪一样。虽然你一定会比我做得好，但我也会试试的。"

"很好。我们进去吧，这样，我才能看你做饭。"

"好吧。现在，既然我们已经……开诚布公，那有些话，我应该告诉你。"

他率先走回屋。厨房岛前，他拿起一个青椒仔细研究着，好似在想该怎么把它切开。

"我也会示范的。"

她给青椒去头、挖心、切片时，他却端起自己那杯红酒。"科比特知道林赛不是我杀的。"

"什么？"她猛地抬起头，手还保持着握刀的姿势，"他跟你说的？"

"嗯。我觉得他没理由耍我。他说读完所有文件，看过所有证据后，就知道杀她的并不是我。"

"我对他的看法简直完全改变了。"她伸过手来，握了一会儿伊莱的手，"难怪你没像我这般生气。"

"这话让我开心了些。虽然心情依然很沉重，但那话的确让我开心了些。"

他一边复述科比特说过的话，一边抬起一只手，尝试着切那个青椒。

"那天晚上闯进这幢房子的人，很可能在赫斯特坠楼那天，也在这里。而且，枪杀了邓肯的人，或许就是他。科比特也认同这些推测，对吗？"

"我想，他会从这个角度展开工作的。我的律师要是知道我都跟科比特说了些什么，肯定恨不得揍我一顿。但是——"

"有时候，你不得不选择信任别人。"

"我不知道什么叫信任，但他是最有可能找出杀害邓肯凶手的人。届时，我们一定会得到答案的。"他抛开青椒，拿起一个红椒，"与此同时，外面有个想进入这幢房子的人。有个攻击了你，并且还有可能伤害过我奶奶的人。还有个杀害了邓肯的人。或许，这三件事都是同一个人干的。他可能有一个同伙，或一个竞争对手。"

"竞争对手？"

"很多人相信埃斯梅拉达的嫁妆真的存在。大约三十年前，寻宝者们找到了'卡吕普索'号的残骸，却并未找到那批嫁妆。既然还没找到，那就会有更多的人继续寻找。况且，船在威士忌海滩失事后，也没有确凿的证据显示，那批嫁妆在船上，或曾经在那艘船上。正如我们所知，'卡吕普索'号对'圣卡泰丽娜'号发动攻击后，那批嫁妆便随备受家族信任的那个联络人沉入了海底。还有种说法是，那个联络人带着嫁妆潜逃到西印度群岛，从此过上了富足优渥的生活。"

"潜逃。干得漂亮！"

"我不也挺漂亮的！"他已经切完手中的红椒，继续说道，"大多数传闻都是流言，而且，很多流言还互相矛盾。但那个费了这么大劲，还背上命债的家伙，肯定对传闻深信不疑。"

"你觉得，你在这房子里时，他还会设法回来吗？"

"我想，他会等上一段时间，等事情平息一些后，再回到这里。不过，这只是一方面。另一方面，镇上肯定会有人相信或至少怀疑，那些事是我干的。其中，会有你认识的人，你的雇主或你的学员，比如你刚才说的那个女人，她叫什么来着？总之，你有可能因此受到伤害，置身流言的中心。这都是我不愿意见到的。"

"别人要说什么、做什么，你也管不着啊。而且，即便有潜在的危险，我也已经证明我自保的能力。"

"他没带枪，或当时没觉得需要用枪。"

她点点头。不可否认，这念头让她不安。但她很久以前就已决定，不能生活在恐惧之中。"大不了把我，或我们两个都干掉。趁我们熟睡，或趁我正在擦地时动手，然后再把警察引到这里。我想，这应该是他最不希望看到的事。他需要避开他人的注意。而且，需要低调的不仅是他，还有布拉夫府。"

"很有逻辑。纵观全局，到目前为止，他的行为都没什么逻辑。我不希望你受到伤害。而且，我也不希望我俩的关系，再让你遇到今天早上那种情况。"

她淡淡地望着他，慢悠悠地呷了口红酒。"伊莱，你是要给我做顿告别晚餐吗？"

"我想，我们最好分开一段时间。"

"接下来是不是要说，'不是你的问题，是我的问题'？"

"听我说。这是因为……因为你对我来说很重要。你放了些东西在这里，今天，那些警察肯定也动了那些东西。或许科比特是相信我的，但沃尔夫不信。他绝不会罢手。他会竭尽所能地诋毁你。因为我是靠着你的证词，才在邓肯的这桩谋杀案中洗脱嫌疑。"

"不管我们有没有在一起，他都会这么做。"

这一刻，她突然有种被保护的感觉。有人害怕她受到伤害，害怕流言对她不利。但她觉得自己可以应付，况且，她也根本没打算忍气吞声。

"我理解你的处境。你觉得你需要保护我，需要让我远离伤害、流言和警察的监视。不过我觉得，我很想跟有这种想法的男人在一起。况且伊莱，事实上，我早已经历过这些事。我不能因为可能会再经历一次，就放弃我想要的男人。对我来说，你也很重要。"

她举起手中的红酒，端详着他："我要说，在这件事上，我们已经陷入僵局。不过，还有件事。"

"什么事？"

"这就要取决于你如何回答下面这个问题了。你认为，女人应该得到同工同酬的待遇吗？"

"什么？当然，为什么这么问？"

"很好。因为如果你的答案是否定的，这场讨论就得转向另一个方向了。你认为，女人有选择的权利吗？"

"老天。"他扒拉了下头发，"当然。"他终于发现她要将自己引向何处，便开始在脑中盘算起该如何反驳来。

"好极了。那我们可以免去一场冗长而激烈的辩论了。权利与职责相伴而生。过哪种生活，与谁一起过，应该关心谁，都是我的选择。我有权作出这些选择，我也决定负起相应的责任。"

盯着他的脸，她眯起了眼睛。"噢，有什么话就说吧。"

"什么？"

"我是被一名律师养大的。"她提醒他道，"我看得出来，哈佛法学院先生正在思考，怎样用一个复杂的论证，驳倒我所有的观点。所以，赶紧说吧。你甚至还可以抛几个'因此'出来。反正也起不了什么作用。我意已决！"

他决定换种战术。"你知道我有多担心吗？"

阿布拉下巴微微一收，眯起的眼睛顿时严厉起来。

"我妈向来都很吃这套的啊。"他哀求道。

"你不是我妈，"她提醒他道，"何况，你也没有母性力量。伊莱，你只要跟着我就好。要是想摆脱我，那也只能因为你不想要我、你想要别人或别的什么事。我要是选择离开，也一定是出于同样的原因。"

要开诚布公，他想。"虽然对我来说，林赛已经不再重要，但我每天都在后悔，后悔没能做点什么，阻止那件事。"

"但她也曾经重要过。而且，她不应该那样死掉。如果可以，你一定会保护她的。"她起身走到他跟前，伸手搂住他的腰，"我不是林赛。我们可以互相照顾。我们都很聪明，会想出应对之法的。"

他把她拉进怀里。两人脸贴着脸，静静地站着。他不会让她出事的。他不知道自己要如何对她，也对自己履行这个未出口的承诺，但他会竭尽全力，信守这个承诺。

"聪明？我正在照着傻瓜菜谱做饭呢。"

"这是你第一天做饭。"

"将鸡切成丁。该死，这话是什么意思？"

她直起身子，接着又扑进他怀里，给了他一个悠长而满意的吻。"我会再示范给你看的。"

※

她一直都在不停地进进出出。早课、保洁（包括替他做保洁）、购物、私人课程、为一个生日派对做塔罗牌占卜。

工作中，他几乎意识不到她的存在。但她只要一离开，他就能立刻感觉出来。他已经开始觉得，她仿佛是这房子里的力量之源。只要他不在，整幢房子里的能量，似乎也随之减少了。

他们会到沙滩上散步。尽管他已经非常肯定，对自己来说，烹饪永远无法成为一种放松的方式，他还是会偶尔到厨房帮忙。

他很难想象屋里没有她的情形，更难想象没她的日日夜夜。

不过，她催促他再找一天晚上，去她工作的那家酒吧时，他却找借口推掉了。

他提醒自己：他想继续研究那批嫁妆和那艘船。光线依然充足时，他会把书拿到阳台上，挨着一排赤陶土罐，舒舒服服地读。那排赤陶土罐里都是阿布拉种下的三色堇，有紫色的，也有黄色的。

他记得，每年春天，奶奶也会种下三色堇。

他想，尽管前儿天一度暖意融融，它们仍会挺过现在这春寒料峭的夜晚。即便再下一次霜，也没问题。

人们都涌上海滩，尽情享受。他甚至还用望远镜看到过文尼乘风破浪，如年少时一般热情矫健的身影。

暖阳、鲜花、随风飘来的各种声音，还有那怡人的蔚蓝大海，几乎给他造成一种一切正常的假象。

他想，若果真如此，生活会是什么样子呢？如果他把家安在这里，在这里工作，无忧无虑地在这里寻根，会是什么样子呢？

随着阿布拉来来去去的身影，房子里渐渐充满鲜花、蜡烛和微笑。随之而来的，还有温暖、光明，和一个他不知道是否可以做出，又是否能够信守的承诺。

要向对方坦诚自己的想法和感受。他记得这个约定，却不知道该如何描述和她在一起的感觉，或对她的感觉。而且，他也不太确定，该怎么处理这些感觉。

但他非常确定，和她在一起时，绝对比没她时快乐。他相信，那是一种超越一切，前所未有的快乐。

他想起她脚蹬高跟鞋，穿着黑色超短裙和舒适的白衬衫，托着盘子，翩跹于喧闹酒吧里的身影。

他不介意喝杯啤酒，也不介意些许的喧嚷。而且，他也很想看见她因为自己的出现，乍然绽放的笑颜。

可接下来，他又提醒自己该做的调查已荒废多日，所以赶紧认真研究起来。

这倒不是说，他觉得读那些故事有什么用。除了故事，它们还能是什么？是啊，这些都是关于海盗和宝藏、命运多舛的爱人和惨烈死亡的故事而已。

但该死的是，他能找到的、与现有谋杀案相关的唯一线索，就只有这些故事。而且，虽然可能性极小，他说不定也能从中找到恢复自己清白的办法。

读了一个小时后，天渐渐黑了。他站起身，踱到阳台边，眺望逐渐模糊的海天一色。他看见了一家人——年轻的爸爸妈妈，带着两个小男孩沿着海滩散步。小家伙们穿着短裤，呼地冲进浅滩，又猛地退回来，活像敏捷的小螃蟹。

或许，他可以去喝杯啤酒，稍事休息，然后再回来花上一小时，研究那些跟传说和自己的混乱生活有关的笔记。

他收拾起所有东西，走回屋里。可电话响了，他又不得不扔下它们，去接电话。来电显示是爸妈家的号码。他的心一如既往地狂跳起来，这些天来都是如此。他害怕听到奶奶又坠楼，或更糟糕的消息。

不过，他还是尽可能愉悦地接起了电话。"嗨！"

"嗨！"听到妈妈轻松的口气，他放下心来。"我知道，现在已经有些晚了。"

"妈，九点都还没到呢。而且，现在又不是上学时间。"

他听出她声音中的笑意。"别拖到星期天晚上才做作业啊。你还好吗，伊莱？"

"很好。我刚刚正在读一本关于埃斯梅拉达嫁妆的书。"

"哟嗬？"

"奶奶怎么样？爸爸和特里西娅呢？"

"大家都很好。你奶奶每天都有起色。虽然很容易疲倦，我也知道她有些不舒服，尤其是接受治疗后。但考虑到她的年龄，我们都应该表示出由衷的敬佩了。"

"阿门！"

"她真的很期待在复活节时见到你。"

他眨眨眼。"妈，我估计没法回来了。"

"噢，伊莱。"

"我不想让房子空那么长时间。"

"你没遇上别的麻烦吧？"

"没有。但我得待在这里。闯进这里的那个人到底是谁，警察即便对此有什么线索，也没告诉我。所以，让房子空上一两天，是很不明智的做法。"

"或许，我们可以把那个地方锁了，然后雇个看守，直到警察抓住那个闯入者为止。"

"妈。无论什么时候，布拉夫府都得有一个兰登家的人。"

"天哪，你说起话来，简直跟你奶奶一模一样。"

"抱歉。真的很抱歉。"他知道节日传统对妈妈有多重要。而且，他已经让她失望过太多次。"我需要一个地方，奶奶就把它给了我。我得照顾好它。"

她叹了口气。"那好。你不能回波士顿，那我们就去威士忌海滩吧。"

"什么？"

"没理由不让我们去吧。赫斯特会很开心的。而且，我们会保证得到医生的同意。你妹妹和她的家人也会很开心的。以前节日时，我们不都在布拉夫府举行全家聚会嘛！"

他的第一反应是恐慌，但接着就平静下来。她说得对，过去的确是这样。"但愿你别让我烤火腿。"

"所有事都交给我。我们会让塞利娜寻找彩蛋。噢，还记得以前你和特里西娅多喜欢找彩蛋吗？我们周六下午来。嗯，这样更好，比让你回来好。我应该早想到这么办的。"

"很高兴你终究还是想到了。哦，对了，我想让阿布拉也来。"

"那就太好了。赫斯特肯定很乐意见到她。她每隔几天都会打来电话，询问你奶奶的情况。我们都很欢迎她来。"

"很好，其实，我正在跟她交往。"

电话那头顿时没了声音。一阵长长的电流声后，对方才终于打破沉默。"那种……交往？"

"嗯。"

"噢，伊莱，太棒了！这个消息真是太，太棒了！我们都很喜欢阿布拉，而且——"

"妈，不是你想的那样……我们就是在交往，先交往看看。"

"那我也很开心！你已经……已经很久没有跟别人交往过了。而且，我们都特别喜欢阿布拉。我爱你，伊莱。"

她声音中的异常，又让他紧张起来。"我知道。我也爱你。"

"我希望你能过回以前的生活。我希望你再次快乐起来。我想念曾经的那个小男孩。我想念你快乐的样子。"

听到哽咽声，他无奈地闭上眼睛。"我已经在恢复了。待在这里，我觉得比以往很长一段时间都更像自己。嘿，我已经胖了十磅了。"

她终于哭出声来。那种恐慌的感觉又回来了。"妈，别哭，求你了。"

"我是开心。开心的哭。我简直等不及要见见你了。我要去告诉你

爸和赫斯特，然后给特里西娅打电话。我们要大宴一场。你什么都别操
心，照顾好自己就行。"

挂了电话后，他站了好一会儿，消化刚才听到的信息。不管有没有
准备好，他的家人都要来布拉夫府了。而且，他显然不能听妈妈的，
"什么都别操心"。

他非常清楚，奶奶有多希望看到光彩夺目的布拉夫府。他不能把所
有事都扔给阿布拉。

他得想想办法。还有一个星期的准备时间，他会列张清单出来的。

嗯，这事待会儿再说，现在，他好像真的想喝杯啤酒了。而且，他
想去那间喧闹的酒吧喝。和阿布拉待在一起。

于是，他飞快地洗了个澡，觉得或许可以步行到镇上。如此一来，
她交班后，便可以开车把两人一起载回来。

他径直朝台阶走去，发现自己竟挂着笑容。没错，他想，他的确比
以往很长一段时间都更像自己了。

第十六章

一个来自波士顿的乐队引来一群大学生时，阿布拉正在桌子间绕来绕去，忙着上客人点的东西、点单和检查身份证。对那些指定了司机的队伍，她都会按照酒吧的规定，整晚给那位司机提供不含酒精的饮料。

但其他人，则一通狂饮。她让每位客人都笑逐颜开——她会随意地跟小伙子们调调情；称赞姑娘们的发型或鞋子；听到笑话就开怀大笑；看到熟面孔，也会聊上几句。她喜欢这份工作，喜欢这种喧闹和繁忙，也喜欢在这里边琢磨，边观察各种各样的人。

她正在服务的那张桌子有五个人。那位完全清醒的代驾司机似乎很想替邻桌那群女孩点啤酒，好借此搭讪，尤其要勾搭勾搭其中那个红发雪肤的姑娘。从那姑娘的反应，到两人共舞的姿势，还有其他几个女孩嘀咕着结伴走向洗手间的样子，阿布拉猜，这位代驾司机待会儿一定会有好运气。

她替两对夫妇上了一轮酒——她还替其中的一对做过保洁——然后欣喜地发现，两位女士耳下晃动的耳环，都是她做的。

精神大振之下，她开始朝后面那张只有一位顾客的桌子走去。不是熟面孔。而且，用她的话来说，那张脸似乎也算不上快乐。无论是谁，端杯柠檬汤尼水，独自缩在酒吧后面，多半也是不快乐的吧。

"坐在这儿感觉怎么样？"

对方却并未答话，只是愣愣地看了她好一会儿，才敲了下已经空空如也的玻璃杯。

"柠檬汤尼水。马上就来。您还需要点儿别的吗？我们这儿的烤干酪辣味玉米片非常不错哦！"

见到对方只是摇摇头，她才端起空杯子，悠然一笑，说道："马上就来。"

这个只会点柠檬汤尼水的家伙，给起小费来多半也吝啬得很。她边这么想着，边转身朝吧台走去。

太冒险了，他想。来到这里，离她如此之近，真是太冒险了。不过，他已经非常确定：那晚在布拉夫府，她没有看见他。此刻，她直视着自己的脸，却仍是一脸陌生的表情。所以，他已经能够完全肯定这点。只有上天知道，冒险，总是有回报的。

他曾经很想看看她，看她会如何应对。而且，他也曾希望兰登会出现在这里，好再给他一个重返那幢房子的机会。

可接下来，他又希望警察拘留兰登问话。只需一点儿时间，他便能溜进去，放下那把枪，然后再打一个匿名电话。

现在，他们已经搜过布拉夫府。所以，把枪放进去的办法已经行不通了。不过，总能找到别的办法。那个女人，或许就是最佳途径。

他或许可以通过她，回到布拉夫府。他需要好好想想。他必须要回去，完成搜索。那批嫁妆肯定在那里，他对此深信不疑。他已经冒了太多险，也失去了太多。

再也回不去了，他提醒自己道。现在，他已经杀了人。而且，他发现杀人比自己料想的容易得多。几乎不需要花什么别的力气，扣动一下扳机就行。照理说，如有必要再做一次，应该还会更加容易。

事实上，他或许很乐意杀掉兰登。但那看起来必须要像意外或自杀。要让警察、媒体或任何人，都对兰登的罪行深信不疑。

因为他知道，而且毫不怀疑，伊莱·兰登杀了林赛。

他绝对可以利用这点。他已经开始想象，怎样在兰登死前强迫他写下自白书。等这个高贵的兰登家子弟像个懦夫般求饶时，他就让兰登血溅当场。没错，他发现自己简直出乎意料地想这么干。

以牙还牙，以眼还眼吗？不，还不够！

兰登一定要付出代价，他活该丧命！这事要是能成，简直跟获得埃斯梅拉达的嫁妆一样令人惊喜。

看到伊莱走进来，他几乎暴怒得喘不过气来。周围的一切似乎都模糊了，他双目赤红，那股怒火让他恨不得立刻从身后的枪套中抽出那把也杀掉了柯比·邓肯的枪。他可以看到，非常清楚地看到：子弹冲进兰登那混蛋的身体。鲜血在他倒下的瞬间，喷涌而出。

他渴望得双手不住颤抖。真想立刻了结这个自己恨之入骨的男人！

意外，或自杀。他极力克制，一遍又一遍地在脑中重复着这两个词，以平息滔天的杀意。一番挣扎下，他额上都渗出了涔涔汗珠。

吧台前，阿布拉一边等酒水单，一边跟镇上她最喜欢的一位顾客聊天。斯托尼·特里比恩矮胖结实，一头稀疏的白发，看上去跟受过削发仪式的基督徒差不多。此刻，他正在喝今晚的第二杯啤酒和旁边那杯烈酒。斯托尼几乎每周五晚上都会光顾这间酒吧。他说他喜欢这里的音乐和漂亮姑娘们。

今年夏天，他就八十二岁了。除了奔赴朝鲜战场那段时间，他每年都在威士忌海滩度过。

"你要是嫁给我，我一定给你造一间属于你的瑜伽房。"他对她说。

"带饮料吧的瑜伽房吗？"

"如果你愿意的话。"

"斯托尼，我考虑考虑。这太有诱惑力了，尤其，那房子还是你亲手建造的。"

他那饱经风霜的脸上，顿时浮起一片红晕。"那我们可得好好商量商量。"

她吻了吻他灰白的脸，抬头看见伊莱，脸顿时就亮了。

"真没想到你会来。"

斯托尼在椅子上转过身来，狠狠地瞪向伊莱，但接着眼神便柔和下来。"如果我没看错的话，那又是个兰登家的人吧。你是赫斯特的孙子吗？"

"是的，先生。"

"斯托尼·特里比恩。伊莱·兰登。"

斯托尼猛地伸出一只手："我认识你爷爷。你的眼睛简直跟他一模一样。以前，很久很久以前，我们可一起冒过不少险。"

"我把这些喝的给客人们端上去。伊莱，你陪陪斯托尼吧！"

"没问题。"因为没空位，伊莱只得靠在吧台上，"我能请您喝一杯吗？"

"但看起来，我已经有一杯了。小子，快过米，我请你喝一杯。知道吗，我跟你爷爷曾经同时看上一个姑娘。"

他努力想象又高又瘦的爷爷和这个消防栓般矮胖的男人一起冒险，并竞争同一个姑娘的场景。

那画面真是难以想象。

"真的？"

"千真万确。后来，他去波士顿上学，所以我就把她追到手了。他哈佛毕业，得到了赫斯特，我则得到了玛丽。我们都觉得，这样的结果再好不过。你喝什么？"

"你喝什么，我就喝什么吧。"

看到自己最喜欢的两个人又是喝酒，又是聊天的模样，阿布拉开心地穿梭在酒吧里，给客人们送去点好的酒水。等她走到后面，却发现那里已经空无一人，只有几张钞票随意地扔在桌上。

真奇怪，她边想，边把钱放进托盘。看来，这位独行侠改变主意，决定不再来杯柠檬汤尼水了。

吧台前，伊莱终于在有人离开后抢到一张凳子。虽然多少有些夸张的成分，他还是津津有味地听着爷爷年轻时的经历。

"他回回都开足马力，全速前进，惹得当地人都很生气。"

"我爷爷？骑摩托车？"

"通常，边车里都坐着一位漂亮姑娘。"斯托尼眨巴着眼睛，端起那杯满满的啤酒，呷了一大口，"我都以为，他会凭借那辆摩托车，赢得玛丽的芳心。她喜欢飙车。但那时候，我即便竭尽所能，也只能为她提供自行车手把。当时，我们大约十六岁，经常在海滩上点起篝火，偷喝伊莱从他爸橱柜里拿来的威士忌。

此刻，伊莱又开始努力想象这样一幅画面：自己继承了姓名的那个男人，不仅会开辆带边车的摩托车，还要偷自己父亲的酒喝。

那画面要么是自己清晰了起来，要么就是啤酒起了点作用。

"有一次，布拉夫府举办了一场盛大的派对，"斯托尼对他说，"各色名流从波士顿、纽约、费城等地赶来。整幢房子灯火通明，亮得犹如罗马焰火筒①。阳台上，穿着白色燕尾服和晚礼服的人们川流不息。"

"想象一下当时那种盛况吧。"斯托尼说着，一口喝干了那杯烈酒。

"是啊，肯定很壮观。"

中国灯笼、银制枝状大烛台、插满热带鲜花的大花瓶，还有盖茨比般优雅的人们。

"伊莱却让一个仆人拿来食物和法国香槟，偷偷溜了。他爸妈肯定知道这事。我们也在海滩上开了个派对。而伊莱，则不得不在两个派对间跑来跑去。他很擅长这事，你懂我的意思吧？无论是富裕的生活，还是平凡的生活，他都游刃有余。那也是我第一次见到赫斯特。她刚跟着他离开派对，身穿一条白色长裙，脸上永远挂着微笑。只看了她一眼，我就知道，玛丽是我的了。自始至终，伊莱的目光都无法从赫斯特·霍

---

① 一种烟花。

金身上移开。"

"即便我还是小屁孩时,我就知道,他们在一起非常幸福。"

"是啊,他们的确很幸福。"斯托尼睿智地点了点头,一巴掌拍在吧台上,示意再上一轮酒。

"你知道吗,没过几个月,伊莱和我便都把心爱的姑娘娶回了家。我们的关系也一直很好。我开始做木工生意时,他还借钱给我。当时,他听说我要去银行贷款创业,就不由分说地非借给我不可。"

"你在这里待了一辈子。"

"是啊,我出生在这里,也打算二十或三十年后死在这里。"他看着杯中的啤酒渣,咧嘴一笑,"这些年来,我在布拉夫府可干了不少活。退休一段时间后,赫斯特想把二楼的那个房间改造成健身房,打算让我帮她看看。我很高兴她渐渐搞起来了。她要是不在布拉夫府,威士忌海滩都变得不一样了。"

"是啊。您很了解那幢房子。"

"要我说,至少跟住在那里的人一样清楚。我替他们做过一些周边的管道活。虽然没有水管工执照,但我向来手巧。"

"你怎么看埃斯梅拉达的嫁妆?"

他不屑地哼了一声。"我觉得,即便真有那东西,也早就不见了。别告诉我你在找它。真要如此的话,你就只继承了你爷爷的漂亮眼睛,却没遗传到他的判断力。"

"我没有。但有人在找。"

"快说。"

伊莱有时候觉得,先透露一些事,是获取信息的好办法。于是,他开口了。

斯托尼不停地摩挲着下唇,寻思了一会儿。"那个地下室能埋住什么东西啊?那地下除了石头,就是泥巴。如果真有宝藏,多得是更好的藏宝之地。而且,一开始就认为宝藏在房子里,也太蠢了吧。那里已经生活过几代人——还有仆人和我这样的工匠。每过一段时间，便有不少我们这样的人，将那里的每寸土地都重翻一遍，连仆人通道也不例外。"

"仆人通道?"

"你出生很久以前就有了。通常是建在墙后、供仆人们上下的楼梯，以免惊扰到兰登家的人或客人。他们接管这幢房子后，赫斯特最先做的事之一，便是封闭这些楼梯。都是伊莱的错，他告诉她，孩子们曾因为迷路被锁在了那些墙里。不过，我觉得那事至少有一半是他瞎编的。为了讲出好故事，他经常这么干。但她已下定决心。那些通道是我带着三个工人，亲自去关的。关掉它们后，她在二楼新开了一间早餐室、一间卧室和一间浴室。"

"我都不知道。"

"我们关闭通道时，她正怀着你爸。在布拉夫府住过的每一个人，都曾想方设法地规划过那些通道。你打算怎么办?"

"我还没想过。这是我奶奶的房子。"

斯托尼笑着点点头："那就快带她回家吧。"

"我正有此打算。那些通道都在哪儿，您能说得详细点吗?"

"还有个更好的办法。"斯托尼拿起一张酒吧的纸巾，从口袋里掏出一支铅笔，"我的手虽然没以前巧了，但脑子和记忆力还好着呢。"

※

酒吧打烊了。尽管斯托尼喝的酒比自己多出一倍，伊莱还是非常庆幸他不用开车回家。而且，当听说斯托尼是步行前来时，伊莱也很高兴。

"我们载你一程。"伊莱对他说。

"不用了，我家近着呢!"他被自己的话逗乐了，"而且，我觉得，似乎又有个兰登盯上了我的姑娘啊。"

"我不知道，这一个能不能修好我的纱门。"阿布拉挽起斯托尼的胳膊，"我去拿伊莱的钥匙，然后开车把我们三个送回家。"

"我没开车来。我还想着坐你的车回去。"

"我走着来的。"

看到她的黑色高跟鞋，伊莱皱眉道："穿这双鞋?"

"不，是这双。"她从包里拿出一双绿色卡骆驰鞋，"看来，我似乎该换回这双鞋了，因为我们都得走回家。"

她换了鞋，穿上外套。一踏出门，她就分别牵起两个男人的手。"看来，今晚中大奖的是我啊。有两名帅哥相伴。"

走着走着，她觉得这两人都有些醉了。

两人不顾斯托尼的反对，坚持绕道将他送到家门口。离那座整齐的小屋不到两码远时，一阵尖锐的吠叫骤然响起。

"嘘，普蕾西，嘘!"

吠叫声转为兴奋的呜呜声。"这老姑娘眼睛已经不好使了。"斯托尼说，"不过听力还好。无论谁从这儿经过，都逃不过它的耳朵。好啦，你们赶紧回家吧。周五晚上，去干点健康年轻人该干的事!"

"那周二见。"阿布拉亲了亲他的脸颊。

两人向外溜达了几步，但一直等到屋里亮起了灯，才转身朝海滨路走去。"周二?"伊莱问。

"我每隔一周，便会在周二那天去替他打扫清洁。"她又紧了紧肩上的包说，"他和他的玛丽。不过，我从未见过玛丽，她五年前就去世了。他们有三个孩子，一个儿子、两个女儿。儿子在缅因州的波特兰市，一个女儿在西雅图。最近的一个在华盛顿。不过，他们都会经常回来看他。到目前为止，他已经有八个孙子和五个曾孙。他虽然可以照顾好自己，但有人时不时过来看望一下，也不是什么坏事。"

"所以，你才每隔一周，帮他打扫一次。"

"也会帮着跑跑腿。他已经很少开车了。隔壁有个十岁的小孩非常喜欢斯托尼。所以，几乎每天都会有人去看他，或给他打电话。我也对他很着迷。他还承诺，我要是嫁给他，他就给我造一座瑜伽房。"

"我可以……"伊莱想了想自己的木工水平，"我可以让人给你造一座。"

她睫毛颤了颤，扬起脸望向他："这算是求婚吗？"

"什么？"

她哈哈笑着，挽起他的胳膊。"我该早点提醒你，斯托尼酒量很好。他很喜欢说，他是在威士忌海滩上被威士忌泡大的。"

"我们轮流买单。他付第一轮，我就付第二轮。他付了第三轮后，我更觉得自己有义务接着买单。我有过多少次这种感觉，我已经记不太清了。这儿的空气真新鲜。"

"是啊。"他身形晃了晃，她连忙抓紧了些，"重力好像也不小。这破地方的空气和重力真讨厌。我们应该进屋去。这儿离我家更近。"

"嗯，我们还是进屋吧……但我不想让布拉夫府空着，感觉总有些不对劲。"

她点点头，不再去想那条较短的路线。"尽管重力不小，但在空气清新的地方多走走，对你也有好处。真高兴今晚你来了。"

"我原本不想来的，但老是忍不住想到你。而且，复活节快到了。"

"复活节兔子已经来啦？"

"什么？没有。"他突然放声大笑，声音顺着空荡荡的街道飘出老远，"它连蛋都还没生下来呢。"

"伊莱，蛋是鸡生的，复活节兔子只管藏蛋。"

"不管怎样，今年，他们都会在布拉夫府做这些事的。"

"他们？"走过自家小屋时，她飞快地瞥了眼房子，却并不认为她可以冲进去换身衣服。那样的话，她出来的时候，多半会发现他已经蜷着身子，在路中央睡着了。

"我妈是这么说的。他们周六就要过来。"

"太好了。赫斯特已经可以出门了吗?"

"她得先问问医生,但看起来似乎没什么大问题。要来一大群人。有些事我必须要先做。但除了不用烤火腿,其他事我现在都想不起来了。不过,你一定要来哦。"

"当然,我一定来。我也很想见见他们,尤其是赫斯特。"

"不对。"一阵海风吹来,稍微清醒了些的伊莱突然很想吃炸土豆片、咸脆卷饼或任何能把肚里多余的啤酒吸走一些的东西。

"你一定得来,"他接着说,"来过复活节。我觉得为免尴尬,应该把我们正在交往的事告诉我妈。然后,情况就变得怪异起来,仿佛我赢得了蓝丝带之类的东西似的。接着,她便开始哭。"

"噢,伊莱。"

"她说那是高兴得想哭。我真是不理解,但女人不都那样吗!"他低头瞥向她,寻求确认。

"嗯,我们都那样。"

"所以,到时候很可能会尴尬。不过,你还是得来。我需要买点东西。还要做些准备。"

"我会列好清单的。"

"嗯。"他又一个趔趄,"不是啤酒,是那些烈酒……我爷爷过去常常开着一辆带边车的摩托车。我竟然不知道这事。我应该知道才对。我也不知道房子里过去那些仆人通道在哪儿。瞧瞧,我不知道的事可真多。"

星光下,已隐隐显出布拉夫府的轮廓,并能看见屋里透出的点点亮光。"可我还这么理所当然。"

"我不这么认为。"

"太多了。尤其最近几年,我忽视了太多。太专注于自己的事,似乎都要作茧自缚了。我得做得更好些。"

"你一定能行的。"

他顿了顿，笑望着她。"我有点醉了。你真美！"

"因为你有点醉了，所以我才美？"

"不。一方面是因为你了解、接受自己，会努力追求心中所想，并从中获得快乐。另一方面，也因为你有双海巫般的眼睛和带颗小痣的性感嘴唇。林赛也美得让人屏息。"

的确是有点儿醉了，阿布拉提醒自己道。所以，姑且还是忍受他赞美别的女人吧。"我知道了。"

"但我觉得，她并不了解自己，也不接受自己。她不快乐。我没能给她带来快乐。"

"每个人都应该先让自己快乐起来。"

"哈，你现在想起来啦？"

"嗯，想起来了。"满天繁星下，屋子巨大的阴影中，他倾身吻她，"我得醒醒酒，因为我想跟你做爱，我得确定别忘了这事才行。"

"那我们就把它变得令人难忘。"

两人一进大门，他就将她猛地扯入怀里，用力敲入警报器密码。

她虽然喜欢他的唇和他的手，却挣脱出来，拉着他往屋里走。"首先，你得先喝一大杯水，吃两片阿司匹林。多喝点水，宿醉感也会轻一些。另外，我去喝杯红酒，这样咱俩就差不多了。"

"有道理。但我真想立刻撕碎你的衣服。"他堵住她的去路，将她一把推到厨房台面前，"快脱，我知道这些衣服下面是什么，我简直快疯了。"

"看来，我们这次要在厨房地板上了。"随着他咬上自己脖颈的牙齿，她仰起了头，"我想，这次一定会非常美妙的！"

"先让我……等等。"

"噢，当然，我会等你——"

"等等。"他推开她，脸色已经沉了下来。她顺着他的目光，看向警报器面板。

"你怎么把它弄得那么脏？我明天会清理干净的。"说着，她又凑向他。

"不是我弄的。"他走上前，仔细观察那扇门。"我觉得有人破门而入。什么东西都别碰。"他冲走向自己的她厉声说道，"立刻打电话报警。"

她赶紧开始在包里翻找电话。但看见他从砧板上操起一把刀时，她的手顿时僵住了。"哦，天哪！伊莱！"

"要是有什么麻烦，你立刻跑，听见了吗？跑出那扇门，不要停，一直跑到安全的地方为止。"

"不。现在，你先等等。"她用力地拨完号。"文尼，我是阿布拉。伊莱和我刚刚回到布拉夫府。我们认为有人闯进来了。我们不知道他是否还在这里。在厨房。嗯，嗯，好的。他来了，"她对伊莱说，"他会在路上召集其他警察。他让我们待在原地，要是看见或听见什么，就立刻逃出门去。"

看到伊莱的目光转向地下室的门，她的心顿时又狂跳起来。"你如果下去，我也去。"

他没理会她的话，还是走向那扇门，转动了把手。"我离开时，门是从这边锁住的。"他仍然握着那把刀，朝后门走去。他打开锁，推开门，蹲了下来。

"这些痕迹都很新。晚上，这扇后门正对海滩，不会引起任何人的注意。他知道我不在家。他怎么知道的？"

"他肯定一直都盯着这幢房子，看见你出了门。"

"我是步行出门的。"伊莱回忆道，"如果只是出门散步，我很可能十至十五分钟就会回来。这风险很大啊！"

"他可能跟踪你，看见你进了酒吧。经过估算，他便知道自己会有更多时间。"

"或许吧。"

"警报器面板。"阿布拉小心翼翼地凑近了些，"我在电视和电影上看过一种做法，但我觉得那多半是瞎编的。往面板上喷些东西，便能显出指纹来。知道哪几个数字被按过之后，就能用计算机算出不同的数字组合，直至破解密码。"

"就是诸如此类的做法吧。之前奶奶还住这里时，他很可能就是用这种方法进的屋。他可能得到并复制了她的钥匙，所以后来才他妈的闯了进来。不过，他不知道我们换了密码，所以上次发现旧密码失效后，他才会切断电源。"

"这么做可真蠢。"

"或许是出于绝望或惊惶，也有可能是气得要死。"

"看得出来，你很想下去。你想知道他是不是又开始挖坑。但文尼随时都可能到。"

如果他下去，她也一定跟着下去。要是发生什么事，他就得负责。如果他下去，把她留在上面，要是发生什么事，他还是得负责。

于是，伊莱顿时陷入两难的境地。

"我离开了差不多三个小时，该死，我给了他一段绝佳的无人期。"

"那你打算怎么办？像郝薇香小姐①一样，永远不出房门半步？"

"报警系统显然没起到什么作用。我们得赶紧将它升级才行。"

"嗯，诸如此类的事都得做。"她听见一阵呼啸的警笛声，"文尼来了。"

伊莱把刀插回砧板。"走，我们一起去接他。"

※

警察又一次涌入这幢房子。这种事，他已经快习以为常了。他边喝咖啡，边跟着他们走进屋，从地下室开始检查。

---

① 狄更斯著作《远大前程》中一名富有的老处女。

"这个顽固的混蛋，"仔细查看过那个大坑后，文尼说，"他又挖了几英尺。这次，他肯定带来了更多工具，并在收工时把它们都收走了。"

伊莱环视了一圈，确定阿布拉没跟着下来。"我觉得，他简直疯了。"

"他的确不太聪明。"

"不，文尼，我认为他疯了。再次冒险闯进来，花上几个小时，就为了在那里乱挖一通？那里什么都没有。今天晚上，我才跟斯托尼·特里比恩说过这事。"

"他那人挺有意思的。"

"是啊。而且，他说了些很有道理的话。怎么会有人把东西埋在那里？那里除了坚硬的泥土和岩石，什么都没有。这也是我们从未费心去那里打混凝土的原因。除非是具尸体，否则，一个人若真要埋东西，总会希望什么时候，再把它挖出来吧？"

"应该是。"

"所以，干吗花那么大力气？把它埋在花园里，然后在上面种堆灌木不就行了！埋到外面土质更软或基本都是沙砾的地方去。或根本不用埋，把它藏在地板下或一面墙后。我要是想找宝藏，就不会拿丁字镐和铁铲，到那下面去挖。或者，即便我真疯狂到相信宝藏在那里，我也会等到确定这房子会空上好几天——比如我奶奶去波士顿时，再带个手提凿岩机来开工。

"我不想跟你争论，但事实已经成了现在这样。我要把这事告诉科比特。我们会加强巡逻，并把消息散布出去。"接着，文尼又补充了一句，"如果他还在这片区域，便会听到风声。如此一来，他要是还想故伎重施，就得好好掂量掂量了。"

伊莱怀疑，对为了一个传说，便甘愿冒如此风险的人来说，即便需要考虑再三，也无法阻止他的脚步。

第十七章

清晨，阿布拉上完太极拳班后，决定穿过市场，回布拉夫府。接着，她又在另一处停留了一会儿。虽然无法保证伊莱看到她挑选的东西后会作何反应，但她完全想象得到。

他们得哄着对方。或者，她承认，她得哄着他。不完全公平。而且，她真是很讨厌发号施令。但此时此刻，她坚信这是最好的做法。

她边从车里往外拿东西，边计算着时间。不仅要完成定期的清洁工作，还要整理经过了一番搜查的屋子。但她没道理做不完这些事，或许，她还能为两人做顿饭，然后再回家上那堂室内瑜伽课。

就看先做哪件事了。

一进屋，她便发现所有事都需要重新计划。因为，伊莱正站在台面前倒咖啡，竟没去办公室工作。

"我还以为你在工作。"

"之前是在工作。哦，不，我此刻也在工作。不过，我需要四处转转，好好想想……"他转过身，低头看见那只正嗅着自己裤腿的棕色大狗时，声音渐渐弱了下去，"这是什么？"

"这是芭比。"

"芭比？你没开玩笑吧。"他不自觉地挠了挠那颗大脑袋。

"我知道，芭比一般都是丰乳肥臀的金发女郎，但狗通常都没法选择名字。"她边放杂货，边用眼角的余光打量他。他已经停下手中的事，去逗弄那只狗，脸上的表情，一看就知道是爱狗人士。

到目前为止，一切都好。

"它很漂亮。没错，你很漂亮。"他边说，边抚弄着芭比。芭比在他的抚弄下，呜呜叫着，倚靠着他。"你在帮别人照看狗？"

"不完全是这样。芭比今年四岁，是只很贴心的狗。它的主人几周前去世了。老主人的女儿虽然很想养着它，但她丈夫对狗过敏。老主人还有个孙子，但他住的公寓禁止养宠物。所以，可怜的芭比不仅失去了最好的朋友，也不能继续跟那家人生活在一起。它被寄养了一个星期左右。当地机构一直想帮它找个温暖的新家。它很健康，已经做过绝育手术，也被训练得很好。不过，人们通常都想要小狗，所以大狗往往需要更多时间，才能找到新的栖身之所。尤其，那家人还一定要在威士忌海滩找。这是它的海滩。"

"海滩狗芭比？"他不禁咧嘴笑了。随着芭比翻身亮出肚皮，他也蹲下来，去揉它的肚子。

差不多了，阿布拉估摸着。"'海滩狗芭比'，这名字又贴切，又顺口。你瞧，它多可爱，其实不该叫它芭比的。事实上，我都想收养它。我陆续向收容中心提过几次申请，但从我的日程来看，我待在家的时间不够。所以，对于习惯了有人陪伴的它来说，这似乎有些不公平。它是只混了点其他血统的切萨皮克湾寻猎犬。这种狗喜欢围在人的身边。"

阿布拉关上最后一扇食橱的门，微笑着说："它真的很喜欢你。看样子，你也很喜欢狗。"

"当然。从小到大，家里都养着狗。事实上，我觉得我家人都会……"他突然像根橡皮筋般挺直了身子，"等一下。"

"你在家工作。"

"我没想过养狗。"

"有时，没有刻意寻找的东西，往往就是你得到的最好的东西。

瞧，它不就是个值得优先考虑的事吗!"

"什么?"

"芭比? 吱个声啊!"

狗狗再次坐起来，抬着头，快活地叫了两声。

"它会做游戏。"

"伊莱，它还会叫。其实，我突然想起一件事。我们送斯托尼回家时，他的狗不就叫起来了吗? 既然有人破解了你的高科技警报器，闯入这里，那我们就用些低科技的东西吧。会叫的狗肯定能吓退私闯民宅的家伙。不信你去谷歌网上查。"

"你认为我该养只狗，就因为它可以遵循指令叫两声?"

"它叫是因为听见有人靠近大门，而它不叫，才是遵循指令。这些情况，都记入它的成长档案里了。"

"它的成长档案? 你没开玩笑吧?"

"当然没有。"

"大多数狗都会叫。"他争辩道，"无论有没有档案、大头照或别的任何东西，那都不足以成为养狗的理由。"

"我觉得，现在你们可以试着互相帮助。因为它会叫，又需要在威士忌海滩找个家。所以，你们可以互相做个伴。"

"养狗就意味着要给它喂水喂食，还得去遛它。兽医、玩具和关爱，一样都不能少。"

"你说的都对。它有木球、食物和玩具。它的皮带和最新的医疗记录都在这儿。它被一个八十多岁的老头养大，一直都表现得很好。这点，你也看出来了吧。问题在于，它真的很喜欢男人，从小到大，都更喜欢围着男人转。它喜欢玩抛掷游戏，不仅跟孩子们相处得很融洽，还会叫。你如果需要或想出门几个小时，至少也有人看家。"

"它不是人，它是只狗。"

"反正它会叫就行了啊。听着，你干吗不尝试几天，看看情况再说？如果不管用，我立马把它领走，或者让莫琳把它领走。莫琳耳根子最软了。"

狗狗睁着那双棕色的大眼睛，坐姿优雅、微微偏着头，仿佛在问：好吧，接下来怎么办？

伊莱觉得，自己就快沦陷了。"一个男人，不该养只叫芭比的狗吧。"

胜利！阿布拉笃定地走到他面前。"不会有人介意这个的。"

芭比伸出鼻子，轻蹭着他的手。

沦陷得更快了。

"就几天。"

"没问题。我出去把它的东西拿进来。今天，我会从楼上开始，一路打扫到楼下。等你下次休息的时候，我再去你那儿吸尘。"

"好。这事你早有预谋，我说得没错吧。"

"没错。"她捧起他的脸，"我承认，我的确早有预谋。"她轻柔而缠绵地吻上他。"我会想办法补偿你的。"

"你在勾引我。"

"是啊！"她笑着又吻了他一下，"这下，我得补偿你两次了。快上去工作吧。"说完，她便朝外面走去。"我带芭比四处转转。"

伊莱打量着狗狗，狗狗也打量着他。接着，它邀请般地抬起了一只爪子。只有铁石心肠的男人，才忍得下心拒绝与之一握。"看样子，这几天我要有只名叫芭比的狗了。"

他刚一动身，芭比便立刻扑到他脚边，兴奋地摇着尾巴。"看来，你是想跟我走！"

它起身跟着他进了办公室。等他坐下，它又凑上前来，不住地嗅他的键盘。然后，它才"啪嗒啪嗒"地踏着硬木地板，悠闲地踱了开去。

好吧，伊莱想，看来它不是太固执。好样的。

他连续工作了一上午，才开始休息。经历完一番内心挣扎后，他终于决定采取行动。

他开始给他的代理人写电子邮件。从上法学院开始，他就跟那女士长期打交道了。他觉得，自己已经写得够多了，可以发给她看看了。努力忽视脑中哀鸣声，他在附件中上传了前五章，按下发送键。

"搞定。"说完，他叹了口气。

既然事情做完了，他突然很想走出屋子，远离那些哀鸣。

可刚一起身，他就差点被狗狗绊倒。

过去的几个小时里，它不知何时悄无声息地蜷起身子，趴在了他椅边。

此刻，它已经抬起头，一边凝望着他，一边摇着尾巴，轻拍地面。

"我想，你真是只好狗。"

那条尾巴摇得更欢了。

"想去海滩走走吗？"

他不知道自己话中的哪个词是关键词，也不知道它是否听懂了这句话，但它立刻站了起来，眼里闪烁着快乐的光芒。此刻，不仅尾巴，它整个身子都摇晃起来了。

"看来，你是同意了。"

它一路小跑，跟着他下了楼，看到他拿起阿布拉留在台面上的那根皮带，高兴得再次扭动了一下身子。走进洗衣房，瞧见正把衣服从烘干机里拿出来的阿布拉时，它又快活得大叫了一声。

"你们好啊，处得怎么样啦？"阿布拉把衣服扔进洗衣篮，伸手揉了揉芭比，"到目前为止，今天都过得不错吧？"

"我打算出去走走。它好像也决定一起去。"他从木钉上取下一件夹克，"你干吗不一起去？"

"我很想去，但今天计划的事还没做完呢。"

"你的老板说，你可以休息一会儿。"

她笑望着他。"我的老板就是我——你只是付钱给我的人。跟芭比好好相处一下吧。等你们回来，就可以吃午饭了。噢，对了，带上这个。"洗衣机上放了一篮子狗玩具，她从里面翻出一颗红色的球，"它喜欢玩抛掷游戏。"

"好吧。"

他想：她说得对，她的老板就是她自己。他不仅喜欢，也很欣赏她身上的这个优点。她总是有能力找到，并从事能在各方面给她带来成就感的工作。曾经，他也觉得自己能在法律工作中找到这种感觉。但事实上，只有写作，才能带来一种充满创新性的成就感。

在各个层面上，他都得依赖那位代理人的反应。那位纽约的女士有很多副色彩各异的老花镜，带着浓重的布鲁克林区口音，眼光犀利，无比挑剔。

还是别再想这事了。牵着芭比走下海滩前的台阶时，他这样对自己说。但走着走着，他依然忍不住琢磨这事，狗狗却快活地左蹦右跳。于是，他停下脚步，扫视起海滩来。

照理说，应该一直用皮带拴着它。但管他的，这里一个人都没有，或者说，几乎一个人都没有。

他解开它的皮带，从兜里掏出那个小球，抛了出去。

它立刻撒腿狂奔，带起一片沙尘。咬住球后，它又火速冲了回来，把球吐在他脚边。接着，他一次又一次地把球扔出去。最后，已经完全数不清次数了。只要他算准时机，它都能迅速而准确地一跃而起，凌空接住那个小球。

狗狗每次接住球，并跑回来把它吐到他脚边上，他们都会相视一笑。

谢天谢地，尽管它一脸渴望地盯着那些海鸟，它还是没去追逐它们。

他挣扎了一下，还是败给了自己的好奇心和童心。他把球扔向海面，等着看它会如何应对。

它立刻狂吠一声，然后咆哮着冲入大海，声音中透着难以掩饰的喜悦。

他觉得，它游起来很像——寻猎犬。他笑得前仰后合，最后都不得不用手撑住大腿。它咬着那颗红球游回岸边，那双棕色的大眼睛里一片狂喜之色。

它再次把球吐到他脚边，身子一阵猛烈的抖动，甩了他一身水。

"该死！"他一扬手，又把球扔进了海里。

他待在外面的时间已经超过预期，投球的那条胳膊软得好似煮过了头的意大利面。但一人一狗终于回头往布拉夫府走时，都是一副轻松又愉快的样子。

厨房岛上摆了个蒙着保鲜膜的盘子，里面有个长条形的冷切三明治，两条泡菜和一勺意面沙拉。盘子旁边放着一盒"牛奶骨头牌"狗饼干。

便利贴上写着：

猜猜哪个是你的。

"有意思。我猜，我们可以开吃了。"

他拿起那盒狗饼干，可刚被芭比瞥见，后者就双眼放光地一屁股坐到地上。他觉得，那模样活像马上就可以吸上一管的瘾君子。

"该死的，芭比，你可真是只好狗！"

他走上露台，沐浴着阳光，吃起午饭来。狗狗心满意足地趴在他椅边。

他觉得，如果没有谋杀和非法入室事件，不用顶着嫌疑犯的帽子，此时此刻，他的生活真他妈好极了。

再次回到楼上时，他听见了阿布拉的歌声。因为狗狗径直钻进卧室，所以他也先探头进了这里，想看看她又在床上留了什么新的毛巾艺术品。

果不其然，是只狗狗。她还特意贴了张心形便利贴，上面写着：

芭比爱伊莱

他瞥了眼四周，发现阿布拉在阳台门边的地上，放了张大大的棕色垫子。显然，狗狗舒舒服服蜷在上面的样子，已经说明那床垫子就是它的床。

"很好，就把这儿当自己家一样吧。"

他撇下狗狗，追着歌声而去。

奶奶的卧室里，尽管有些冷，她还是把阳台门都敞开了。他看见了正夹在便携衣杆上随风微动的羽绒被。

尽管赫斯特不在这里，床头柜上依然摆着一小瓶野生紫罗兰。

小东西，伊莱想，对这些能带来大变化的小东西，阿布拉总是很在行。

"嗨，散步还愉快吧？"她拿起一个枕头，把它从枕套里抖了出来。

"很好。那只狗很喜欢游泳。"

从阳台上遥望他们的时候，她便已经注意到这点。而望着他们的过程中，她雀跃的心简直都要熔化了。

"对它来说，最振奋的事就是待在海滩上。"

"是啊。这会儿，它正趴在自己床上打盹儿呢。"

"它游这么一场泳，把你累坏了吧。"

"是啊，"他绕过床，来到她身边，"你在干什么？"

"我想，既然你家人要来，我就把寝具都通通风，让它们都清新舒适一些。"

"这想法不错。它们看起来已经很清新，很舒适了。"

他逼得她步步后退。最后，终于将她压倒在了床上。

"伊莱。我计划的事还没做完呢。"

"你的老板不就是你自己吗，"他提醒她道，"你可以调整计划。"

在他渐渐热切的双手和唇舌之下，她虽缴械投降，但还是象征性地抗议了一下。"的确可以调整，但真的该调整吗？"

他微微抬起头，扒掉她的紧身背心。"我已经留下那只狗了，你的预谋可不比我差。"他望着她瞬间亮起的眼睛说，"所以，你还是得补偿我。"

"好吧，你说得对。"

她直起身，一把扯掉他的衬衫。"某人已经有肌肉了嘛！"她伸出舌头，一路舔吻着他的胸膛。

"是有些了。"

"某人也注意摄入了蛋白质。"她的腿环上他的腰，倾身向前，直到将他压倒在床上，"我应该是来替你打扫屋子赚薪水的，而不是光着身子，跟你躺在这张漂亮的老床上。"

"你可以叫我兰登先生，如果这能让你安心一点的话。"

她哈哈大笑，温热的气息喷在他身上。"我想，这种时候，我的良心还是能柔韧性十足的。"

他觉得，她的身体也柔韧性十足。那修长的胳膊、双腿和身躯——她不断游移的身体，每一处都如此细腻柔滑。那头狂野的秀发，也如羽毛般拂过他裸露的肌肤。

当她的唇一路往下，当她娴熟的双手轻揉慢捻地拂过他的身体，那日益明显的肌肉顿时紧绷起来。撩拨、抚慰、引诱已然沉醉的那个人。

光着身子躺在床上。他就想看到这样的她。

他动手去剥她那条弹性十足的紧身裤，从臀部往下，直到双腿和脚踝，他一寸一寸地探索着她。然后，他再次抚上她紧致修长的小腿和纤柔的腿弯，沿着结实的大腿，直到那温暖潮湿的中心地带。

她弓起身子，一只手猛地攥紧床单，突如其来的快感让她颤抖不已。这快感越积越多，也越来越强烈，她再也承受不住，终于彻底沉沦。

她猛地直起身，将他扯向自己。两人面对面地跪坐在床上后，她伸出胳膊，紧紧地搂住了他。

一阵热流涌来，好似要把她全身的血液都点燃。微风穿过敞开的大门，吹到他们身上。

他觉得：风在她发间翻跹，阳光犹如熔化的黄金，在她身上流淌。他们仿佛到了某座荒岛，大海无情的咆哮声在周围回荡。海鸥飞过蔚蓝的天空，留下一串嘲弄的笑声。

此刻，她与他四肢交缠——这既是命令，也是无言的邀请、无声的恳求。她提供的一切，他都接纳；她要求的一切，他都给予。他的身体沉入她的，两人的唇也终于满足地贴在了一起。

再快点，再用力些！她高昂着头。他的唇在她颈间探索，清晰地感受到她狂野的脉动。

然后，她喊出了他的名字，只有他的名字。他也全然失控，彻底沉沦。

※

他趴在床上，她则仰面躺着。两人都气喘吁吁。阿布拉闭着眼，伸手摸到他的胳膊，然后一路往下，直到与他十指相扣。

"这场午间休息可真带劲儿。"

"这是我近来最喜欢的休息方式之一。"他咕哝着。声音闷闷地从床垫里传出来。

"我真得起床回去工作了。"

"不如，我给你的老板写张假条吧。"

"她很严厉的，才不会买账。"

他转过头，睡眼惺忪地打量着她的侧影。"不，她一点儿都不严厉。"

"你又不是她的员工。"她面向他蜷起身子，"她可以成为一个彻头彻尾的婊子。"

"我要把你说的这话告诉她。"

"最好不要。她可能会开除我的，到时候谁来打扫这幢房子？"

"有道理。"他伸出一条胳膊，把她揽入怀里，"屋里的其他事，我会帮你一起处理。"

她立刻温柔地拒绝了。所有事都早就计划好了，他插手只会越帮越忙。不过现在，她还是决定先由他去吧。"你干吗不继续自己的工作？"

"今天剩下的时间，我决定休息。"

"因为喜欢上那只狗了？"

"不。"他抚弄着她的长发，坐起身来，"我写完并润色好的稿子已经够了。我把它们都发给了我的代理人。我的确这么做了！"

"太好了。"她也猛地从他身边坐起来，"不是吗？"

"我想，结果如何，过几天就知道了。"

"让我读读。"看到他摇头，她不禁翻了个白眼。

"好吧，我大概知道你什么意思了。让我读一幕可以吗？就一幕？或者，读一页？"

"或许吧。或许再等段时间。"赶紧逃，他想，她总能神不知鬼不觉地给他下套。比如狗狗那事，"我先替你倒杯红酒，让你微醺一下。"

"今晚我可不能微醺，家里还有堂瑜伽课呢。"

"那改天吧。以后再喝。要把警察弄乱的那些东西放回原位，我还是可以帮帮你的。"

"那好，你就做点最基本的事，把床单换下来吧。"

就连她翻身下床，狗狗也警告性地连叫了三声。

"太棒了。"伊莱嘟囔着抓过裤子。接着，他听见狗狗猛地冲下楼梯，像猎犬一样狂吠不止。

"这事算你赢了。"他套上衬衫,"不过,你可还光着身子。"

"我会处理好的。"

"真遗憾。光着身子干家务,没准儿还挺有意思呢。"

看他急着赶出去唤狗的样子,她不禁莞尔一笑。

她觉得:伊莱·兰登已强势回归!

他赶到楼下,命令狗狗别再叫了。令他吃惊的是,它立刻乖乖听令,一屁股坐在他身边,等着他开门。

看到警察的刹那,他顿时恐慌起来,第一反应就是关上门,把那如影随形的黑云挡在外面。

至少,不是沃尔夫,他想。

"科比特警官,文尼,你们好。"

"是只好狗。"科比特开口道。

"嘿,这是芭比吗?"狗狗摇着尾巴,友好地叫了一声。文尼立刻弯下腰抚摸它。"布赖德尔先生的狗现在归你了啊。几个星期前,他在睡梦中去世了。邻居像往常一样去探望他时,芭比都还守在床边。它是只好狗,真的是只好狗。"

文尼仿佛想起什么似的,猛地直起身子。"对不起。我就是看到它被好人家收养,忍不住高兴。它是只非常棒的狗。"

"这姑娘真漂亮,"科比特赞叹道,"兰登先生,能打扰您几分钟吗?"

"这个问题,我已经从警察那儿听到过很多次了。"不过,他还是退后一步,把他们让进了屋。

"因为从汉森警长那儿听说了最近那场入室案,所以我请他带我来跟您谈谈。您已经彻底检查过屋子了吗?有丢东西,或什么东西被移了位吗?"

"上次搜查后,东西就已经不在原位了。我们正在把一切归位。到目前为止,我还没发现丢了什么。他不是个贼,至少,不是传统意义上的贼。"

"虽然我已经看过您昨晚的陈述，但我还是希望，您能再向我回顾一遍昨晚做过的事。"

科比特一抬头，就看见穿戴整齐的阿布拉端着个洗衣篮，从楼上走下来。"您好，沃尔什小姐。"

"您好，警官。嗨，文尼。今天是清洁日。你们要喝咖啡吗？还是来点儿冷饮？"

"不用了，谢谢。"科比特换了个站姿，"发现有人非法闯入时，您跟兰登先生在一起？"

"嗯。我几乎每周五晚上都会在乡村酒吧工作。伊莱估计是……九点半左右来的吧。他跟斯托尼·特里比恩一直在吧台吹牛。"

"斯托尼是本地的一个老头。"文尼解释道。

"我们一直待到打烊。"伊莱接着说，"阿布拉和我步行将斯托尼送回家后，便走回来了。"

"根据汉森的记录，您是一点四十三分给他打的电话。"

"没错。走进厨房，我便看见警报器面板上有痕迹。接着，我检查了门，也找到新鲜的撬锁痕迹。还有，没错，我又把密码换了。"

"现在，又多了个后援。"阿布拉边说，边摸了摸芭比。

"您在海滩或大街上看见陌生车辆或陌生人了吗？"

"没有。不过，当时我也没注意那些。起初，我待在后面的阳台上做了些调查，读了会儿书，根本没在意别的事或别的人。我本来没打算去酒吧的，所以没告诉任何人我要去。那就是一时冲动下的行为而已。"

"周五晚上，您都会去那里吗？"

"之前，我只去过一次。"

"酒吧里有任何引起您注意的人吗？或任何看似行为有些异常的人？"

"没有。"

"我得插句嘴，"阿布拉开口道。她已经迈出两步，此刻又转过身来，"柠檬汤尼水。"

"抱歉，您说什么？"

"没什么。我知道这事没什么奇怪的，但有一桌坐了个陌生男人。他独自一人坐在后面，喝着柠檬汤尼水。他点了三杯，却没等到第三杯端上来就走了。"

"这有什么异常的？"科比特问她。

"大多数人不是跟着朋友来，就是来那里找朋友的。或者，即便只是路过，他们多半也会点啤酒或红酒。不过，他或许本来就不喝酒，要么就是只想来听听乐队演奏。那支乐队真的很棒，不过……"

"接着说。"科比特催促道。

"事情就是这样。让我回想一下。伊莱刚刚进来，他便走了。我把他的订单跟其他人的放在一起，然后到吧台上去点。我站在那里，跟斯托尼讲了几分钟话。我是面朝大门的，所以看见伊莱进来。我替他们作了介绍后就离开了。回到那桌时，他已经留下钱走了。"

"我知道那间酒吧。"科比特眯起眼，仿佛想起了那里似的，"那里还有一个出口，只不过需要横穿厨房。"

"没错。如果他是在伊莱进门后离开的，那我估计没看见。因为我转过了身，后来并没有朝向大门。除非他是在伊莱进门后和我去替他点单期间，穿过厨房离开的。不管怎样，点了那杯柠檬汤尼水后大约五分钟，他就走了。"

"您还记得他的长相吗？"

"天哪，只能大概说说。是个白人，应该快四十了。头发是棕色的，有些长，大约在领口上方的位置。但那里的灯光太暗，所以也有可能是暗金色的。我看不清他眼睛的颜色。因为他坐着，所以我也没法看清身材。他有一双大手。让我清醒清醒，或许能再想起点什么。"

"您能配合一下警察局的拼图师吗？"

"嗯，可以，但是……你真的认为那个男人就是闯入这里的人？"

"这事值得好好追踪一番。"

"真抱歉。"她看看伊莱，又望向文尼，"昨晚我没想起这事。"

"所以，这就是我们要跟进事态的原因。"文尼对她说。

"我不知道我能帮上多大忙。你也知道酒吧里的光线什么样，尤其当时乐队还在演奏。他坐在后面的角落里，那就更暗了。"

"他跟您说了什么？"科比特问。

"没说什么。就是柠檬汤尼水。我问他是否在等什么人，因为到了周末，座位都非常紧张，他却只重复了一遍订单。不是很友善的一个人。"

"我们会在您方便的时候，安排一个拼图师。保持联系。"看到猛嗅自己鞋子的芭比，科比特弯下腰，摸了摸它的头，"噢，养只狗是个好点子。一只大狗在屋里狂吠，总会让很多试图擅闯的人三思而后行。"

伊莱送走他们后，阿布拉依然端着洗衣篮，站在原地。"对不起，伊莱。"

"为什么道歉？"

"我要是记得昨天晚上那个家伙，我们或许就能画张素描了。我不知道怎样将他描述得更清楚些，真是很抱歉。知道他明显想独处后，我真的没太注意他的长相。"

"我们甚至都不确定他是否跟这事有关。如果真有关，无论你的记忆多么模糊，也比我们知道的信息多。"

"我待会儿好好琢磨琢磨，看是否能理清思路，想起什么来。别取笑冥想。"

"我可什么都没说。"

"你这么想了好几遍了吧。我去把这些衣服洗上。"她看了看时间，

"果然晚了。我还是明天抽点时间，过来整理今天没弄完的卧室吧。我会整理完你奶奶的卧室。五点前，能做多少算多少。上课之前，我家里还有些事情要做。"

"下课后，你还会回来吗？"

"我得好好想想被我忽略掉的东西。而且，我需要在自己的空房子里，在没有你质疑的情况下冥想。再说，你跟芭比也需要时间彻底熟悉。我明天再来。一定要把这事想起来。"她又重复了一遍，就匆匆离开了。

"芭比，现在只剩下你跟我啦。"伊莱对它说。或许这样才是最好的。他好像有些太习惯阿布拉在那里了。给两人留些时间和空间，或许更好。

但这种感觉，真是一点儿都没变得更好。

第十八章

　　阿布拉不得不承认，真是什么也想不起来。答案就是，脑子好似被堵住了一般。她拼命回想，配合警方的拼图师，努力尝试着她并不擅长的"有效做梦"。然而，拼图师费时费力画出的一张素描，却可以是任何一个三十和四十岁之间的男人。

　　又仔细端详了一遍素描后，她还是觉得，这可能是任何人：一张瘦长的脸，有些蓬乱的中长棕发和薄薄的嘴唇。

　　她无法保证那人的唇就是这样。它们真的很薄，还是因为他如此混蛋地对待自己，所以她才觉得它们薄？

　　她嫌恶地想，她一直以为自己的观察力高于平均水平，没想到竟这么逊。

　　当然，没有任何迹象表明，她这位只会点柠檬汤尼水的混蛋顾客与此事有任何关联。但是，也不排除那种可能。

　　没什么可做的了。至少这个假期周末之前，已经无事可做。她装上最后一颗小银球，完成了这对黄水晶银耳环。她边填说明卡边想，伊莱的家人估计已经在路上了。

　　这是件好事。除此之外呢？这幢房子即将迎来"家庭节日聚会"，太棒了！至少，操心这事能让她暂时忘了跟拼图师那场失败的合作。

　　阅读和做需要集中精力的工作时，她都会戴上眼镜。她边摘下眼镜，边想：一定要有所进展才行。她承认，自己不仅很想在确认那个闯入者和潜在谋杀犯上尽一份力，以帮助伊莱解决他的难题，还有些迫切地想要解开这个奥秘。毫无疑问，她非常清楚，生活已是一团糟。但她很想做点什么，好让它变得干净利落。

此刻，她惶惶不安，烦闷不已。

在她看来，至少刚做完的珠宝还不错。不过，她还是希望能弥补些创造力，以打破这毫无进展的僵局。

她在小卧室里架起工作台，把工具和各种材料都放进各自贴好标签的盒子里。她要把这些新货拿到礼品店去，没准儿还能拿赚来的钱给自己买点东西。

她决定走着去，也好欣赏欣赏怒放的水仙和风信子，看看树枝上那些五颜六色的复活节彩蛋和生气勃勃、欢快明丽的连翘。

她向来喜欢季节交替之际。无论是初春抽出的第一支嫩芽，还是初冬飘落的第一片雪花，看着新的季节来临，总是让她喜不自胜。今天的她却忧心忡忡，极想顺道去找莫琳，好说服这位朋友跟她一起去镇上。

她觉得自己被监视了。这是发生在布拉夫府里的那事带来的后遗症吗？真是蠢透了。她转身仔细打量灯塔白矛般刚毅的躯体，心想：发生在那里的那件事，应该也留下后遗症了。尽管老是忍不住想回头看，也不禁后背发凉，但她的确没被跟踪。

她熟悉这些房子，住在里面的大多数人，或者说大多数房主，她都认识。她经过冲浪旅馆，努力克制住了极度的恐惧，和立刻转身冲回家里的冲动。

她不会被自己那些愚蠢的念头吓跑，也不能否定在这里散步的快乐。要知道，选择把家安在这里的，正是她自己。

而且，她也不打算再去回想在那个昏暗空旷的房子里，被人从身后挟持住的经历。

阳光灿烂，鸟儿啁啾，身边车水马龙，都是赶着过节的人们。

走进店铺林立、不乏餐馆和人群的主镇区后，她终于松了口气。

她很高兴看到不少顾客围在礼品店的橱窗前。游客们在海滩上度假，像伊莱那样的家庭，都到这儿来欢度周末。她朝店里走去，然后便看见了柜台后的希瑟。

她先是后退了几步，接着继续往前走，嘴里嘟囔着："该死，真该死。"

希瑟哭着从上次的瑜伽课上跑掉后，她就再没见过希瑟。无论是之后的家庭练习课，还是按计划该进行的下一堂课，希瑟都没再出现。而阿布拉因为积蓄的怒意和怨气，也没有打电话询问。

负能量，她边对自己说，边停住了脚步。是时候排出这种能量，重新平衡一下体内的气了。毕竟，她还有可能借此疏通之前堵塞的思路。

无论如何，希瑟就是希瑟。让双方的情绪都继续恶化下去毫无意义。

于是，她又回身走进店里。空气中有股好闻的淡香，满是工艺品的店里，浓浓的艺术气息扑面而来。感受到这般氛围，她命令自己继续往前走。

她随意地冲另一名店员挥了挥手，发现这个正在等待顾客的女人微皱了下眉头。毫无疑问，希瑟已经将她遭到的冷落，全都告诉了自己的同事。

但说实在的，谁又能怪她呢？

阿布拉特意走回到希瑟身边。尽管被她故意忽视，阿布拉还是耐心地等待着。待希瑟打完一个销售电话，阿布拉走了上去。

"嗨，今天很忙吧。我只需要五分钟。我可以等到你有空为止。"

"我真的说不好什么时候才会有空。我们还有顾客要招呼。"希瑟紧绷着下巴，僵硬地绕过柜台，径直走向三位女士。

阿布拉顿时怒火中烧，差点就要克制不住。但她还是深吸了口气，压下怒火，冲动地拿起一套人工吹制的葡萄酒杯。她垂涎这套杯子好几个星期了，却实在买不起。

"抱歉。"阿布拉勉强扯出一抹笑容，把那套杯子端到希瑟面前。"能帮我打个电话吗？我真是爱死这套杯子了。它们棒极了，不是吗？"她对旁边几位女士说。尽管其中一人放下手中的东西，正转而拿起同一位艺术家做的一套香槟酒杯，三人还是投来了欣赏的目光。

"这套酒杯可以成为一件非常棒的结婚礼物。"

"谁说不是呢？"三人都微笑着说。阿布拉在灯光下转动着其中的一个酒杯。"我真爱死这些茎编状的杯脚了。密宝金银店里的任何东西，都绝对错不了。"阿布拉又补充了一句，端着那套葡萄酒杯，满面笑容地望着希瑟。

"当然。你们要是有任何问题，请尽管提出来。"希瑟对三位顾客说，然后便走回到柜台边。

"现在，我也是顾客了。"阿布拉宣布道，"我首先要说的是，班里的同学们都很想你。"

希瑟仍旧绷着下巴，从柜台下拿出泡泡纸，开始打包那套杯子。"我一直很忙。"

"我们都很想你。"阿布拉又重复了一遍，伸手覆住希瑟的一只手，"很遗憾我们起了争执。我说了些让你沮丧的话，伤害了你的感情。"

"你那意思……就好像我是个好管闲事的人。我——那里真的有警察。"

"我知道。现在没有了。因为他真的什么也没做。我们非常确定，有人闯入布拉夫府两次。第一次时，那个闯入者挟制了我。"

"我知道。这也是我担心的另一个原因。"

"谢谢你的担心，但那个试图伤害我的人并不是伊莱。他当时在波士顿。而且，他也不是……"她飞快地瞥了眼四周，以防被任何站得近的顾客听到，"不是杀掉那名波士顿私家侦探的凶手。因为，案发当时我跟伊莱在一起。希瑟，这就是事实，已经得到警方证实的事实。"

"他们搜查了布拉夫府。"

"那是为了能调查得更彻底。他们或许也会搜查我的小屋。"

"你的?"她立刻表现出极度的震惊和真切的关心,"为什么啊?太荒谬了。这么做是不对的。"

听到希瑟话中颇有受辱之意,阿布拉知道,两人之间的隔阂已被打破。"因为有一个波士顿的警察——只有他一个——不接受这些事实和证据,整整追踪了伊莱一年。如今,他又开始把矛头指向我。"

"真是太糟糕了。"

"我也这么认为。不过,我们没什么好隐瞒的,所以,他爱咋样就咋样吧。当地警察已经介入调查。我对他们更有信心。我相信,他们一定能弄清事情原委,找出真凶。"

"我们要自己照顾好自己,"希瑟带着一种市民的自豪感,点头说道,"一定要小心。"

"我会的。"

阿布拉努力忍着心疼,看着希瑟将那套杯子包起来。唉,要跟那套可爱的新瑜伽服说拜拜了。不过,伸手进包里掏信用卡时,她突然想起那些珠宝。

"差点忘了,我又做了十几件新东西。"她把装在一个个透明化妆袋中的珠宝拿出来,放在柜台上,"你有空看看,然后跟我说说。"

"嗯。噢,这对我真喜欢!"她拿起阿布拉最后制作的那对黄水晶银耳环。"小小的银月亮和银星星,还有阳光般的黄水晶。"

"这对真不错。"拿着那套香槟酒杯的女士朝柜台走来。

"阿布拉也是我们的艺人之一。她刚刚带来一些新作品。"

"我们真幸运!噢,乔安娜,快来看看这条项链,真是太适合你了!"

阿布拉得意扬扬地跟希瑟对视了一眼,递过自己的信用卡。看三位女士围着她这些新作品的样子,或许,她还是可以买下一套可爱的瑜伽服。

※

三十分钟后，阿布拉在步行回家的路上犒赏了自己一个蛋卷冰激凌。此时，她的心情可比来时好多了。不仅新做的那些珠宝当场卖掉一半，之前存在店里的也卖掉了两件。所以，这正是买新衣服的时候！而且，她还刚刚把最喜欢的那个网页存了下来。

此外，她还得到了那套漂亮的葡萄酒杯。

一有机会，她就要把伊莱请到笑鸥小屋来，用这套杯子装点红酒，来场烛光晚餐。

但现在，她得先努力冥想。或许，可以先点些熏香。虽然她通常都更喜欢清新的海风，这次它却不管用。因此，她决定换种方式。

她走进屋，愉悦地拆开新杯子，一一洗净，摆上厨房搁架。欣赏这些杯子，无疑也是一种动力。

她满心期待地拿出铅笔、信笺簿和那张素描，放在卧室的冥想垫前。尽管拼图师已经尽力，她还是觉得，要是能想起什么，自己或许还是能做些改动，或增添点东西 。她一边调整呼吸，一边从橱柜里拿出装塔香和根香的香盒，以及长久以来收集的各种香插。

她觉得，莲香或许有助于打开思路。说真的，她早该试试这种香了。

她从高架上拿下香盒，打了开来。

霎时间，她惊恐得甚至忘了呼吸，啪地扔掉手中的盒子，仿佛那上面盘踞着一条嘶嘶吐信的毒蛇。

香料倾泻而出，支架也倒了。那把枪落在地上的声音，宛若雷鸣。她本能地避开了它，第一反应是拔腿就跑，但终究还是找回了理性。

把枪放进屋里的那个人，肯定不是等着她来找到它。呼吸再次平顺后，她想：他们把枪放在这里，是为了让警察找到。

毫无疑问，这意味着，最后持有这把枪的人，就是凶手。

她立刻拿起电话。

"文尼，我遇到个大麻烦。你能过来一下吗？"

不到十分钟，她便将他迎进了门。"除了叫你来，我真不知道该做什么了。"

"你做得很对。那东西在哪儿？"

"在卧室。我没碰它。"领完路后，她退到一旁，看他蹲下来仔细检查那把枪，"点三二口径的枪。"

"跟那把是一样的吗……"

"嗯。"他直起身，从口袋里掏出手机，拍了几张照片。

"你没穿制服，"她突然意识到，"你今天不当值。你正和家人在一起。我不应该——"

"阿布拉。"他转过身给了她一个拥抱，像父亲般拍着她的背，"放轻松。科比特会想知道这事的。"

"我发誓那不是我的枪。"

"我知道那不是你的枪。放轻松，没人会这么想的。"他又重复了一遍，"我们会把这事调查清楚的。你家有什么冷饮吗？"

"冷饮？"

"嗯，可乐或冰茶什么的都行。"

"噢，没问题。"

"我想喝点儿冷饮。这事你应该能搞定吧，我马上出来。"

她知道，他这是找了件杂事给她做，好让她冷静冷静。因此，她冷静了下来。

她拿出一口锅，加水、加糖，然后趁点上火加热溶解的空当，榨起柠檬来。

文尼进来时，她正把混合好的饮料倒入一个高高的玻璃水壶。

"没必要这么麻烦的。"

"我得找些事忙。"

"鲜榨柠檬汁。"

"这是你应得的。请转告卡拉,抱歉打扰了你们的周末。"

"阿布拉,她嫁了个警察,她会理解的。科比特正在往这里赶,他想看看完整的现场。"

无论是那把枪,还是随之而来的死亡气息,她都希望能将它们尽快赶出自己的屋子。"然后,你们就赶紧把它拿走。"

"嗯。我们会把它拿走的。"他保证道,"所以,先跟我详细说说这事吧。"

"我出门了,步行到镇上,在礼品店待了一会儿。然后,我买了个蛋卷冰激凌,就回家了。"

她边说,边把柠檬汁倒在冰块上,又端出一盘松脆的曲奇放在桌上。"我不可能离开了一个多小时。啊,不对,我走了一小时零十五分钟。"

"你锁门了吗?"

"锁了。自从有人闯入布拉夫府后,我一直都很小心,十分小心。"

"你上次看那个盒子是什么时候?"

"我并不经常焚香,最近都没有买新的香料。不仅没买,也没用,都给扔到一边儿了。哎,我都有些语无伦次了。"她喝了口饮料,"虽然不知道确切的时间,但至少应该有好几周了。应该是三周吧。"

"你很多时候都不在家吧。大部分时间,应该都在布拉夫府?"

"嗯。上课、做保洁、替自己和客户购物,以及其他各种杂事。大多数晚上,我都跟伊莱在一起。文尼,这枪是杀死柯比·邓肯的凶手放在这里的,他想把我牵连进来。"

"肯定是这样。我去看看门和窗,可以吗?柠檬汁味道不错,"接着,他又补充了一句,"曲奇也很棒。"

她并没有跟着他去,而是待在原地。在这所房子里绕一圈要不了多少时间。这里不大，只有三间卧室。而且，第二间几乎抵不上一间贮藏室，结果成了她的工艺室。此外就是厨房、客厅、成为主要卖点之一的日光浴室和两个小浴室。

嗯，不会花太长时间的。她起身走上后面的露台。这片超大的户外生活空间，是这座房子的另一大卖点。天气晴好时，她待在这里的时间，跟待在室内的时间一样长。从这里望出去，可以看见蜿蜒的海岸线、灯塔所在的那座小海岬和连绵不绝的海天一色。

如此多的东西，都是她想要的。在这里，她总能感到舒适和惬意。

现在，有人却破坏了这一切，也伤害了她。有人闯进她的家，穿过她的房间，却把死亡的阴影留下。

文尼回来时，她也转回了屋里，静静地等着他检查露台的门和后面的那些窗户。

"你没关后面这几扇窗户。前面有几扇也没关。"

"我真是个白痴。"

"你不是。"

"我喜欢打开窗户透气，简直戒不掉这习惯。"她用力拽着头发，因为这动作总比踢自己屁股容易，"我要是有关窗的念头，那我自己都要感到意外了。"

"这里卡了些线头。"他用手机拍了张照，"你有镊子之类的东西吗?"

"有，我这就去拿。"

"可别把整个工具包都拿来了呀。"他冲踏出门去的她说。"为了那把枪，我带了个证物袋来，但别的东西就没带多少了。应该是科比特到了。"听到敲门声，他接着说道，"需要我去开吗?"

"不用，我去吧。"

她握着镊子，打开前门。"科比特警官，谢谢您能来。文尼——汉森警长在后面厨房里。那把枪……我带您去看吧。"

她将他一路领进卧室。"看到它在香盒里面时，我把整个盒子——和所有东西——都掉到地上了。我本来想熏些香的，它……它就在里面。"

"你最后一次打开这个盒子，是什么时候？"

"我跟文尼说过了，大概是三周前吧。嗯，他已经拍过照了。"看见科比特掏出相机，她连忙说道。

"现在，我自己也得拍几张。"他蹲下身，掏出一支铅笔，钩住扳机，"沃尔什小姐，您有枪吗？"

"没有，从来都没有。我甚至摸都没摸过枪，就连玩具枪也没摸过。我妈坚决抵制一切跟战争有关的玩具。我喜欢拼图和手工玩具……我有点紧张，又在语无伦次了。我不喜欢屋子里有枪这种东西。"

"我们会把它带走的。"文尼进来时，科比特正掏出一双防护手套。

"警官，那儿有几扇没关的窗户。阿布拉告诉我，她并不能每回都记得关窗。我从后面的一扇窗上找到些线头。"

"我们会看看的。最近几周，这里都来过些什么人？"

"噢，每周都会有一个晚上的家庭瑜伽课，所以我的学员们会来。邻居家的孩子们也来过。哦，天哪，孩子们。它上膛了吗？那东西有子弹吗？"

"嗯，上膛了。"

"如果其中的一个进到这里来……我真是疯了。他们不会进来，更不可能从橱柜顶层拿下这个香盒。但要是他们拿了……"她不禁闭上眼。

"有修理工以任何理由进来过吗？"科比特边说，边从包里掏出一个证物袋。

"没有。"

"房东或有线电视公司的人呢？有类似的人来过吗？"

"没有。就只有我的学员和几个孩子。"

"伊莱·兰登呢?"

她眼神一闪,科比特却只是打量着她。"您不是跟他说过,您相信他是清白的吗?"

"但问题还是得问。"

"近几周他都没来过这里。第一次非法入室案后,他就坚持待在布拉夫府附近。我说尽好话,才哄得他出门购物,准备迎接周末即将到来的家人。"

"好吧。"

他直起身。"我们来看看这些线头。"

两人仔细打量着那些线头,嘀咕了半天,然后拿镊子将它们装入了证物袋。整个过程中,她都静静地等在一旁。

"警官,要来点柠檬汁吗?我刚做的。"

"那太好了。您怎么不坐下?"

他说这话的语气,让她紧张得手心都出了汗。她倒了杯饮料,坐在桌子上。

"看见有人在附近转悠吗?"

"没有。我也没有再见到酒吧里的那个男人。至少,我觉得应该是没见过。尽管画图时没帮上多大忙,但我应该还是可以认出他的。这也是我打算焚香的原因。我本想焚些香,努力冥想一会儿的。因为最近几天都有些急躁,所以我很想有所突破。"

"急躁?"

"经历了这么些事,急躁也很正常吧。而且……"见鬼了,"有人在监视我。"

"您看见什么人了?"

"没有,但我感觉到了。我十分肯定,这绝对不是幻想。如今,我已经知道被监视是什么感觉。您知道几年前我遭遇过的那些事,不是吗?"

"嗯,我知道。"

"我感觉到了。好几天了,我都有这种感觉。"

她瞥了眼那扇没关死的窗户,又望向露台的玻璃门和自己放在阳光下的各色鲜花。

"我经常出门,而且大多数晚上,都是跟伊莱一起过的。既然我粗心地忘了把窗户关死,有人要想进来留下一把枪,简直易如反掌。但他为什么要这么做呢?我想不通他为什么要选择这里?为什么是我?哦,我懂了,但这事还真是令人费解。要是有人想诋毁我,暗示我替伊莱做的不在场证明是无效的,那为什么不趁闯入布拉夫府之际,把枪留在那里呢?"

"因为我们在他可以下手前就搜查了那里,或者他根本没打算放弃。"文尼说,"抱歉,警官,我抢了你的话头。"

"没关系。这几天,沃尔夫一直在卖力地申请搜查令,好对这座房子下手。他的上司并不支持他,我也不支持。不过,他还是锲而不舍。他声称接到过一个匿名电话。有人告诉他看见一个一头大波浪的女人在邓肯被害的那天晚上,离开灯塔。"

"我懂了。"她顿时豁然开朗,"您在这里找到这把枪。因此,我不是谋杀邓肯的凶手,也是帮凶。我需要请个律师吗?"

"请一个也无妨。但就目前的情况来看,这明显是场陷害。但并不意味着,我们不应该彻查整个过程。"

"好吧。"

他尝了口柠檬汁。"您瞧,沃尔什小姐——阿布拉,我来告诉您别人以及我的上司会如何看待此事。您要真跟邓肯有什么关系,为什么不把枪扔下悬崖。尤其在我们已经搜查了布拉夫府的情况下,干吗还把它跟一堆香料混在一起,放在卧室壁橱里?这么做也太蠢了!而您不管怎么看,都不像那么蠢的人。"

她吓得没敢说话,只是点了点头。

“您找到这把枪，又打电话报了警。巧的是，案发后三周的此时，负责兰登妻子谋杀案的那名探长接到一个匿名电话。这个用本地发射塔信号的预付费手机打来的匿名电话声称，那天晚上，他看见一个发型和身材酷似您的女人从案发现场离开。”

“沃尔夫警官相信了他的话。”

“也许信了，也许没信。但他依然坚持要申请一张搜查令。这事绝对是陷害，而且手法还不甚高明。所以，我觉得沃尔夫并不信，但正如我所说，他不介意搜查一下您的屋子。”

“这里什么也没有啊。除了……那把枪。”

“我们会彻查此事的。我可以申请一张搜查令，但如果您同意，事情会容易得多。”

她不想被搜查，这让她有些不舒服。但相比之下，她更想尽快了结此事。“行，你们搜吧。随便看，想做什么就做什么。”

“很好。搜查完毕后，您要确保这里的每一处都锁好了——包括窗户。”

“嗯，我会的。我想，这段时间……我要么在布拉夫府过夜，要么就去隔壁邻居家。”

“那再好不过了。”

“您现在就得把这事告诉伊莱吗?”发现自己不停转着手上那串在工艺室做的茶晶链坠，她终于垂下了手，“只是他的家人马上要来过复活节，说不定现在已经到了。这种事会让大家不开心的吧。”

“除非我还需要找他谈话，否则现在我不会对他说什么的。”

“太好了。”

“我已经打电话叫人来采集指纹，不过——”

“也找不到什么指纹，但这是必须要走的程序。”

“好。”

她能挺过去。这不过是座小房子，她想，不会花太多时间的。从头到尾，她都待在一旁，只要可以，便置身事外。伊莱也是这种感觉吧，她想，警察们涌入家中四处翻找搜查、寻觅证据时，他一定也是这种感觉。在那段时间里，他一定也觉得：这房子已不是他的。那些原本属于他的东西，也不是他的。

文尼走了出来。"他们快收工了。什么也没找到。"他对她说，"窗户、盒子和屋里的所有东西上，都没有指纹。"他飞快地轻抚了一下她的背。"阿布拉，搜查不过是种形式。你在没有搜查令的情况下应允此事，只会让它显得更像一场陷害。"

"我知道。"

"想让我陪陪你吗？"

"不用了，你赶紧回家去吧。"回去和你的小家伙染复活节彩蛋，她想。"你不必在这里待这么久的。"

"无论什么时候，一旦有事，就给我打电话。"

"我会的，放心吧。我振作一下，就去布拉夫府。我想去见见赫斯特。"

"替我向她问好。我可以等你准备好了之后再走。"

"不用了，我很好。我已经好多了。光天化日之下，海滩上还有这么多人呢。无论如何，那人没理由这时候对我下手。"

"不管怎样，把门窗都锁好。"

"嗯。"

她送他出门。街对面的邻居正在自家前花园里锄地，看见她后友好地挥了挥手，才接着忙手里的活计。几个男孩骑着自行车呼啸而过。

她安慰自己道：无论是谁，要想现在闯进来，动静还是太大了些。所以，他没理由现在动手。

她拿起一个垃圾袋走进卧室，蹲下身，把地上的所有东西（包括香盒）都收了进去。她无法确定那个人都碰了哪些东西。她要是知道的话，没准儿会把壁橱里的所有东西都扔掉。

相反，她重新化好妆，收拾出一小包东西，把那幅素描也装了起来。清理完厨房后，她取出做好的草莓大黄饼，打包装好。

把这些东西都搬到车上后，她又回头取自己的手提包和钱包。锁上前门的那一刻，她知道，自己的心已经碎了一角。

她爱这座小屋，却不知道这里何时才能再给她安全之感。

第十九章

一时间，布拉夫府人声鼎沸、热闹非凡。伊莱·兰登已经想不起上一次同时听见这么多人说话，看到这么多人来来往往、嘘寒问暖的情形是什么时候了。

经历了最初的慌张后，他发现，自己其实很喜欢这种有人陪伴的热闹场面：把行李或包裹拖上楼，把一个个大盘子端进厨房，看着自己的小外甥女兴头十足地跟狗狗说话，东倒西歪地到处乱走，还有端出那盘水果奶酪给大家做旅途后的甜点时，妈妈吃惊又赞赏的表情。

但看见阳台上奶奶眺望大海的身影，才是最让他高兴的事。微风拂来，吹动了她的头发。

他溜出去跟她站在一起时，她轻轻地靠在了他身上。

温暖的阳光下，老萨迪抬起头，轻摇了下尾巴，便又睡了过去。

"阳光能温暖我们这些老骨头。"赫斯特说，"我和萨迪。我可真想念阳光啊。"

"我知道，"他伸出一条胳膊，揽住她的肩膀，"我觉得，这里的阳光也想念你了。"

"我也这么认为。你种了三色堇。"

"阿布拉种的，我负责给它们浇水。"

"团队合作是件好事。伊莱，知道你在这里真好。不是随便找个什么人待在这里，而是你。因为，我觉得这里也很想念你。"

熟悉的内疚感和悔意又袭上他的心头。"抱歉，我离开得太久了。而我更应该感到抱歉的是，我竟然认为自己身不由己。"

"你知道我很讨厌航海吗？"

他惊得目瞪口呆。"你？赫斯特·兰登大副？我还以为你爱死航海了。"

"你爷爷很爱航海。我每次都得先吞片药，胃里才不会翻江倒海。我爱大海，但还是站在岸边眺望它的时候，感觉更好。伊莱和我一起出过海，吞掉的每一片药、跟他在海上待过的每一分钟，我都不后悔。婚姻就是一系列妥协。随之而来的新生活和新关系，便是最好的回报。伊莱，你只是妥协了而已，没什么好道歉的。"

"明天我带你出海吧。"

她立刻高兴地笑了起来。"还是别出了。"

"那你为什么还留着那艘船？"

看着她微笑着望向自己的样子，他顿时明白了。为了爱，他想。于是，他轻轻地吻上她的脸。

她转过头，看着他的眼睛。"这么说，你养了只狗。"

"好像是吧。它需要一个容身之所。对此，我非常理解。"

"养一只狗，你就又向健康迈进了一步。"她又换了个姿势，好更仔细地打量他。然后，她倚着拐杖说："你看起来好多了。"

"但愿如此。奶奶，你看起来也好多了。"

"但愿如此。"她又呵呵笑了几声，"伊莱小子，我们是对受伤的勇士，不是吗？"

"正在痊愈、恢复强健的勇士。奶奶，回家来吧。"

她叹了口气，捏了捏他的胳膊，拄着拐杖走到一把椅子前坐下。"还有很多治疗没做完哪。"

"你可以在这里治疗。不管需要多少时间，我都会陪着你。"

她的眼睛突然一亮。那一瞬间，他真怕看见眼泪，不过还好，她眼里只有光亮。"坐。"她对他说，"我非常想回来，但现在还不是时候。波士顿还有那么多该死的医生和理疗师盯着我，现在回来不仅不现实，也不明智。"

"到了就诊时间，我可以送你去啊。"直到看见她站在阳台上眺望大海，他才意识到自己有多么希望她回来，"我们可以安排，让你在这里接受治疗。"

"天哪，你的想法简直跟我太像了。我在医院醒来的那一刻，也是这么想的。我之所以能挺过来，主要原因之一便是为了回到这里。我本就来自一个坚强的家庭，嫁给一名兰登人，只会让我变得更加坚强。当我终于康复，终于再次站起来，那些医生也只能承认错误。"

"他们那是不了解赫斯特·兰登。"

"他们现在了解了。"她往后一靠，"但我还有很长的路要走。我需要你母亲，噢，当然也需要你父亲。他是个好儿子，一直都是。但我需要莉萨多陪我一段时间。愿上帝保佑她！我虽然站起来了，却不能随心所欲地想那样待多久，就待多久。所以，完全满意自己的健康状况之前，我还是要留在波士顿。而你，就留在这里。"

"如你所愿。"

"很好，因为我就希望你待在这里，一直都待在这里。我想，我要是成了最后一个住在布拉夫府、住在威士忌海滩的兰登人怎么办？我不止一次地问过自己：是不是因为林赛把你留在了波士顿，我才从未对她热情过。"

"奶奶——"

"好啦，不管这有多自私，它也是原因之一。并非全部原因，但至少是一部分。如果她让你幸福，我或许会接受或努力去接受。比如，特里西娅的家庭和她在兰登威士忌的工作，就让她很幸福。"

"她简直是个中能手，不是吗？"

"她很像你爷爷和你爸爸，天生就是干这事的料。你还是像我多一些。我们不是傻瓜，真的避无可避时，肯定也能打理生意。但真正吸引我们的，还是艺术。"

她倾身拍了拍他的手。"即便你把目光转向了法律，最让你开心的事，依然是写作。"

"写作似乎有趣得不像一份工作。如今，它却成了一份工作，一份辛苦得多的工作。当律师时，我感觉自己似乎正在做某件重要而实在的事，某件比在纸上做白日梦更有意义的事。"

"是那么回事吗？做白日梦？"

"不是。只不过，林赛过去经常那么说。"他都快想不起来了，"这种评价虽然不算太刺耳，但……几篇短篇小说并不能给人多么深刻的印象。"

"她的确更喜欢炫目的东西。当然，我这么说并没有责备之意。她就是她。但事实是，在那一系列的妥协中，林赛并没有尽到自己的本分。或者说，至少我没有看到。认为逝者为大，不应该再说其坏话的人，都是没勇气吐露心声的人。"

"你很有勇气。"

他没想到会在这里和自己的奶奶谈起林赛。不过，这里或许是个放下些许执念的好地方。"那并非全是她的错。"

"这种情况，极少会只是一个人的错。"

"我以为我们已经采取行动，把我们的优势、缺点和目标都融合在了一起。但我娶了位公主。她爸一直都那么称呼她——公主。"

"啊，没错，我想起来了。"

"她从小就相信，自己能够、应该，也总会得到她想要的。她天生丽质、美貌惊人，并且绝对相信自己会拥有完美的、完全符合她想象的生活。"

"但即便对一位公主来说，生活也并非一个又一个童话故事。"

"是啊。"他赞同道，"我发现，我的生活就是不完美的。"

"她不仅年轻，还被宠坏了。如果有机会，她也许会成熟起来，变得不那么自私。她是很有魅力，在艺术、装饰和潮流方面也品味不凡。假以时日，她很有可能在这方面崭露头角、成就非凡。但活生生的事实是，她跟你不相配，不是你的良伴或挚爱。同样，你也并非她的良人。"

"的确不是。"他承认道，"我们俩都不称职。"

"最好的说法，是你们都犯了个错误。为了这个错误，她付出了太过惨重的代价，我真的非常惋惜。她年轻漂亮，却以那般残酷而无情的方式死去。一切都戛然而止。"

不，伊莱想，直到有人为此付出代价，才算真的完结。

"我有个问题想问你，"赫斯特继续道，"你在这里快乐吗？"

"要是离开这里，我会疯的。"

"那你在这里工作得顺利吗？"

"顺利得超出我的预期。去年的大部分时间里，写作都更像是一种逃避，一种逃开心中所想，或沉入另一种思绪的办法。如今，它却真的成了我的工作。我很想做好它。我想，待在这里是能帮到我的。"

"因为这就是你的地方，伊莱。你属于威士忌海滩。至于特里西娅……我们都知道，她的生活和家庭都在波士顿。"她瞥了眼身后，透过阳台门，看见塞利娜正四仰八叉地躺在地板上，旁边是欣喜若狂的芭比，"这里很适合她，她就该来过过周末、暑假或寒假。但这里不是她的家，从来都不是。"

"奶奶，这里是你的家。"

"你说得太对了。"她扬起下巴，眼波开始变得柔软而深邃，望向摇曳的三色堇和碧波荡漾的海面，"一个醉人的春日夜晚，我在那片海滩爱上你爷爷。我知道他一定会属于我，我们会在这幢房子里安家落户、生儿育女，平静地生活。这里是我的家。既然是我的，我便可以将其赠与他人。"

此时，她已经转向伊莱，温柔的眼神突然坚毅起来。"除非你告诉我，并让我相信你不想要它，否则，你就可以快乐地生活在这里。我会做出安排，将它留给你。"

他惊得目瞪口呆。"奶奶，你不能把布拉夫府给我。"

"孩子，只要我高兴，有什么不可以的。"她一下下地点着他的胳膊，"我一直都有这种想法，也会继续这么做。"

"奶奶——"

她又叩了叩手指，这次却颇含警告之意。"布拉夫府是一个家，家就需要有人住在里面。这是属于你的遗产，也是你的责任。我想知道，你是否愿意把它变成你的家，如果你愿意待在这里，等我有能力回来，以及我离开后，你还想去别的地方住着吗？"

"不会。"

"那就这么说定了。我心中的这块石头，总算落地了。"她满足地轻叹了一声，再次望向大海。

"就这样？"

她笑了，伸出一只手，温柔地搭上他的手。"那只狗也离不开这里了。"

就连他也忍不住哈哈大笑之际，特里西娅推开阳台门。"如果你们俩舍得不腻在一起，就快来染彩蛋吧。"

"我们进去吧。伊莱，帮我一把。我能坐下来，但站起来还是有点麻烦。"

他扶着她站了起来，然后搂着她说："我会好好照看这里的，我向你保证。但是，你还是早点回家来吧。"

"一言为定。"

※

她给了他许多值得思考的事，但跟一个蹒跚学步的孩子染复活节彩蛋，再加上她那位虽然已经五十八岁，却依然争强好胜的外公，想要思考什么事真是十分困难。因此，伊莱只能来回滚动着染蛋。厨房岛上铺着报纸。当门铃响起时，报纸上已到处都是一摊摊的染料。

他带着狗狗，替阿布拉打开了门。她两边肩上都背了个包，手上则端着一个盖好的盘子。

"抱歉，我腾不出手来自己开门了。"

他却只是冲她笑笑，俯身越过盘子吻她。"我正准备给你打电话。"他接过盘子，侧身把她让了进来，"我就知道你一定赶得上染彩蛋。所以，我十分努力，也无比机智地替你留了几个。"

"谢谢。我刚处理完一些事。"

"出什么事了吗？"

"能出什么事？"她放下包。"你好啊，芭比！你们好。"她觉得，最好还是别在家庭聚会上说出令人沮丧的消息，"做馅饼耽误了些时间。"

"馅饼？"

"是啊。"她又端起那个盘子，跟着他绕到房子后面，"听起来，大家好像都安顿下来了嘛。"

"他们简直像已经住了一周的样子。"

"你感觉怎么样？好还是坏？"

"当然好啊，好极了。"

两人走进厨房后，她便看见大家都围在厨房岛周围。篮子里躺着五颜六色的彩蛋，虽然染色技巧参差不齐，但都颇有创意。发现众人都把注意力转到了自己身上，她展颜一笑，努力将这糟糕的一天抛到脑后。

"复活节快乐！"她急忙放下馅饼，转向赫斯特，伸手搂住了她。

接着，她闭上眼，轻轻地晃动着身子。"在这里看到你真是太好了，太好了！"

"让我瞧瞧你。"赫斯特松开她的怀抱，"我真想你。"

"我应该来得更勤些。"

"写入计划吗？坐吧，你喝红酒，我喝马提尼。快把这段时间我漏掉的八卦都讲一遍，因为毫不羞愧地说，我真是想死它们了。"

"最新的消息，你都已经知道得差不多了。不过，喝点红酒的话，我估计还能再挖出点猛料来。你好啊，罗伯特。"阿布拉连忙起身，拥抱了一下伊莱的父亲。

伊莱看着她应对自己的家人。对她来说，拥抱这种亲密的肢体接触，似乎是件非常自然的事。但直到看见她的一举一动，他才意识到，这是一种自己从未懂得的全新方式。

此刻，他不由觉得，自己真是已经……离开他们太久，也将自己孤立得太久了。

不过片刻，她已经肩并肩地跟他妹妹坐在一起，拿起蜡笔，边在一个未染色的蛋上涂涂抹抹，边热烈地讨论着该给未出世的宝宝取什么名字。

爸爸把他拉到一旁。"让他们在这儿忙，你带我去地下室，看看那家伙的杰作吧。"

这虽然算不上什么愉快的事，却是非做不可的。于是，两人开始朝下走。罗伯特在酒窖前停住了脚步。

他就那么站着。这个将身高、体格和兰登家的蓝眼眸都传给了自己儿子的男人，手揣在卡其裤兜里，就那么站着。

"我奶奶在世时，这里摆满了果酱、果冻、水果、蔬菜、一箱箱土豆和苹果。所以，这里的气味，总是对我充满诱惑。你奶奶也延续了这项传统，只是存的东西少了些。不过，之后没多久，那些奢华派对不断的日子，就渐渐消失了。"

"那些奢华的派对，我都还记得一些。"

"上一代的盛况，已然不再。"两人继续朝前走，罗伯特接着说，"当季时，真是数百人齐聚一堂哪！几十人一待就是数日，甚至数周。为此，你得有很多空闲时间才行，还得有一仓库佳肴美酒和一屋子仆人。我爸是个商人。他若有什么信仰，那也肯定是生意，而非上流社会。"

"直到最近，我才听说这里还有仆人通道。"

"那些通道在我出生前就被关掉了。对此，我小时候可失望了。妈妈还威胁要如法炮制，关掉部分地下室。过去，我常常跟朋友们溜到这下面来，天知道是为了什么。"

"我也是。"

"你以为我不知道？"罗伯特轻笑着，一巴掌拍在伊莱肩上。此时，两人已经走到地下室老区，再次停下脚步。

"上帝啊！虽然已经听你说过这坑不小，但当时我没全信。到底是什么样的疯子，才会干出这种事？"

"我想，应该是对宝藏十分狂热的人吧。除此之外，也没别的解释了。"

"在威士忌海滩长大的人，即便持续时间不长，也肯定都狂热地寻过宝。"

"你也是？"

"十几岁时，我对埃斯梅拉达的嫁妆坚信不疑，不仅到处翻书、查地图，还为能当上一名职业寻宝者，参加了潜水课程。长大后虽然已不再迷恋此事，我心里始终还是有份冀的。但这……这个大坑真是愚蠢透顶。而且，还很危险吧！警察有线索了吗？"

"目前为止没有。或者说，他们即便有，也没告诉我。然后，他们便又发现了一起谋杀案。"

伊莱已经反复衡量过，是否要把这些事都告诉父亲。直到此时，他才终于下定决心。"我觉得，它们或许都有联系。"

罗伯特仔细打量着自己的儿子。"我想，我们应该带那两只狗出去散散步。你也好趁机跟我说说它们为何，以及如何有联系。"

※

屋内，阿布拉和赫斯特坐在早餐室里。

"真棒啊，"阿布拉说，"我真是太想念这种感觉了。"

"我就知道，你一定会把这幢房子打理得很漂亮。"她指着外面阳台上那一盆盆花说，"据我所知，它们都是你的杰作。"

"伊莱虽然不太擅长园艺，能提供的帮助有限，但好歹也帮了我一点。"

"会有变化的。他到这里后已经变了不少了。"

"他需要时间，也需要空间。"

"他需要的，远远不止这些。种种蛛丝马迹，还是能让我看到他曾经的模样和如今的改变。阿布拉，我真的很高兴。"

"他比以前更快乐了。之前的他，是那般悲伤、迷茫和愤怒。"

"我知道，除了过去几年发生的那些事，他还因为做出了承诺，而过于苛待自己。毕竟，守信也是件很重要的事。"

"他爱她吗？因为觉得不太合适，所以我没问过他这个问题。"

"我想，他只爱她某些方面吧。他希望两人能天长地久，希望自己能信守对这份婚姻的承诺。"

"承诺真是件可怕的事。"

"从某种程度上来说，的确是这样。对伊莱，或对你而言，都是这样。如果婚姻幸福，他多半已经成为另外一种人，表现出另外一种自我。或许，他会成为某个对自己的律师工作和波士顿的生活都很满意，并能守住那段婚姻的人。而我，则会失去那个曾经在威士忌海滩上活力四射的男孩。但若真是那样，倒也不错。这些话也可以用在你身上。"

"应该是吧。"

"他会出去见朋友吗?"

"他喜欢独处,但这跟他选择的工作有关。不过,他也会去见朋友。他跟迈克·奥·马利似乎就很投缘。而且,他也重新联系上了文尼·汉森。"

"噢,那小子。谁曾想,那个打着赤膊冲浪,又老抽大麻的浪荡子,最后竟成了县里的副警长?"

"你好像一直都挺喜欢他的。"

"他太讨人喜欢了。真高兴伊莱不仅又联系上了他,还跟迈克相处得这么好。"

"我想,伊莱不仅很容易交到朋友,要维系住他们,对他来说也是小事一桩。噢,他还在酒吧里跟斯托尼欢聚了一晚。他俩真是一见如故。"

"老天。希望有人开车送他回家,但愿那人不是斯托尼。"

"我们是步行的。"阿布拉发现,一听到"我们"这个词,赫斯特的眉毛立刻扬了起来。

"我想,"赫斯特唇角微弯,举起那杯马提尼说,"你能来跟我们共度周末,莉萨似乎很高兴。"

"我不想让这事变得太尴尬。赫斯特,对我来说,你是很重要的。"

"怎么会尴尬?我让伊莱留在这里时,是真的希望他能有时间和空间,找回失落的自己。我也希望你们俩能……开始一起步行回家。"

"真的吗?"

"当然。事实上,一旦我完全恢复,如有必要,我很愿意插手。你爱他吗?"

阿布拉喝了一大口红酒。"你这进度也太快了吧。"

"我老了,不能浪费时间。"

"呸,你才不老!"

"你还没回答我的问题。当然，我还没老到忽视这点。"

"我也不知道。我喜欢跟他在一起，看着他变成你口中那样。我知道，对我们而言，现在的情况很复杂，但这样的生活还是让我很开心。"

"生活本来就是复杂的。"杯里有两颗橄榄，赫斯特慢悠悠地挑出一个尝了尝，"我知道这里发生了些事情，但我并不了解全部情况。周围的每个人都小心翼翼的。虽然我脑子很清楚，但我知道，自己丧失了一部分记忆。"

"嗯，那是当然。"

"除了脑子，我的其他部分也会很快好起来。我知道有人擅闯布拉夫府，这事真让人难受。更让人难受的是，有人被杀，引得警察来搜查这幢房子。"

"负责此案的首席探员并不认为伊莱有嫌疑。"阿布拉飞快地说道，"事实上，他也不相信伊莱跟林赛的死有任何关系。"

赫斯特往后一靠，虽面带愠色，却又夹杂着几分如释重负。"怎么没人告诉我这事？"

"我想，他们应该是不想让相关的那些事惹你不高兴。但情况虽然糟糕，已经发生的一切却让伊莱振作了起来。赫斯特，他很生气，简直是大发雷霆。而且，他已经准备好奋起反击。这可是件好事。"

"是啊，真是好极了。"她望向窗外的大海，"而且，这儿也是个表明立场的好地方。"

"抱歉要打断你们了。"莉萨走进来，敲了敲腕上的手表。

"喔，典狱长来了。"赫斯特喊道。

"赫斯特，你需要休息。"

"我正坐着喝上好的马提尼，不就是休息吗？"

"我们说好的！"

赫斯特叹了口气，喝干剩下的马提尼。"好吧，好吧，我应该像小萨莉一样，去小睡一会儿。"

"要是不去，你也会像没睡觉的小萨莉一样暴躁无常。"

"我儿媳妇可没有取笑我的意思。"

"所以你才这么喜欢我吗？"莉萨边说，边帮助赫斯特站了起来。

"我们还有很多事没谈呢，待会儿继续。"她对阿布拉说。

只剩她一个人后，有那么一会儿，阿布拉又沮丧，又担心。她应该找个借口回家吗？回去干什么呢？确定没人再闯进来，留下更多犯罪证据吗？

胡思乱想、任担忧啃噬内心并没有给她带来任何好处。最好离开这里，她对自己说，最好跟其他人待在一起，好好享受节日气氛。

天知道接下来会发生什么。

她站起身，晃悠进厨房。她发现，自己很想煮点什么东西。可现在已是客人，而非管家的她，不能随心所欲。

她应该带着自己的东西上楼，把为这家人准备的小礼品都放在一起。

她需要保持忙碌。

刚一转身，她就看见了折返回来的莉萨。

"赫斯特总是不愿小睡，但又总能沉沉地睡够一个小时。"

"她总是这么积极独立。"

"这我可不知道。不过，小睡一个小时真的不算什么。她刚受伤那会儿，每次清醒的时间，都很少超过一个小时。她克服了重重困难，我不应该再要求更多了。那东西看起来真不错。"

"我给你倒一杯吧。我正在四处转悠，看看能帮点什么忙。帮着做晚餐，或干点别的什么事都行。"

"噢，让我来告诉你晚餐的细节吧。只要艾丽斯允许，我也可以待在厨房里，但我可不是家政女王玛莎·斯图尔特。你的厨艺肯定很棒。"

"何以见得？"

"不仅赫斯特这么说过，我也看到了证据。伊莱可是越来越胖，而非日渐消瘦。这点，我真要谢谢你。"

"我喜欢烹饪，他还记得自己喜欢美食。"

"他也记得自己喜欢狗，喜欢在海滩上散步，喜欢有人陪伴。阿布拉，真是太谢谢你了。"

"我喜欢提醒他。"

"我们不应该感到尴尬，你和伊莱在一起前，我们的关系就已经很好了。"

"没错。"她舒了口气，"我已经很久没有跟人交往过，尤其是某个与家人十分亲密的人。事实上，我已经非常习惯打理这里的一切，做任何需要做，或应该做的事。身为客人，我真的不太确定该做什么，或不该做什么。"

"干吗不抛开'客人'这个词，想象我们都是一家人呢。赫斯特就认为你是她的亲人。伊莱也这么认为。我们为何不也这么想？"

"那太好了。如此一来，我也不用老批评自己。"

"我让马克斯把你的东西拿到伊莱的房间了。"莉萨微微一笑，眨眨眼说，"我觉得，自我批评可没什么意义。"

阿布拉惊讶地笑了，点头道："这下事情简单了。干吗不把周末的菜谱给我，这样，我就有新任务了呀？"

"嗯，这个没问题。不过，鉴于还有时间，我希望你能先把这里发生的所有事，都原原本本地告诉我。我知道伊莱出门去了。为了不让女人们担心，他借口遛那只可爱的狗和老萨迪，事无巨细地跟他爸交代情况。"

阿布拉攥紧了放在身后的手。"真的吗？"

"虽然算不得太糟糕，但也相距不远了。阿布拉，我也是经历过去年那些事的，熬过了每一天，每一个小时。我想知道，我儿子身上到底发生了什么事。"

"好吧，我告诉你。"

※

阿布拉希望自己没做错，但说起来，她也别无选择。直接提出的问题，就应该得到直截了当的回答。因为她相信莉萨的判断力，伊莱的爸妈此刻都对已经发生的事心中有数。

再也不必隐瞒或漏掉不愉快的细节。

她都做了些什么？她问自己。她没有隐瞒和漏掉不愉快的细节吗？毫无疑问，那把被人刻意放置的手枪和警方的搜查，伊莱都有权知道。她对他难道还不够信任，所以无法全盘托出吗？

"你在这儿啊。"伊莱顶着被风吹乱的头发，微笑着走了进来，"芭比为了我爸和它的新玩伴萨迪，把我给抛弃了。我想，它真是太好骗了。"

"幸好它已经被骗了。不然，或许一只帅气的猎犬，就能把它拐跑。"

"真高兴你在这儿。我把一切，包括所有令人不悦的可怕细节，都告诉我爸了。我觉得，是时候告诉他了。"

"很好，因为我也刚刚对你妈做完同样的事。"

"天哪——"

"男女平等，伊莱！她直接发问，我只能回答。而且，知道一切后，她总能比瞎猜时少操点心。"

"我只是想让她安安心心，毫无负担地在这里过几天。"

"我理解。我也是这么想的，所以才没有——是赫斯特在叫吗？"

听到尖叫声，没等阿布拉把话问完，伊莱已经冲出房间，奔向奶奶的卧室。

阿布拉连忙追上，赶过去看赫斯特。后者正坐在床上，面色苍白、呼吸急促，伸向伊莱的手不停颤抖。

阿布拉急忙冲进浴室倒水。

"没事了。我来了。奶奶，放轻松。"

"给，赫斯特，喝点水。记住有节奏地呼吸。"阿布拉的声音犹如抚过伤口的香膏，"伊莱，替她端好杯子，我来把枕头放好。现在，我要你放松下来，吸气！"

赫斯特的一只手仍旧牢牢攥着伊莱的手，慢慢地喝着水，然后任由阿布拉将她扶靠在那堆枕头上。

"我听见有声音。"

"是我跑上楼的声音，"伊莱开口道，"我根本来不及思考任何事。"

"不是。"赫斯特盯着伊莱，摇了摇头，"是那天晚上。那天晚上，我听见有声音。所以，我才会起来。我记得……我记得我起来了。"

"什么样的声音？"

"脚步声。我以为……但接着，我又觉得或许是自己幻听。老房子总会有些响动。对此，我早已经习惯了。我觉得，也许是风声。但那天晚上很静，几乎万籁俱寂，只听得见房子宛如老太婆般的嘎吱声。我本想起来泡点茶。阿布拉，就是泡点你给我的那些秘制花草茶。那茶很安神。喝了茶，我就能好好地再接着睡。于是，我起床下了楼。

"想不起来，全是零散的片段。"

"没事的，奶奶，别再想了。"

她又攥得更紧了些。"我看见了。我看见一个人。屋里有一个人！我跑了吗？我摔下来了？我不记得了。"

"你看见谁了？"

"不知道，我也不确定。"她的声音如易碎的玻璃般脆弱，"我看不见他的脸。我想下楼，可他就在我身后。我想……我想自己估计没法往上跑了，所以我开始往下冲。我听见了他的脚步声，他在追我。然后，我就什么也不记得了。再次醒来时，我已经躺在了医院里。伊莱，你在那里。我醒来后，第一个看见的就是你。因为看见的是你，所以我知道自己一定会好起来。"

"你已经好了。"他吻了吻她的手。

"当时屋里真的有人。那不是我在做梦。"

"嗯,你不是在做梦。奶奶,我一定不会再让他闯进这里。他再也不会伤害你了。"

"伊莱,此刻在这幢房子里的人是你。你得保护好自己。"

"我会的,我保证。现在,布拉夫府是我的责任。相信我。"

"嗯,我最相信的就是你。"她闭了会儿眼睛,"衣橱后面,三楼那个巨大的双开门衣橱后面,有个可以打开控制面板的装置。"

"我还以为,所有的仆人通道都已经被封了。"

她的呼吸已经平稳下来,再次睁开的眼睛,也清亮多了。"嗯,大多数都封了,但并非全部。好奇的小男孩们无法挪动沉重的衣橱,或地下室老区的那个架子。你爷爷曾在地下室老区开了个小小的工作间,但时间并不长。那里的架子后还有一个控制面板。作为妥协,其他地方的我都封了。"

这会儿,她终于冲他露出笑容。"你爷爷顺了我的意,我也顺了他的。因此,我们没有封掉那两处,彻底终结这项布拉夫府的传统。这事我甚至连你爸都没说。即便他已经大到不会犯傻,我也没告诉他。"

"为什么?"

"他的家在波士顿。你的家才在这里。你如果需要躲藏或逃离,就用那些控制面板吧。没人知道这事,除了斯托尼·特里比恩——如果他还记得的话。"

"他记得。他给我画了张设计图,标出了所有控制面板的位置。不过,他没告诉我还有两处是可以用的。"

"很守信。"赫斯特简单明了地说道,"是我让他别告诉任何人的。"

"好吧。现在我知道了。你不用为我担心。"

"我需要再看看那张脸,看看那天晚上闯进这里的那个男人。看到之后，我就能把一切都想起来。"

"我给你泡杯茶怎么样？"阿布拉提议道。

"现在已经过了喝茶时间。"赫斯特抬起肩膀，"不过，你可以帮我站起来，扶我下楼，然后替我倒杯上好的威士忌。"

第二十章

伊莱一晚上醒了两次。他下床巡视屋子，狗狗始终不离不弃地跟在他身边。他检查了门、窗和警报器，甚至还溜上大阳台，扫视了一圈海滩上的情形。

他关心的每个人都正在布拉夫府熟睡，所以，他不会冒险。

奶奶记起的那些东西已经让事态发生了改变。那不是一个闯入者。虽然他坚信她摔伤的那晚，一定有人闯入，但那人所处的位置推翻了他的想法。她说看见有人在楼上，然后才往下，或者说试图往下跑。那人并不在一楼，也不是刚从地下室爬上来。

如此一来，就有三个可能。

奶奶脑筋不清楚了。鉴于她受到的创伤，这个可能性当然存在，但他并不这么认为。

他们要对付的是两个不同的闯入者。这两个人要么是同伙，要么完全没有关系。他不能，也无法忽视这个可能。

最后一种可能，只有一个闯入者。后来闯进来袭击了阿布拉，以及在地下室老区挖坑的也是他。如此一来，就产生了一个问题：他在楼上找什么？他去那里的目的是什么？

等家人返回波士顿，他要把这幢房子再仔细搜查一遍。一间一间、一处一处地仔细搜查，争取找出这个问题的答案。

在那之前，他和芭比一定要放好哨。

他清醒地躺在阿布拉身边，努力将各种想法拼凑到一起。一个不知名的闯入者跟邓肯是一伙的？因为"盗亦无道"，所以那个不知名的家伙杀了邓肯，然后清除了邓肯办公室里与他有关的一切记录。

有这种可能。

雇用邓肯的，就是那名闯入者。邓肯得知雇主非法入室并攻击了一名女人后，肯定与他有过正面交锋。邓肯多半威胁要向警方举报他，或试图敲诈。因此，那名雇主才会杀了他，并消除所有记录。

同样有这种可能。

那个（或几个）闯入者跟邓肯毫无关系，正忙活时撞见邓肯，所以才把他杀了。

虽然这也是一种可能，可能性却不大。至少，这似乎在凌晨四点不大可能。

他努力把注意力转到工作上。至少，他有可能在黎明前解决情节上的某些问题。

主角让他困扰不已。他的这位主角正与对手、一名女人和当局纠缠不清。混乱的生活中，他得面对来自各个层面的冲突，并承担随之而来的后果。一切都需要他做出选择。选左，还是选右？抑或就在原地等待？

伊莱反复思考着这三种可能性，终于开始头晕脑涨，昏昏欲睡。

潜意识的迷宫中，虚幻与现实终于交织到一起。伊莱推开了波士顿后湾区那幢房子的前门。

虽然走出的每一步、发出的每一次声响和产生的每一个念头他都十分清楚，却依然无法做出任何改变。他还是那般转身，回到雨里，驱车离去。相反，他又重复了一遍林赛遇害那晚自己做过的一切。而同样的场景，也一次又一次地在梦中重现。

他没法改变它。然而，它似乎自己变了。他推开波士顿后湾区的家门，踏进的却是威士忌海滩上的这个地下室。

他举着一支手电筒，行走在黑暗中。脑中一个念头告诉他：停电了。又停电了。他得去启动那台发电机。

他顺着一面摆满架子的墙往前走。架子上全是亮晶晶、仔细贴好了标签的罐子：草莓蜜饯、葡萄果酱、桃子、青豆和焖西红柿。

他想，一定得有人忙碌起来，好好在那些土豆堆里转转。布拉夫府还有很多张嘴等着吃饭。他的家人正睡在各自的床上，而阿布拉正睡在他的床上。有很多张嘴等着吃饭，很多人等着被保护。

他已经承诺要照料这幢房子。兰登家的人，向来都是信守承诺的。

他需要恢复电力，让这里再次充满光明和温暖，再次变得安全。属于他的、他爱的和易受伤害的一切，他都得保护。

越来越靠近发电机时，他听见了大海的声音。那是一种嗡嗡声，时高时低、起伏不定、连绵不绝。

接着，嗡鸣声中，他听到一阵清脆的金属敲击声。一声声地敲打在岩石上，十分有规律。

有人在这幢房子里敲东西，已然威胁到他要保护的一切。他感到手中似乎有把枪，低头一看，微光中，那把决斗用手枪已经变成大海般诡异的蓝色。

他越走越近，那阵嗡鸣声也渐渐变成轰鸣。

但他踏进地下室那片老区时，地板上除了那个宛若伤疤的大坑，什么也没有。

他走上前，朝坑里一瞧，便看见了她。

不是林赛。林赛并不在这里。阿布拉躺在那个深深的"伤疤"里，鲜红的血浸透了她的衣衫，昔日那头狂野的美丽卷发，也凌乱地纠缠在一起。

沃尔夫从阴影中走出来，站在那片蓝色光晕里。

帮帮我。帮帮她。伊莱哀求着，猛地跪了下去，朝她伸出了手。

冷，太冷了。双手沾满阿布拉鲜血的那一刻，他想起了林赛。

太迟了。不，不能这样。这样的事，不能再来一次！不能是阿布拉。

她死了，就像那个人一样。沃尔夫举起武器。就是你！你的手上沾满了他们的血！这次，你别想再逃掉！

突然炸响的枪声将伊莱从梦中惊醒。他惊恐地喘着粗气，紧按着胸口，似乎感觉到了剧烈的疼痛，仿佛一低下头，就能看见自己的血从指间淌出。手掌下，他的心如擂鼓，原始的恐惧让它狂跳不止。

他四处摸索着寻找阿布拉，却发现身边的位子空空荡荡，一片冰凉。

已经是早晨了，他终于安下心来。只是个梦而已。此刻，阳光已经穿过阳台门，在水面上洒下点点白芒。布拉夫府的每个人都很安全。阿布拉早已起床，开始新的一天。

一切都很好。

他撑起身子，看见狗狗正蜷缩在自己的窝里，一只爪子还颇具占有欲地拽着根玩具骨头。不知为何，这只熟睡的狗竟让他又平静了几分。他不禁觉得，生活原来可以如此简单：一只好狗和一个阳光明媚的周日清晨，便已足够美好。

趁着这美好还未消失，他决定接受这份简单，抛开那纷繁复杂的梦境。

伊莱的脚刚踏上地面，芭比便仰起头、嗖嗖地甩起了尾巴。

"一切都很好。"他大声说道。

一套上牛仔裤和运动衫，他就直奔阿布拉早晨常去之地找她。

他并不意外会在健身房找到她，看到奶奶也在那儿，却着实让他吃了一惊。而且，瞧见从不认输的赫斯特·兰登穿着及膝长的黑色紧身裤和淡紫色上衣，盘腿坐在一张红色垫子上的模样，实在让他觉得有些怪异。而且，那件上衣不仅无袖，镂空的肩部设计，还让她的大片肩膀都裸露在外。

他看见了她手术后留下的疤痕——从手肘开始，爬满整条左臂，跟地下室那条伤疤一样深。这些疤痕就在属于他的、他爱的和需要保护的对象之上。

"吸气，俯身向左。赫斯特，动作别太大。"

"你是在让我做老太太瑜伽吗？"

赫斯特话中的愠怒顿时让整个场景显得不那么怪异了。

"我们慢慢来。现在，来呼吸一次。吸气——举起双臂，合拢手掌——呼气。吸气，俯身向右，举起双臂。重复两遍这个动作。"阿布拉边说，边从赫斯特身后跪起身，帮她按摩肩膀。

"丫头，你手法真好。"

"你这儿的肌肉真是太紧张了。放松。肩膀放松，往后压。我们就是放松一下，好啦！"

"天知道我有多需要放松一下。醒来后，我一直浑身僵硬，再也没有以往的灵活啦。真不知道，我还能不能摸到自己的脚趾头。"

"你会恢复过来的。医生们怎么说来着？你没伤得更重——"

"没死。"赫斯特纠正道。从她的侧影看过去，伊莱发现，阿布拉紧紧地闭上了眼睛。

"因为你有副结实的身体和一颗强壮的心。"

"是因为我有个结实的脑袋。"

"别争辩。你一直充满活力，把自己照顾得很好。耐心点儿，你已经在渐渐康复了。到了夏天，你就能做半月式和开胯动作了。"

"我常常想，真遗憾我的伊莱还活着时，我竟然不知道这些动作。"

伊莱愣了好一会儿，才震惊又羞愧地听懂她话里的含义。不过，阿布拉倒是没花那么多时间，很快便调皮地笑了起来。

"一边充满爱意地想着你的伊莱，一边吐气吧。收腹，倾身向前。慢点，慢点！"

"你这般柔软，但愿我们那位年轻的伊莱懂得欣赏！"

"这点，我倒是可以证明。"

结果，我们这位年轻的伊莱立马决定：溜之大吉！

当他终于不再想着奶奶就应该穿得像他奶奶，而且自己或许也不应该再把她对爷爷的性幻想放在心上后，他打算弄杯咖啡，然后端着马克杯出门遛狗。

越靠近厨房，他越能清晰地闻到一股咖啡的香味。果然，他妹妹一身粉色睡衣，端着杯子喝得正欢。

萨迪激动地从厨房地板上跳起来，跟芭比互相嗅来嗅去。

"孩子呢？"

"就在这儿。"特里西娅拍拍压根还不显怀的肚子，"大姐正在楼上，趁着周日，舒舒服服地偎在爸爸怀里。我总算能清静片刻，享受这每天仅有的一杯咖啡。你也来一杯吧，然后就去帮我藏蛋。"

"行啊，不过得等我遛完狗再说。"

"一言为定。"特里西娅俯身摸了摸芭比，"它真贴心，简直是萨迪的好玩伴。它要是有兄弟姐妹，我一定要抢一只。它跟萨莉也处得很好，又温柔，又耐心。"

"是啊。"的确是只很好的看门狗。伊莱边想，边替自己倒上咖啡。

"虽然没多少时间跟你单独聊天，但我想说，你看起来真不错，总算像伊莱了。"

"那我以前看起来像谁？"

"像伊莱那个身形憔悴、面色苍白、呆头呆脑的叔叔。"

"谢谢你的评价。"

"这可是你自己问的。不过，你虽然现在还有些瘦，但已经很像伊莱了。就为这点，我都要爱死阿布拉。"

看他斜睨着自己，她脑袋一歪，问道："你是打算告诉我，她跟这事无关吗？"

"不，我是打算告诉你，生活在这样一个人人都格外迷恋性的家庭里，我是如何尽量不受影响的。我刚才听见奶奶跟阿布拉谈话时，提到了一个跟爷爷有关的性暗示。"

"真的吗？"

"真的。现在，我得把它忘得一干二净。快点，芭比，我们带萨迪去散散步。"

萨迪却打了个大大的哈欠，又趴到了地上。

"看来，萨迪拒绝这个提议。"特里西娅评论道。

"好吧，芭比，那就你跟我去吧。回来后，我们再扮会儿复活节小兔。"

"很好。我不会只聊性的。"她大声喊道。

他抓起皮带，从洗衣房往后瞥了一眼。"我知道。"

既然不用配合萨迪那高雅的步调，他就决定做点新的尝试。而且，周日复活节清晨，整片海滩都是他的。喝完咖啡，他顺手将马克杯按进台阶边的沙地，慢悠悠地跑了起来。他很想知道自己的身体对此有什么看法，但一时半会儿又感觉不出什么来。

不过，狗狗可高兴坏了，越跑越快。最后，伊莱发现自己简直在全速奔跑。毫无疑问，他待会儿肯定会为此付出代价。不过，好在他身边就有位按摩师。

他脑中再次闪过她在自己梦里的模样：那般苍白无力、浑身是血地躺在地下室冰冷的砂石中。这画面让他奔跑中的心跳又加速了几分。

终于，他渐渐让狗狗慢了下来，自己也狠狠地吸了几口潮湿的空气，舒缓干渴的喉咙。所以，他对非法入室案的担心，已经超过他愿意承认的范围。在这白日的冷光中，他对家人和阿布拉的担心，也早已超过他愿意承认的范围。

"除了叫两声，我们还得做更多的事啊。"他对狗狗说，然后让它掉转身来，朝家走去，"不过，我们得先把今天和明早应付过去。"

他望向布拉夫府，震惊地发现他们竟跑出这么远。"好吧，老天啊。"一个多月前，即便跑上半英里，他也会气喘吁吁、满头大汗。今天，他却轻轻松松地跑出了两倍的距离。

或许，他真的已经恢复过来。

"好吧，芭比，我们加油跑回去！"

他开始往回跑，身边跟着快活的狗狗。抬头望向布拉夫府，他立刻看见了阳台上的阿布拉。她在瑜伽服外套了件卫衣，正举起胳膊朝自己挥手。

他向自己保证，一定要把这幅画面牢牢地记在心里：微风中，长发飘飘的阿布拉和她身后的布拉夫府。

他抓起马克杯。爬上最后一级台阶时已经气喘吁吁，但感觉真是好极了。

"一个男人和他的狗。"她出来迎接他们。

"一个男人和他的狗，真像《洛奇》①里的场景哪！噢，我的阿德里安！"他一把抱起她，原地转了个圈，逗得她哈哈大笑。

"那咖啡里都放了什么，还有剩吗？"

"今天一定会很美好的。"

"是吗？"

"当然。有巧克力兔子和软糖豆做早餐的每一天，都将是美好的一天。我们快去把蛋藏起来吧。"

"洛奇，你已经错过啦，我们都藏好了。"

"那更好，这下，我可以去找它们啦。给点提示？"他恳求道，"你或许不会注意，但兰登威士忌的首席执行官、无数杰出慈善委员会的主席或联席主席、著名的兰登家族之长——罗伯特·埃德温·兰登，可是会为了赢得寻蛋比赛，用身体阻挡他的小孙女。"

---

① 洛奇是美国 1976 年出品的励志电影《洛奇》的主人公，阿德里安是主人公的女友。

"他才不会。"

"好吧，他或许会放小孩子一马，但肯定会拦住他唯一的儿子。"

"也许吧，但我不会给你提示的。不过，我们还是先进去，赶在她爸把所有篮子都洗劫一空前，替你挑个复活节篮子吧。"

这的确是美好的一天。尽管软糖豆吃多了，以至于看到早餐桌上的华夫饼干让他有些恶心，他还是把它们都吃掉了，并抛开一切，尽情享受这美好时光。

他爸戴着亮晶晶的兔耳朵，逗得塞利娜捧腹大笑。当他把装满芳香春花球根的漂亮小碗递到奶奶手中时，她脸上漾出了喜悦的笑容。

他跟妹夫打起水枪战，并成功"击杀"正打开阳台门的妹妹。那枪十分偶然，但正中心脏，基本都算他的功劳。

他还用一朵明艳的绿兰花给了阿布拉一个惊喜，因为那朵花让他想起了她。

大家在主餐厅大快朵颐：火腿和烤土豆、嫩芦笋、阿布拉做的香草面包和被敲开的各色彩蛋等。这天正如他料想的那般美好：烛光摇曳、水晶闪烁，还有那崎岖的岩岸下，大海迷人的哼唱，都成了最完美的背景。

林赛的死还历历在目。无休止的审问，和警察随时都会敲响房门将他拷走的恐惧，也让他记不清以前的复活节是什么样子。家人紧张而苍白的脸、那些他认为是朋友的人逐渐坚定地远去、失去工作，以及一旦出现在公共场合就会立刻遭致谴责的过往，如今都已模糊。

他已经挺过来了。无论现在缠着他的是什么，他都会挺过去。

他再也不会放弃这种感觉，这种有家、有希望的感觉。

为威士忌海滩干杯，这么想着，他举起了酒杯，迎面便撞上阿布拉温柔的眼神，收到她醉人的微笑。他一口喝干杯中的酒，也将这美好的一切，尽收心底。

※

周一清晨，帮着把东西装上车后，站在那里的他依然有种充满希望的感觉。他给了奶奶最后一个告别的拥抱。

"我会记住的。"她冲他耳语道，"我回来之前，一定要注意安全。"

"我会的。"

"告诉阿布拉，她的晨间瑜伽课，我不会缺席太久的。"

"嗯，我一定转告她。"

"妈，快点，我们扶你上车。"罗伯特伸出一条胳膊，给了儿子一个男人间的拥抱，又拍了拍他的背，"我们很快又会见面的。"

"夏天快到了，"伊莱边帮着搀扶奶奶，边说，"一定要腾出时间来，好吗？"

"我们会的。"他爸绕到驾驶座上，"兰登一家又在布拉夫府重聚，真是太好了。做好准备，我们会回来的。"

伊莱挥手送别，直到他们转过街角，再也看不见了为止。他身旁的芭比也轻轻地哼了几声。

"你听见他说的话了，他们会回来的。"伊莱转过身，仔细打量着布拉夫府，"在那之前，我们可有事情要做了。我们要弄清那个混蛋到底在找什么，一定要把布拉夫府彻底搜查一遍，是吧？"

芭比摇起尾巴。

"我就当你同意啦，那我们开始吧！"

※

他从最上面，也就是从前仆人们生活的三楼开始。如今，这里已经变成储藏区，堆放各种奇怪的家具和数代兰登人舍不得扔，又不太适合再摆出来的古董服装或纪念品。

因为搜查完后警察懒得把防尘布罩回原位，所以它们都像雪堆似的散落在地板上。

"我要是个一心寻宝的家伙，会想在这里找什么呢？"

伊莱觉得，肯定不是宝藏。放在最显眼之处的"失窃的信"①？这点子也是有局限性的。没人会相信之前的主人会把一箱珠宝塞进松弛塌陷的沙发，或藏在某扇斑驳肮脏的镜子后。

他在屋里东游西逛，一边翻箱倒柜，一边把防尘布扔回椅子上。一条条光束流泻进来，照亮了漫天轻扬的尘埃。屋中的寂静，让那此起彼伏的潮声更清晰了几分。

他简直无法想象跟这么多仆人共同生活的情况。他们曾经就睡在这些拥挤的房间里，或聚在稍微宽敞点的地方吃饭或闲聊。他们从未体会过真正的孤独，享受到真正的安宁，也完全忘却了何谓隐私。

他想，这是件需要权衡的事。维持这么大一幢房子，还要像他的祖先们一样生活享乐，当然需要那么大一群人。但他的祖父母，显然更青睐没那么奢靡铺张的生活。

无论如何，盖茨比的时代已经结束，至少在布拉夫府，那样的日子已经一去不复返。

不过，整整一层楼都是裹着防尘布的家具、一箱箱书，以及缀着层层薄绢和薰衣草香囊的裙子，似乎也太过可惜和浪费。

"要是把这里改造成艺术工作室，一定会很棒，不是吗？"他问芭比，"要是我会画画的话。奶奶虽然会画，但这么多东西打理起来也够麻烦的。而且，她总是喜欢在客厅或阳台上作画。"

休息一下，做了会儿阿布拉建议的肩部旋转练习后，他晃进了之前的仆人客厅。

"这里的光线还是不错的。对面有一小片厨房区。可以换个新水

---

① 出自埃德加·爱伦·坡的短篇小说《失窃的信》，比喻最重要的东西被改装后就大模大样地放在最显眼的位置上。

池，搬台微波炉来，再整修下这间浴室。"看见那个旧的拉链式坐便器后，他又补充了一句，"或许还能做得更好，把这些旧玩意儿都翻修一下，然后把其中的一些家具利用起来。"

他皱着眉，走向面朝海滩的那排窗户。这么大的窗户视野极好，与其说这种设计是为了仆人们的利益，不如说更像是出于建筑设计上的考虑。

他走到山形墙边，想起自己刚到家时，第一次在这里转悠的情景。

没错，可以在这上面工作！他又寻思了一遍。稍微收拾一下，花不了多少时间。他也不需要太多东西，搬张桌子、再弄点文件夹和架子过来——对了，还得把那间浴室翻修了。

"哪个作家会不喜欢阁楼？没错，这么办或许真的可行。奶奶一回来，我就动手。一定要好好琢磨琢磨这事。"

但伊莱承认，这不是他上这儿来的目的。于是，他又沿着这层走了一遍，边走边想象着这样的场景：黎明时分，女佣们爬下铁床，蜷着光裸的脚趾，踏在冰冷的地板上。仆役长穿上笔挺的白衬衫，大管家则正在核对今天的任务表。

这里就是一个完整的世界，一个家族或许知之甚少的世界。但据他所见，这里似乎没什么值得破门而入，或逼得一个老太太摔断骨头的东西。

他又绕回宽敞的客厅，打量起那个古老的大衣柜来。他觉得，衣柜背后那面印花墙纸真是太难看了。仔细琢磨了一番后，他认为，这个衣柜至少有十几年没被移动过。

在好奇心的驱使下，他靠了上去，决定现在就来试一试。然而，无论怎么用力顶，它都纹丝不动。他努力挤进衣柜后的狭小空间，试图用胳膊从下往上推。

伊莱终于明白：不仅一个淘气的小男孩推不动它，一个成年男子也无法独自完成此事。

他突然心血来潮地掏出手机，翻看起阿布拉输入进去的联系人。然后，他按下了迈克·奥·马利的号码。

"嗨，迈克，我是伊莱·兰登……嗯，太好了。谢谢。"他靠上大衣柜上，觉得它就像红杉一样结实而吓人。"你今天有空吗？什么时候都行……真的？你今天休息啊，如果你已经有别的计划了，我也不想打断……这样的话，我需要一点帮助。最好是个有点肌肉的人？"听到迈克问需要用到哪儿的肌肉，他不禁哈哈大笑，"所有的肌肉都会派上用场的……真是太谢谢了！"

他挂断电话，望向芭比。"真是够傻的，是吧？不过，一个秘密控制面板的诱惑，谁又能抗拒得了呢？"

他大步流星地走下楼，接着绕进自己的办公室待了一会儿，又开始琢磨把工作区搬到三楼的事。他觉得，这点子也不算疯狂，顶多有点……古怪罢了。

墙纸一定要换掉，供暖、照明和管道方面或许也可以整修整修。总之，无论那上面还有什么事需要处理，他都会逐一解决。

提前考虑考虑这事，感觉也不错。

芭比抬起头，一连叫了好几声。然后，门铃就响了。

"你耳朵真灵。"说着，伊莱便在它的叫声中径直下了楼，"嘿，来得挺快啊。"

"多亏了你，我才不用——暂时不用打理花园。嘿，你好！"看芭比在嗅自己的裤腿，迈克连忙揉了揉它，"听说你养了只狗。它叫什么名字？"

"它啊，"伊莱不由缩了缩，"叫芭比。"

"老兄！"迈克顿时苦着脸，同情地问，"你没开玩笑吧？"

"它来之前就已经叫这个名字了。"

"除非你给它找个叫'肯'① 的男朋友，才能这么叫它吧？啊，我真是很久没来过这儿了，"迈克一边在客厅溜达，一边又补充了一句，"真不错。莫琳说你家人来这儿过复活节，兰登太太恢复得怎么样了？"

"好些了。好多了。我希望，她能在今年夏末回到布拉夫府来。"

"她能回来真是太棒了。不过，我们可没有要把你赶出威士忌海滩的意思！"

"我会留下来的。"

"不是吧？"迈克的嘴咧得更大了，对着伊莱的肩膀就是一拳，"老兄，你这么说我真高兴。这下子，我们每月一次的牌局，就能注入点新鲜血液了。轮到你主持牌局的时候，到这里来开局，也好提高一下档次。"

"买入费是多少？"

"五十美元。我们玩得不大。"

"好吧，下次开局的时候叫我。东西在楼上。"说着，伊莱便转身指向楼梯，"三楼。"

"太棒了。我还从没上过那层。"

"从我小时候起，那里就一直废弃着。天气糟糕时，我们会跑上去玩。有那么一两次，还睡在那里讲过鬼故事。如今，那里只是储藏区。"

"这么说，我们是要把什么东西搬下来？"

"不，只是把一个该死的大衣柜——双开门衣柜挪一挪。"上楼时，他又补了句，"就在那里。"

"地方不错，墙纸真难看。"

"还用你说？"

迈克扫视了一遍房间，目光落在那个大衣柜上。"真是个大家伙

---

① 芭比娃娃是 20 世纪最广为人知及最畅销的玩偶，她的男友叫"肯"。

啊!"他凑上前，手指拂过雕花柜门，"真漂亮。红木的，对吧?"

"应该是吧。"

"我有个做古董经纪人的表兄。他要是瞧见这东西，肯定会激动得尿裤子! 我们要把它挪哪儿去?"

"只是挪开几英尺而已。"看到迈克茫然的表情，伊莱耸耸肩，"这个嘛……那后面有个控制面板。"

"一个控制面板?"

"嗯，控制着一条通道。"

"太棒了!"迈克一挥拳头，整张脸都亮了起来，"密道吗? 通向哪儿?"

"据我所知，能一路通到地下室。但我也只是听说，并不确定。那些都是以前的仆人通道。"伊莱解释道，"它们让我奶奶很紧张，所以她把大部分通道都封了，只留下此处的这条和地下室的一条。"

"太酷了!"迈克搓着手说，"那我们赶紧把这该死的东西挪开吧。"

结果，他们发现，这事真是说起来容易做起来难。发现既没法将它抬起，分立两侧往外推也毫不奏效后，两人只得重新调整位置——都站在一头，一齐用力挪动数英寸，再换到另一头，继续齐心协力地往外挪。

"下次，我们得找个起重机才行。"迈克站直身子，转动着酸疼的肩膀说。

"以前那些人到底是怎么把它弄上来的啊?"

"十个男人才搬得上来。不过，一个女人接下来会对他们说: 或许这玩意放在另一面墙下更好看。嘿，这话你可别告诉莫琳，不然，我肯定赌咒发誓地说你是个大骗子。"

"你刚刚帮我挪开一个重达十吨的衣柜。我一定靠得住。瞧见没? 那就是控制面板的边缘。虽然这张丑陋的墙纸将其掩饰得很好，但你要是知道它在那里……"

他在护墙板上一阵摸索，手指滑了进去，终于触到开关。听到一声轻微的脆响后，他转头看向迈克。

"准备好了吗？"

"开玩笑，我能有没准备好的时候？赶紧把它打开。"

伊莱按下控制面板，感觉它微微一动，便朝他这边裂开了一英寸。"原来是往外的啊。"他喃喃着，将它完全拉了开来。

眼前是个狭窄的平台，接着是条伸进黑暗里的陡峭台阶。他下意识地探进内墙摸索开关，竟真的找到了一个。

不过，他按下开关后，却毫无反应。

"这里要么没通电，要么就是没灯。我去拿几支手电筒。"

"或许还需要一条面包，好弄些面包屑下来，"迈克解释道，"再拿根大棍子，万一有老鼠呢。好吧好吧，就拿手电筒。"看到伊莱冷冰冰的眼神，他只得妥协。

"马上回来。"

他拿回来几瓶啤酒。最起码，这点东西他还是能搞到。

"比面包好。"迈克接过啤酒和手电筒，拧亮开关，照向通道上方，"没灯泡。"

"下次我会弄些来。"有了手电筒，伊莱踏进通道，"挺窄的，但还是比我想象的宽敞，估计他们需要空间端盘子之类的东西吧。台阶感觉不错，不过，你还是小心点。"

"有蛇，太危险了！你先走。"

伊莱不由喷笑出声，开始往下走。"我们不会找到一具讨厌的仆役长残骸，或某个没用女佣刻在墙上的临终遗言吧？"

"还可能碰上个幽灵。这里已经够诡异了。"

除此之外，还肮脏又潮湿。脚下的台阶略吱作响，不过，至少还没发现闪着红眼睛的老鼠。

照到另一个控制面板时，伊莱停住脚步，熟悉了一下周围的环境。

"让我想想，从这里出去应该是二楼。瞧瞧这岔道。那一条应该直通我奶奶的卧室。据我所知，主卧一直都在那边。天哪，小时候这些通道，要是没被封掉，一定能弄死我们。我可以从这里偷偷地绕过去，然后突然出现，把我妹吓个屁滚尿流。"

"所以你奶奶才会把这些门都封了。"

"没错。"

"想过把它们再打开吗？"

"嗯。虽然没打开的理由，但我的确想过。"

"够酷不就是最好的理由。"

他们顺着通道，要么一路往下，要么转弯。伊莱凭着脑中的蓝图，判断着整幢房子曾经装有控制面板的位置。这些面板控制着这些通道，通往各个接待室、厨房、客厅、走廊，并一路往下，直达地下室。

"该死。我们应该先把堵住出口的那些架子挪开。"不过，他最终还是找到工具撬门，让两人得以挤过那堆老壶和生锈的工具，进入地下室。

"老兄，你一定要重新开启这些通道。想想万圣节派对！"

不过，他想的却是另一件事。"我可以给他设个陷阱。"他喃喃道。

"什么？"

"那个闯进这里来挖坑的混蛋。我要好好琢磨琢磨这事。"

"拿自己当诱饵，哄他进来。这埋伏可真经典。"迈克附和道，"接下来怎么办？"

"我正在想。"他关上门，发誓要挪开那些架子，想出个好计策来。

"想好一定要告诉我。我不介意跟你一块抓那家伙。莫琳现在都很抓狂，"两人边往回走，迈克边说，"我不知道她能不能在那家伙被抓之前，真正放松下来。尤其，我们大多数人都认为，照理说，他也是杀掉那个私家侦探的凶手。"

"没错，就是他干的。"

"而且，听说他还把枪放在阿布拉家，莫琳就更抓狂了。"

"这事不能怪她——什么？什么枪？你在说什么？"

"就是阿布拉在她家找到的那把枪……噢。"迈克身子一缩，把手插进口袋里，"好吧，该死的，她没告诉你。"

"没有，该死，她竟然没有告诉我。不过，你赶紧给我交代清楚。"

"再给我瓶啤酒，我什么都说，酒后吐真言嘛！"

承诺

我一遍又一遍地想起

一个甜美而庄严的念头；

今天，家就近在咫尺，

我比以往任何时候，都更接近它。

——菲比·卡里

第二十一章

上完两堂课、做完一场大扫除和两场按摩后，漫长的一天终于结束。阿布拉将车停在了自家小屋前。

她却只是坐在车里。

她不想进去。想到自己竟不愿走进家门，照料自己的东西，用自己的浴室好好洗个澡，感觉真是糟透了。

她爱笑鸥小屋。从第一眼起，她便爱上了它。她想找回这种感觉，找回那种骄傲、舒适、一切都好的感觉。可她现在能感觉到的，却只有恐惧。

全被他破坏了。无论那个该死的家伙是谁，他都闯进她的家，把暴力和死亡留在了那里。他在橱柜里留下了一个怪物——那把枪。

她对自己说：现在，只有两个选择。要么让那个怪物赢——她投降，坐在这里继续自艾自怜。要么奋起反抗，修复一切创伤。

就这么办。她决定了。再没别的选择。

她推门下车，拖出按摩床和包，拉到门口。进屋后，她先把按摩床靠在墙上，才开始把包拿进客厅。

沿着海岸线往上开了近二十英里去买烟熏条，让她本就忙碌的一天显得更加紧巴。不过，把烟熏条从包里拿出来时，她还是觉得这是种积极的行为。

她要点燃这些白鼠尾草，好好净化一下她的家。只要她觉得这里被净化了，那就真的如此。而一旦夺回自己的地盘，她就要认真考虑要不要添置一个小温室，好多种些草药。如此一来，她便可以自己做那该死的烟熏条，并且一整年都有新鲜香草用以烹饪。

或许，她也可以把它们拿出去卖。再开创一项新事业，用干花和香料，自己动手做香囊。

是件可以好好琢磨琢磨的事。

不过，此时此刻，她还是努力摒除杂念，只保留"净化"之类积极的念头，点燃白鼠尾草，并为了安全起见，把它举在一个鲍鱼壳上，然后吹灭火焰，努力煽出更多浓烟。她想，这是她的家。这些地面、天花板和每一个角落，都属于她。

在白鼠尾草和薰衣草的香味中走过一个又一个房间，不仅让她渐渐平静下来，也让她想起，为了自己和他人，她曾在这儿做过的一切。

她想：信念、希望，以及与此有关的所有象征，都会带来力量。

熏完屋内，她踏进自己那个小小的庭院，轻摇着手中的烟熏条，把这份希望和信念散进空中。

然后，她便看见伊莱和狗狗正从海滩前的台阶，拾级而上。

暮色渐深的海滩上，看着那个男人和一脸兴奋的狗狗朝这边走来，她突然觉得：自己举着冒烟的白鼠尾草站在这儿的模样，真有点傻。

于是，她赶紧将烟熏条塞进小禅宗喷泉周围的鹅卵石中，让它在那儿自然又安全地燃尽。

"快看，多帅的一对儿啊！"她微笑着，上前迎接他们，"真是巧了，我几分钟前才刚到家。"

"你在干什么？"

"噢。"见他瞥向烟熏条，她也转了过去，"就是做点类似春季大扫除的家庭小仪式。"

"烧白鼠尾草？那不是驱除恶灵之类的事吗？"

"我认为它更像一种驱除消极情绪的办法。你家人今早离开的时候还好吧？"

"嗯。"

"真抱歉我没法留下来送他们。今天太忙了。"

不对劲，她想，有什么地方不太对劲。此刻，她最能想到的是安宁，以及对她而言，十分难得的独处机会。"我还有很多事要忙，"她继续说道，"明早上课前我顺便过来拿你的购物清单如何？这样，我可以在回去前帮你把需要的东西都买了。"

"我只需要你解释清楚，有人在你屋里放了把枪和警察来这里搜查过的事，为什么得由迈克告诉我？这才是我需要了解的事。"

"我不想在你家人在的时候提起这事。我给警察打过电话了。"她补充道。

"却没给我打电话。你没给我打电话，也没告诉我！"

"伊莱，这事你帮不上忙，而且，还有一屋子人——"

"胡扯！"

她一下子火了。从刚才仪式中得到的舒适安宁，撞上两人的怒火，顿时如燧石碰上钢铁。

"这不是胡扯。而且，周六一走进布拉夫府，就大声宣布我不仅刚刚在熏香盒里发现一把杀人凶器，我的屋子也被警察扫荡了一番，有意义吗？"

"但无论如何，你有理由，也十分应该告诉我。"

"我不同意这种话。这是我的问题，怎么做也是我的决定。"

"你的问题？"怒火中烧的他顿时觉得受到了侮辱，"就这样？你可以带着一锅锅汤、按摩床，老天——还有狗来我家。你可以大摇大摆地半夜到访，来关什么该死的窗户，击退攻击者，但有人在你放了枪，试图将你卷入一场谋杀，就只是你的问题？而且，还是一场很有可能与我有关的谋杀？你却说，这不关我的事？"

"我没那么说。"即便她自己听来，这话也显得太过无力，"我不是那个意思。"

"那你什么意思？"

"我不想把这些破事加到你和你家人身上。"

"你是因为跟我交往，才会遇到这些事。你却连哄带骗地，让自己蹚进这趟浑水。"

"连哄带骗？"她也顿时觉得自己受到了侮辱，于是猛地转过身，想捕捉到些许烟雾，让自己平静下来。然而，她立刻发现，唯有威士忌海滩灯塔那么大的烟熏条，才有可能平息她的怒气。"哄骗？"

"没错，这不就是你做的事！从我回到这里的那一刻起，你不就一直这么干！现在你蹚进来了，却说什么不想把事情加诸我身上！你根本不给别人抛出任何事的机会。第一块土都还没落地，你已经拿着铲子站在旁边了。可当它落到你身上时，你竟然不向我求助。我还不够你信任吗？"

"天哪，天哪！这不是信任不信任的问题，是时间问题！"

"好吧，那你有时间把这事告诉莫琳，怎么就没时间告诉我？"

"她是——"

"你找不到时间告诉我，却有时间点白鼠尾草，举着一根烟熏条四处转悠！"

"别嘲笑我的仪式。"

"你是点了一地白鼠尾草，还是找了只鸡来献祭我都不在乎。我在乎的是，你遇到麻烦的时候没有告诉我！"

"我没遇到麻烦。警察知道那不是我的枪。我一发现那玩意儿，就立刻给文尼打电话了。"

"却没有给我打电话。"

"嗯，"她叹了口气，不明白为什么努力做正确的事，却还是犯下如此可怕的错误，"我没有。"

"我家人今天早上就走了。你却还没告诉我。直到现在，你都不打算告诉我是不是？"

"我需要完成烟熏仪式，让这座屋子重新舒适起来。有些冷了，我要进屋去了。"

"很好，进去吧，赶紧打包。"

"伊莱，我想一个人静静。"

"在布拉夫府，你也可以一个人静静。那地方很大。解决掉这些破事前，你不能一个人待在这里。"

"这是我的屋子。"她眼睛不禁有些刺痛。她想，都是那些久久不散的烟雾害的。"我不能让那个混蛋把我赶出自己的家。"

"好吧，那我们就睡在这儿。"

"我不希望你睡在这儿。"

"你要是不想我俩待在这儿，我们就离开。但无论如何，我们都要在一起。"

"噢，天哪！"她猛一转身，大步走了进去。他跟着一言不发的她进了屋，芭比微微犹豫了一下，也跟了进去。

她径直走进厨房，拿出一瓶开过的穗乐仙，给自己倒了一杯。

"我知道怎么照顾自己。"

"是啊，你知道怎么照顾自己，怎么照顾每一个人。但你显然不知道怎么让别人来照顾你！这是自负！"

她砰地把杯子掼到台面上。"这是独立和有能力的表现！"

"从某种程度上来说，的确如此。但只要稍微过点火，就会演变成自负和固执。你已经过火了。这事不像遇到管子漏水，只需要抓起一把扳手或打电话叫水管工，不必通知跟你同床共枕的那个家伙。更何况，这堆烂摊子，都跟那家伙脱不了干系！而且，他还是个律师！"

"我已经打电话联系了一个律师。"话一出口，她便立刻后悔了。

"很好，太好了。"伊莱双手插进口袋，来回走了好几圈，"这么说，你给警察、律师和邻居都打过电话。毫无疑问，除了我，所有人都接到了你的电话！"

她摇摇头。"我不想毁掉你的家庭聚会。让你或你们中的任何人担心，都是毫无意义的。"

"但你在担心啊。"

"我需要……嗯，没错。你说得对，我在担心。"

"我需要你把所有事都原原本本地告诉我。你对警察说了什么，他们跟你说了什么，只要是你记得的，都告诉我。"

"因为你是个律师？"

他无声凝望着她的样子，已经把未尽之言表达得足够清楚。她不由觉得自己很蠢，而且又做错了事。

"因为我们在交往。"他的语气如面色般平静。似乎已经无须多言。"因为一切都由我或布拉夫府开始，或者说，这两方面的原因都有。当然，也因为我是个律师。"

"好吧。我先收拾行李。"看他扬起眉毛，她耸耸肩，"让你睡外面太冷了。而且，我知道那家伙没理由再回到这里。他有理由，也很有可能再次闯入布拉夫府。所以，我收拾点儿东西，然后跟你走。"

妥协了？他想。这不就是奶奶说的"双方都有进退，以找到最终的平衡"？

"很好。"

她走后，他举起那杯没喝完的红酒，对芭比说："我们打赢了一场战役。但这场战争嘛，似乎还没有定论。"

※

开车回去的一路上，他都没去打扰她。她上楼整理行李时，他待在楼下。如果她把自己的东西放在另一间卧室，他也打算待会儿再来处理这事。此刻，知道她安全地跟自己在一起，已然足够。

厨房。他在冰箱和冷冻柜里一阵翻找，估摸着火腿还有剩，小菜也还够多。即便是他，应该也能用这些东西，做出一顿像样的饭来。

她下来时，他正把周一晚上的大杂烩往早餐区摆。

"我们边吃，你边讲吧。"

"好。"她坐了下来，看到芭比选择蜷在自己，而非伊莱脚边，她不禁升起一股奇妙的满足感，"让你觉得我不信任你，我很抱歉。但事实真的不是那样。"

"这只是一方面，这事我们待会儿再谈。先告诉我到底发生了什么事。一步一步地说。"

他的反应让她本就郁闷的心情雪上加霜。"我得好好想想。"她开口了，并尽可能详细地把每件事都讲了一遍。

"你没碰那把枪？"

"没有。我没拿稳盒子，它就掉了出来。于是，我就任它掉在那里。"

"据我所知，他们没有在上面找到任何不应该出现的痕迹？"

"没有，只找到些线头。"

"从那以后，警察就没再联系过你？"

"文尼今天给我打电话，但也只是为了保持联系。他说明天或周三，弹道测试的结果就出来了。不过，周三再出结果的可能性比较大。"

"那把枪呢？它登记过吗？"

"他没告诉我。我想，他跟我说话一定得十分小心。不过，他们知道那枪不是我的。我从没拥有过枪，甚至从未举起过枪。如果它就是杀死柯比·邓肯的那把枪，他们知道我当时跟你一起待在这里。"

伊莱轻轻覆上她的手，心想：这事沃尔夫会怎么看？"你的律师怎么说？"

"警察要是还想问我问题，就给他打电话。他还说会亲自联系科比特警官。我不担心自己会成为谋杀嫌疑犯。没人会认为我杀了邓肯。"

"我也有可能把枪放在你家。"

"那就太蠢了。你才不蠢。"

"我可能就是为了骗你上床，并拿你当替罪羊。"

这么长时间以来，她第一次露出笑容。"要拿我当替罪羊的话，那就没上床这回事了。否则岂非不合逻辑？那么做只会让他们再次把注意力转到你身上。而这恰恰是在我家放枪那人乐于见到的。不然，你以为沃尔夫为何会突然接到匿名电话。事实上，这些破事都是有人故意设下的局，科比特不是傻瓜。"

"嗯，我也认为他不是。不过，这事也可以从另一个角度来看。到目前为止，你很有可能已经跟那名凶手接触过三次。这里算一次，酒吧算一次，如今他往你家藏枪又算一次。你知道，这是件值得担心的事。你也不是傻瓜。"

"除了小心点，我还能做什么？"

"你能离开，去你妈妈那里待一段时间。但你不会去的。"没等她说话，他便又说道，"我不怪你，但这是一个选择。另一个选择，就是信任我。"

听见他这么说，也明白是自己给了他说这话的理由，她不禁非常难过。"伊莱，我很信任你。"

"遇到麻烦时，你没有。我不知道是否应该怪你。男人让你失望。比如你爸。他和你妈关系破裂是一回事，但他依然是你爸。他却选择逃避，选择不参与你的生活。他让你失望。"

"我已经不在乎了。"

"不在乎最好，但事实依然存在。"

听到这话，她也不得不承认。"没错，事实依然存在。他从未把我当回事。对他来说，我根本无足轻重。虽然我已经不在乎，但事实的确如此。"

"你不在乎是因为没有得到回应。你是个喜欢有产出的人。"

"这么说还挺有意思。"她的唇角又钩了起来,"也说得很对。"

"你不在乎,是因为你知道这是他的损失。接着,有个混蛋又伤害了你。这次让你非常失望。你关心他、信任他、让他走入你的生活,他却背叛你,还侵犯了你。"

"但同样糟糕的是,我要是没有那段经历,或许就不会出现在这里。"

"态度很积极,不错!不过,那事还是发生了。你信任他们,他们却辜负了你的信任。这样的事完全有可能再次发生。"

"我不这么想,也不会这样生活。"

"你的生活经常让我感叹。那是一种既开放又活力四射的美满人生,一种需要全身心投入的生活。很令人钦佩。你很独立,这点也值得赞赏。但即便到了可以,并且应该依靠别人的时候,你依然独立。"

"如果你家人没来,我会告诉你的。"她终于妥协,决定彻底坦白,"我可能会推迟一段时间再说。我告诉自己,你一直麻烦不断。在我了解更多,或此时取得一定进展之前,给你添麻烦毫无意义。我或许会这么做,但这跟信任无关。"

"那是同情?"

"是关心。以及我对自己有信心。我不喜欢'自负'这个词。我需要照顾好自己,做决定,处理问题。没错,或许还需要通过解决他人的问题,来重建被德里克摧毁的信心。无人可以依靠,只能靠自己时,我需要知道,自己还有处理事情的能力。"

"那有人可以依靠的时候呢?"

他也许又说对了,遇到麻烦时,的确有这么一个人。也许,是时候做点自我评估了。

"我不知道,伊莱,因为这么久以来,我从未给过自己那样的选择,所以我真的不知道答案。不过,那天晚上,我遭到袭击后,我依靠你了。我依靠你了，而你，并没有让我失望。"

"我不会再跟一个无法全心索取和付出的女人交往。我发现，最后两手空空的悲惨局面，才是让人最难接受的。我想，我们都应该想清楚要付出多少，以及索取多少。"

"因为我没有索取，所以才伤到了你。"

"没错，就是这样。你简直气死我了。不过，你也让我思考。"他起身收拾盘子。在做饭这件事上，两人之间从未公平过。"我让林赛失望了。"

"你没有，伊莱。"

"不，我有。我们的婚姻或许是个错误，但我们毕竟曾经在一起。我们都未从中得到自己想要或企盼的东西。最后，我还没能阻止发生在她身上的那件事。我至今都不知道，她是否因为我的某个选择、我们共同的某些选择或仅仅是坏运气，才丢了性命。

"我也让奶奶失望。无论是来这里的间隔时间越来越长，还是不再来此看她，我都让她失望了。她不应该遭到这样的对待。我们差点就失去她了。要是我多花点时间在这里，要是林赛死后，我就到这里来陪她，坠楼事件还会发生吗？"

"现在你成了宇宙中心？想谈谈自负的问题了？"

"没有。但我知道，知道自己在某些事情的中心，而周围的一切，都是彼此相连的。"

他转向她，却没有走过去碰触她，反而就那么站着，任由两人之间隔着一段距离。

"阿布拉，我要告诉你的是：我不会让你失望的。不管你是否喜欢，也不管你是否还会跟我上床，为了确保你的安全，有些事我都必须要做。我想，等一切解决之后，再来看我们会何去何从吧。"

感到些许束缚，她站起身。"我来洗碗。"

"我来。"

"要平衡。或者如你所说，注意'付出和索取'。"她提醒他道，"你做的饭，所以该由我来洗碗。"

"行。另外，把你的日程表复印一份给我。"

毫不夸张地说，她后脖颈感到一阵刺痛，好似在警示着什么。"伊莱，日程表之所以好，在于它是变化的。"

"你不在这儿的时候，我想知道你去了哪儿。我不是该死的跟踪狂，不会监视你，也不想困住你。"

她把手中的盘子放在台面上，吸了口气。"我想说，我没那么想，也不是那个意思。直到今天，直到经历了这些事，我才终于明了一些东西。我发现，自己从哥伦比亚特区带来的包袱比想象中重。我以为，也希望它已经变得微不足道。希望我能想出抛掉这些包袱的办法吧。"

"这需要时间。"

"我以为自己已经走出来了，可事实显然并非如此。所以……"她又端起盘子，将它放进洗碗机里，"一天的大部分时间，我都会待在这儿，但早上在教堂地下室有堂课，下午四点半要给格蕾塔·帕里什按摩。"

"好的。谢谢。"

弄完洗碗机，她开始擦台面。"你没碰我。从踏上台阶到我家之后，一次都没碰过我。为什么？还在生气？"

"或许有点吧。但最主要的原因是，我不知道你对此会有什么感觉。"

她望向他，便再也没有移开目光。"如果你不碰我，我怎么知道被你碰过之后，我是什么感觉？"

他先是伸出一只手，轻拂过她的胳膊，然后扳过她的身子，将她拉入怀中。

她把抹布放在台面上，伸手紧紧地搂住了他。

"对不起，我一直在退缩，在压抑。但是……噢，天哪，伊莱，他进过我家。他搜过我的东西，也肯定碰过它们。德里克也搜过我的东西。他在等我回家期间，不仅碰了我的东西，还弄坏了不少。"

"他不会伤害你的。"伊莱吻上她的额角，"我不会让他伤害你。"

"我得忘掉这事，一定要忘掉。"

"你会的。"但不会一个人完成此事。一定不会少了他的陪伴。

※

第二天清晨她离开后，他告诉自己不要担心。不仅因为教堂离这里不足两英里，还因为他连一个别人会伤害她的理由都想不出来。

她是上午回来的。知道她已经安全地待在屋子里，他终于可以开始工作了。因为想的事情太多，他完全无法沉入故事中，于是走到地下室，花了将近一个小时腾空那些架子，并将它们挪开。

从地下室这边打开控制面板花费了更多时间。终于成功后，他决定一定要给铰链上上油。

吱呀声虽然添了几分趣味，但他要是想给某人一个惊喜，还是悄无声息更好。他拿上一支手电筒和一盒灯泡，顺着通道往上，调试好每一盏灯，直到抵达三楼。

他想，一旦给那些铰链上了油，就要在控制面板前放把椅子，并调整好角度，确保开合通畅后再离开。

他把架子放回原位，又测试了一遍，发现自己能轻易绕过它们，进出控制面板所在的位置后，才把加上的东西归位。

他想，这就是伪装。这东西应该是他想要或需要的。

陷阱已经设好，或者说差不多已经设好。他只需要抛钩下饵了。

因为在通道中干活弄了一身尘土，所以他换了衣服、洗了澡，接着又花了些时间在网上找摄像机和摄像头。

阿布拉拎着购物袋进来时，他正在猛灌今天的第一瓶"激浪"。

"嗨！"她放下购物袋，伸进其中的一个说，"瞧瞧我给你带什么啦!"她拿出一根大大的生牛皮骨，转向芭比。"这是给好狗狗的，你是好狗狗吗?"

芭比一屁股坐到了地上。

"我觉得是。你是个好孩子吗?"她撕开骨头的包装，问伊莱道。

"我也需要坐到地上?"

"我买了做意大利千层面的原料，美味极了。哦，做提拉米苏的材料也买好了。"

"你会做提拉米苏?"

"待会儿你就知道了。我今天心情不错，部分原因——很大一部分原因，就是因为平衡。或者说，知道我们正在努力寻找平衡。还有……"此刻，她已经伸出胳膊，紧紧搂住了伊莱，"我发现你不记仇。"

"我记仇的本事可不比任何人差。"他反驳道，"但对我关心的人除外。"

"记仇是转入内心的负能量，所以，知道你能抛开这种情绪我很高兴。而且，说到负能量，我刚才路过我的小屋，感觉好多了。虽然没有完全恢复过来，但已经好多了。"

"因为那根臭烘烘的烟熏条?"

她伸出一根手指，钻向他的肚皮。"那东西对我有用。"

"我很高兴，也衷心希望你不会认为我们也需要几根臭烘烘的烟熏条，来驱走布拉夫府的负能量。"

"那也没什么坏处。不过，这事儿我们可以稍后再谈。"

他也真诚地希望：但愿很久很久以后，她才会再想起这事。

"你现在要去工作了吗? 我去铺铺床，把要洗的衣服拿下来，然后在你休息前，一定不再打扰。"

"很好。不过，我想先给你看点东西。"

"好啊，看什么?"

"上去。"他拇指一翘，指了指天花板，然后拉起她的手。"你错过了一个地方。"

"我才没有。"感觉遭到鄙视，两人一起上楼时，她不由加快了脚步。

"一个很大的地方。"他补充道，"就在上面。"

"三楼？我一个月只去那里打扫一次，吸吸尘什么的。你要是想把那里重新利用起来，就应该——"

"不是那里。不完全是。但是，我的确想把办公室搬上去，搬到南面的山形墙那儿。"

"伊莱，这可是个好点子！"

"是啊。我正在考虑。那儿光线好，视野开阔，还十分安静。真遗憾我不会画画或雕刻，那间仆人的老客厅，简直是绝佳的工作室。"

"我也这么想。面朝海滩的那些卧室，拿出一间来做图书室，放些你的参考书就很不错。这么一间图书室兼客厅，完全可以作为工作还未结束时，偶尔小憩的场所。"

他还没想那么远，不过……"也许吧。"

"你要是决定了，我可以帮你一起收拾。哦，对了，还有那些漂亮的天花板。那地方值得挖掘的东西太多了，我一直觉得，没有把整幢房子利用起来是件很遗憾的事。赫斯特跟我说，数年前她曾在那儿画过画，但她还是觉得在自己的客厅状态更好。不过，最好的地方还是户外。无论如何，对她来说，爬两层楼还是困难了点。"

"我的确很想把整幢房子都再次利用起来。"他走过去，打开控制面板。

"噢，天哪，瞧瞧，这简直太棒了。"她一下子冲了过去，"简直酷毙了！"

"灯都是亮的。"他边说边展示，"现在都修好了。它可以一直通到地下室。我挪动了下面的那些架子，所以那里的控制面板也可以用。"

"要是小时候发现这些通道，我都能在里面玩'公主出征'游戏！"

"真的吗？"他发现自己完全可以想象出那样的画面，"瞧，你错过了这么大一个地方。"

"你要是能保证里头没有超过苍蝇大小的蜘蛛，我就立刻去查看查看。你应该把所有控制面板都打开。"

"我正在考虑这事。"

"想想我在这里打扫的那些时候，竟从未意识到这东西的存在。它……他不知道通道的事。"她眼睛一亮，望向伊莱，"他不知道！"

"应该不知道。他肯定没用过这条通道。迈克和我不知道流了多少汗，才挪开那个衣柜。而且，我又花了一个多小时，才把那些架子挪出足够通行的空间。"

"可以打个埋伏。伊莱——"

"这事我也正在考虑。"

"与其被动防守，不如主动出击。"她放在臀部的手不禁握成了拳头，大步地在房间里走来走去，"我就知道今天肯定不错。我们一定可以做点什么，比如把他当场抓住！"

"我想想。这事不像猛然跳出去吓唬人那么简单。如果最简单的解释也是真的，那他就不仅是闯入者，更是凶手。我们不能轻易卷进来。"

"嗯，要好好计划。"她赞同道，"我打扫的时候脑子最灵光。所以，我先开工了。我们都好好想想。"

"而且，我们也得等等看警察怎么说。"

"噢，对啊。"她顿时有些泄气，"我想，我们还是等等吧。或许他们能追踪到那把枪，结束这一切。那样更好。虽然没那么激动人心，但那样的确更好。"

"无论发生什么事，我都不会让你失望的。"

"伊莱，"她捧起他的脸，"我们做个新约定吧。我们要保证，一定不让对方失望。"

"一言为定。"

第二十二章

他得工作。虽然脑中反复酝酿着情节,他还是得把故事写出来,变成文字,落实到纸上。

发给他的代理人的那些东西还没收到任何回音,但临逢假日的周末肯定会耽误事。而且,他提醒自己,他也不是她唯一的客户。

他甚至连重要客户都算不上。

最好还是继续写故事,这样也有更多东西可发。就算她对已经收到的部分不满意,他也有办法处理。

他可以回过头去再润色五章,然后发给他的代理人,让她对整个故事了解得更多一些。不过,他此刻正写得兴起,实在不想冒险放缓速度。

于是,他一刻不停地写到了下午。直到芭比跳上膝头,定定地望着他,他才回到现实中来。

他读懂了它的意思:抱歉打扰你,但我得出去转转了!

"好吧,好吧,马上就走。"

他备份和保存好稿子后,耳中突然一阵嗡鸣,仿佛连灌了几杯上好红酒似的。他刚站起身,芭比已经心急火燎地奔出房间,"咚咚咚"地往楼下冲。

他知道,它一定会激动得浑身颤抖,乖乖坐在厨房等他和皮带。他边朝厨房走，边心不在焉地喊阿布拉，接着便发现狗狗果然如他所料，等在那里。

同时，他也看到台面上有个用保鲜膜包好的总汇三明治①，上面贴了张便利贴。

吃点午餐再去遛芭比。

吻你 阿布拉

"她可真是什么都不错过。"他嘟囔道。

带着狗出门后，天空虽然开始飘下冷雨，他还是跟芭比一样，十分享受这段休闲时光。顺着海滩台阶往回走时，他的头发湿了，狗狗也湿了。而他的思绪，也飘回到书中。突然，口袋里的手机响了。

"兰登先生，我是伯克-马西侦探所的雪洛琳·伯克。"

"你好。"他心头一紧，既期待，又有些害怕，"很高兴接到你的电话。"

"我有个报告要给你看看。虽然可以发邮件，但我还是想当面跟你说。如果方便的话，我明天去找你可以吗？"

"有什么我应该担心的事吗？"

"担心？不，兰登先生，我只是喜欢面对面交谈而已。这样，我们也能有问有答。我大约十一点左右能到。"

他想，真是敏锐、专业又坚定。"好。与此同时，你也可以把报告发给我，我也好在咱俩问答前先了解清楚最新情况。"

"那就太好了。"

"你知道怎么到威士忌海滩吗？"

"几年前，我曾在那儿有过一个愉快的周末。一个人要是去过威士

---

① 三片面包，两层夹馅的三明治。

忌海滩，就肯定知道布拉夫府。我会找到你的。十一点见。"

"那我等你。"

没什么好担心的，这么想着，他将芭比带进了屋。不过，跟林赛谋杀案有关的一切、警方的调查和他自己所处的位置，当然都会让他担心。

但他想得到，也很需要那些答案。

他拿出 iPad，端起午饭，进了图书室。他想，阿布拉应该正在楼上用吸尘器之类的东西。这场雨让他想点把火。于是，他生好火，才端着平板电脑坐了下来，边吃边看报告。

他没管眼下的其他邮件，直接下载了私家侦探发来的那个附件。

她亲自重新拜访了他和林赛的朋友、邻居、同事，也去见了贾斯廷和伊登·斯金德夫妇，以及他们的部分邻居和同事。此外，她还跟沃尔夫谈过，并把一位助理检察官逼得够呛。

她重访了案发地点，尽管那里早被清理干净，甚至已经开始挂牌出售。总之，她以自己的方式，回顾了一遍林赛被谋杀的全过程。

他想：而且是彻底地回顾了一遍。

阅读她的总结时，他发现里面不仅有事实，还有她的感想。

斯金德夫妇最近刚刚离婚。不足为奇，他若有所思地想，一个不忠的伴侣带给婚姻的压力本就不小，再加上谋杀案和接二连三的媒体事件，他们的婚姻不成为大众笑柄才怪。

他觉得更奇怪的是，他们居然坚持了将近一年。

不过，他想起他们还有两个孩子。真糟糕。

林赛旅途中，与之打过交道的度假村和酒店的值班服务员、行李员和客房服务员，她都谈过话，并再次确定了他已经知道的那些事。林赛生命的最后十至十一个月里，大部分出行，贾斯廷·斯金德都陪伴左右。

对此，他有什么感觉？他问自己。没太多感觉，或者说不再有感觉。怒气已然消散，要气也早就气过了。即便被背叛的感觉，也变得迟钝起来，仿佛被水冲刷过的石头，早已磨去了锐利的棱角。

他觉得……遗憾。这么久以来，经历过这些事，他发现自己和林赛曾有过的那些愤怒和苦涩，终有一天都会烟消云散。他们会各奔东西，继续接下来的人生。

然而，他们都没有这样的机会了。如此结局，杀掉她的那个人早已预见。

这是他欠他们的。所以，他得读这些报告，跟那位私家侦探见面，做一切可能找出真相和真凶的事。然后，他才能彻底摆脱这一切。

他把报告读了两次，一边喝着奶昔，一边反复琢磨里面的内容。在冰箱里找到这杯奶昔时，上头还有张写着"喝掉我"的便利贴。

他决定做点别的事，于是抄起桌上的笔记本，从书架上又拿了本跟埃斯梅拉达嫁妆有关的书。

接下来的一小时，他全都沉浸在作者曲折离奇的描述中。这本书着重渲染了那个大难不死的水手与家族里那位备受宠爱的女儿——维奥莱塔间的痴爱缠绵。后来，她的哥哥埃德温撞破两人的恋情后，杀死了她的爱人。鲁莽冲动的维奥莱塔逃往波士顿，便再也没有回来过。而埃斯梅拉达的嫁妆，则在岁月中失去了踪影。

据伊莱所知的家族史来看，维奥莱塔的确出逃了。而她极其富裕又颇具声望的家庭，则愤怒地不再承认她，并将她从所有家族文件中除了名。

书中一本正经的叙事口吻或许没有他前几周读过的那些书有趣，却似乎更接近事实。

或许，是时候雇名经验丰富的系谱专家，努力追踪一下这位率性而为的维奥莱塔·兰登了。

正这么想着，手机又响了。

伊莱拿起手机，看见他的代理人的名字出现在显示屏上。于是，他长长地深吸了口气。

他想：开始了！然后，他接起了电话。

※

阿布拉进来时，他正坐在那儿，面前摆着笔记本、平板电脑和电话。

"上面已经打扫完了，"她开口道，"如果你想回去工作的话，就可以去了。烘干机里还有一堆衣服，我估计还得回走廊去。拖着水桶进进出出，把台阶都打扫干净，也是需要点时间的。我想，要是光着身子干这事，估计会更有趣。"

"什么？"

"啊哈，如我所料，只要一说'光着身子'，果然能引起你的注意。你在这儿工作吗？还是在做什么研究？"她边问，边探头去看他放下的那本书——《威士忌海滩：一份神秘而疯狂的遗产》，"不是吧，你还看这个？"

"大部分都是胡扯，但还是有些相关细节。其中有一章写到这片地区，讲兰登家族在禁酒期间①的情况，非常有意思。我曾曾祖母帮着往当地商店运过货。她把酒瓶藏在裙子下，以躲避当局的调查。那些人从不会让她撩起裙子。"

"聪明！"

"这事我之前也听过，所以很有可能是真的。至于那批嫁妆，有人说是被那个获救的水手藏起来了。然后，他不仅偷了漂亮任性的维奥莱塔的心，也偷了她部分珠宝。最后，一切都结束在一个风雨交加的夜晚。那场疯狂的追捕中，他被她黑心肠的哥哥——谦恭有礼的埃德温·兰登逼下了灯塔所在的那处悬崖。那批嫁妆似乎也跟他一起，回到了无

---

① 美国在 1920—1933 年施行禁酒令。

情的大海中。"

"装在戴维·琼斯的藏宝箱里，东西还是安全的吧？"

"据这家伙说，那个小偷和藏宝箱撞上岩石，珠宝都像闪闪发亮的海星一样，七零八落了。或者，也可能像水母。反正就是那么回事。"

"若果真如此，我还是觉得，至少能找回点零星碎片吧。这么多年来，你应该听说过才对。"

"除非有人用一条闪亮的项链或别的什么东西，让他们闭了嘴。无论如何，有人肯定这么盘算过，而且也很有可能真的这么做。"他再次开口道。

阿布拉古怪地冲他笑了笑。"无论如何？"

"她喜欢那玩意儿。"

"谁？任性的维奥莱塔。"

"谁？不，是我的代理人。我说的是我的书。我发给她的那些章节，她很喜欢。或者说，为了不伤害我的感情，她撒了谎。"

"她会撒谎吗？"

"不会。她是真的喜欢。"

阿布拉坐在咖啡桌上，面对着他。"你认为她会不喜欢？"

"我不确定。"

"现在，你确定了。"

"她觉得，她可以凭那五章，把书卖出去。"

"伊莱，那太棒了！"

"不过，她觉得要是有整本书，她能造成更大的轰动。"

"还有多少才能写完？"

"初稿已经快完了。或许，再用几个星期就够了。"如果继续这么文思泉涌的话，或许时间还能再短些，"看来，我需要赶紧收尾，但我还不知道该怎么写。"

"虽然这是个十分重要，又极其个人的决定，但是……噢，伊莱！

你应该为了轰动拼一把！"

她从桌上跳起的样子让他忍俊不禁。"没错，她也是这么想的。"

"那你怎么想？"

"要轰动。在她推荐出去之前把书写完，我应该会感觉轻松一些。她的判断可能出错，我没准儿会创下书稿被拒的世界纪录呢？不过，我还是得把它写完。"

她猛地跳起来，两人的膝盖一下子撞到了一起。"她也可能是对的啊。你一定会卖出第一部小说的。别逼得我拿烟熏条来驱散这里的消极情绪和负能量。"

"那我们上床怎么样？"他笑望着她，"说起做爱，我向来都很积极。"

"我考虑一下吧。我什么时候才能读一读它啊？"

看到他耸肩，她不禁翻了个白眼。"好吧，那我们聊聊前不久的那个要求。一幕，就看一幕。"

"好吧，也许能行。就一幕。"

"太好了！我说，咱们应该庆祝一下。"

"我不刚建议上床吗？"

她大笑着拍了拍他的腿。"还有别的庆祝方式。"

"既然这样，还是等我写完后再庆祝吧。"

"也行。那我继续回去埋头苦干啦。"

"我可以帮你。"

"嗯，你也可以回去继续工作。"她举起合拢的双掌，如朝向水面的跳水者般，劈向地面，"做好准备，轰动四方！"

他微笑着望向她。"我或许是应该再写几个小时。明天的时间都得浪费了。我雇的那名私家侦探要来见我。"

"有新信息？"她边问，边又坐了下来。

"我也不知道。读完她的报告后，也没发现太多新消息。不过，她调查得很全面。斯金德夫妇离婚了。"

"克服不忠真的很难，尤其是闹得尽人皆知的情况下。他们还有孩子，不是吗？"

"嗯，两个。"

"那就更难了。"她犹豫了一下，摇了摇头，"所以，我更不能犯同样的错误。我得告诉你，文尼几个小时前跟我联系了。从邓肯尸体里取出来的子弹，就来自从我家找到的那把枪。"

他伸出一只手，覆上她的。"要是对不上号，我才奇怪呢。"

"我知道。事实上，我一发现枪就给文尼打了电话，所以现在情况对我很有利。不过，沃尔夫接到的那个无法追踪的匿名电话，看起来倒是有些棘手。但他想让我知道，沃尔夫在调查我的背景和我的行动，试图证明我俩在林赛被杀之前就有染。"

"我们没有。所以，他肯定无法证明。"

"嗯，他没办法。"

"把这些情况都跟你律师说说。"

"我说了。他正在处理这事。没关系的，伊莱。我想，沃尔夫在乎的，只是通过我将你牵扯进来。他如果能想办法将我们跟邓肯的死扯上关系，那么要说你跟林赛的死脱不了干系，就更容易了。"

"两种情况都有可能发生。"他提醒她道，"既然我们跟邓肯的事无关，便更能说明我在林赛那个案子里也是清白的。"

"这么说，你赞同他对基本事实的推测。从某种程度上来说，这两起谋杀案多少有些联系。"

"难以置信，我竟跟这些事如此接近：两起谋杀案、一场几乎致命的事故、一系列非法入室案，还有一起很难说与上述情况无关的个人袭击案。"

"我同意你的看法。但接下来的一切，似乎都与此有关。"她又站起身，"我会好好回想一下的。这样，我们或许可以找出什么办法，成为这个故事的男女主角，并帮助抓到那个坏蛋。"

"今天晚上我们应该出去吃。"

她眉毛一扬。"应该?"

"是啊。芭比能看家。我们应该出去，找个地方好好吃一顿。你可以穿得性感点。"

"伊莱，这是约会吗?"

"顺其自然吧。快挑个地方!"他对她说，"我们这就去约会。"

"好吧，马上。"她又走回来，俯身亲了他一下，"那你得从那么多领带里，挑一条来系上。"

"没问题。"

见她离开，他寻思着：有好消息，也有让人不安的消息哪。又要应付没完没了的问题了。不过今晚，他要先跟一位可爱迷人，让他心神摇曳的女士约会。

"我再工作一会儿，"他对芭比说，"然后，你可以帮我挑条领带。"

※

他虽然无法时刻监视这幢房子，却可以不时前来查看一番。他知道，即便兰登又换了密码，他也能再潜回那里。虽然更想趁屋里没人时继续自己的搜索，但看兰登这副据守不出的架势，估计也只能趁他睡着时冒冒险了。

他已经开始相信自己在地下室的行动或许走错了方向，至少，宝藏应该不在那一大片区域内。不过，他还是得干到底，才能最终确定。为了彻底弄清那里的情况，他已经花了那么多时间，流了那么多汗，也费了那么多钱。

他需要再去趟三楼。某个箱子里，某个坐垫下或某张画像后，一定能找到他需要的线索。比如一本日记或一张地图之类的东西。

他已经趁那位老太太熟睡之际，彻底翻查过布拉夫府的图书室，却没找到什么重要的东西。他没找到任何与自己的记忆，以及自己对埃斯梅拉达嫁妆的详尽研究吻合的东西。

他知道真相。抛开传说，以及跟威士忌海滩那个风雨之夜有关的冒险故事，事实真相如何，他*是*知道的。

狂风、礁石、咆哮的大海，只有一个人活了下来。他想：一个活下来的人和一批无价之宝。

这是运气、勇气和鲜血换来的海盗宝藏。而无论是从血统还是权利来看，这批宝藏都是他的。因为，他的身体里，流着纳撒尼亚尔·布鲁姆的血。

他是布鲁姆的后代。维奥莱塔·兰登不仅把宝藏给了海盗布鲁姆，还给了她自己的心、身体和一个儿子。

他有维奥莱塔亲手写下的证据。他常常想，她从坟墓里传出的讯息都是直接写给他的。伯祖父死后发现的那些信件残片和一本日记，也都是直接给他的。

伯祖父是个愚蠢透顶、粗心大意的人。

现在，他才是那批宝藏的继承人。谁能比他更有资格继承那批战利品？

伊莱·兰登不行。

属于他的东西，他一定要得到。如有需要，他会杀人。

他已经杀过人。如今，既然已经这么干过，他就知道自己会再下杀手。他知道，随着日子一天天过去，而自己通往布拉夫府之路始终被阻，他定会在真正结束这一切前，杀掉伊莱·兰登。

等他重新获得原本属于他的东西，他就会杀掉兰登，正如兰登已经杀掉林赛一般。

这才公平，他对自己说。这才是兰登家活该承受、纳撒尼亚尔·布鲁姆也定将赞同的严厉判决。

看到他们出门，他的心不禁狂跳起来。兰登一身西装，那个女人则穿了条红色短裙。两人牵手笑望着彼此。

两人的模样，似乎对周围的一切都浑不在意。

他跟林赛在一起的时候，就已经上了她吗？真是个自以为是的混蛋。他该死！他真希望自己能立刻行动，把他们俩都干掉。

但他必须要有耐心。他需要先夺回自己的遗产，再伸张正义。

他看着他们钻进车里，还看见驱车离开前，那女人倾身吻了吻兰登。

他估计，两个小时就够了。如果能像之前一样跟踪他们，他或许能知道得更确切些。但他可以冒两个小时的险，潜进屋里。

他已经在警报器切断装置上花了很多钱，而资金很快会成为一个严重问题。这是一种投资，他边停车，边提醒自己，然后从后备箱中提出了自己的包。

他知道有警察巡逻。看着他们走过布拉夫府，他相信，至少基本时间是可以保证了。他自认是个优秀的海盗，也觉得自己的能力能进一步证明他的血统和权利。

他知道如何闪避，如何规划，如何得到自己想要的一切。

绵绵阴雨成了很好的掩护。他匆匆穿过雨幕，直奔最易进入，也最隐蔽的侧门。他会抽时间给那个女人的钥匙做个蜡模。盛装打扮的夜晚，她不会把那么重的钥匙圈带在身上。他一定能找出那把钥匙，将它复制下来。

下次，他便可以用钥匙进来了。

但此刻，他只能从包里拿出撬棍，用脖子上的带子绑住密码破解器，以方便操作。

可他刚走到门边，屋内便立刻爆发出一阵充满警告意味的狂吠。

他顿时踉跄后退，心都差点跳到嗓子眼。

他见过兰登和一只狗出现在沙滩上。可是，它看起来十分友好，就是只贪玩又无害，放心到可以任它跟孩子们玩的狗啊。

他在包里放了些狗饼干，作为贿赂。

可那狂暴的吠声显示，要贿赂它似乎并不容易。那声音透露出的信息是凶牙利齿。

他呲目欲裂，几乎喷出泪来，却只能咒骂着退了开去。下次，下次他一定要带肉来。而且是下过毒的肉！

任何东西都不能将他挡在布拉夫府外，不能阻止他得到本应属于他的东西。

他需要冷静下来好好想想。最令他生气的是：他需要回去工作，而且至少需要工作几天。不过，这也能给他思考和谋划的时间。也许，他能想出将兰登或那个女人牵扯进来的新办法。把其中一人或他们俩弄出那幢房子，到警察局拘留一段时间，一段足够长的时间。

或者，也可以让在波士顿的某个兰登家的人出场事故。这也能将那个混蛋引出屋，为自己扫清前路。

有些事，是该好好琢磨琢磨。

此刻，他需要返回波士顿，重新部署。他要亮相，确保有人在应该发现他的地方看见他，并确定跟那些需要交谈的人都说上话。

大家都会看见一个普通的男人每天按时上班，平静度日。没人会看出他到底有多特别。

得尽快赶回去。这么想着，他看了眼自己此刻的速度，决定要在限速范围内，尽量提速。近在咫尺的成功让他有些过于急进了。他决定稍微缓一缓，让所有事和所有人都稳定下来。

等到再回威士忌海滩之时，他定然已经做好行动和取胜的准备。他不仅会得到属于他的遗产，还将伸张正义。

然后，他会过上本应属于他的、如海盗国王般的生活。

他小心翼翼地驶过海滩前的餐厅。那里，伊莱和阿布拉正牵着手，相对而坐。

※

"我喜欢约会。"阿布拉感叹道,"我都快忘记约会的感觉了。"

"我也是。"

"我喜欢第一次约会。"她端起葡萄酒杯,展颜一笑,"尤其是我还没决定是否要任由自己被哄上床的第一次约会。"

"后面半句我喜欢。"

"你回家了。你已经回到威士忌海滩的家。我看得出来,也知道这是种什么样的感觉。告诉我,你打算拿布拉夫府怎么办。你肯定有计划,"她补充道,翘起一根握杯的手指,指着他说,"你向来都是个很有计划的人。"

"过去,我的确是。有段时间,应该是很长一段时间里,我每天都有执行不完的计划。不过你说得对,我一直在考虑那幢房子该怎么办。"

她缓缓凑上前来。她的眼中,是摇曳的烛光。而两人身旁的大片玻璃外,则是波涛汹涌的大海。"快把所有计划都说给我听听。"

"实用第一。奶奶需要回来。准备好之前,她会待在波士顿接受治疗,但接着就会回家。我想安部电梯。我认识一位建筑师,可以请他来看看。她一定有段时间无法爬楼梯,所以电梯或许是个选择。不然,我们可以看看,是否能把那个小一点的客厅改造成她的卧室套房。"

"我更喜欢电梯。她喜欢自己的卧室,也喜欢能走遍整幢屋子的感觉。电梯能帮她实现这点。我还以为这是几年后的事,不过这计划的确不错。还有吗?"

"升级那台旧发电机,再把地下室处理一下。我还没想出该怎么办。这事不急,三楼的情况更复杂些。"

"小说家的新办公区。"

他笑着摇摇头。"电梯是首先要解决的事。而且,我想再在布拉夫府举行派对。"

"派对?"

"过去,我很喜欢那些派对。朋友、家人、美食和音乐。我想看看,现在自己是否还喜欢它们。"

这点子几乎让她激动得发狂。"我们赶紧计划一场派对吧。等你卖出书,我们好好办场盛大的派对。"

"那事还不一定能成呢。"

"我是个乐观主义者,所以,这只是个时间问题。"

服务生替他们端来沙拉时,他换了个姿势,静静地等待两人再度独处的时光。无论迷信与否,他都不想就一本还没写完,更别提销售事宜的书计划派对。

这就是妥协,他想。

"我们不如在奶奶回来的时候,为她举办一场欢迎派对。"

"太好了。"她紧紧地捏了下他的手,才拿起自己的叉子,"她一定会很喜欢的。我知道一个很棒的摇摆乐团。"

"摇摆乐团?"

"肯定会很有意思的。有点复古的味道,女士穿漂亮裙子,男士就穿夏季套装。我知道,她一定会在夏天结束前回来。在阳台挂上中国灯笼,四处都要摆上香槟、马提尼和鲜花。白桌子上也要摆上盛满佳肴的银盘。"

"好,你被录用了。"

她乐得哈哈大笑。"我替很多地方做过派对策划。"

"我怎么不吃惊?"

她举起叉子,在空中晃了晃。"我认识的人也认识别人。"

"肯定是这样。那你的计划呢?比如你的瑜伽房。"

"记在账上呢。"

"我可以提供支持。"

她微微坐直了身子。"我喜欢自力更生。"

"不接受投资？"

"目前还没这个打算。我想要个良好、舒适、安静的场所。光线一定要好。有面镜壁，或许还可以修座漂亮的小喷泉。要有套教堂完全无法比拟的上佳音响系统，一套可以调节的灯光系统。还要有色彩和谐的瑜伽垫、毯子和台面等。要有足够容纳几个其他教练的空间，但也不用太大。此外，再建一间小小的治疗室，用作按摩房。不过，我眼下正在做的事，已经让我很快乐了。"

"所有事？"

"嗯，所有事都是我喜欢做的。我们真幸运，不是吗？"

"我觉得，我此刻就很幸运。"

"我的意思是说，我们都在做自己喜欢的事。我很高兴我们不仅坐在这里进行第一次约会，还在计划我们喜欢的其他事。相较之下，即便做那些不喜欢的事，也没什么大不了了。"

"你不喜欢做什么？"

她微笑着望向他。"此时此刻吗？我想不出来。"

后来，懒懒地靠在他温暖的怀里，迷迷糊糊快睡过去时，她觉得，跟他一起做的每件事她都喜欢。而且，一想到明天，她就想到了他。

迷蒙间，她听见了大海的叹息。她知道，要是稍微再放任一点，自己便会坠入爱河。

她只希望，她已经准备好了。

第二十三章

从雪洛琳·伯克这个名字，以及电话里轻快利落的扬基腔，伊莱觉得，她应该是位身材修长、一身时髦套装的金发女郎。他打开门，却看到一位四十岁左右、肤色微黑、一头棕发的女人。她穿着牛仔裤、黑毛衣和破旧的皮夹克，手提公文包，脚蹬黑色"查克"牌高帮帆布鞋。

"你好，兰登先生。"

"你好，伯克小姐。"

她把太阳镜推到一头短发上，伸出一只手跟他相握。"这狗不错啊。"她补充了一句，冲芭比也伸出一只手。

芭比礼貌地跟她握了握手。

"它应该很能叫，但似乎不怎么会咬人。"

"会叫就足够了。"

"的确。你这幢房子真漂亮。"

"是啊。快请进。想来杯咖啡吗？"

"这种要求我从不拒绝。黑咖啡就好。"

"进来坐吧，我去泡咖啡。"

"或许，我们也可以节约点时间。我跟你一起去厨房。你开的门，又要亲自泡咖啡，是不是说，今天佣人都放假啊？"

"我没有佣人，这你已经知道了吧。"

"嗯，这的确是我工作的一部分。而且，完全披露也是我工作的一部分。"她微笑着补充了一句，露出一口东倒西歪的牙，"介意我四处转转吗？虽然在杂志上见过这里，但我还没真的来过呢。"

"没问题。"

两人边走，她边仔细打量着门廊，接着是客厅和音乐房。举行派对时，打开音乐房那扇双开折叠门，就可以直接进入客厅。

"它传了一代又一代，不是吗？而且，这里一直都有人居住，并没有成为一座博物馆。真让人惊叹哪！你把这房子的风格保存得很好，内外协调，真不容易。"

"布拉夫府对我奶奶很重要。"

"对你也很重要吗？"

"嗯。"

"一个人住，这可真是幢大房子啊。过去几年，你奶奶都一个人住在这里吗？"

"是啊。征得医生同意后，她就会回来。我会在这里陪她的。"

"我理解，家人第一嘛。我有两个孩子，一个让我发疯的妈和一个退休后，就让她发疯的爸。干满三十年，他就退休了。"

"你父亲是警察？"

"是啊，他也是那些蓝衣小子①之一。不过，这事你应该知道。"

"嗯，因为它也是工作的一部分嘛。"

她不自然地笑了笑，转弯进了厨房。"厨房虽然是后来修的，但还是很有布拉夫府的风格啊。你会做饭？"

"不太会。"

"我也是。但看起来，这间厨房倒很像个烹调美味的地方。"

"我奶奶喜欢烘焙。"她很随意地在厨房岛前找了张凳子坐下，他

---

① 警察制服通常为蓝色，所以他们有"蓝衣小子"的别称。

则朝咖啡机走去，"我要说，负责照料这幢房子的那位女士是个很棒的厨师。"

"是阿布拉·沃尔什吧。她……现在正替你照料这里？"

"没错。伯克小姐，我的私生活也跟调查有关吗？"

"叫我雪洛琳吧。我的工作方式认为，没有不相关的事。好啦，很感谢你让我参观房子。我很崇拜沃尔什小姐的母亲。而且，我也了解了一下这位女儿。经历过一番艰辛后，她在这里的生活很有趣。你的生活怎么样？"

"还在努力。"

"在同行中，你是一位体面的律师。"她又迅速挂起笑容，"如今，正在努力成为一名作家。"

"没错。"

"你的名字就能引起轰动。那背后可有旧日的财富、丑闻和一系列神秘事件。"

怒气如酸牛奶般在他腹中积聚发酵。"我并不打算借家族的财富，或我妻子的谋杀案来引起轰动。"

她耸耸肩。"兰登先生，事实就是事实。"

"你要是想羞辱我，就叫我伊莱。"

"只是做些推测而已。你妻子被杀后，你跟警察打过的交道，可比我想象得还多。"

"事后想来，很多次都不是我应该承受的。"他把咖啡放在她面前，"我没有像律师一样思考。等我开始那么思考时，已经有点晚了。"

"你爱她吗？"

这个女人是他雇来的，他提醒自己道。他要的就是一位调查起来刨根问底的新伙伴，跟林赛死后他雇用的那名私家侦探完全不同。

所以，出现眼下这种结果，他也得受着。

"她死的时候不爱。至于以前有没有爱过，也很难说。但她是重要的。她曾是我妻子，所以是重要的。我想知道是谁、出于什么原因杀了她。去年，我花了太多时间自卫，并未真的努力去寻找答案。"

"作为一场谋杀案的头号嫌疑犯，你一定会成为众人关注的焦点。她背叛了你。而在大笔财富和家族威望岌岌可危之际，你要努力尽可能公平而文明地离婚。即便有婚前协议，还是有很多钱财和物品受到威胁。而且，你还发现自己被她耍得团团转。你走进那幢还信任她时为她买下的房子。碰到她后，你勃然大怒，然后操起火钳给了她应得的惩罚。接着，你会惊恐地想：'该死，瞧瞧我干了什么！'你打电话报警，拿那句老掉牙的'我一进来，就发现她那样了'来掩饰一切。"

"这是他们的看法。"

"嗯，这是警方的看法。"

"警方、林赛的父母和媒体。"

"林赛的父母无关紧要，但媒体……我还是那句话，事实就是事实。而且警方最终也没能结案。"

"警方是没能最终结案，但那也不会让他们或其他任何人相信我是清白的。至于林赛的父母？他们失去了女儿，所以他们并非无关紧要，他们认为我逍遥法外。媒体也许就是媒体，但影响力不容忽视。他们在舆论法庭上导的那出好戏，可把我的家人害苦了。"

他说话时，她只是静静地仔细打量着他。此刻，他觉得她似乎有些了解自己了，正如她也了解布拉夫府一般。

"你想惹怒我？"

"或许吧。人客客气气的时候，说不出什么事来。从表面上看，林赛·兰登的案子似乎毫无争议。分居的丈夫、性、背叛、金钱、冲动犯罪。人们首先关注的肯定是丈夫和最先发现尸体的那个人。而你两样都占齐了。没有破门而入和挣扎的痕迹，也没有入室盗窃的迹象。而且，那天早些时候，你还跟受害者当众起过冲突。很多迹象都对你极为不利。"

"我已经意识到了那些不利因素。"

"问题是，虽然表面上看来一切似乎显而易见，但只要一开始深入调查，你就会发现破绽。时间是个大问题——她死亡的时间，若干证人目睹你离开办公室的时间，以及你解除警报器进入那幢房子的时间。所以，你不可能先去了那里，然后再出来返回办公室。因为有人看见你下午六点前都在办公室开会、与他人交谈。也有目击者证明受害者离开其工作画廊的时间。那天晚上，她在你踏进那幢房子的前两个小时回到那里，这点也是经过证实的。"

"警方虽然认为时间很紧，但我依然有可能进入那里，跟她争执一番后痛下杀手，然后试图通过报警来掩盖罪行。"

"场景重现，即便是检察官来重现当时的场景，也不怎么有说服力。咖啡不错。"她插了句嘴后，继续说道，"再来说取证。你身上没有任何血迹。发出如此一击后，不可能不沾染上任何痕迹，你衣服上却没有。而且，有证人证实，你当时穿的西装、系的领带，跟离开办公室时一样。所以，在间隔仅二十分钟左右的情况下，你哪儿来的时间先换掉衣服，再在行完凶后换回来？而且，那套沾染了血迹的衣服又在哪儿呢？或者说，你用来遮挡那套西装的东西在哪儿？"

"你说起话来真像我的律师。"

"他是个聪明的家伙。此外，他还提到你没有暴力史，之前也没有任何不良行为。所以不管他们如何找你麻烦，你只要坚持最初的说法，他们就无计可施。"

"因为事实就是如此。"

"此外，受害者的行为对你有利。说谎和出轨的是她，一边想要获得丰厚赡养费，一边又跟别人搞地下情的还是她。这件事，媒体也是报道了的。"

"污蔑一个已经死去的女人很容易，而这并不是我想要的结果。"

"但这么做对你有利。那天下午，你跟她吵过一架后，她跟贾斯廷·斯金德的那几通电话也很有帮助。至少有那么一会儿，大家的注意力都转到了他身上。"

他发现自己完全不想喝咖啡，于是打开冰箱拿水。"我希望凶手是他。"

"那问题就来了。首先，动机是什么。除非你同意以下说法：她决定跟他分手，或者在跟你起了正面冲突后决定让步。因为她很擅长隐瞒他的存在，所以动机问题就更严重了。朋友、同事、邻居——没人听说过他。虽然有人怀疑她有情人，但她从未提过此事，因为太过危险。她没有写日记，两人之间的邮件往来也非常小心。他们都要冒很大风险，所以几乎全在酒店、郊外旅馆和小旅馆见面。警方没有找出任何能证明两人之间关系紧张的证据。"

"没有。"即便当初的这份痛苦已经转淡，他也希望自己能别再继续痛下去，"我想，她真的非常在乎他。"

"也许吧。或者，她只是喜欢那种冒险经历而已。你可能永远都没法彻底弄清这事。不过，要让斯金德成为凶手的最大障碍，就是他妻子提供的不在场证明。他背叛了他的妻子。这场风流韵事让她备受羞辱，甚至濒临崩溃，她却告诉警察，那天晚上他在家。因为两个孩子都在学校，所以只有他们共进晚餐。然后，孩子们大约在八点十分左右到家，并证明爸爸妈妈当时都在家。"

她打开公文包，拿出一份文件。"你知道，斯金德最近离婚了。我想，既然婚姻已经结束，现在她或许会改变说法。昨天，我找她谈过一次。她虽然很痛苦，很疲倦，再也不想理会丈夫和婚姻这档子事，说辞却仍跟之前一样。"

"那我们该怎么办？"

"这个嘛，一个人能跟另一个人出轨，就有可能再招惹别的人。或许，另一个情人不喜欢看到她跟斯金德在一起。或者，她也有可能撞上了另一位妻子。目前我还没发现其他人，但这并不意味着我接下来不会发现。介意帮帮我吗?"雪洛琳指了指咖啡机,问道。

"不,当然不介意。"

"虽然我很想自己来,但要操作那台机器,看起来似乎得先学学操作手册。"

"没关系,我来吧。"

"谢谢。所以,你会发现——我相信之前那位私家侦探也告诉过你——她并没有一直用信用卡订房间。有时,她直接付的现金。如此一来,就很难追踪到了。"

"在某些地方与她出双入对的是贾斯廷·斯金德,这点我们现在已经有目击证人。我们接下来要找的,是能证明她跟别人在一起的目击证人。"

他端回现磨的咖啡,再次坐了下来,边听雪洛琳说话,边浏览那些文件。

"凶手是她放进屋的。而且,她还把后背亮给对方。这说明她认识凶手,所以,我们可以看看她都认识谁。波士顿警察局虽然调查得很仔细,但他们认为这个人是你。而且,那位领头调查者也在拼命证实这点。"

"沃尔夫。"

"他真是个顽固分子。你符合他对凶手的一切猜想。我知道他为什么有这种想法。你是一名刑事辩护律师,这就注定了你俩的敌对身份。他拼了命地从街上抓坏蛋,你却为了自己的荷包,又让他们逍遥法外。"

"非白即黑。"

"成为私家侦探前,我干过五年警察。"她双手捧着咖啡,身子往后一仰,有滋有味地喝了起来,"我见过很多灰色地带。但要是某个一身昂贵西装的大律师钻了法律的空子,或因为他个人的精彩表演,让一个混蛋逍遥法外,那才是更令人气愤的事。沃尔夫望向你时,看到的是富裕、特权、宠溺、共谋和犯罪。他在证据不足的情况下，凭自己的主观臆断对你提起诉讼，却没法成功结案。如今，你到了威士忌海滩。而且，不知不觉中，你附近又出了一桩谋杀案。"

"这下你听起来不像我的律师了。你听起来像个警察。"

"我有很多面。"她若无其事地说。

她又拿出一份文件，放在台面上。"柯比·邓肯。基本上，他都是单独行动，行事低调，也不会采用什么高科技手段。但他不是地下减价商品部的料，他是有资格被摆上货架的。警察们很喜欢他。他做事公平，曾经是他们中的一员。沃尔夫不仅认识他，还对他十分友好。所以，无法把这件案子栽到你头上，并借此将你妻子的死也绕回到你身上，让他非常生气。"

"嗯，这点我非常清楚。"伊莱赞同道。

"但如此一来，事情就对不上号了。邓肯不是傻瓜，不可能在一个荒凉之地，跟自己正在追踪的那个人单独会面。除非他想做点异乎寻常的事，才会在风雨交加的半夜，去灯塔赴约。所以，他要见的那个人，很有可能就是他认识，并且杀掉他的那个人。你不仅有当时的不在场证明，所有迹象都表明你从未见过邓肯，也未跟他有过任何交流。此外，阿布拉·沃尔什在这幢房子里遭到袭击时，同样没有任何迹象能证明当时肯定身在波士顿的你赶了回来，然后安排了跟邓肯的会面，杀掉他，接着赶回波士顿清理他的办公室和公寓，接着再回到这里。这种事谁都不会信。"

"沃尔夫信——"

雪洛琳摇摇头。"沃尔夫虽然会尽力尝试，但我也不确定他是否真能接受这种说法。如今，他要么想办法把沃尔什牵扯进来以证明你的帮凶身份，要么证明你联系过某个在波士顿的从犯做最后那些清理工作，说不定还能把你拖下水。"

"有人把杀人凶器放进了阿布拉家。"

"什么?"她立刻直起身,目光锐利,火冒三丈地怒道,"该死,这事我怎么不知道?"

"抱歉。我也是周一才知道这事。"

她不悦地抿紧嘴唇,从公文包里拿出笔记本和钢笔。"跟我大致说一下。"

他边把自己知道的事告诉她,边看着她记笔记。在他看来,她用的似乎是警察惯用的那套速记法。

"这种陷害手法真是拙劣。"她总结道,"能做出这种事,那人不仅冲动、毫无章法,或许还有点蠢。"

"他杀了一个经验丰富的私家侦探,而且迄今为止还逍遥法外。"

"即便是蠢蛋,也可能很幸运。我想先去看看那座小屋,再回波士顿。"

"我问问阿布拉。"

"还有你地下室那个大坑。我会跟当地那些警察喝一杯,看看他们能分享多少东西给我。"她一边用钢笔敲着纸面,一边仔细打量伊莱,"你已经在我们的电子邮件和通话中表明,你认为这一切或许都有关联。"

"否则,巧合也太他妈多了吧。"

"或许吧。我还找到一件有意思的事。"

她又拿出一个文件夹。"大约五个月前,贾斯廷·斯金德在威士忌海滩北角买了座名叫'沙堡'的房子。"

"他……他在这置办房产?"

"没错。房产是以他建立的皮包公司——'遗产公司'的名义买下的。房产契约或抵押单上都没有他妻子的名字。他们要是离婚,这座房子就应该暴露才对。此时此刻,这种可能性很大。然而,她还是对此一无所知。"

"他干吗要在这里买房?"

"这片海滩不错。而且,对于买家来说,在这里投资房产依然是非常明智的。"她又不自然地笑了笑,"但我心中愤世嫉俗的一面认为,他肯定别有用心。我们可以这么想:他希望抓到你的错处,为他死去的情人报仇。但五个月前,你并没有住在这里,也没打算要来。"

"布拉夫府在这里。我奶奶……"

"无论如何,我都无法从中看出他跟你妻子的死有关。这才是你雇用我的原因吧。不过,我喜欢解谜,否则,我也不会掺和进来管这桩闲事。他在这里买了座房子,相当接近你这个重要的家。不过,据我所知,结婚之后,你就很少回来了。"

"林赛不喜欢这里。她跟我奶奶合不来。"

"我想,她估计在说枕边话的时候提到了这座房子,以及与之有关的一切。因此,她死后数月,她的情人就到这里来置办了一处产业。至于你,家里地下室有个大坑,奶奶进了医院,被一名私家侦探跟踪,然后那名侦探还被杀了。如今,凶器被放进跟你有染的女人家中。伊莱,那人真正的目标到底是什么?不是你。他迈出第一步的时候,你根本不在这里。那他到底为了什么?"

"埃斯梅拉达的嫁妆。那东西很可能根本不存在。但如果它真的存在,也肯定不会埋在地下室。他就那样扔下我奶奶,见死不救。"

"或许吧。虽然无法证明,但的确有这种可能。我要是无法确定你不是个头脑发热的蠢蛋,我一定不会把这些信息告诉你。我一向判断力惊人,可别搞砸我的记录。"

他之所以插手这事,正是因为他头脑发热,很有做出什么蠢事的可能。"他很可能杀掉她。她躺在那里,天知道到底躺了多久。一个手无寸铁的老太太,他竟然扬长而去,不管她的死活。林赛也可能是他杀的!"

他猛地转过身。"他妻子可能出于忠诚或恐惧,撒谎替他打掩护。他有杀人的本事。奇怪的是,邓肯也站在他那边。还有谁?还有谁会在意我在做什么？我想应该是林赛的家人，但说是他似乎更合理。"

"我在这事上做了些调查。哎，真是爱管闲事。"她又嘀咕了一句，"皮德蒙特家族在波士顿一家很棒的公司雇了两名最顶尖的私家侦探调查此事。大约三周前，他们才让两人停止调查。"

"他们……他们让那两人罢手了？"

"据我所知，两名私家侦探称找不到什么线索。我没说他们不会再去另一家公司雇人，但我可以肯定的是，柯比·邓肯不是他们雇的。"

"如果是斯金德雇的，他就一定知道我何时出门、去了哪里，以及他将有多少挖坑时间。我去波士顿那晚，他一定在这幢房子里。因为邓肯告诉他我在波士顿。然后，阿布拉来了。她要是自卫不成功，他很有可能已经……"

他朝着阳台门来回踱步时，雪洛琳一直坐着。"你说过，邓肯是个很正直的人。"

"嗯，那是他的名声。"

"有人闯入这里那晚，文尼——也就是汉森警长就去找他问过话。他把非法入室案和阿布拉遇袭的事都告诉了邓肯。一个正直的人无法容忍自己被这般利用，也不喜欢雇主触犯法律，对一个女人下手。因此，斯金德宁愿杀了他，也不敢冒暴露自己的风险。"

"这事如果能得到证实，到时候，一切才说得通。但现在嘛……"她又敲了敲那堆文件，"我们只能证明他买了一处房产。而且，我并不觉得他妻子忠实或害怕，虽然我跟她交谈时，她表现得痛苦和屈辱。我不明白她为什么要替他撒谎。"

"他依然是孩子们的父亲。"

"这倒也是。我会继续关注的。与此同时，我也会去周围转转，紧盯着斯金德，看是否能找出他在干什么。"

"要是找到什么跟他有关的东西，我希望你能透露给警方。"

她猛地一缩。"那会坏事的。听着，那样的话，警察会想找他谈话，向他提问，并得出他们的判断。那会把他吓退，也会把我们的最佳计划搞砸。给我一周吧，看到时候能处理得如何。”

“好，就一周。”伊莱同意了。

“带我去看看你地下室那个有名的大坑吧。”

下楼后，她掏出一个小数码相机，拍了几张照片。“他在这里下的决心可不小啊，”她感叹道，“我读了些跟这批嫁妆和那艘船有关的东西，但也只为了大致了解一下。如果你不介意的话，我想找个手下对此做一番深入研究。”

“不介意。我自己也做了些研究。要是这儿真有宝藏，肯定早就被我们发现了。他简直在浪费时间。”

“也许吧。但我想，这么大一幢房子，肯定有很多隐蔽处。”

“这里大部分都是在‘卡吕普索’号失事后的数年间建造的。都是靠威士忌建起来的。一代又一代，这间地下室随着酿酒厂、仓库和办事处一起建了起来。”

两人开始朝外走，她提到：“你没有进入家族企业。”

“那是我妹妹的事。她很擅长做生意。我就做待在布拉夫府的兰登人吧。这里向来都有人在的。”他解释道，“自从不再是这片断崖上的一间小石屋，这里就一直都有兰登家的人在。”

“因为传统吗？”

“因为它很重要。”

“因此，你才会回后湾区的家，把你曾祖母的戒指拿回来。”

“它不是婚内财产。这点即便在婚前协议上，也写得很清楚。不过，在那个时候，我不相信林赛。”

“为什么？”雪洛琳问道。

“那枚戒指属于兰登家族。奶奶把它给我，让我送给妻子，是为了象征她已经成为家族的一员。林赛配不上它。我非常生气。”他关上地下室的门，又补充道，“我想拿回一些属于我的东西。戒指、已经在家族中流传了两百多年的银质餐具，还有那幅画……真是蠢。"他承认道："当她背叛了我们的婚姻，我就不想把出于爱情和信任买下的东西留给她。真蠢，因为经过了这一切后……我甚至看都不想再看那幅画一眼。"

"这些都让你处于更为有利的位置。你上楼拿戒指，也只拿了戒指。给妻子买的所有珠宝，你都没碰。你既没动那些珠宝，也没把它们弄得满屋都是，更没扔出窗外。你没有表现出任何暴力行为或暴力倾向。伊莱，你不是个暴力的人。"

他想起斯金德、林赛、他的奶奶和阿布拉。"我也可能成为暴力分子。"

她慈母般地拍了拍他的胳膊。"别改变。我在小旅馆订了一晚住宿，可以跟老板聊聊邓肯和任何她见过跟他在一起的人。有人在嚼着蓝莓饼干的时候，会想起接受警察盘问时忘掉的东西。我想去阿布拉的小屋看看，也想偷偷去斯金德那座房子附近转转，没准儿，再跟周围的邻居和一些店员聊聊。他总得买吃的吧，比如偶尔来个半打什么的。"

"好，我给阿布拉打个电话，说说你要去笑鸥小屋的事。"

他掏出手机，瞥了眼厨房布告板上的清单。

"是她的日程表吗？"

"今天的。"

"真是个忙碌的女人。"

雪洛琳趁伊莱跟阿布拉通话之际，仔细读了遍那张日程表。她想：这个女人同时做这么多事，肯定对很多人都有点了解。这点应该会很有用。

"她说你可以到邻居那儿拿钥匙。去笑鸥小屋右边那座房子，找莫琳·奥·马利就行。"

"很好。这些文件就留给你吧，我有复印件。"她拉上公文包，提了起来，"有什么最新消息，我会立刻告诉你的。"

"谢谢。你已经给了我很多需要消化的东西了。"他把她送到门口。脑中突然闪过一个念头："半打。啤酒。酒吧……"

"给我来份生啤……"

"阿布拉……第二场非法入室案……当时，我们在她周五工作的那间酒吧。她看见一个人，一个不太熟悉，也不太友好的人。他又点了份饮料，却在我一走进酒吧，还没等她送来就走了。"

"她能描述出他的样子吗？"

"那里很昏暗。她配合警方拼图师画了幅素描，但结果不太理想。不过……"

"你可以找张斯金德的照片给她看……值得一试。文件里就有他的照片。但那也只能证明他当时在酒吧里。跟知道他在这儿有处房产一样，没多大价值。不过，能多确定一点总是好的。"

伊莱发觉，他也想了解更多。他直觉地认为，那个伙同他妻子背叛了自己的家伙，很可能就是杀死她的凶手。害奶奶摔下楼梯，然后不管她死活扬长而去的人，以及攻击了阿布拉的那个人，也可能是他。

他侵入了布拉夫府。威士忌海滩上的每个人都知道兰登家，因此，他一定是故意在这里买房，肯定是为了借机接近布拉夫府。

他把文件拿进图书室，坐在那张老桌子前，拿出信笺簿做笔记。

接着，他完全沉浸到工作中。

五点过不久，阿布拉进屋时，他还在埋头苦干。跑去门口迎接的狗狗，凝望着她的眼神充满恳求之色。

"伊莱。"

"什么？"他眨眨眼，环顾了一下四周，皱起眉头，"你都回来了啊。"

"嗯，我回来了，而且还迟到了一会儿。"

她走到桌前，扫了那堆文件和那叠厚厚的笔记一眼，然后拿起两个空瓶子。"两瓶——激浪。"

"我会收拾的。"

"你会收拾？吃午饭了吗？"

"呃……"

"出去遛狗了吗？"

"噢！"他往下一瞥，就看见满眼悲伤的芭比，"我马上去。"

"两件事。首先，我不会让你再忽视自己，任由你不吃饭，就靠没营养的软饮料和咖啡过活。第二，你不能忽视一只依赖你的狗。"

"你说得对。我刚才太忙了。我马上带它出去。"

阿布拉却一言不发，转身就走。狗狗也紧跟了上去。

"该死。"他瞥了眼文件和已经取得的进展，用手扒了扒头发。

狗不是他想要的，不是吗？但他还是收下了它，事实就是这样。他起身来到厨房，却发现里头空无一人，只有阿布拉的大包放在台面上。他朝窗外一瞥，发现她自己带着狗狗出了门。此刻，海滩前的台阶，她们都已经走完一半了。

"没必要为这事生气。"他嘟囔着，抓起夹克和芭比最喜欢的玩具球出了门。

追上他们时，一人一狗正沿着海岸线走得飞快。

"我是为了赶上进度。"他连说了几遍。

"显而易见。"

"听我说，私家侦探给了我很多新信息，都很重要。"

"狗狗的健康和幸福也很重要，更别提你自己的了。"

"我只是把它忘了。它太乖顺了。"因为这话听起来好似责备，他赶忙充满歉意地望了狗狗一眼，"我会补偿它的。它最喜欢追球。你瞧！"他解开皮带，喊了句"芭比，上！"便把球用力抛向了水面。

狗狗立刻欢天喜地地追了出去。

"瞧见没？它原谅我了。"

"它是只狗，几乎什么都能原谅。"浑身湿透的芭比朝阿布拉奔了回来，把球吐在沙地上，阿布拉赶忙敏捷地闪了开去。

伊莱捡起球，又扔了出去。

"你记得喂它了吗？它的水盆是空的。"

"该死。"好吧，此时此刻，他真是糟糕透了，"下不为例，我只是——"

"只是在赶进度。"她帮他说完了剩下的话，"所以，你忘了喂狗喝水，忘了遛它，也忘了吃饭。我想，你也没有写作吧，反而把所有时间和精力都花在谋杀案和宝藏上。"

该死，他要为这事道歉吗？"阿布拉，我需要答案。我想，你也想知道答案吧。"

"我的确想知道。"看着狗狗随着他又一次投掷激动莫名的样子，她努力平复着心情，"伊莱，我想知道，却并不想以你为代价。我不希望，这会让你失去好不容易恢复的自我。"

"不是那样的。天哪，不过一个下午而已。通往真相的所有门都大开的时候，我需要去探索一番。因为如果不明真相，即便恢复自我，也是不够的！"

"我理解。我也想知道。或许是我反应过度了。不过，狗狗的事例外。你没有任何借口忽视它。"

"你到底想让我感觉多糟糕？"

她寻思了一会儿，想想他，又想了想芭比。"狗狗的事真是糟糕透了。"

"现在，任务已经完成了啊！"

她叹了口气，甩掉鞋子，把裤腿卷到膝盖上，踏入浪中。

"我在乎你，太在乎了。伊莱，如此在乎你，对我来说已经成为一个问题。"

"为什么？"

"只过自己的生活更容易，这点你不也体会过吗？"她拨开被风吹到脸前的头发，继续说，"只过自己的生活，比再次踏出那一步，再冒一次险简单。而且，当你发现自己似乎无法停止迈出的脚步，真是件可怕的事。我似乎就停不下来了。"

突然转换的话题让他困惑，也让他有些不自在。"我觉得，对我来说，再没有人会比你更重要。这想法也有点吓人。"

"如果我们相遇在几年前，如果我们还是当初那个自己，真无法确定，我们还会不会有这种感觉。伊莱，你已经从绝望的大坑里爬上来了。"

"因为有人帮我。"

"除非他们准备好了，否则无论知道与否，我都不认为人们会接受帮助。你已经准备好了。一想到你刚回威士忌海滩时那副悲伤疲惫、阴暗消沉的模样，我就心痛。要是看着你再变回以前那样，我会心碎的。"

"不会发生那种事的。"

"我希望你能找到答案。我也想知道答案。我只是不想让它们将你送回那个大坑，或将你逼向另一个极端，变成某个我不认识的人。虽然很自私，但我想要现在的你。"

"好吧，好吧。"他花了点时间，整理好自己的思绪，"我会忘事、会赶进度，并且正在学着喜欢让某人来提醒自己什么事不该做。这就是我，跟发生这一切之前的那个人并没那么大差别。但已经发生的事，肯定会引起我的关注。我不想成为你的麻烦，但我也不会变成别的样子。我会成为我想要的样子。这点，我还是能肯定的。"

她又扒拉了一下头发，歪着头说："选条领带吧。"

"什么？"

"选条领带。一条就行，你自己选。还有，让我读一幕你写的书。就一幕。当然，给不给也由你说了算。这只是一种象征，表示抛却过往。从现在开始，给我一些新东西。"

"这就能解决问题了?"

她摆摆手。"走着瞧吧。我想,我得想想晚餐做什么,并确保让你吃下去。"她捅了捅他的肚皮,"你还是太瘦了。"

"你也不胖啊。"似乎是为了证明这点,他一把抱起她,逗得她哈哈大笑,双腿立刻缠上了他的腰。

"那我们就做顿丰盛的晚餐。"

她吻上他的唇。被他抱着连连转圈时,她唇角优美的弧度,始终未曾消失。等到终于仰起身,她才看见他正在朝哪儿走。

"不要啊,伊莱!"

她被他带入浪涛,摇摇晃晃、跌跌撞撞。好不容易喘着气站稳脚跟,就又被另一波浪花掀翻在地。

伊莱乐不可支地又把她抱了起来。"我就是想看看你会变成什么样。"

"又湿又冷!"她把湿淋淋的头发拨到脑后,狗狗兴奋地围着他们游来游去。她想:该怎么形容自己呢?他这一冲动又愚蠢的行为,竟然让她先前的恼怒和紧张一扫而空?"笨蛋!"

"美人鱼。"他再次把她拉进怀里,"如我所料,你就像一条美人鱼。"

"这条美人鱼不仅有腿,现在还冷死了。而且,浑身都是沙子,难受死了!"

"听起来,似乎需要洗个长长的热水澡!"握住她的手,他拉着她往岸边跑,"我会帮你把那些沙子清理干净的。"海风吹来,他又是一阵大笑。"天哪!冷死了。快走,芭比!"

她想:赶上进度,现在要做的就是这件事。她要赶紧。一把抓过鞋子,他们飞快地跑过了海滩。

第二十四章

一冲进门厅，阿布拉立刻剥掉滴水的卫衣，甩飞了湿透的鞋。

"冷死了，冷死了，冷死了。"她一个劲儿地念叨，颤抖着牙脱掉湿淋淋的上衣，扭着身子剥下黏乎乎的裤子。

看着湿淋淋、光溜溜，还不住打着颤的阿布拉，伊莱的速度顿时慢了下来。她留下一地狼藉跑掉时，他还在努力脱掉湿透的牛仔裤。

"等一下！"他终于脱掉牛仔裤和内裤，扔下那堆乱七八糟的衣服，留下一摊四处蔓延的海水和几团湿漉漉的沙块，冲她急追而去。

他听见，她还在不住地念叨。

"冷死了，冷死了，冷死了！"

他追上她时，她刚好站到莲蓬头下，随着喷薄而出的热水，畅快地呻吟出声。

"好暖，好暖，好暖！"

他一把从后面抱住她，引来一声尖叫。

"哎呀！你身子还是冷的！"

"马上就不冷了。"

他扳过她，紧搂在身前。然后攫住她一绺头发，唇便压了上去。他觉得，温度在急剧上升。

他想碰触她。那湿滑的肌肤和玲珑修长的曲线，她身上的一切，他都想碰触。他想听到她沙哑的笑声和愉悦的叹息。随着热水涌过两人的身体，她又开始颤抖，这次，却是出于渴望和期待。

她的手滑过他的身体，指甲轻轻的搔刮，带起一片战栗。不断喷涌的水流下，她随着他一圈圈地旋转，热切濡湿的唇，与他难舍难分。

他想让她快乐，想抹去海滩上她眼中的那抹忧虑。麻烦一定会来，但不管是什么样的麻烦，他都想保护她不受伤害。

他想，麻烦真如皮肤一般，紧抓着他不放。

至少，此时此地，这里只有温暖、愉悦和渴望。此时此地，他可以把一切都给她。

她紧搂着他，即便他扳过她的身子，双手热切地上下游走，她仍伸出一条胳膊扣着他的脖子，将他紧紧锁在身前。她如沐甘霖般仰着脸，将自己完全敞开。

她的身体还想得到更多。他却耐心十足地轻揉慢捻，吸吮啃咬，把那份渴望渐渐撩拨成深切而难耐的疼痛。

当她再次转过身，贴上他的唇，他一把将她按到湿漉漉的瓷砖墙上，挺身而入。

此刻，一切都慢下来了，如蒸汽般慢慢升腾，再若水珠般滴落。两人飘飘荡荡，仿佛踏在快乐的云端，湿滑绵软。她透过水雾，望进他眼底。那里有答案，她想。她只需接受已知的一切，只需抓住心中已有的渴望。

任思绪飘荡间，她脑中突然浮起一个念头：就是你了，我一直等待的那个人，就是你。

当她把脸埋入他的肩膀，随着那最后的沉沦而战栗时，她感觉到了爱。

他也同样迷失在她身体里，又那么紧紧地搂了她一会儿。然后，他稍稍扶起她的脸，轻吻上她的唇。"至于那些沙子嘛……"

她笑了，这一刻也随之完美。

※

厨房里，已经弄干身子、暖和过来的她正忙着做晚餐，他则在倒红酒。

"我们可以一起做个三明治。"他开口道。

"还是不要了吧。"

"就因为我错过了午餐，你又要让我再内疚一次吗？"

"不，那事上我已经赢了。"她拿出大蒜、几个小番茄和一大块帕尔马干酪，放在台面上，"我饿了。你也应该饿了。谢谢。"她接过红酒，与他碰了碰杯。"不过，既然你提起这事，那就跟我说说，你今天都在赶着干吗吧。"

"我今天跟私家侦探见了一面。"

"你说过她要来。"阿布拉停下在冰箱里的翻找，颇有兴趣地转过身，"你说，她没得到什么新信息。"

"可以这么说。"一个念头突然闪过，他举起一根手指，"等等。有件事我要试一下。只需要几分钟。"

他到图书室取出文件，把贾斯廷·斯金德那张照片拿进办公室，复印了一张。他闭上眼，努力回忆警方拼图师的那张素描。

他拿起一支铅笔，替照片中的那个人添上长发，并在眼部加上了阴影。他不敢自称伦勃朗①，甚至赫斯特·H. 兰登。不过，这事值得一试。

他拿起照片和复印件下了楼，途中又绕回图书室取走了那些文件和他做的笔记。

回到厨房时，她已经在炉子上架起两口锅，正忙着切蒜。旁边的厨房岛上放着一个装满橄榄、腌朝鲜蓟和樱桃椒的窄盘。

---

① 欧洲 17 世纪最伟大的画家之一，也是荷兰历史上最伟大的画家。

"那东西你是怎么做出来的?"他边想,边往嘴里抛了个橄榄。

"厨房魔法。那些都是什么?"

"私家侦探留下的文件和我做的笔记。她从头到尾重新调查了一番。"

他绕到她跟前停住,还没来得及说出斯金德已经来到威士忌海滩的事,她已经端出一碗花卷面,混上西红柿、罗勒和蒜泥。接着,他又看着她往上撒了一层帕尔玛干酪。

"差不多半小时,你就把它弄好了。没错,这的确是厨房魔法。"没等她回答,他便抢先说道。接着,他立刻挑起意大利面,先为她盛了一盘,然后又替自己盛了一盘。

阿布拉一屁股坐到他旁边的凳子上,尝了口盘子里的面。"不错,做成功了。这么说,她也认为这一切都是有关联的?"

"嗯,她——不错?"也尝了口面后,他说,"简直棒极了。你应该把菜谱写下来。"

"破坏这份随性吗?她会跟文尼谈谈的,对吗?也会去找科比特警官吧?"

"计划是这样。她还会顺便做几个新的尝试。"

"比如说?"

"我们先试试这个。"他把台面上那张修改过的照片翻了过来,放在两人中间,"这家伙看起来熟悉吗?"

"我……他看起来很像那晚在酒吧里的那个男人,非常像。"她拿起照片仔细端详,"比我向警方拼图师描述的模样更像。你从哪儿搞到这个的?"

作为回答,伊莱把那张原始照片翻了过来。

"这是谁?"她问,"还是他,只不过头发短了些,脸看起来干净、整洁一些。我在酒吧里见过的这个男人,她怎么找到的?"

"她不知道她找到了他。这是贾斯廷·斯金德。"

"斯金德，就是与林赛有染的那个男人？"她手指轻敲着太阳穴，脸上闪现出怒意，"该死！我去年在报纸上见过他的照片，却没想起来。我想，估计是当时没太注意。他去酒吧干什么？"

"为了监视什么吧。几个月前，他买下了北角的'沙堡'。"

"他在威士忌海滩买了座房子？我知道那座房子。"她用手指戳了戳伊莱，"我知道那里。我替它对面的一座房子做过清洁，就是那种季节性的大扫除。伊莱，他在那里买房，只有一个原因。"

"为了抵达这里。"

"但这太疯狂了，你这么想，简直太疯狂了。他跟你妻子偷情，现在又……他是为了获得这幢房子的信息，才跟你妻子偷情的吗？或许，他还想知道更多关于宝藏的事？他俩有染期间，那些信息他都得到了吗？"

"林赛向来对布拉夫府没什么兴趣。"

"但她与此有关。"阿布拉坚持道，"她知道'卡吕普索'号和那批嫁妆，不是吗？"

"当然。第一次带她到这里来的时候，我就告诉过她。我带她去看以前海盗们停船的海湾，跟她讲在禁酒时期卖威士忌的事。你知道的，就是用地方特色和兰登家的传统来打动女生那一套。"

"那她被打动了吗？"

"那是个好故事。我记得，过去她还让我在几场晚宴上讲过，不过多半都是为了增加点笑料而已。她不太看重威士忌海滩，或者说，也不怎么想起这里。"

"斯金德显然看重，也会想起这里。伊莱，这可是件大事。他可能就是那个该为这一切负责的人。非法入室案、赫斯特摔伤事件、邓肯的谋杀案，以及林赛——"

"林赛那件案子，他有不在场证明。"

"但替他作证的不是他妻子吗？如果她撒谎……"

"他们离婚了，她的说辞依然跟之前一样。不过，雪洛琳觉得她有些勉强，估计是这些日子对斯金德很不满吧。"

"她可能还在撒谎。"阿布拉又挑了些意大利面，"他还犯了别的罪。"

"目前他还是清白的。"伊莱提醒她道。

"噢，别跟我扯法律那一套。他在那儿买了座房子！与其再这般胡扯，你不如给我个好理由。"

"我可以给你几个理由。他喜欢海滩；想做笔投资；他的婚姻正在，或者说已经每况愈下，他想有个容身之所，一个可以让他理清一切的安静之地。因为曾经在心血来潮之下跟林赛开车到过这里，而她很可能带他看过布拉夫府，所以他才会在这里买下一座房子，留个念想，好让自己记住那美好的一天。"

"胡说八道。"

突如其来的怒意让他耸了耸肩。"合理怀疑。我要是他的代理律师，在当事人仅仅因为买了座海滩小屋就遭到怀疑的情况下，我可是会弄出很大动静的。"

"我要是原告，我也会针对一系列巧合和关联事件，弄出很大动静。他为何非要在这片有你家族重要房产的海滩买房子？而且，为什么自从他买下那座房子，这里就遭遇了一连串的非法入室案？"

她哼了一声，脸色也严肃起来。"法官大人，我认为，被告购买上述房产，就是为了在同一片地方有个落脚点，以方便非法侵入布拉夫府，寻找海盗宝藏。"

他微微一笑，倾身吻了吻她。"反对。辩方律师。"

"我觉得，我一点都不喜欢作为律师的兰登。"

"或许吧，但鉴于目前的情况，我想跟斯金德一起散散步。"

"那反过来问吧，兰登大律师打算证明被告有罪？"

"第一，找出他了解或对埃斯梅拉达的嫁妆感兴趣的证据。确定在你家找到的那些线头跟他有关，这一定是个切入点。确定那把枪也跟他有关。另外，还可以追踪地下室那些工具。如果我奶奶能认出他就是那个闯入者也好。从这一切反推回去，便可以证明他妻子在撒谎。更好的情况是，想办法证明林赛被害时，他就在那所房子里。不过，这点很难办到。找到一个或几个能证明他和林赛之间出过问题的证人，倒是个不错的开始。"

阿布拉边啜红酒边思索。"我打赌，跟布拉夫府和那批嫁妆有关的各种书籍和笔记，我们肯定都能从他那儿找到。"

"除非有搜查令。而没有合理根据①，是没法拿到搜查令的。"

"别拿这些法律术语打断我。"阿布拉丝毫不买账地挥挥手，"警方可以就那些线头和他的衣物，或我睡衣上的 DNA 做犯罪现场调查。"

"这一切都得有授权才行。而要获得授权，就得有合理根据。"

"那把枪——"

"没登记过。所以我觉得，他是用现金在大街上或找某个非法贩子买的。这在波士顿并不难办到。"

"要是这样，那你怎么追踪？"

"拿着他的照片，到处去问会做那种交易的贩子。找到要找的那个贩子后，先让他认出斯金德，然后再说服他同意作证。"伊莱一点一滴地推算行动过程和可能性，"要实现这一切，得有能中百万乐透彩票的运气。"

"最终，总得有人赢。上述办法，你的私家侦探应该都试试。我想，如果有可能的话，我们也需要什么时候让赫斯特想起被她忘掉的那些事。而且，说实话，当时应该很黑吧？我不认为她真的看见了他，顶多看见一道影子或一个轮廓。"

"这点我同意。"

---

① 法律上认定被告有罪之合理基础。

"要追踪那些工具也不容易。他很可能几个月前就买了，谁还记得某个买了把丁字镐或大锤的人？不过……我觉得你应该去波士顿跟他妻子聊聊。"

"什么？跟伊登·斯金德聊？她为什么要搭理我？"

"见鬼，伊莱，这不正能表现出你理解女人，尤其是愤怒、悲伤或遭到背叛的女人吗？你们都遭到了背叛——她丈夫背叛了她，你妻子背叛了你。你们之间就有了某种联系。你可以分享这段艰难的经历。"

"如果她认为是我杀了林赛，这种联系就摇摇欲坠了。"

"要找出答案，只有一个办法。等我们到了那里，我们可以去看看柯比·邓肯的办公室。"

"我们？"

"当然，我也要去，你需要一个富有同情心的女性。"阿布拉捧着心口，换了副满是同情的表情。

"好吧，这个你倒是挺擅长的。"

"我真的对她充满同情。要是有另一个女人，另一个不仅能感同身受还能表现出同情和理解的人在场，她或许会觉得更加安全。而且，我们肯定需要把斯金德的照片在邓肯的办公室周围展示一圈。"

"那是私家侦探们做的事。"

"嗯，没错。但你难道不好奇吗？这周没法开始，我已经排满了。而且，我们也应该再计划一下。下周我估计能抽出空来。与此同时，说不定你的私家侦探运气也不错。我们可以留意着斯金德和'沙堡'。"

"我们不能跑那里去潜伏。他要是发现我们，很可能被吓走。你也不能靠近他的住所，绝对不准！"没等她回答，他抢先说道，"绝对不准跨越这条线。它可不是画在沙地上，而是画在坚硬的岩石上。我们无法确定他是否还有别的枪，但我们有理由相信，如果有，他一定会用。邓肯的枪是登记过的，但据我所知，那把枪既不在他身上，也没在别处找到。"

"辩方律师——这点我基本同意。我们没必要非去那里潜伏。我有办法，跟我来。"

她一路走到阳台上那架望远镜跟前。"据迈克说，大约五年前，也就是经济泡沫破裂之前，前一个业主买下那座房子作为投资。然后，经济触底，就出现了度假消费大幅下降之类的事。"她边说，边把望远镜转向南方，"那座房子出售了一年多，他们只得持续降价。接着——"

她从镜头前直起身。"噢，天哪，我真是个白痴。你跟迈克谈谈吧，那房子就是他卖出去的。"

"你开玩笑的吧。"

"不，我只是刚才没想到。他就是那笔买卖的经办人。所以，他没准儿知道点什么。"

"我会跟他谈的。"

"好了，你来看一下吧。"她敲敲望远镜，"那就是'沙堡'。"

伊莱弯下腰，望向接目镜。它坐落在北角附近，有两层护墙板，一面朝向海滩的大露台。他发现，窗户和滑门上的百叶窗都关着。车道很短，上面一辆车也没有。

"看来没人在家。"

"所以，现在下去仔细瞧瞧不是正好？"

"不行。"他依旧在仔细打量那座房子。

"少装了，你也想去。"

他是想去，却不想让她也跟着去。

"百叶窗都关着，能看见的只有那座房子。"

"我打赌，我们一定能把锁撬开。"

这下，他站直了身子。"你是认真的？"

她耸耸肩，怯怯地说："我想，我应该能搞定。我们或许能找到一些证据——"

"无法采纳。"

"律师先生!"

"理智。"他坚持道,"我们不会闯入他的或任何人的屋子,尤其那个男人还很有可能就是凶手。"

"我要是不在,你肯定会这么干。"

"不,我不会。"至少,他非常希望自己不会。

她眯起眼看了他一会儿,才叹了口气。"你不会,但至少得承认,你很想这么干。"

"我想的是,他要是敢到这里来,我就下去把门踹开,狠狠地揍他一顿。"

他话中透出的冷冽和怒意让她眼睛都瞪大了。"噢,你以前狠狠地揍过别人?"

"没有,他将成为第一个。我一定好好享受那个过程,去他妈的深思熟虑。"他双手插在口袋里,在阳台上踱来踱去,"去他妈的。我虽然不知道林赛是不是他杀的,但有这种可能性。我知道,他肯定跟奶奶坠楼那事有关。我还知道,他不仅对你下手,还射杀了邓肯。为了达到目的,他肯定还会继续干这些事,我却他妈的什么也做不了。"

"已经能做了。"

他停下脚步,努力甩掉一些负面情绪。"已经能做了?"

"现在能做什么?"

"我能跟迈克谈谈,如果能接近伊登·斯金德的话,也可以考虑跟她谈谈。我们也可以把你处理过的那张贾斯廷·斯金德的照片给警方看看。如此一来,他们这几天或许会因为这个原因找他谈话。这样,雪洛琳就能占得一些先机。警方虽然可能问不出什么来,但这事应该会让他忧心。我可以继续调查那批嫁妆,并努力找出他觉得能在这里得到它的原因。"

这样仔细想过一遍后,他冷静了下来。"私家侦探可以放手去做她的工作,我信任她。保险起见嘛,我可以想个办法,把斯金德引诱到这座房子里，然后把这可怜的家伙抓住。"

"我们。"她纠正道。

"我们可以看到他那座房子，他当然也能从那儿看到布拉夫府。所以，他肯定在监视这里，至少不时会监视一下。我们得确定他在那里，然后再装出一副要出门的样子，甚至还可以拎几个小旅行包。"

"做出一副要来场短途旅行的样子。"

"这就给了他一个完美的出门借口。我们只需要先躲一会儿，然后步行绕回来，拿着摄像机，从南面进入仆人通道。我已经在网上看过一些保姆摄像头。"

"很好，要那种前摄镜头的。这办法可行。不过，芭比怎么办？"

"是啊，要是有狗叫，他很可能就不来了。我们可以带着它一起出门，然后把它放在迈克那里。他们会帮着照看几个小时的吧？"

"当然。"

"我们得好打磨一下这个计划。"他想亲自去走一次，估算好时间，"除了依靠雪洛琳和警方，这是个很不错的备用计划。但愿他们能收集到足够证据，把他抓进去好好审问。"

她一把搂住他："跟爱人挤在一条秘密通道里，做好伏击一个冷血杀手的准备。这点子我喜欢，好像浪漫惊悚小说里的场景！"

"别打喷嚏。"

"怎么可能！说起场景，你书中的一幕……"

"好吧，说好了就是说好的。我会挑一幕的，让我想想。"

"很好。那领带的事呢？"

"你是认真的？"

"当然。我去把那堆彻底忘掉的湿衣服洗了，你可以用这段时间去挑。然后，你洗碗，我来读那些稿件。之后，就是芭比睡前散步的时间。"

"你都安排好了啊。"

"我努力。"她分别吻了吻他两边脸颊，"一条领带。"她又重复了一遍，便把他拉了回去。

他极不情愿地走上楼，从衣柜里拉出领带架。

他喜欢他那些领带。并不是说他对它们有某种情感依赖，而是他喜欢有众多选择的感觉。

不过，这还是无法解释他为何把它们都带到了海滩上来，尤其在过去的六个月里，他几乎很少打领带。

好吧，或许也有点情感依赖。他曾经系着这些领带打赢了大部分官司，也输掉了一些。工作期间，他每天都会挑一条，也会在深夜的办公室松开它们。他曾无数次地系上又解下它们。

但他承认，这一切都发生在另一种生活中。

他朝一条蓝灰条纹的伸出手，接着又改变主意，拿起一条紫褐色佩兹利涡旋纹的，但紧接着又改变了主意。

"噢，该死的。"

他闭上眼，伸手随便拿了一条。

非得是该死的爱马仕①吗！

"就这样吧。"

从众多领带中挑出这条真是太伤心了。为了摆脱这种沮丧感，他立刻转身进了办公室。

她会告诉他那一幕很棒，他边挑边想。她一定会撒谎的。

他不想让她撒谎。他希望挑出来的这一幕真的不错。

奇怪的是，他突然知道该给她看哪一幕了。对那一幕来说，她的反馈肯定能派上用场。

他翻动手稿，找到了想要的页数，在改变主意前，把它们打印了出来。

① 世界著名的奢侈品品牌，旗下也出产领带。

"别跟个娘们似的。"他命令自己，然后便拿着手稿和领带下了楼。

她坐在厨房台面前，戴着一副亮丽的橙框眼镜，光着的一只脚来回摩挲着狗狗趴在地上的身子。

"你戴眼镜了。"

她赶紧摘下眼镜，仿佛被窥破了什么小秘密似的。"阅读时偶尔戴戴，尤其印刷字体很小的时候。有时候，那些字真的很小。"

"快戴回去吧。"

"没办法。我太在乎别人的看法。"

他把稿子放在一边，拿起眼镜架戴回她鼻梁上。"你看上去很可爱。"

"我想，找副边框炫目点的眼镜会不一样，但我还是在乎别人的看法，还是讨厌戴眼镜。只是偶尔阅读和做首饰时戴。"

"你学的东西也很可爱。"

她在镜片后翻了个白眼，然后又摘下眼镜，接着便瞧见了那条领带。"不过。"她边说，边从他手里扯过领带，一看到牌子，不禁挑了挑眉，"爱马仕。真不错。寄售商店里的那些女士肯定会很开心。"

"寄售商店？"

"我没法把它直接扔了，别人还是可以用的嘛。"

他看着她跳起身，把它塞进自己包里。"我能把它买回来吗？"

她笑着摇摇头，指了指那些打印稿说："你不会想念它的。那是给我的吗？"。

"嗯。一幕，只有几页。我想，还是一次把所有事都做完吧，免得跟拆绷带似的。"

"不会有事的。"

"会的。我不希望你对我撒谎。"

"我为什么要对你撒谎？"

看她伸手来拿，他赶紧一把抓起稿子。"你天生知道照顾人，还是我的枕边人。本性让你不愿伤害任何人的感情。你不会伤害我的感情，所以你会说谎。但即便不行，即便真话伤人，我也需要知道这东西到底行不行。"

"我不会对你撒谎的。"她伸手抓过稿纸，"别管我在做什么了，快去开洗碗机吧。"

见第二张凳子刚好在面前，她顺势把脚往上一搁，然后戴上眼镜。从稿子上方抬眼瞥见他，她又做了个赶人的动作，便端起剩下的半杯红酒，读了起来。

和着水槽中盘子的叮当声和哗哗的水声，她一连读了两遍，却什么也没说。

然后，她把稿子放在一边，摘下了眼镜。此刻，他能清楚地看见她的眼睛。

她笑了。

"我本打算撒个小谎——一个善意的谎言。因为它就像一张垫子，能让双方都安全着陆。"

"善意的谎言。"

"是啊，撒这种谎我从来不内疚。但我真的很高兴，这次我不用撒谎，即便善意的谎言也用不上了。你给了我一幕爱情场景。"

"是啊，给你这幕是有原因的。我没写过多少爱情场景，所以有可能在这方面很弱。"

"那倒没有。这幕浪漫又性感，更重要的是，你让我看到了他们的感受。"她一手捂住心口，"我知道，他这里又受伤了。"她拍着心口说。"她想靠近他，也希望他能靠近自己。虽然不清楚所有原因，但我知道，那一刻对两人而言都很重要。这方面的描写你并不弱。"

"他没想过会找到她。我也没想过他会找到她。无论是他，还是这本书，都因她而变得不同了。"

"她也会因为他而变得不同吗？"

"但愿如此吧。"

"他又不是你。"

"我也不希望他是，但还是有些相似之处。她也不是你，但……我很确定，她不会戴着橙框眼镜读书。"

她哈哈大笑。"这是我送给你作品的礼物。伊莱，我真是等不及要读读它了，从头到尾地读。"

"那还需要些时间。三个月前，我肯定写不出这一幕。我既不相信，也无法感觉到它。"他走向她，"你给我的，可比读书用的这眼镜多多了。"

她搂住他，把脸靠在他胸膛上，心想：从踏出那危险的第一步，到如此迅速地彻底沉沦，真是太不可思议了！

而且，她一点都不后悔。

"我们去遛芭比吧。"她说。

一听到"遛"和"芭比"，狗狗一骨碌从地上爬起来，兴奋得整个身子都在摇。

"至于你三楼的新办公室，我也有几个新点子要跟你说。"

"我的办公室？"

她往后退了退，牵起嘴角。"就是些点子。还有，得去镇上的小店买幅好画。说得更确切些，一幅赫斯特画的画。"因为自己的衣服还在甩干机里，所以她起身拿皮带和他的夹克。

"这屋里的画难道还不够多？"

"你的新办公室不多啊。"她卷起他夹克的袖子，拉好拉链，"另外，放在那里的画应该要有启发性、刺激性和私密性。"

"我知道什么东西既有启发性和刺激性，又有私密性。"他伸手拿过另一件夹克，"一张你只戴那副眼镜的全身照。"

"真的吗？"

"要跟真人一般大小。"他边说，边拽起芭比的皮带。

“这还是有可能的。”

“什么?”他猛地抬起头，可她已经走出房门，“等等，你是认真的?”

循着她的笑声，一人一狗赶忙追了上去。

第二十五章

每天，伊莱会跟自己的私家侦探通电子邮件，花一小时研究埃斯梅拉达的嫁妆，也会专心致志地写书。因为正写在兴头上，所以他推迟了带阿布拉去波士顿的行程。他渴望这种数小时沉浸其中的感觉，但马上就能真正改变自己生活的可能性也让他心急难耐。

他也想有准备的时间。如果真要见伊登·斯金德，跟她聊如此敏感的个人生活，他就一定不能行差踏错。

他觉得，这跟在法庭上询问证人没什么两样。

而且，他也不介意多花两天，测试一下自己买的摄像机和摄像头。

总之，他觉得自己一点儿也不想离开威士忌海滩，哪怕一天也不行。他又习惯性地踱上外面的阳台，抬起望远镜看了看。

他从雪洛琳简短的每日报告得知贾斯廷·斯金德一直待在波士顿忙生意，平时就住在办公室附近的一间公寓里。其间他只回过一次家，而且待的时间只够跟两个孩子吃顿晚饭。

但他随时都可能回来，伊莱可不想错过他。

下午去海滩遛狗时，他故意往北走，并两次跟芭比跑过"沙堡"，然后再爬上北边的海滩台阶，绕回大路。

这给了他一个近距离观察的机会，让他可以随意查看那些门窗。

"沙堡"的百叶窗依旧关得严严实实。

386

他告诉自己一定要再花些时间安排好一切，慢慢理清脑中所想。

尽管几率很小，但若是在准备期间的某次散步恰好碰见斯金德，他也很满意能有一次与他面对面的机会。

伊莱觉得，他一定会得到这样的机会。

这天终于告一段落时，他任由自己想起了阿布拉。他走下楼，把芭比带上阳台。因为出去散步前，他们都觉得，它很愿意待在外面享受阳光。

接着，他查看了一下阿布拉今天的日程表，发现她五点有堂课。或许，他应该煮点什么。

转念一想，也为能更安全和美味，他还是决定点份披萨外卖。他们可以到户外吃，在有紫罗兰和水仙陪伴的朦胧暮色中，点上几根蜡烛，在这大好春光中享受美食。她喜欢蜡烛。他还打算把东翻西找寻出来的玻璃球修好，挂在主阳台的屋檐下。

或许，他还可以从屋子周围偷偷摘些花放到桌上，定能讨她欢心。

他还有时间遛狗，也可以到图书室再泡上一个小时左右，甚至还能赶在她回家之前，布置出一张漂亮的户外餐桌。

回家。事实上，笑鸥小屋才是她的家，但无论出于何种目的，她现在都住在布拉夫府，跟他在一起。

对此，他感觉如何呢？

舒适。对此，他觉得很舒适。如果有人在几个月前问他谈恋爱是什么感觉，他肯定给不出任何答案。

他无法思考这个问题。那时候，他根本无力开始一段新恋情。

他打开冰箱，正考虑是喝"激浪"还是"佳得乐"①，就看见贴在一瓶水上的便签。今天早上，他竟然没注意到这个。

---

① 一种运动型饮料。

善待自己。

先喝我。

"好吧，好吧。"他拿出那瓶水，撕掉便利贴，不禁露出一个笑容。

他说了"舒适"这个词吗？的确舒适，但似乎又不仅仅是舒适。这么久以来，他第一次感觉到了快乐。

不，他几乎还没开始做任何事，她却已经无处不在，把他的心填得满满的。他也想回报她。即便只是摸索着修好那串玻璃球并把它们挂起来，他也甘之如饴。因为，这么做会让他想起她。

"来吧。"他低低唤了一声。

他遛了狗，喝了水，接着便投入到研究之中。

直到听见敲门声，他才绕去前门。

"嗨，迈克！"他退后一步，心想：又有新进展了。有朋友顺道来访，真是件值得高兴的事。

"伊莱，很抱歉没早点来找你。春季生意真是太火暴了，一直有人选房、租房，我们简直忙得不可开交。"

"这是好消息啊。"不过，他依然皱着眉头。

"怎么了？"

"这条领带……"

"噢，这个啊，很酷吧？我从寄售商店买的。爱马仕！"他夸张地提高声调，"五十五美元。不过，它至少能让客户印象深刻。"

"是啊。"伊莱曾经也这么想，"嗯，肯定会的。"

"我浏览了一遍'沙堡'的文件，又回想了一番。我可以把公开记录和某些印象告诉你，但有些东西还是要保密的。"

"知道了。要喝点什么吗？"

"得说上好一阵子，来点冰的吧。"

"走吧，去瞧瞧都有些什么喝的。"伊莱领着他一路回到厨房，"你觉得，斯金德买下它是要自己住，还是投资？"

"投资。购买是通过他的公司完成的，虽然交流不多，但还是提到了一些公司要如何使用那座房子的话。"走进厨房后，迈克又补充了一句，"交易大部分都是通过电子邮件和电话远程操作的。"

"唔……这儿有啤酒、果汁、'佳得乐'、水、'激浪'和健怡百事可乐。"

"'激浪'？大学毕业后我就没喝过这东西了。"

"非常棒的果汁饮料。要来一瓶吗？"

"干吗不呢？"

"我们拿出去喝，顺便陪陪芭比。"

狗狗显得很高兴，迈克摸了它好一会儿，才舒展双腿坐下来。"老兄，我要说，这些花真是太棒了。"

"阿布拉的功劳。不过我负责浇水，所以我也算出了力吧！"

他喜欢做这些事，喜欢看着她种在花盆里这些五颜六色、形态各异的小东西慢慢长大，也喜欢看着石花台边上的灌木丛日渐茁壮。他偶尔也想过在外面工作，却往往什么都干不了，反而就像现在这样静静地坐着，在狗狗的陪伴下，眺望水面，和着海潮听风吟。

"你用那东西看过衣着清凉的美女吗？"

伊莱瞥了眼望远镜。"噢，看过一两次。"

"我也应该买一架。"

"很遗憾，我花了更多时间眺望北方，从这里可以很清楚地看见'沙堡'。"

"我今天是看不到了。那里似乎没开。"

"是啊。他已经有段时间没回来过了。"

"那地方空着真可惜。我真想立刻把那里租下来，按周支付，然后去那里过长周末①。"

伊莱顿时来了兴趣，立刻换了个姿势。"完全可以啊！或许，你应该给他打个电话，看他是否感兴趣。"

迈克又灌了一口"激浪"，点点头说："行。你真认为就是他闯入这里，并杀了那名私家侦探？"

"我正在从各个角度全方位地调查这事。所有推测都指向这个结论。"

"那伤了兰登太太的家伙也是他？"

"我虽然没法证明，但应该是他。如果其他部分吻合，那就肯定错不了。"

"混蛋。"迈克嘟囔着打开公文包，"他的手机号码就在这份文件里。我们来瞧瞧他有什么可说的。"

迈克打开文件，在手机上按下那串号码。"嗨，您好，斯金德。我是迈克·奥·马利，威士忌海滩多德房地产公司的奥·马利。您今天过得还好吧？"

伊莱往后一靠，舒舒服服地听迈克口沫横飞的推销员式聊天。接着，他突然意识到：这个在他看来应该为这些死亡、痛苦和恐惧负责，会伤人性命，让自己也陷入万劫不复之地的男人，正在电话的那一头说话。

他还无法接触到他，至少现在不行。无法接触，也无法阻止。但他终有一天会得偿所愿的。

"您要是改变主意了，这就是我的号码。这里要是有什么我能帮上忙的，也可以给我打电话。今年春天天气不错，看样子夏天肯定也会很棒。您真该到这儿来，让我们帮您……噢，我知道那是怎么回事。好吧，那先再见了。"

_____

① 从周五到周一都休息的周末。

迈克挂断电话。"还是跟以前一样生硬和不友善。他们不打算这时候出租那座房子。还说将来他的公司或家庭也许会用到这里，真是个大忙人！"

"他怎么找到那处房产的？"

"通过网络吧，谢天谢地，他点开了我们的主页。起初，他标记了三处地方。其中一处离海边有一个街区，所以就看不见海景了。不过，那条街很安静，步行到海边也很方便。另一处在南边，离我们这儿更近，但房主决定推迟销售，先放一季度再说。这个决定非常明智，因为今年夏天我们已经把那里全预订下来了。"

迈克喝了一大口"激浪"。"老兄，我想起来了。总之，我们当时约好了见上一面。他希望我或我的合伙人托尼·多德带他去看看那些房产，并坚持非我们之中的一人不可。这份文件里便有张我写的字条。他要求立刻开始。没问题，生意就是生意。"

"他不想把时间浪费在下属身上。我理解，他觉得自己很重要。"

"是啊，这点他倒是表达得非常清楚。"迈克赞同道，"所以，那周晚些时候，他便如约前来。穿着价值不菲的西装，剪的是两百美元的发型，总之一身都是那种念预科学校的优越派头。无意冒犯，你多半也会这样。"

"没关系，我过去的确是那样。我知道那是种什么风格。"

"嗯。他既不想喝咖啡，也不想闲聊，一副时间紧迫的样子。但我开车带他去看那两处房产时，他问起了布拉夫府。每个人都会问，所以我也没多想。我记得，那天天色灰暗，阴沉沉的，气温也不高。布拉夫府看上去就像电影中的房子。你知道的，它矗立在那里的样子，简直就是老哥特电影里的房子。我滔滔不绝地跟他讲这幢房子的历史和那些海盗交易，因为这些总能引起客户的兴趣。天哪，伊莱，但愿不是我说的话把他给引来了。"

"他早就知道那些事了。正因为知道，他才会来。"

"我虽然不喜欢他，但也没往变态杀人狂那方面想，只觉得他是个有钱的混蛋。我先带他看了离海边有一个街区的房子。'沙堡'更新、更大，可抽的佣金也更多。而且，我也觉得他想要座更大的房子。但接下来我还是带他去看了另一座房子。他问了大多数人都会问的问题，也四处转悠，踏上最高的露台。站在那里可以看见大海。"

"和布拉夫府。"

"是啊。周边的房子挨得太近，让他不太高兴。他还问了那些房子哪些是常住，哪些是租户。不过，这种问题也很常见。最后，我带他去了'沙堡'。那房子造型不错，周围的房子离得也不太近。他在外面待了很长时间。你说的没错，从那里也可以看见布拉夫府。"

"他当场就答应了报价，这点倒是很不寻常。其实，在这一行，卖家肯定做好了降价的准备，所以他这么做真是很蠢。不过，他估计觉得讨价还价有失身份吧。于是，我提议请他吃午饭，既可以借此处理相关文件，我也可以联系业主。但他一点儿都不感兴趣。"

迈克苦着脸，敲了敲表盘。"滴答、滴答，你懂吧？我只得迅速准备好合同。他签了张支票做订金，给了我联系方式后就走了。很难抱怨如此容易的买卖，但他真的把我惹火了。"

"接下来的事呢？也进行得又快又顺利？"

"三十天就完全搞定了。他来到这儿，签文件、拿钥匙。除了好或不好，他几乎没说任何别的话。我们给新业主都准备了一个很棒的欢迎篮，里面有一瓶红酒、一些上好的干酪和面包、一个盆栽植物，还有几张当地商店和餐厅的优惠券。他却任它留在桌上，根本懒得带走。"

"他想要的已经得到了。"

"从那以后我就再没见过他。真希望我能知道得更多些，不过你要是想出怎么抓那个混蛋，一定要告诉我。我也想插上一脚。"

"谢谢。"

"我得走了。明天晚上你和阿布拉过来烧烤怎么样？"

"听起来不错。"

"那到时候见。谢谢你的'激浪'。"

迈克走后,伊莱伸出一只手,搭在芭比头上,一边轻轻挠着它的耳朵,一边回想着迈克刚刚描述的那个男人。

"她到底看上他哪点?"他不禁纳闷,叹了口气,"我想,你估计一直都不知道谁会因为什么原因接近你吧。"他站起身。"走吧,我们去散步。"

他又准备了几天,仅仅几天而已。日常惯例让他平静。清晨,他不是到沙滩上遛狗,就是在阿布拉的引诱下练瑜伽。接着是雷打不动的写作时间。这时候,他都会开着窗户,香甜的海风沁人心脾。

他在阳台上阅读时,狗狗就趴在他脚边。通过阅读,他知道了更多与这幢房子和这座小镇有关的历史。小镇因威士忌而兴旺繁荣的过往,真是大大出乎他的意料。

他得知,战后的 18 世纪晚期,最初的酿酒厂开始扩建。总之,他没有意识到,或者说忘记了,那座一度简陋的房屋不久后便开始耗费巨资,大肆扩建。从他读到的资料来看,先辈们花了很多钱,在这里建起了威士忌海滩的第一间浴室。

随后的二十年间,兰登威士忌和布拉夫府再次扩建。兰登威士忌修了座学校,其中的一个先辈随后便闹出跟学校女教师私奔的丑闻。

内战前,布拉夫府已经变成一幢三层高的宏伟建筑,由一小群仆人照料。

布拉夫府依旧不停地开创先例。它第一个安上室内水管,第一个用上煤气灯,也第一个通上电。

布拉夫府的先辈们熬过了禁酒时期,小心翼翼地运输威士忌,给地下酒吧和私人顾客供货。

一位名叫罗伯特·兰登的先辈买了家酒店,又将其卖了出去。接着,他又在英国这么干了一次,并娶了一位伯爵的女儿。

但从他找到的资料来看，没人正经地提起过海盗宝藏，即便偶尔出现，也不过笑料谈资而已。

※

"终于可以出发了！"阿布拉一把拎起手提包，两人便出了门。对于这次的波士顿之行，她觉得自己这身系带黑裤配带花边罂粟红碎花衬衫的打扮，还是很保守的。她拉着伊莱的手，行走间，耳边长长的多石耳环不住地晃动。

伊莱觉得，她就像个新潮又性感的嬉皮士①，看上去还真是有些离谱。

走到车前，他回头一瞥，发现芭比正趴在前窗上凝望着自己。

"真不想离开它。"

"伊莱，芭比没事的。"

那它为何如此忧伤地望着他？

"它习惯有人陪伴。"

"莫琳答应今天下午来遛它。男孩们也会来。他们会把它带去海滩，陪它一起玩的。"

"好吧。"他摇了摇手中的钥匙。

"你有分离焦虑症啊。"

"我……也许吧。"

"真可爱。"她吻了吻他的脸，"但这是件好事。总要迈出新的一步嘛。"她钻进车里等他。"而且，我已经三个月没进过城，更是从未跟你一起去过。"

他又最后瞥了眼窗户，望了望里面的狗狗。

———————————

① 西方国家 1960 年代和 1970 年代反抗习俗和当时政治的年轻人，有时被称为"花之子"（flower child）。

"我们认为那男的既杀了人，还非法侵入他人住宅。现在，我们要努力跟他妻子搭上话。噢，对了，还可以谈谈通奸，一定不能忘了。总之，这实在算不上一次愉快的旅程。"

"那也并不意味着就不能愉快。你已经花了很多天，考虑如何接近伊登·斯金德。无论她在工作，还是在家，你都已经想出对策。伊莱，你不是她的敌人，她不可能把你当成敌人的。"

他沿着海岸公路，蜿蜒着穿过小镇。"被指控犯了谋杀罪后，人们，甚至你认识的那些人，待你也不同往日了。一待在你身边，他们就紧张。他们会避着你，即便避不开，你也能从他们脸上看出想要退避三舍的渴望。"

"这些都已经过去了。"

"没有。只要杀掉林赛的凶手还没落网，没被逮捕、审判，这一切就不会结束。"

"那这一步也正在实现。他肯定会返回威士忌海滩。他只要一到，科比特就会去找他谈话。但愿我们不用非等到那时候不可。"

"科比特要是想到波士顿管这事还很棘手，而且，他肯定不想把这事交给沃尔夫。真是谢天谢地。"

"我们现在已经有斯金德办公室和公寓的地址。我们可以绕过去瞧瞧他，也好换个心情。"

"为什么？"

"好奇啊。那事我们就暂时放一放吧。"阿布拉决定换个话题，她都可以看见他后脖颈上因紧张而纠结的肌肉了，"昨晚你看书看到很晚。发现什么有趣的东西了吗？"

"嗯，的确发现了一些。我找到几本对这幢房子、兰登家族、家族生意和这座小镇描写得颇为深入的书。这些书详细描述了上述几者之间命运休戚的共生关系。"

"这词选得不错。"

"嗯，我也喜欢。兰登威士忌在独立战争期间迅猛发展。殖民地居民因为封锁而缺糖和蜂蜜，于是便没朗姆酒喝。所以，威士忌成了殖民地军队唯一的选择，兰登家族也由此建起了酿酒厂。"

"这么说，乔治·华盛顿也喝你家的威士忌？"

"当然了。战后，他们扩建了酿酒厂和布拉夫府。对这幢房子来说，那可是件大事。因为那时候的家主是倔强的维奥莱塔和可能杀了人的埃德温的父亲——以吝啬出名的罗杰·兰登。"

"一个节俭的扬基好男人。"

"一个臭名昭著的吝啬鬼，但他花了一大笔钱在布拉夫府、家具和家族生意上。他死后，家产就传给了他的儿子。不过，因为老罗杰一直活到将近八十岁，所以埃德温·兰登等了太长时间，才得以继承家业。他再次扩建了所有东西，并和身为法国移民的妻子——"

"哇塞。"

"没错。他们就是最早在这里举办豪华大派对的人。而且，他们一个名叫伊莱的儿子——"

"我喜欢他。"

"嗯，你是该喜欢他。他建起了第一所乡村学校。他最小的弟弟爱上一名学校老师，后来两人就私奔了。"

"真是一段罗曼史。"

"也不完全是。他们在西进淘金途中丢了性命。"

"真是太遗憾了。"

"总之，伊莱秉持传统，继续扩建房子、拓展生意。尽管闹出一些丑闻，也引发了几桩悲剧，但禁酒时期前，他一直都在不断举办派对。要是缺钱的话，他们肯定无法维持那样的生活。时光的车轮进入20世纪并隆隆地驶入30年代后，政府突然发现，禁止贩卖威士忌让他们蒙受了巨大损失，一切都被弄得一团糟。大腹便便的人们回到重新开放的酒吧，我们也又开了一家酿酒厂。"

"建立起了威士忌王国。"

"由此，家族里有了自杀的艺术行家——这些人与某些艺术家的风流韵事闹得沸沸扬扬。后来，有两人给同盟军做了密探，很多人战死在各大战场，一个舞者在巴黎声名鹊起，还有一个人跟马戏团跑了。"

"我尤其喜欢最后那个人。"

"一名通过联姻而来的公爵夫人、一个老千、一位跟卡斯特战死的骑兵军官、众多英雄和恶棍、一位修女、两名参议员、数不清的医生和律师。只要你想得出来，这个家族估计都有。"

"这条线可真长。大多数人都不会，也不可能将家族历史追述得那么久远。或者，他们也没有一个可以绵延这么多代人的栖身之地。"

"没错。但你知道漏掉了什么吗？"

"妇女参政权支持者、花花公子，还是摇滚明星？"

他哈哈大笑。"我们家出过第一类人。其他两类，我倒是还没碰到。漏掉的是埃斯梅拉达的嫁妆。'卡吕普索'号失事时提到过它。对布鲁姆这个人，我也有一些猜测。生还的是他，还是一名水手？那批嫁妆也同样让人纳闷：它真的被捞上来了吗？然而，在那两本描写最深入合理的历史书里，我却没有找到与此有关的任何信息。"

"那也不代表他们就遭遇不测了。我更愿意相信他们挺过了那场海难。正如要我来诠释的话，我更想说那位和乡村女教师私奔的弟弟成功抵达西部，在那里开田垦地，养儿育女。"

"马车在渡河时翻入水里，他们都淹死了。"

"他们开垦了玉米田，还养育了八个儿女。一定是这样！"

"好吧。"怎么都行，他想，反正他们早就死了，"至于那批嫁妆，我还有个想不明白的地方。什么事是斯金德知道，而我不知道的呢？他为何如此笃定，甘愿冒这么大风险，甚至不惜杀人？或者说，一切都跟那事无关？"

"你什么意思？"

"要是这一切都跟那遗失已久的宝藏无关呢？我只是突然想到了这。有人在地下室挖坑。除此之外，还有什么？"

"没错，伊莱。"她迷惑地转过头，望向他的侧脸，"还有什么？"

"我也不知道。我没找到能将我引向别处的东西。不过，说实话，我也没找到能让我得出这个结论的东西。"他瞥向她，"我觉得他就是个该死的疯子。"

"你很担心这个？"

"是啊。你没法跟疯子讲道理，既不能预测他的行为，也无法做出有针对性的计划。"

"我不同意。"

"好吧，你说？"

"我并不是说他心理不扭曲。我想，除非是为了自卫或保护他人，任何会动手杀人的人，都是心理扭曲的。但你要知道，他跟林赛有染，这已是千真万确的事。"

"没错，没错，"他一连念叨了两遍，"她不会跟疯子打交道的，至少不会跟明显疯狂的人在一起。不过，人是能掩藏本性的。"

"你是这么认为的？我不是，至少，我觉得人不能长时间掩藏本性，我相信我们表露出来的样子。这种表露不仅体现在行为上，还会显现在我们的脸上和眼睛里。据我们所知，他筹谋此事的时间超过一年半，如今已经快两年了。接近林赛，说服她驱车前往她并不喜欢的威士忌海滩。所以，他很可能还是有些迷人之处。此外，他要同时应付妻子、孩子和工作，却直到现在都还表现得游刃有余。"

"心理扭曲已经够糟了。"

两人在波士顿拥堵的车流中奋力前行，他又转向她说："你确定真要去那里？"

"伊莱，我又不是坐在车里无所事事。算了，我想，我们还是先经过她家吧。那里要是没车停着，我们再去她工作的地方。她是兼职，所以我们有一半的几率找到她。城里真是太热闹了！这种日子过一两天还好。但是，老兄，我现在真想马上离开。"

"过去，我也以为我需要这种生活。如今嘛，再也不会了。"

"威士忌海滩才对作家有好处。"

"对我的确有好处。"他伸出一只手，抚上她的，"对你也有好处。"

她拿起他的手，贴上自己的脸。"你能这么说真好。"

尽管认为自己能找到那座房子，他还是跟着导航走。他知道那片区域，事实上，他还有朋友（或者说曾经的朋友）住在那里。

他找到了那座漂亮的浅黄色维多利亚式房子，房屋侧面的飘窗有楼梯一直通到上面的露台。

车道上停着一辆豪华宝马，一个头戴宽边帽的女人正在露台上浇花。

"看样子她在家。"

"走吧，我们放手一搏。"

他们把车停在那辆宝马之后时，那个女人放下喷壶，朝露台边走来。

"你们好，有什么事吗？"

"是斯金德太太吗？"

"嗯。"

伊莱走到台阶前。"我想，您是否有时间跟我聊聊。我是伊莱·兰登。"

她张了张嘴，却没有退后。"我想我认识你。"然后，她平静的棕眸扫向了阿布拉。

"这是阿布拉·沃尔什。斯金德太太，我知道这么闯来实在有些冒昧。"

她长长地叹了口气，眼中飞快地闪过一抹哀色。"你的妻子和我的丈夫。这应该就够让我们直呼其名了。叫我伊登吧。快上来。"

"谢谢。"

"上周有个私家侦探来找我，现在你也来了。"她摘掉帽子，捋了捋翻飞的金发，"你难道不想彻底放下这事？"

"想啊，非常想。但我放不下。林赛不是我杀的。"

"我不在乎是谁杀的，那事真是太可怕了。但它虽然可怕，我却不在乎。你们坐吧。我去弄点冰茶来。"

"我帮您一起弄吧？"阿布拉问道。

"没关系，不用了。"

"介意我用一下您的洗手间吗？我们一路从威士忌海滩开过来。"

"噢，你在这里是有家的，是吗？"她问伊莱，然后向阿布拉示意道，"我带你去。"

伊莱趁此机会好好打量了一下四周。他想：一个迷人的女人，一幢坐落于高档社区、有上好花园和浓密草坪的漂亮房子。

他想：将近十五年的婚姻和两个可爱的孩子。

斯金德却将这一切都扔到了一边。为了林赛吗？还是为了那势在必得的宝藏？

没过一会儿，伊登和阿布拉便端着一个盘子回来了。盘里放着一个水壶和三只方形高脚杯。

"谢谢。"伊莱开口道，"我知道，你熬过这一切很不容易。"

"是啊。你能理解。发现那个你信赖、与之建立家庭、打算共度一生的人竟然撒谎背叛了你，真是太可怕了。你爱的这个人不仅背叛了爱情，还把你耍得团团转。"

深蓝色阳伞下有张圆形柚木桌。她在桌前坐下，并示意他们也坐下来。

伊登继续说道："而且，我一直把林赛当朋友。我几乎每天都要见到她，也常常跟她共事、喝酒、聊起彼此的丈夫。可与此同时，她竟然一直都跟我的丈夫同床共枕。这就跟心口被刺了一刀似的。我想，你也是这种感觉吧。"

"我发现的时候，我们已经不在一起了。那感觉更像是突然被狠狠地揍上一拳。"

"之后又出了那么多事……他们在一起将近一年。那么多个月，他对我撒谎，从她那里回到家中。这让我觉得自己真是傻透了。"

说最后一句话时，她径直望向了阿布拉。伊莱这才觉得，阿布拉说的真对。有另一个女人，一个充满同情的女人在场，果然会容易一些。

"不是你傻。"阿布拉说，"你信任你的丈夫和你的朋友。这不叫傻。"

"我也这么对自己说，但还是无法阻止我质疑自己：你到底缺了什么？有什么是你没有的，或没做到的？你为什么不够好？"

阿布拉伸出一只手，握着她的。"你不应该这么想，但我理解。"

"我们有两个孩子，优秀的孩子。对他们来说，这事简直是一场灾难。更糟糕的是，人们会说闲话，我们没法保护他们免遭流言的伤害。"她啜了口茶，显然在努力控制就要夺眶而出的泪水。"我们努力过了。斯金德和我试图冷静下来，重修旧好。我们做了婚姻咨询，也一起出门旅游。"她摇摇头，"但一切都回不去了。我尝试着去原谅他，或许我能做到吧，但我无法再信任他。于是，一切又重蹈覆辙。"

"真抱歉。"此刻，阿布拉已经紧紧握住她的手。

"他曾经骗过我。"伊登不住地眨着眼，继续说道，"待在办公室的那些深夜和无数次出差。但这一次，跟他打交道的这个人不会再那么蠢，那么轻信于人！我去查了他的岗，发现他并不在他声称的地方。我不知道她是谁，也不知道他的情人是不是不止一个。我不在乎，我就是不在乎了。我有我的生活，有孩子们，还有这仅存的一点儿骄傲。跟他离婚时，我毫不羞愧地说，我定要叫他好看！"

她舒了口气，轻笑了一声。"显然，我还是很生气。在他做出那样的事之后，我还是接纳了他。他却再次辜负了我。所以……"

"我却连做出这种选择的时间都没有。"一直等到伊登抬头望向他，伊莱才继续说道，"我也没有多少时间生气。我发现真相的那天，林赛就遇害了。即便在我以为两人正在努力挽救这段婚姻之时，她仍然在做那样的事。"

伊登满脸同情地连连点头。"真难想象那是什么样子。当我处在人生的最低谷，当所有消息似乎都围绕着她的死亡和随之而来的调查时，我曾努力想象，如果遇害的是斯金德，那将是何种光景。"

她伸手按在唇上。"那真是太可怕了。"

"我不这么认为。"阿布拉轻声说道。

"但即便处在人生最低谷，那也是我无法想象的。伊莱，要是处在你的位置，我真无法想象那会是什么感觉。"她顿了顿，喝了口茶。"你希望我告诉你，我撒谎保护他。那天晚上他并没有跟我在一起。我真希望自己能这么说。天哪，我真的希望。"她闭上眼，"我不应该这样想他。我们有两个如此漂亮的孩子。但现在，我真的希望我能告诉你你想听的话。可事实上，那天晚上斯金德大约五点半就回家了，即便不是刚好五点半，也只晚了几分钟。一切似乎都很正常。他甚至像过去几个月一样，掏出了手机。他说他在等工作上一封重要的电子邮件，随后可能必须拿着旅行袋出门。如果真有那么一封邮件，他怎么都不会只出去几个小时。"

伊登摇摇头。

"当然，后来我才意识到他在等林赛的消息。他们计划出门旅行一两天。但那天晚上，我以为一切还跟往常一样。孩子们当时都在学校参加戏剧排练，之后还会一起吃披萨。家里只有我们俩，外面下着雨，感觉很不错。我做了墨西哥鸡肉卷当晚餐，他调了玛格丽特鸡尾酒。我们过了个轻松惬意的夜晚，并没发生什么特别的事，就是享受孩子们回家之前的二人世界。然后，消息便来了。

"手机响起时，我们还在惬意地享受二人世界。打电话的是画廊的卡莉。她在电视上看到公告，告诉我林赛死了，他们都认为或许是被谋杀的。"

一只花斑猫爬上台阶，蹦到她膝头。伊登抚摸着它，说完最后的话。"那时候，我就应该知道了。他那般震惊，脸色都白了。但我也很震惊，而且当时满脑子想的都是林赛，所以我根本没料到……也不敢相信他们一直有染。直到警察来告诉我这事，我都不愿相信。那时候……我真是无法相信。抱歉，伊莱，不能帮你，我真的非常抱歉。"

"谢谢你愿意跟我说话，这已经很不容易了。"

"尽管很难，但我正在努力放下这件事，放下与此有关的一切。你也应该试试看。"

两人朝车子走去，阿布拉轻轻摩挲着他的手。"我也很抱歉。"

"现在，我们至少知道了一些事。"不过，某些事依然让他困惑不已。

第二十六章

柯比·邓肯的办公室坐落在一幢伤痕累累的砖墙大楼里，只有巴掌大小。这幢大楼看不出丝毫城市的活力，一楼的橱窗紧挨着破旧的人行道，一边是招徕顾客的灵媒广告，另一边是家成人用品店。

"几乎是一站式购物啊。"阿布拉觉得，"可以去问问卡洛塔夫人，看你是否足够幸运，能去那红房子里扔几块钱。"

"如果都到了要求助灵媒的地步，那你多半不会太幸运。"

"我会读塔罗牌，"她提醒他道，"这是一种古老又有趣的方法，不仅可以用来求知，还有助于认识自我。"

"那就是一堆牌而已。"他推开正门，跨进狭小的门厅，举步迈上台阶。

"我一定要替你解读一次。面对新的可能性，你的思想太封闭。身为一名作家，更是如此。"

"身为一名律师，几年前，我曾替一个所谓的灵媒辩护过。他被控巨额诈骗。"

"会诈骗的人都不是有天赋，或能听到召唤的人。你赢了？"

"是啊。只因她那些顾客不是太相信各种可能性，就是太蠢。"

她用手肘轻轻捅了他一下，笑了。

二楼，一扇扇磨砂玻璃门上打着各种广告：特里梅因面包房、律师事务所、极速贷款。还有家名叫"应急服务团队"的小店，接着便是"柯比·邓肯私人侦探所"。

邓肯私人侦探所的磨砂玻璃门前拉着警戒线。

"但愿我们能进去看看。"

"尚未结案的谋杀案。"伊莱耸耸肩，"他们想保留非法入室的现场。沃尔夫肯定也插了一脚。他不会轻易放弃的。"

"我们可以下去跟那位灵媒聊聊，听听卡洛塔夫人的见解。"

他忍不住瞥了她一眼，才朝律师事务所的大门走去。

只有杂物间大小的接待室里，一个将近四十岁的女人正卖力地敲着键盘。

她停下手上的动作，摘掉金边眼镜，任它随着编织链在自己脖子上晃来晃去。

"早上好。请问有什么事吗？"

"我们想知道柯比·邓肯怎么了。"

尽管脸上还挂着律师事务所的职业微笑，她打量他们的眼神，却已经带上几分怀疑。"你们不是警察。"

"嗯，我们不是。我们只是想趁着在波士顿，就……就一些私人问题咨询一下邓肯先生。我们就是顺道过来，想看看他是否能挤出时间，结果却看到他门前拉着警戒线。是有人闯入那里吗？"

她眼里依旧满是怀疑，却转过椅子，更直接地面向两人。"呃，警方还没有清理现场。"

"那真是太糟糕了。"

"别住在城里的理由又多了一条。"阿布拉插嘴道，声音里还带了丝南方口音。伊莱则只是拍了拍她的胳膊。

"邓肯先生换了间办公室吗？我应该先打个电话的，却找不到他的名片了。但我记得他的办公室在哪儿。您能告诉我们他现在在哪儿办公吗？或者，能说说他的电话号码吗，这样我们就能打电话给他？"

"没用的。邓肯先生几周前被枪杀了。"

"噢，天哪！"阿布拉一把拽住伊莱的胳膊，"我想离开这儿了。我想回家。"

"不是在这里。"接待员边说，边扯出一抹微笑，"也不是在城里。他当时在北边一个名叫威士忌海滩的地方工作。"

"太可怕了，真是太可怕了。邓肯先生还帮我处理过……"

"个人问题。"接待员接嘴道。

"是啊，那是几年前的事了。他是个好人。真是太遗憾了。我想，您认识他吧？"

"当然。柯比时不时会帮我老板和对面那家借贷公司做点事。"

"真遗憾，"伊莱重复道，"谢谢您的帮助。"他退了一步，接着又停了下来。"但是……您说他在北边，却有人闯入这里……我有点搞不懂了。"

"警察们也正在调查此事。看样子，是那个凶手跑到这里来找什么东西。我只知道，他对老板说他要出去工作一段时间。接下来，那门口就拉起了警戒线。警察也来问过我是否见过任何可疑的人或事。尽管您能看到有人带着个人问题到这儿来寻求帮助，但我没见到什么可疑的情况。"

"我想也是。"

"据我所知，那人在他被杀的那晚就闯入这里了，八成是这样！所以，当时不可能会有人在附近看到什么。嗯……我可以给您推荐另一名私家侦探。"

"我想走了。"阿布拉拽着伊莱的手，"我们能回家了吗，回去再说行吗？"

"好吧，好吧。不过，还是谢谢您。真是太遗憾了。"

走出那里后，伊莱本想去试试另外两间办公室，但又觉得没多大意义。于是，两人开始下楼。直到走出大楼，阿布拉都一言不发。

"你干这种事可真不赖。"

"什么事？"

"撒谎。"

"推诿。"

"这是律师的说法？"

"不，律师会说这就是撒谎。"

她哈哈大笑，用肩膀撞了他一下。"我不清楚自己想要在这里寻找什么。那人闯入这里的时间不是深夜，就是凌晨。不可能会有人看到什么。"

"我倒是得出了一些结论。"

"说说看。"她缠着他问。此时，两人已经回到车里。

"我们要是坚持认为雇用邓肯的是斯金德，那邓肯的雇主就是中上层阶级的模样：西装革履，住在高档小区的大房子里。他很看重身份，却到低端市场来雇私家侦探。"

"也许是有人推荐他来的。"

"不太可能。我想，他不去高端市场雇用效率更高的私家侦探有两个原因：第一，他不希望雇到某个或许替自己圈中之人做过事的私家侦探。第二，也是我觉得更有说服力的一点，他不想花太多钱。"

"他已经买下了一座海滨房！"阿布拉开口道。

"那是为了头奖做的投资。而且，至少他试图掩盖自己的所有权。"

"因为他知道自己快要离婚了。那男人真是个卑鄙小人。"阿布拉说，"从因果轮回来看，他下辈子一定会投胎成鼻涕虫。"

"我很愿意相信这种可能性。"伊莱说，"但在这一世，他马上就要面临诉讼费（他肯定会请很好的律师）、小孩的赡养费和离婚相关的费用。我想，他付给邓肯的一定是现金，以便不留痕迹。如此一来，向律师展示他的财务状况时，就不会有任何这方面的支出记录。"

"他还是要闯进来搜查一番，因为即便是现金交易，私家侦探也会保留客户的记录。"

"电子或纸质文件、现金收据复印件、日志、客户名单。"伊莱赞同道，"追踪我、最后死于非命的私家侦探肯定有张客户名单，他绝对不喜欢自己跟那张名单扯上任何关系。真棘手。"

"是啊。"她琢磨了一会儿，"他很可能从没到这间办公室来过，是吧？"

"可能不会。他应该会把见面地点约在咖啡馆或酒吧之类的地方，而非他那儿或者邓肯这儿。"伊莱把车停在另一幢钢筋和花岗岩铸成的大楼前。

"他住在这儿？"

"二楼。龙蛇混杂的区域。"

"你从中想到了什么？"

"说明邓肯觉得他能保护好自己，既不用担心有人会偷他的车，也不怕被邻居找麻烦。也许是个硬汉，要不然就是个很懂此处游戏规则的人。这种人要想单独约见一名顾客，肯定不会有丝毫犹豫。"

"你想进去找几个邻居聊聊吗？"

"没必要。警察肯定已经这么干过了。除了搜查那间公寓，斯金德也不会到这儿来。不仅因为他没有在此处约见邓肯的理由，也因为这地方会吓到他。南波士顿可不是他的地盘。"

"威士忌男爵，这儿也不是你的地盘。"

"嘿，我爸才是男爵，或者说我妹妹才是男爵夫人。我在南波士顿做过义工。虽然这里不是我的地盘，但也不是什么未知领域。好吧，我想，我们已经接触到最精彩，或者说得更确切些——最底层的部分了。"

"他只是在工作，"阿布拉说，"我虽然不喜欢他，也不喜欢他跟我搭讪时那种工作方式，但他不应该因为这份工作而丢了性命。"

"是啊，他不该死。不过，你可以认为他已经进入另一个轮回。"

"拍马屁的话我一听就听出来了，不过你说得不错，我正打算那么想。"

"随你便啊。走吧，回去之前，我们去看看奶奶怎么样了。"

"能顺路带我去看看你与林赛生活过的那座房子吗？"

"为什么？"

"我可以借此感受一下曾经的你是什么样子。"

他犹豫了片刻，然后觉得，为什么不呢？为什么不完完整整地走上一遭？"好吧。"

再次驶上那些路，直奔那里而去的感觉真的很奇怪。自从获准清理出自己想要的东西后，他就没回过波士顿后湾区那座房子。再次回到那里时，他雇了家公司卖掉其余的东西，然后便将房子挂牌出售。

他本以为切断那些联系会有所帮助，事实却并非如此。他驶过那些曾经每日都会看见的商店和餐馆、他经常跟朋友喝上一杯的酒吧、林赛很喜欢的日间美容店，还有那家宫保鸡丁超赞、传菜小哥总是笑眯眯的中餐馆。曾经，他就生活在这片满是漂亮树木和整齐庭院的街区。

终于，他一言不发地将车停在了一座房子前。

新主人在屋前加了一棵观赏乔木，垂下的枝条上刚刚绽出粉红的花苞。他看见屋前小道上停着一辆鲜红的漂亮三轮车。

其余部分看起来还是跟以前一样，不是吗？屋顶的尖角和屋子的各种角度都没变，窗户还是那般闪闪发亮，正门也依旧宽阔大气。

那它为何看起来如此陌生呢？

"它不像你。"身边传来阿布拉的声音。

"不像吗？"

"嗯，不像。它太普通、太大，有种独特的美。它美得就像一件时尚外套，但这件外套不适合你，至少，不适合现在的你。也许适合曾经那个打爱马仕领带、穿意大利西装、提着律师公文包到当地咖啡馆边回复手机短信、边呷昂贵精选咖啡的你。但那不是真正的你。"

她转向他。"是吧？"

"也许吧。或者说，无论那件外套是否合适，那都是我曾经走过的路。"

"那现在呢？"

"我不想再要那件外套了。"他仔细打量着她，"几个月前，那房子终于卖出去的时候，我真是松了口气，感觉就像蜕掉了一层过于紧绷的皮。这便是你想顺便到这里来看看的原因吗？这样，我就能承认这点，或看清过去？"

"能产生这样的顺带效果很不错，但我的初衷是好管闲事。我也有件那样的外套，只不过差别没有你的大。把它送给某个更适合它的人，感觉真的不错。走吧，我们去看看赫斯特。"

从一个家驶向另一个家，又是一条熟悉的线路。离后湾区越远，他肩上的压力也越来越轻。不自觉地，他在家附近的一家花店前停了下来。

"我想给她买点什么。"

"好孙子。"她开心地跟他下了车，"我要是早考虑到这点，我们就可以在威士忌海滩买点东西，一定能让她很开心。"

"下次吧。"

两人走进店里，阿布拉笑着说："好吧，下次。"

阿布拉随意地四下转着，由他去选择该买什么。她想看看他会选什么，以及怎么选。但愿他别选玫瑰。那花不管有多漂亮，都太平常，太没新意了。

看到他走向蓝鸢尾，又为它们配了几支粉色姬百合时，她开心极了。

"太完美了。这代表着春日和勇敢，非常、非常适合赫斯特。"

"我希望她能在夏末之前回家。"

等待花商打包摇铃之际，阿布拉把头靠在他肩上。"我也是。"

"很高兴见到您，兰登先生。"花商递给伊莱一支钢笔，让他在收据上签名，"请代我们向您家人问好。"

"谢谢，我会的。"

"干吗一副吃惊的表情？"朝外走时，阿布拉问。

"我已经习惯了我这种生活里的人们是什么样子……他们要么假装不认识我，要么便直接走开。"

她踮起脚尖，吻了吻他的脸，说："并非每个人都是混蛋。"

两人一出门，就看见沃尔夫站在伊莱的车旁。一瞬间，过去与现在似乎重合了。

"花不错。"

"而且合法。"阿布拉欢快地说，"如果你有兴趣，店里还有很多更好的。"

"你来波士顿有事？"他问，眼睛一直盯着伊莱。

"是啊。"他绕过沃尔夫，替阿布拉打开车门。

"你不如解释一下，为什么去邓肯的办公楼问东问西？"

"那也是合法的。"伊莱把花递给阿布拉，空出双手。

"有些人就是忍不住回到犯罪现场。"

"有些人也总是白费力气。警官，你还有别的事吗？"

"我会继续调查的。事情还没完！"

"噢，真是够了！"阿布拉一下子火了，把花往伊莱怀里一推，从包里掏出一样东西，"拿去看看。这就是闯入布拉夫府的那个人。"

"阿布拉——"

"不。"她转身冲伊莱吼道，"够了！这就是那天晚上我在酒吧看见的男人，也是最有可能在布拉夫府攻击我的那个人。杀掉你认识的柯比·邓肯，把枪藏进我家，然后给你打匿名电话的人，几乎也可以肯定是他。你要是能别再这么荒谬下去，就该问问自己，贾斯廷·斯金德为何在威士忌海滩买房，为何雇用邓肯，又为何会杀了他。林赛或许不是他杀的，但也不排除这种可能。他很有可能知道点什么，因为他就是个罪犯！拿出点警察的样子来，想想办法吧！"

她抓过花，自己拧开车门，又甩下一句"够了"，便啪地关上了门。

"你女朋友脾气可真大。"

"警官，点火的是你。我要去看我奶奶，然后回威士忌海滩。我的生活还要继续，你想做什么就去做。"

他钻进车，系好安全带，扬长而去。

"真抱歉。"阿布拉往后一仰，闭上眼，努力平静下来，"抱歉，事情可能被我弄得更糟了。"

"不，你没有。你吓了他一跳。斯金德的画像肯定会让他吃惊的。我不知道他会怎么做，但你的确打了他一个措手不及。"

"还算有点安慰。我不喜欢他。他做什么，或不做什么，都不会改变这点。现在……"她做了好几次深呼吸，"清除浊气，放松心情，我可不想一脸不高兴地去见赫斯特。"

"我刚才还以为你疯了。"

"没那么夸张吧。"

"有啊，瞧瞧你那样子。"

思索间，他已经转过最后一个弯，抵达笔架山的那幢房子。

她觉得，这里才更像伊莱。或许是因为这幢房子给了她一种世代相传的历史感吧。她喜欢它给人的那种感觉，那些线条和早已存在的景观，此刻都被竞相吐蕊的早春植物染上了斑斓的颜色。

两人朝门口走去，她把花塞回他手里。"做个好孙子。"

进屋后，两人见到了赫斯特。

她正拿着个素描本坐在客厅里，旁边放着一杯冷茶和一小盘曲奇。她放下素描本和铅笔，冲他们伸出双手。

"我正需要点能让我振作起来的事呢！"

"你看起来有些累。"伊莱立刻说。

"我刚做完每日理疗，这理由够充分吧！你刚刚错过'萨德侯爵'①。"

"如果这对你来说太难，我们应该——"

"噢，住嘴。"她不耐烦地挥挥手，"吉姆很棒，不仅能迅速且幽默地提醒我注意安全，还知道我能做什么，激励我时也能把度把握得很好。但做完一次理疗，真是累死人了。此刻见到你们和那束漂亮的花，我才能再次振奋起来。"

"我还以为需要插上一脚，指点伊莱该买什么花，但结果显示，他真的品味不凡。我把它们拿下去给卡梅尔，找个花瓶替你装上吧？"

"谢谢。你们吃午饭了吗？我们都下去吧。伊莱，帮我一把。"

"你还是先坐会儿吧。"为了不再继续争执下去，他也坐了下来，"等你从'萨德侯爵'的阴影中恢复过来，我们再下去。"他冲阿布拉点点头，见她拿着花出去了，才转身面向赫斯特。"你不需要把自己逼得太紧。"

"你忘了在跟谁说话啦！不逼一逼，事情怎么做得完。你带着阿布拉一起来，我真高兴。"

"如今，到波士顿来，似乎没那么难了。"

"我们俩都在努力恢复。"

"一开始，我并没有把自己逼得太紧。"

"我也没有。我们都得先有一些引导。"

他笑了。"我爱你，奶奶。"

"你也好多了。你妈应该两个小时内会回来，但你爸不到六点是回不来的。你至少得等到你妈回来吧？"

"好，之后我们就回去。我还有一幢房子和一只狗要照顾。"

---

① 法国作家，以创作充满性暴力和性虐待的色情文学著称。

"有东西照看对你有好处。过去的几个月里，我们都有了长足的进步。"

"我还以为我要失去你了。我们都这么以为。我还以为我会遗失自己。"

"不过，我们都挺过来了。快跟我说说，你的书怎么样了？"

"还行吧。有些天感觉好些，有时候我又觉得它是本垃圾。但无论如何，现在这种能写作的状态总让我纳闷，我怎么拖了那么久才动笔？"

"伊莱，你在法律上很有天赋。真遗憾你无法在专职写作的情况下，将法律变成爱好或副业。如今，你可以尝试一下了。"

"或许吧。我想，大家都是知道我在家族生意上一塌糊涂。一直以来，特里西娅才是继承家业的那个人。"

"而且，她还非常在行。"

"是啊。不过，即便我知道了更多与家族生意有关的事或历史，它还是不适合我。其实，我更关注它的根源和起始。"

她眼中闪过赞许的光芒。"看来，你在布拉夫府的图书室花了不少时间。"

"是啊。你的岳祖母私运过威士忌。"

"没错。真希望我能更了解她一些。我记得，她是个活泼又踏实的爱尔兰女人。其实，我还有些怕她。"

"她得非常勇敢，才做得出那种事。"

"她的确很勇敢。你爷爷很崇拜她。"

"我见过一些相当漂亮的照片。在布拉夫府四处转悠时，又找到更多资料。不过，兰登威士忌的起源要比那早很多，可以追溯到独立战争时期。"

"创新的时代，到处是赌徒的心和商人的头脑，更不乏冒险和赏金。所以，人们想来杯美味，也无可厚非。当然，冷血无情的战争也起到了一定助力。士兵们需要威士忌，伤员也需要威士忌。事实上，兰登威士忌是一场反对暴政的战争和一段寻求自由的探索共同锻造出来的产物。"

"你这话真像是扬基佬说的。"

阿布拉端着花瓶回来。瓶中的鲜花插得十分巧妙。"它们真漂亮！"

"是啊。放这里，还是放你卧室去？"

"放这里吧。谢天谢地，这些日子，我总算坐得比躺得多了。既然阿布拉已经回来了，那我们就谈谈你真正想知道的事吧。"

"你以为你很聪明。"伊莱说。

"是啊，我本来就很聪明。"

他笑着点点头。"我们正要说到我真正想知道的事。我觉得，那幢房子和家族生意的历史，有没有可能是真相的一部分呢？我还没有完全弄清这点，但我们可以再往前追溯几个世纪。"

"我看不见他的脸。"赫斯特攥紧了放在膝上的一只手。她经常戴在右手的那块祖母绿因为这个动作变得更加耀眼，"所有能想到的办法我都试过了，甚至包括冥想。阿布拉，你知道的，我并不擅长冥想。我能看到或想起的，依然只是影子和模糊的动作。从体型来看，那应该是个男人。我记得自己醒了，一开始以为有声响，但接着又说服自己没什么动静。现在，我知道自己当时想错了。我记得我起床下了楼，然后就瞧见有东西在动。看那模样，他似乎要下楼逃走。我只能想起这么多了，真抱歉。"

"不用道歉。"伊莱对她说，"但是很黑，你或许没法记住一张没看见，或看得不够清楚的脸。告诉我你听见了什么。"

"我似乎更能记住声音。我以为自己在做梦，这点是很有可能的。我觉得是烟囱里的松鼠在叫。很久以前，家里闹过松鼠，但那之后，我们当然采取了一些措施。接着，半睡半醒间，我又似乎听见咯吱咯吱的声音。谁在楼上？然后，我就完全醒了，起初以为是不安带来的幻觉，但最终还是决定下楼泡点茶喝。"

"有什么气味吗?"阿布拉问。

"嗯,尘土和汗水的味道。"赫斯特闭着眼,努力集中精神,"真奇怪,直到你问,我才意识到有气味。"

"如果他是从三楼下来的,你能想到那上面有什么吗?有什么是他想找到的?"

她冲伊莱摇摇头。"那上面绝大部分都是纪念品和旧东西,早已不适合现实生活。那里也有些好东西——衣服、纪念品、杂志、老家庭账簿和照片。"

"我在那儿翻找了很长时间。"

"我老早就想找几个专家来给那些东西分个类,最终建起一家威士忌海滩博物馆。"

"这点子真棒!"阿布拉顿时满面放光,"你从没跟我提起过这事。"

"八字还没一撇呢。"

"家庭账簿。"伊莱深深地思索起来。

"没错,有账簿、宾客名单,还有请柬复印件。我很久没收拾过那些东西了,说实话,我也从没真正完全整理过它们。情况在变,时代也在变。孩子们离开后,你爷爷和我不再需要那么多佣人,所以我们开始把三楼当作储物区。一两年前,我曾试图在那上面画画。伊莱去世后,那里就只剩伯蒂和埃德娜了。小伊莱,你一定还记得她们吧?"

"嗯,记得。"

"她们退休后,我再没雇用住家仆从的心思。我只需照料好房子和自己。所以,我只能想那人是出于好奇,或想寻找什么东西,才会到上面去。"

"上面有能追溯到'卡吕普索'号失事时,与兰登家族有关的东西吗?"

"肯定有。兰登人向来喜欢保存东西。那时候更贵重的东西,应该都跟其他东西一样,陈列在屋中各处,不过,三楼应该会有些杂物和船上抛下来的东西。"

她想得眉毛都皱到了一起。"我想，那地方被我忽视了。我只是不再去查看那里，对自己说，总有一天会雇些专家来打理。他或许以为那里有地图，真是蠢啊。我们要是知道藏宝地，早八百年就自己把那批嫁妆挖出来了。或者，他以为那里有日记，没准儿能找到一本维奥莱塔的日记。不过，据说爱人被她哥哥杀掉之后，她就把所有日记、他们的情书和相关的一切都毁了。那些东西要是真的存在，或真的保存了下来，我应该听说过，或在某些时候碰巧遇见过才对。"

"好吧。你记得有人打来电话，发询问函，或上门要求购买一些纪念品和古董吗？有人因为要写一个故事或一本书，提出过拍摄要求吗？"

"天哪，伊莱，这种事多得我都数不过来了。唯一让我除了阿布拉也雇其他人的念头，就是想有个能帮我处理那些请求的人。"

"没什么特别突出的事吗？"

"没有，想不出有什么特别的。"

"要是想到什么，就告诉我。"伊莱觉得她已经有些承受不住，脸色又有点苍白了，"午饭吃什么？"

"我们下去看看吧。"

他扶着她站起来，但刚要伸手抱起她时，却被她拂了开去。"我不需要人抱，我拄着拐杖就能走。"

"或许吧，但我喜欢扮演白瑞德①。"

"他还没抱他奶奶下楼吃过午饭呢。"伊莱将她搂进怀里后，她说。

"但他马上就会了。"

阿布拉取回拐杖。看着伊莱抱着赫斯特下楼的样子，她终于完全明白，自己为何会坠入爱河。

---

① 美国作家玛格丽特·米切尔所著的世界经典名著《飘》中的人物。

第二十七章

真是美好的一天。向赫斯特道别时，阿布拉这么想着。她拉起伊莱的手，朝车子走去时，她也这么说了一句。接着，他们便看见街对面正靠在自己车上的沃尔夫。

"他在这里干吗？"她问，"怎么？难不成他还以为你会突然走过去，坦白所有罪行？"

"他只是想让我知道他在那里。"伊莱坐到驾驶位上，冷静地启动了引擎，"一点小小的心理战术，却出乎意料地管用。去年冬天，我几乎到了根本不出门的地步。因为我不确定是不是出门理个发，他都可能进来坐到我旁边的椅子上。"

"那是骚扰。"

"算是吧。没错，我们可以提起诉讼。虽然那样他会受到指责，却并不能真正改变什么。而且，事实上，我也累得懒得折腾。不予理会总归要容易些。"

"你简直是把自己软禁在家。"

他倒没这么想，至少当时没有。但她说得没错。从某些方面来说，他的确曾将搬去威士忌海滩视为一种自我放逐。

那些日子已经结束了。

"我没有别的地方可去，"他对她说，"朋友们不是疏远了，就是消失了。我的律师事务所也让我滚蛋。"

"'无罪假定'条款不管用了？"

"那只是法律规定，对重要客户、律所声誉和计费工时来说，却没什么用。"

"伊莱，即便仅仅出于原则，他们也应该支持你。"

"他们还得考虑其他同事、合伙人、顾客和员工。起初他们只是将这称为休假，但我已经完了，我们都知道这点。无论如何，这让我有了时间和理由，专心写作。"

"别说得好像他们帮了你一个大忙似的。"她厉声喝道，声音突然尖锐如刀，"帮你忙的是你自己。你才是采取了积极行动的人。"

"我把写作当作救命稻草，这的确比放任自流积极些。我日日都在等待他们不是来逮捕我，而是选择相信我那一天。这也给了我一个回到布拉夫府的机会。"

这也是种洗脱嫌疑的方式，阿布拉想。挣脱这一切让他疲惫又紧张，完全愿意接受伸来的任何援助之手。

"那现在呢？"她问。

"现在，救命稻草已经不够了。我不能原地踏步，等待沉沦。我要反击，要找到答案。等我找到，一定要把它们都灌进沃尔夫的脑子里。"

"我爱你。"

他微笑着瞥了她一眼，但四目交接间，微笑立刻变成震惊。"阿布拉——"

"嗯哼，最好还是看着点路。"顺着她的手势，他连忙紧急刹车，才没跟前面那辆小轿车追尾。

"时机没选好，"她继续说道，"虽然不合时宜，也不浪漫，但我相信情感是需要表达的，尤其是积极的情感。爱是最积极的情感。我喜欢这种感觉。而且，以前的我，并不确定自己会喜欢。伊莱，我们都挺过了一段糟糕的过往，但我们无法控制有些破事依然如影随形。这也许能帮助塑造今天的我们，但糟糕的是，它也会让我们对再次付出信任和真心、再次甘愿冒险心存犹疑。"

不可思议，她想，大声说出这些话让她觉得更强壮、更自由，真是太不可思议。"我并不指望你会因为我冒了这样的风险，就采取一样的行动。但你应该觉得开心和幸运，因为有这么一个聪明、自立又有趣的女人在爱着你。"

他终于从拥堵的车流中挤上第 95 号州际公路。"我的确感到非常幸运。"他对她说，而且，还很惊恐。

"那就够了。我们应该来点更好听的音乐。"说着，她开始调车上的卫星广播。

"就这样？我爱你，让我们换个频道吧？就这样？一个男人，如何才能跟得上这样一个女人的思维？她简直比波士顿的交通更难沟通，也更难预测。"

一连开了数英里，他努力想别的事情，思绪却老是在这一件事上打转，就跟手指头总想挠某个瘙痒之处一般。无论怎么做，他总得有所回应。他们一定要处理这件……事才行。但他有这么多别的事要处理和解决之时，怎么能头脑清晰、逻辑分明地去思考爱情及其隐含的一切？

"我们需要制订一个计划。"阿布拉这话立刻让他惊恐起来。"天哪，瞧你这表情！"她忍不住哈哈大笑，"简直就是压抑不住的惊慌失措。放轻松，我说的不是针对'阿布拉爱伊莱'制订计划，而是针对'贾斯廷·斯金德为何偷溜进布拉夫府三楼'制订计划。我们需要把上面的东西都系统地整理一遍。"

"我已经开始整理了，每天都会抽出几个小时做这事，却没什么进展。你知道那上面有多少东西吗？"

"所以我才说要系统整理。我们既然坚信他要找的是那批嫁妆，就可以合理地推测出他有这方面的信息。无论这些信息是对是错，都是导致他去地下室挖坑的原因。而且，我们还可以进一步推测出，他在寻找更多信息，或能指引他抵达藏宝之地的新线索。"

伊莱想，应该还有很多不显眼或被忽略的线索，但总的来说，把已知的信息联系起来也不赖。

"据我们所知，他已经确定自己要寻找什么。"

"或许吧。但从那一刻起，他便回到了这里。他依然认为这幢房子是关键所在。"

"那里的东西本来并不乱。"伊莱仔细想了想，"我不知道上面所有家具中那些箱子、柜子、储物盒和抽屉里的东西是怎么摆的。因此，警方搜查前，它们就很可能已经被人翻过一遍。不过，他要是真去找过，应该也比较小心。然后，警察又上去翻了一遍，所以，现在那地方真是乱成了一团。"

"他怎么知道在找到他想要的东西前，不会有人到那上面去。他并不想让人知道他可以进入这幢房子。我们要是没黑灯瞎火地在地下室转悠，也不会知道这点。"

"要不是他切断了电源，我们也不会去地下室瞎逛。所以，这是条非法入室的重大线索。"

"好吧，这观点提得好。但你真的会去搜查下面吗？如果你回家后打电话报了警，就不太可能还亲自去地下室寻找闯入者留下的蛛丝马迹。或者，即便你去了，也不大可能走到酒窖之外的地方去。"

"好吧，他计算过风险。"

"因为他想，也需要进到这里来。所以，我们要是系统地搜查一遍，或许能找出更多他来此的原因。要想实施伏击计划，我们还得等他再次返回才行。"她提醒他道，"在那之前，我们或许应该做点更积极的事。"接着，她又纠正道："我知道你已经开始调查研究，整理出各种理论和联系。而且，今天的出行也给了我们可以研究的新信息。不过，我喜欢亲自动手。"

"我们可以了解得更深入一些。"

"而且，在那上面多花些时间，或许也能让你更清楚如何利用那片空间。我要替你挑一把色谱扇来。"

"真的？"

"颜色是很有启发性的。"

"别，"他想了会儿，说，"我跟不上。"

"跟不上什么？"

"你啊。"在无比挫败中穿过城镇，他终于可以松口气了。从爱情跳到电台，又从系统搜索说到伏击，再到色谱扇。"你到底能一次延伸出多少个话题啊？"

"我可以想到很多话题，尤其在我觉得它们都很重要、彼此相关，或很有意思时。爱情很重要，从另一个角度来说，我觉得开车时听的音乐也很重要。搜索三楼和完善任何能在屋子里抓住斯金德的计划无疑是相关的。至于色谱扇，那东西多有趣啊，而且最终也会变得既重要，又相关。"

"我投降。"话落，他已经将车停在了布拉夫府前。

"这个选择不错。"阿布拉跳下车，展开双臂转了一圈，"我喜欢这儿的味道，也喜欢这儿的空气。我要去海滩上跑一圈，让自己充满这种味道。"

他的目光简直无法从她身上移开，更无法抗拒她的诱惑。"阿布拉，你对我来说很重要。"

"我知道。"

"比有史以来的任何人都重要。"

她放下胳膊。"但愿如此。"

"不过——"

"打住！"她一把搜出车里的包，甩甩头发，"你不用证明什么。我并不是要你立刻回报什么。伊莱，收下那份礼物吧。没办法，也许给得太快，或用错了包装，但它依然是份礼物。"她朝门口走去，屋里传来芭比兴奋的狂叫。

"你的警报器响了。我去换件衣服，把它也带上一起跑。"

他掏出钥匙。"我也能跑。"

"那太好了！"

※

关于那事，她没再多说什么，而是直接拿出了新的日程表。他们打开一个又一个箱子，阿布拉则不辞辛劳地编制目录，输入电脑。

她说，他们虽然不是专家，但分门别类的逐条记载或许对赫斯特想开博物馆的事有所帮助。于是，两人仔细地替所有东西分类造册。在此期间，伊莱也会穿插着抽空整理家庭账簿、账本和日记。

他会一页页地将它们浏览一遍，边做笔记边归纳。

虽然两人都得工作，他还是调整了自己的日程表，腾出用来"挖掘过去"的时间。他给自己整理出的那堆家庭账簿添上了非常详细的购买记录：家禽、牛肉、鸡蛋、黄油和各种蔬菜都是从一个名叫亨利·崔比特的当地农夫那里买的。

伊莱觉得，这位崔比特就是斯托尼的一位先辈。想到斯托尼头戴农夫草帽，身穿连衣工装裤，在芭比警告般的吠叫声中落荒而逃的模样，他就觉得好笑。

他从临时工作区的牌桌和折叠椅前站起身，往外走去。狗叫声停了一会儿后，阿布拉的声音传了上来。

"只有我一个。你要是忙就别下来了。"

"我在三楼。"他大喊着回应道。

"哦。我先收拾点东西，然后就上来。"

听起来不错。他承认，屋里的沉寂被她的声音打破，知道她立刻就要上来跟他一起工作，告诉自己她这天的点点滴滴，感觉真不错。

　　每每想到生活中要是失去了她，曾经那段愁云惨淡的日子便会浮上心头。那时，他自愿将自己软禁在屋里，一切都是那么灰暗、无趣和沉重。

　　他再也不要回到那样的生活里去，踏入光明已久，是无法再回去的。但他常常想：阿布拉就是自己现今生活中最明亮的一束光。

　　很快，他便听见她小跑上楼的声音，连忙起身去瞧。

　　她穿一条及膝长的牛仔裤和一件印着"瑜伽姑娘柔韧又疯狂"的红色 T 恤。

　　"嗨，我取消了一场按摩，所以——"坐在桌旁的他正期待她给自己一个问候的吻，她却突然停住脚步，"噢，天哪！"

　　"怎么了？"他猛地跳起来，瞬间做好抵御从蜘蛛到任何一种杀人狂魔的准备。

　　"那条裙子！"她几乎一下子就蹦到了他搭在箱子上、正准备记录的那条裙子前。

　　看她一把拎起裙子，冲到拉开帷幕的镜子前，他总算感激涕零地放下心来。他早已见过她对那些东西爱不释手的样子：蓬蓬裙、晚礼服、套装，以及各种能引起她兴趣的衣服。此刻，她正举着那条 20 年代风格的珊瑚色及膝流苏裙。裙子是低腰款的，剪裁颇为大胆。

　　她左转转，右晃晃，裙角的流苏不住地飞扬旋转。

　　"挂几条长长的珍珠项链，搭配同色钟形帽，再拿一根长长的银烟斗。"她仍举着那条裙子不住地转着圈，"想想它都在哪儿出现过！可以穿着它在某些超赞的派对或地下酒吧里跳查尔斯顿舞①，也可以穿着它坐着福特 T 型车里，畅饮家酿杜松子酒和私酿威士忌。"

　　她又转了一圈。"会穿这条裙子的女人一定大胆奔放，甚至还有点轻率鲁莽，却绝对自信飞扬。"

---

　　①　美国 20 世纪 20 年代流行的舞蹈。

"它很适合你。"

"谢谢，它太漂亮了。我们已经找到并登记的这些东西，都足以在这儿开一间时装博物馆了。"

"那我宁愿自戳双眼。"

哎，男人就是男人！不过，她也没兴趣去改变他。

"好吧，不在这里开，但赫斯特有朝一日要开的博物馆，绚烂的展品已经够多了。"

和伊莱不同，她小心翼翼地拿薄纸把衣服叠起来。"上来之前，我又去看了眼望远镜。他依然没有出现。"

"他会回来的。"

"我知道，但我讨厌等待。"她终于走过来，给了他一个迟来的吻，"你怎么不写作？现在收工太早了吧！"

"一稿已经完成，所以我想休息一下，让它自己先发发酵。"

"你写完了！"她一把搂住他的脖子，摇晃着身子说，"太棒了！我们干吗不庆祝庆祝！"

"一稿还不算成书。"

"当然算，它已经是一本等待润色的书。你觉得它怎么样？"

"虽然还需要润色，但还是相当不错的。结局来得比我想象的快。我刚有了点灵感，它就水到渠成地出现了。"

"一定要庆祝，晚上我做点好吃的，再从配膳室拿瓶冰镇香槟。"

为他激动不已之下，她一屁股坐到他腿上。"我为你骄傲。"

"你还没读过全书，就看了一幕而已。"

"没关系，你都写完了。一共多少页？"

"目前吗？543 页。"

"你写了 543 页！在经历这么一场噩梦，一段重大的人生转折，冲突、压力和巨变不断的日子里，你竟将它完成了。你要是不为自己感到骄傲，不是谦虚得令人讨厌，就是蠢。你是哪种？"

他发现，仅仅一句话，自己已经被她振奋起来了！

"我想，我最好还是说我很自豪吧！"

"好多了。"她给了他一个响亮的吻，接着又搂住他的脖子，"明年这个时候，你的书不是已经出版，就是即将出版。你会彻底洗脱嫌疑，所有笼罩着你和布拉夫府的问题，也都将得到解答。"

"我喜欢你的乐观。"

"不仅仅是乐观，我还用塔罗牌占卜了一番。"

"噢，那好吧。那我们去伯利兹庆祝一下我惊人的进步吧。"

"好啊！"她身子一仰，"'深陷现实'先生，乐观和塔罗牌占卜会带来强大的力量，尤其是加上努力和汗水的情况下。但为什么是伯利兹？"

"不知道。我脑子里跳出的第一个地方就是那里。"

"第一个念头往往就是最好的。今天有什么有趣的发现吗？"

"没有跟那批嫁妆有关的发现。"

"好吧，我们还有很多东西需要整理。我再去开一个箱子。"

她在他旁边忙活起来，却改变主意，决定放弃箱子，先整理那些老柜子上的抽屉。

她想，先辈们留下的东西真令人惊叹：旧桌布、褪色的刺绣或针织品、干燥得让她唯恐会碎在自己手中的儿童画作。她还找到一堆唱片。她觉得，这些唱片估计跟那条漂亮的珊瑚色长裙是同一个时代的。接着，她又开心地发现一台留声机。于是，她给机器上好发条，放了张唱片上去。

细弱的乐声溢满房间，她笑望着伊莱，扬手一个爵士动作，接着迅速地摇肩摆腰，立刻赢得他赞许的笑容。

"你应该穿上那条裙子。"

她冲他眨眨眼。"以后再说。"

她一路舞回柜子前，又拉开一个抽屉。

这个抽屉里有好多没用过，或只用过一部分的布料。她把它们分门别类地码成一个个小堆。看来，有人曾一度将这个柜子当成缝纫柜，专门用来存放丝绸、织锦、上好的毛料和绸缎。它们有些变成了漂亮的裙子，另一些则只勾勒出草样，并未真正成衣。

她伸手去拉最后一格抽屉，却只开到一半就卡住了。使劲拽了几下，她掏出几片碎布、一包大头针、一个红番茄模样的老针垫和一锡盒线。

"哇，瞧瞧这布料！都是三四十年代的啊！"她小心翼翼地把它们捧了出来，"仿男式女衬衫和晚礼服。噢，天哪，看看这条背心裙！"

"做条裙子？"他冲她一笑，"我想，存着那些东西，就是拿来做裙子的吧？"

"或许可以拿那块黄色带淡紫花纹的绸子做一条。我从没做过裙子，但很乐意试一试。"

"请便。"

"为了保持其古老性，我甚至还可以试试在这儿找到的那台老缝纫机。"这么想着，她把那些布料叠好，重新望向那个空抽屉。

"它卡住了。"她嘟囔道，"也许里面有什么东西……"

她换了个姿势，伸手探进抽屉底部，去摸堵在那里的东西。接着，她又探向两边和抽屉后部。"我想，它要么卡住了，要么变形了，或者……"

突然，手指似乎摸到了一圈金属般的东西。

"角落里好像有东西，"她对伊莱说，接着发现，"两边角落里都有。"

"我马上过来看看。"

"真不明白这抽屉怎么会卡住，它只是——"

她在角落里不耐烦地一推，抽屉猛地滑了出来，差点砸到她腿上。

她"啊"的一声惊叫，引得伊莱连忙抬头瞥了一眼。

"你还好吧?"

"没事,就是膝盖被稍微撞了一下。伊莱,那里面好像有个隔层。有个藏在抽屉后的暗格!"

"嗯,我在某些桌子和一个旧碗橱里也找到过这种暗格。"

"但你找到过像这样的吗?"

她拿出一个木盒。盒子表面刻着一个深深的花式 L 图案。

"目前为止,还没见过这样的。"见她端着盒子朝桌边走来,他饶有兴致地停下手中的记录。

"也许我们找到的那堆钥匙里就有能打开这盒子的。我在那个旧碗橱的暗屉里还找到了更多钥匙。"

她瞥了眼装钥匙的罐子。那里头的钥匙都是两人在三楼搜索期间找到的。可接下来,她只是从头上拔下了一根夹发针。

"我们先试试这个。"

他忍不住笑出声来。"没开玩笑吧? 你要用夹发针开锁?"

"这是最经典的做法,不是吗? 能有多复杂?"她把夹发针弄弯,滑进锁眼,又旋又转。见她似乎非要打开那盒子的样子,伊莱起身朝罐子走去。接着,他便听见一声轻微的脆响。

"你之前干过这种事?"

"十三岁弄丢日记本钥匙时干过。但是,某些技能永远都不会消失。"

她抬起盒盖,找到一匣信件。

他们以前也碰到过信,但大多数都曲折又冗长,堪比威士忌海滩到波士顿或纽约的距离。她想,有些来自战场上的士兵,有些来自出嫁或已在远方定居的女儿们。

她很想读情书,却还一封都没找到过。

"纸张看起来很旧。"她边说,边小心翼翼地将它们拿了出来,"用鹅毛笔写的。我想——啊,对了,这里有日期。1821 年 6 月 5 日。收件人是埃德温·兰登。"

"那不是维奥莱塔的哥哥吗!"伊莱推开手中的活,转过身来看。"那时候他应该已经六十多岁了。他死于……"他努力在脑中搜寻读过的家族史,"1830 年左右,总之是在那个年代最初的几年里。寄件人是谁?"

"詹姆斯·J. 菲茨杰拉德从剑桥寄来的。"

伊莱将这条信息记了下来。"读来听听吧!"

"好。'先生,我们去年那次糟糕的会面让我深感遗憾。我并非有意冒犯您的隐私,或拂您好意。尽管那次您已经十分清楚地表明了您的态度和决定,此刻,我仍觉得自己必须代表,哦,不,是谨遵我母亲——也就是您妹妹——维奥莱塔·兰登·菲茨杰拉德之命,给您写这封信。'"

阿布拉突然停了下来,瞪大眼睛望向伊莱。

"伊莱!"

"接着念。"他站起身,越过她的肩头,仔细打量那封信,"家族史中没有关于她结婚或生子的记录。接着念。"他又吩咐了一遍。

"'正如我一月所说,您妹妹病得很重。父亲两年前去世后,我们的境况就因债务日渐艰难。在安德鲁·格朗东先生手下当一名职员给了我一份能养家糊口的正当收入。当然,如今我不仅要满足母亲的需要,还要努力还债。

"'我不会以我的名义向您寻求经济资助,却不得不以您妹妹的名义,提出这个要求。她的健康状况越来越糟,医生已经催促我们尽快将她从城市转向海滨。他们认为,海边的空气对她最为有益。如果继续维持现状,我怕她将无法活到明年冬天。

"'您妹妹衷心希望能回到威士忌海滩,回到承载了她无数记忆的出生之地。

"'我把您当先生,而非叔叔。求求您了!我向您保证,我绝不会因为亲戚关系，为自己向您索求什么。我只求身为一名哥哥的您，能满足唯一的妹妹回家的渴望。'"

感受到字里行间透露出的脆弱，阿布拉把信放到一边。"哦，伊莱。"

"她离开了。等等，让我想想。"他直起身，开始在房间里踱来踱去，"无论如何，家族里没有任何关于她结婚、生子和死亡的记录。而且，我也从未听说过还有个叫菲茨杰拉德的亲戚。"

"她爸爸销毁了所有记录，不是吗？"

"嗯，一直流传下来的说法就是这样。她跑掉之后，他不仅跟她断绝了父女关系，还几乎销毁了所有记录。"

"他一定是个又矮又丑的男人。"

"从画像来看，他高大、黝黑而帅气。"伊莱纠正道，"但你说的要是内心，那或许没说错。所以，维奥莱塔离开这里，与家族疏远后，就去了波士顿或剑桥，并与他们断绝了关系。后来的某个时候，她结婚了，并有了孩子——至少有了写信的这个儿子。菲茨杰拉德就是'卡吕普索'号的幸存者吗？这是个爱尔兰名字，而非西班牙名字。"

"他很可能让人印象深刻。这么说对吗？或者，她是在离家之后才邂逅并嫁给了他。直到此时，直到她弥留之际，她都没有真正试图与家族和解吗？"

"我不知道。有些说法认为，她是和一位情人私奔的。可能性最大的说法是：她的情人被她哥哥杀死之后，她才离家出走。调查中，我也遇到过几种说法。据说，她是因为怀孕才被送走，然后又因抗命被逐出家门。他们基本上完全抹杀了她这个人，所以 18 世纪 70 年代末以后，家里不仅没人再提起她，也没有半点跟她有关的记录。如今我们有了这个线索，就可以去找找剑桥的这位詹姆斯·J. 菲茨杰拉德，从他那里开始调查。"

"伊莱，下一封信是同年 9 月写的。也是一封求助信。她病得更重，他们的债务也越积越高。他说他妈妈已经虚弱得无法自己提笔写信，只能由他代笔。哦，我看得心都碎了。'哥哥，我们原谅彼此吧。我真的不愿带着我们之间的恨意去见上帝。我恳求你，念在昔日的情分上，请允许我回家走完这最后的一段路。请给我儿子一个认识我哥哥的机会，认识那个我珍视，并在那可怕的一天前也同样珍视我的哥哥。我已经请求上帝原谅我们犯下的罪。埃德温，你可以像我原谅你一样原谅我吗？原谅我，带我回家吧。'"

她抹掉脸上的泪水。"但他没有，是吗？第三封，也是最后一封信写于1月6日。'维奥莱塔·兰登·菲茨杰拉德于今日六点与世长辞。她在世的最后几个月里深受折磨。先生，这种折磨都是您一手造成的。愿上帝原谅您，但我永远不会！

'弥留之际，她把1774年8月最后几天发生的事都告诉了我。她向我忏悔了自己年轻时犯下的罪和您的罪。她至死都渴望回家，回到那个曾经将她拒之门外的家。为此，她受尽折磨。我和我的家人永远都不会原谅您。您把财富看得比她的性命还重。即便在天堂，您也别想再见到她！您和您的后代，都会因您的这些行为而下地狱！'"

她把最后一封信放进之前的那些信里。"我同意他的观点。"

"大家都说，埃德温·兰登和他爸都是铁石心肠、毫不妥协的人。"

"嗯，这些信就是很好的证明。"

"但我们并不知道埃德温是否回信，或者如果回了，他写了些什么。但显而易见的是，他跟维奥莱塔在1774年8月都'犯下了罪过'。五个月后，'卡吕普索'号就在威士忌海滩失事了。我们得去查查詹姆斯·菲茨杰拉德的相关信息，至少得查查他的出生日期。"

"你认为她离家，或者说被赶出家门时，便已怀有身孕？"

"我觉得，罗杰和埃德温·兰登极力谴责的就是这种罪。而且，在当时社交界和商界声名鹊起的兰登家族，会容忍一个女儿身怀某个低贱之人、某个不法分子的孩子？绝无可能！"

他回到她身边，重新拿起那封信，仔细研究了一下签名。"詹姆斯这个名字太常见、太普通了。儿子通常都会继承父亲的名字。"

"你觉得她的情人——那个'卡吕普索'号的幸存者就叫詹姆斯·菲茨杰拉德?"

"不，我认为她的情人是纳撒尼亚尔·詹姆斯·布鲁姆。不仅他，埃斯梅拉达的嫁妆也从那场事故中幸存了下来。"

"布鲁姆的中间名是詹姆斯?"

"是啊。无论这个菲茨杰拉德是谁，我敢打赌，她嫁给他时，肯定已经怀孕。"

"布鲁姆跟她私奔后，也可能改名换姓啊!"

伊莱伸出一只手，心不在焉地抚弄着她的头发，心中不由想起兰登家那位跟学校女教师私奔的先辈。阿布拉给了这对不幸的人多么美好的结局啊!

"我不这么认为。那男人是个海盗，一个声名狼藉之人。我不觉得他会悄无声息地在剑桥安顿下来，养出一个当职员的儿子。而且，他永远不会让兰登家的人得到那批嫁妆。我觉得他被埃德温杀了。埃德温杀了他，抢过嫁妆，将自己的妹妹逐出家门。"

"为了钱吗? 说到底，他们就是为了钱将她赶出家门，并彻底抹杀?"

"她找了个臭名昭著的强盗当情人。这人是个谋杀犯，一个小偷，一个只要被捕，就肯定会被立刻绞死的人! 兰登家族正处于积累财富、社会名望和政治力量之际，他家的女儿本应嫁入另一个富裕之家，此刻却被毁了。无论是藏匿这名通缉犯，还是知情不报，一旦传扬开来，家族或许都会毁于一旦。因此，他们必须要解决她这种情况。"

"解决? 你竟然用这个词?"

"我并不赞同他们的做法，只是站在他们的立场，描述他们可能采取的行动。"

"我真不喜欢作为律师的兰登!"

"作为律师的兰登只是在陈述他们的情况,陈述那个时代男人们的思维模式。阿布拉,女儿在当时就是家族资产。这种观点虽然不对,但历史如此。那时,她却不再是一种资产,而成了一种负担。"

"这种话我不想再听下去了。"

"控制一下自己好吗,"见她起身,他建议道,"我在讲18世纪晚期的情况。"

"可你一副无所谓的口气。"

"这是历史。弄清当时情况的唯一办法是理性思考,而非感情用事。"

"我更喜欢感情用事!"

"嗯,那是你的强项。"行,那我们也来点感性的思考!他想:既要有逻辑,又要感性。"好吧,感觉告诉你,当时发生了什么事?"

"罗杰·兰登是个自私又无情的混蛋。而他儿子埃德温,则是个没良心的畜生。他们没有权利像抛弃维奥莱塔一样,抛弃一个生命。这不是历史,这是人!"

"阿布拉,你知道我们正在争论某个已经死了将近两百年的人吗?"

"你想说什么?"

他搓了搓自己的脸。"我们干吗要说这些?我们不是早已得出相似的结论吗?其中之一便是:罗杰和埃德温·兰登都是冷酷无情、僵化固执、投机取巧的混蛋。"

"这还差不多。"她眯起眼,"投机取巧。你真相信有那批嫁妆?它虽然跟布鲁姆一起上了岸,但埃德温杀掉布鲁姆后,就把它偷走了?"

"那本来就是偷来的财物。不过我认为他的确找到并拿走了它。"

"那它去哪儿了?"

"我还在努力寻找。但基本前提要是错了,则一切都毫无意义。我得开始追踪维奥莱塔的儿子了。"

"怎么追踪？"

"我可以自己来，但这并非我的专长，或许会花点时间。但我可以利用的工具很多，比如那些很好的家谱网站。我也可以节省时间，找个这方面的专家。我认识一个这样的人。我们曾经很要好。"

她明白，那是个背弃了伊莱的人。她也发现，无论他的说法多么理性，他也完全理解维奥莱塔都经历了什么。他知道被抛弃、谴责和忽视的感觉。

"你确定要这么做？"

"几个星期前我就想这么做了，却一推再推。因为——不，我不想这么做，但我会努力吸取维奥莱塔的教训。万不得已之时，最好选择原谅。"

她走过来，捧起他的脸。"无论如何，我都会替你庆祝的。其实，我现在就打算下去开工。我们应该把那些信放在某个安全的地方。"

"嗯，我会处理好的。"

"伊莱，你觉得埃德温为什么要留着那些信？"

"不知道，或许兰登家的人喜欢保留旧物吧。那个带抽屉的柜子或许就是他的。把信藏在暗屉里，没准儿也是他想保存，却并不想再见到它们的一种方式。"

"都是眼不见心不烦。对维奥莱塔也如此。"阿布拉点点头，"真是个可悲的男人啊！"

可悲？她走后，伊莱仍在琢磨这个词。对此，他表示怀疑。埃德温·兰登就是个自鸣得意的混蛋。他想，任何"枝繁叶茂"的家谱，都难免会出现一些"长歪的旁支"。

他在笔记上找出那位老友的电话，接着便掏出了手机。他发现，原谅真不是件容易的事，但为权宜而动，则不会太难。或许，之后他会选择原谅。即便不能，那好歹也获得了答案。

第二十八章

伊莱走进厨房时，束起头发、卷起袖子的阿布拉正忙着把土豆切片，放入砂锅菜中。听到声响，她抬起头来。

"怎么样？"

"很尴尬。"

"真抱歉，伊莱。"

他只是耸耸肩。"我想，他比我更尴尬。其实，我跟他妻子更熟。她是我以前公司里的法律助理，他是哈佛大学的历史老师，兼职做些家谱学方面的事。每个月，我们会在一起打几次篮球，四处喝点啤酒。仅此而已。"

这就够了，阿布拉想，这些还不够换来一点点忠诚和怜悯吗？

"总之，经历了最初的语无伦次和那句无比紧张，又过分热情的'伊莱，接到你的电话真高兴'后，他同意接这单生意。事实上，我想，内疚足以让他优先完成这笔生意。"

"很好。这样就公平了。"

"但我为什么还是想砸东西？"

想到刚刚一阵狂削猛砍，才切成片的土豆，她太明白他的感受了。

"你干吗不去举举重？激发出食欲来，正好享用酿猪扒、奶油马铃薯和杏仁豆角。多有男子气概的一场庆祝餐！"

"也许可以试试。但我应该喂狗了。"

"已经喂过了。此刻，它正舒舒服服地趴在阳台上，看人们在它的'院子'里嬉闹玩耍呢。"

"我应该帮帮你。"

"我像需要帮助的样子吗?"

他只得笑笑。"不，不需要。"

"去举重吧。我喜欢我的男人有身强健的肌肉。"

"既然这样，我去活动一会儿。"

※

他终于满头大汗、筋疲力尽地做完运动。洗完澡后，他突然发现，那件事也没什么大不了的。

他已经得偿所愿，找到一个能解决问题的专家。如果内疚有助于解决问题，那就不会也不应该有什么关系。

一时兴起下，他牵着芭比去镇上散步。人们都毫无戒心地跟他说话、打招呼和问好，让早已习惯尴尬的他惊讶不已。

他买了束深紫色的郁金香。回家途中，看见正闲逛着朝乡村酒吧走的斯托尼·特里比恩，他还跟他挥手打了招呼。

"小子，我请你喝杯啤酒怎么样?"

"改天吧。"伊莱大声回话道，"还有人等着我吃晚餐呢。周五晚上给我占个座吧!"

"没问题。"

伊莱发现，自己早已把威士忌海滩当成了家。周五晚上在酒吧的一席之地、一次随意的挥手、一顿炉上的晚餐，和一个你在乎、收到你送的紫色郁金香就会露出笑容的女人。

他知道，她一定会笑的。

星子摇曳、海涛阵阵。郁金香和蜡烛静静地立在阳台的桌上，香槟汩汩地冒着泡。此时此地，伊莱觉得，生活真是完美极了。

他想，他回来了。无论用哪种方式来比喻都行，可以说他已经蜕掉那层过于紧绷的死皮，也可以说他已经拐过人生的死角，柳暗花明又一村。总之，他已经抵达梦想之地，与他想要的女人一起做能让他更圆满、更真实的事。

阳台上彩灯迷离，海风阵阵。一盆盆鲜花竞相吐艳，一只慵懒的狗狗趴在海滩前的台阶上打盹。

"感觉真是……"

阿布拉扬起眉："怎么了？"

"太对了。正合我意。"

当她再次冲他露出笑容，那感觉真是太对了。

后来，整个屋子都静谧下来，而他的身体依旧因她而轻颤时，他都说不清自己为何毫无睡意。耳边传来阿布拉有节奏的呼吸声和芭比在睡梦中含糊的吠叫声。他想，那家伙多半在梦中追着那颗鲜红的球冲进了水里。

他听着布拉夫府渐渐沉寂，想起奶奶在半夜被不和谐的噪音吵醒。

他烦躁地下了床，本想下楼找本书读，却反而爬上三楼，走到那堆家庭账簿前。他拿起信笺簿和手提电脑，在牌桌前坐了下来。

接下来的两小时里，他比对着家庭账簿和商业账簿，阅读、计算并核对了那些日期。

直到脑袋阵阵发痛，他依然揉揉眼睛，继续埋头苦干。他是学法律的，他提醒自己。他学的是刑法，而非商法，更不是会计或管理。

他应该把这事交给爸爸或者妹妹来做。但他就是无法放手。

凌晨三点，他终于推开了那堆东西。他觉得眼睛仿佛被砂纸磨过一般，太阳穴和后脖颈则像被老虎钳夹过一样。

但他以为自己清楚这一切，也理解这一切。

需要时间来处理一下了。他走下楼，从橱柜里拿出阿司匹林，像个马上就要干渴致死的人一般，和着水将药片吞了下去。接着，他踏上了外面的阳台。

微风如香膏般拂过全身，带来咸咸的海味和阵阵花香。皓月当空，已几近满月，星光璀璨，在无边的天幕上忽明忽暗。

"伊莱？"阿布拉穿着一件如月亮般皎洁的睡裙走了出来，"睡不着？"

"嗯。"

夜风吹动她的裙角，撩起她的长发。月光下，她的双眼亮晶晶的。

他不禁纳闷，她什么时候变得如此美丽了？

"我有些或许能助眠的茶。"她走上前，很自然地伸手替他揉捏、放松肩膀。两人目光相接之际，她眼中的关切转为了好奇。"怎么了？"

"很多事。突然之间，似乎又出了很多无法预料的大事。"

"你干吗不坐下来？我帮你揉揉肩，慢慢听你说。"

"不用了。"他拉过她的手，紧紧握住，"我只想告诉你，我也爱你。"

"噢，伊莱！"她一下子扣紧他的十指，"我知道。"

不是他期望的反应。事实上，他觉得自己有些生气。"真的吗？"

"是啊。但是老天！"她激动得甚至忘了呼吸，一把搂住他的脖子，脸紧贴在他肩上，"天哪，听你这么说我真高兴。我告诉自己，即便你不说这句话，也没关系。但我不知道亲耳听见它的感觉竟然如此美妙。我怎么会知道？我要是知道，一定会像条狼一样缠着你，直到你说出这句话为止。"

"我要是不说，你又怎能知晓我的心意？"

"你碰我、看着我、搂着我的时候，我都能感觉到。"她抬头望向他，眼里湿雾弥漫，"而且，如果你不爱我，我也不会如此爱你。如果我不知道你爱我，我也无法确定跟你在一起是件多么正确的事。"

他轻拂着她那一头卷发，觉得没有她的日子，自己一天也熬不下去。"所以，你只是在等我追上你？"

"我只是在等你，伊莱。我想，自从来到威士忌海滩，我就开始等你了。因为，你就是我遗失的那一部分。"

"你说的都对。"他印上她的唇，"都是对的。不过一开始，它真是把我吓坏了。"

"我知道，我也是。那现在呢？"那双美人鱼般的眼睛泪光盈盈，在月光下闪闪发亮，"我感到了无尽的勇气。你呢？"

"我感觉很幸福。"他的心乍然柔软下来，低头吻去她的泪，"我也想让你如我这般幸福。"

"你已经做到了。真是个美好的夜晚啊。或者应该说，真是美好的一天，又一个无比美好的日子。"她再次吻上他的唇，"让我们给彼此带来更多美好的日子吧。"

"一言为定。"

她想，兰登家的人都是信守诺言的。狂喜之下，她又一把搂住他。"伊莱，我们找到了彼此。没有早一步，也没有晚一步。"

"这就叫宿命吗？"

她直起身，仰头笑望着他。"你说得太对了。因为突然接受了你的宿命之轮，想告诉我，所以你就睡不着了？"

"不。其实，你出来之前，我都不知道自己会说出这话。一看到你，我脑中就突然全是这句话。"

"我们该回去睡觉了。"她的笑容充满希望，"我一定能帮助你睡着。"

"我爱你还有一个原因。你总能想出非常棒的点子。"可刚拉起她的手，他猛然想起，"老天，有件事我差点忘了。"

"这都快成为你的习惯了。"

"不，我的意思是说，我差点忘了跑出来的初衷。知道我为什么睡不着吗？我上楼整理那些账簿和账单去了。"

"整理那些数据和表格？"她不自觉地伸手去揉似乎已经开始发疼的太阳穴，"不消五分钟，你就昏昏欲睡了。"

"我找到它了，阿布拉。我找到埃斯梅拉达的嫁妆了！"

"什么？怎么找到的！天哪，伊莱！你简直是个天才！"她一把抓住他，兴奋得左摇右摆，"它在哪儿？"

"就在这儿。"

"这儿是哪儿？我需要找把铲子吗？噢，噢！我们一定要把它拿给赫斯特，给你的家人。它需要被保护起来。而且……肯定有办法追踪到埃斯梅拉达的后裔，他们应该也有份儿才对。赫斯特的博物馆有着落了！你知道对威士忌海滩来说，这意味着什么吗？"

"威士忌海滩会讨论该怎么利用它吧。"他说。

"是啊，伊莱，想想看。两百多年前的宝藏现世！你都可以写本跟它有关的书了！只要想一想，现在所有人都可以看见它……你的家族还可以从中挑出几样，借给史密森尼博物馆、纽约大都会艺术博物馆和卢浮宫。"

"这就是你要做的事？捐献、出借、展览？"

"是啊。它属于那个时代，不是吗？"

"不管怎样，"他简直被她迷住了，仔细打量着她光彩夺目的脸说，"你难道不想要？就算有一件也好啊？"

"呃，这个嘛……既然你提起，一件我还是不会拒绝的。"她笑着转了个圈，"噢，试想一下，那段历史，那个谜题，那神奇的一切，就要被破解了！"

她停住身形，又笑了笑。"它到底在哪儿？我们要多久才能找到它，并把它好好保护起来？"

他转向她，伸手一指。"我们已经得到它了。它也很安全。阿布拉，它就是布拉夫府。"

"什么？我听不明白。"

"我的先辈们不像你这般无私和博爱。他们不仅得到了它，还把它花掉了。"他指了指屋子，"建起这幢房子靠的不仅是威士忌，还有那海盗宝藏。当时酿酒厂和布拉夫府的扩建，最初的那些创新、木材、石材和劳力，都用到了那批嫁妆。"

"你是说，他们卖掉嫁妆，用来拓展业务，修建这幢房子？"

"嗯，如果我对所有账簿的解读没错，他们应该是一件一件卖的。从冷酷无情的罗杰和埃德温开始，整整卖了一两代人。"

"噢，我得先消化消化。"她用力扒拉着头发。在他看来，她想开博物馆和分享宝藏的兴奋劲儿，估计也被扒拉没了。"布拉夫府就是埃斯梅拉达的嫁妆。"

"基本上是这样。你如果认真研究过那些开销和收入，一切就都说得通了。家族记载称那些钱来自赌博，说那些人既喜欢赌，还很幸运。而且，他们也都是精明的商人。接着，战争爆发，战后全国经济腾飞。没错，上面那些应该都是原因之一。但既然是赌徒，就得有本钱。"

"你确定他们用的是嫁妆。"

"逻辑上是说得通的。我想给特里西娅看看，让她也来分析一下。我也想收到詹姆斯·菲茨杰拉德的回应。阿布拉，它已经被聚集起来了。这些墙壁、石块、玻璃和山形墙里，都有那批嫁妆。罗杰和埃德温早已用他们的方式将其占有，因为他们认为那就是自己的私有财产。"

"没错。"她点点头，"会那般彻底地抛弃女儿和妹妹的男人，的确会认为那批嫁妆是他们的。"

"布鲁姆把它带到威士忌海滩，可威士忌海滩就是他们的。他们给了他栖身之所，他却玷污了他们的女儿和妹妹。所以，他们从他那里偷走嫁妆，用来建他们想建的东西。"

"真无情。"她嘟囔着，"无情且不公，但……它也充满诗意，不是吗？"她把头靠在他肩上。"而且，从某种程度上来说，这个结局也算完满。你觉得怎么样？"

　　"也许这房子大部分都是建立在鲜血和背叛上。既然无法改变历史，就只有默默忍受了。这幢房子选择了忍受，这个家族也同样如此。"

　　"这是幢好房子，这个家族也是个好家族。它们都挺过了岁月沧桑。"

　　"无情且不公，"他重复道，"我可以对此表示遗憾。林赛的死也是无情且不公的。我能做的，就是努力找出真相。或许，这便是正义。"

　　"这也是我爱你的原因。"她轻声说，"就这么简单。现在打电话给特里西娅还太早，我觉得我们也睡不着了。我去给咱俩弄点鸡蛋吧。"

　　"这就是我爱你的原因。"他笑着扳过她，将她揽入怀里。当他越过她的头顶，望向远方时，却突然怔住了。

　　他看到下方某处亮起了一点微光。"等等。"

　　他迅速跑到望远镜前，仔细观察了一番。然后，他直起身，望向阿布拉。

　　"他回来了。"

　　她一手掐着他的胳膊，也凑上去看了一会儿。"我一直在期待他回来。如此一来，我们就能着手了结此事。但现在……"她寻思了一会儿，"我依然这么想。走吧，我们先做点什么。"她冲他露出一个冰冷又凶狠的笑容。"即便弄得一身腥，也不能不抓鱼！走吧，我们先去打些蛋。"

　　她打蛋，伊莱冲咖啡。尽管才刚刚五点，他还是觉得此刻跟任何一个清晨没什么两样。知道彼此相爱，真是既新鲜又振奋。而现在，两个相爱的人正在一起做早点。

　　需要做的，只是暂时忘掉凶手而已。

　　"我可以给科比特打电话。"阿布拉边在水槽里洗浆果边说，"嗯，可以告诉他。"

　　"嗯，可以。"

"但跟他谈一个我在酒吧里遇到的男人，也起不到多大作用。"

"但这个男人是林赛的情人，还在威士忌海滩置办房产。"

"兰登律师不是说过，这点在法庭上站不住脚吗！"

伊莱仔细瞅着她，把她的咖啡放在台面上。"这是其中的一步。"

"缓慢推进中的一小步吗？这一步要是惊动了斯金德，难道不会令他预先防范？"

"这一步或许会吓到他，甚至可能让他离开威士忌海滩。只要对邓肯之死的调查继续进行，这里便始终存在威胁。接下来，我们还要采取措施，验证与那批嫁妆、埃德温·兰登、詹姆斯·菲茨杰拉德等信息有关的一切。"

"'验证有关事实'听起来更像律师的口吻。"

"即便我还当律师时，他们那种趾高气扬、故作高深的言论也影响不到我。"

她切了些黄油，放进滚烫的锅里。在黄油的"嗞嗞"声中，她微笑着望向他。"这不过是一线之间的事。无论如何，行动都比空谈更让人满足。伊莱，我们有机会证明他就是闯入布拉夫府的那个人。只要证明这点，害赫斯特摔下楼的人，肯定也会指向他。对我们俩来说，这都是件大事啊！而且，这也提高了他与邓肯有联系的可能性。只要能将他们扯到一起，离指控他谋杀就不远了。"

"这个计划漏洞太多。"

她把打好的鸡蛋倒入煎锅。"在没有更多原因和证据的情况下，他们因为林赛的死追踪了你一年。让我们给宿命一个机会，至少让那个男人也尝尝这种滋味吧。"

"这件案子里，'宿命'这个词是否就等于'偿还'？"

"你怎么说都行。"

她把鸡蛋、水果、切好的烤全麦面包片放入盘中。"我们干吗不去早餐室吃，还能一起看日出。"

"在这之前，我要是说我太爱看你做早餐，尤其是穿着这身睡袍做，是否会太男性至上主义？"

"你要是希望或要求我这么做，才叫男性至上主义。"她的手指缓缓拂过睡袍边缘，"欣赏它只会显得你很有品味。"

"嗯，我也这么认为。"

他们端着盘子和咖啡进了早餐室，坐在宽阔的落地窗前。阿布拉舀起一口鸡蛋。

"继续刚才的话题，"她补充道，"你要是在施行将斯金德引入这里的计划前，认为需要让我安全地远离此地，就是男性至上主义。"

"我可没这么说过。"

"恋爱中的女人都会读心术。"

老天，他真希望她没这本事。然而，她显露这种能力的次数，已经多得令他不舒服了。"我们如果真的尝试引诱计划并成功，就没必要两个人都待在这儿。"

"很好。我用摄像机拍他的时候，你会去哪儿？"她一脸平静地往嘴里塞了个浆果，"事情搞定后，我需要第一时间联系到你。"

"天还没亮就这么聪明是很讨厌的！"

"所以，你还试图保护小女人吗？我不是小女人。我有自保能力。这点我应该已经展示过了吧！"

"第一次提起这事时，我并不知道自己已经爱上了你。当时，我并没有也不能向你坦白我对你的所有感觉。爱，会改变一切。"他握住她的手，"一切。我想知道答案。我想知道林赛和奶奶身上到底发生了什么事，想知道自从我回到威士忌海滩后发生了什么，也想知道两百年前发生了什么。但如果寻找答案的过程会伤害到你，我会放弃一切，再也不去追寻。"

"我懂你的意思，但……"她翻过被他握住的手，与他十指相扣，"我也满脑子都想着那事。伊莱，为了我们俩，我也需要答案。所以，相信我们能照顾好彼此，一起找到答案，好吗？"

"你要是待在莫琳家，他一进来，我就给你发信号。然后，你可以打电话报警。警察一定能及时赶到，将他当场擒获。"

"如果我跟你在一起，我也可以趁你拿摄像机拍个不停的时候，在这里报警。"

"你就是想在秘密通道里玩！"

"谁不想呢？他伤害了你，伊莱。他伤害了我的朋友，也会伤害我。我不会待在莫琳家的。要么一起，要么就别干这事。"

"听起来真像最后通牒啊！"

"就是最后通牒。"她抬起肩，又用最悠闲的姿态放下，"我们可以继续争论下去。但你会很生气，我也会觉得受到了侮辱。所以，再吵下去有什么意义呢？尤其是在如此美丽的清晨，在我们都爱着对方的情况下？伊莱，我会支持你。我知道，你也会支持我的。"

该死，他还能怎么办？"那计划也可能行不通。"

"思想太消极当然一事无成。况且，历史和前人的经验都可以证明那是行得通的。伊莱，我们可以了结此事，或者，至少可以让他被警方拘押。然后，警方可以指控他深夜私闯民宅、破坏他人财产等罪名，也可以就其他罪名对他提出质疑。"

她探过身来。"到时候，也由不得沃尔夫不承认他错了。"

"这就是你取胜的手段。"伊莱问。

"伊莱，这是注定了的事。"

"好吧。但我们一定要全力以赴，不能放过任何一种可能。"

她给两人斟上第二杯咖啡。"嗯，我们好好规划一番。"

两人交谈间，太阳跳出地平线，金色的阳光洒满幽暗的海面。

※

阿布拉赶着去上早课时，伊莱想：只不过是新的一天而已。对某些监视着布拉夫府里一举一动的人来说，这也不过是新的一天而已。

他趁着遛狗，小跑着穿过海滩，"沙堡"再次完全展现在他眼前。为了让芭比高兴，也为了装装样子，他跟它玩了会儿追球游戏，由它冲进水里又游出来。

回家后，它摊开四肢，趴在阳光明媚的阳台上，伊莱则进屋给妹妹打电话。

"博伊登疯人院。过得怎么样，伊莱！"

"很好。"那边传来几乎要刺破耳膜的尖叫声，他连忙把手机拿远了一英寸，"又出什么事啦？"

"塞利娜强烈反抗我对她做出的隔离处分。"特里西娅提高声音，伊莱又把手机拿远了两英寸，"塞利娜越是尖叫不听话，她被隔离的时间就越长。"

"她干什么了？"

"她不想吃早餐里的草莓。"

"噢，这样，那似乎也不——"

"所以，她把草莓都扔到了我身上。所以，我才会罚她隔离。我只得换衬衣，这便意味着不仅她上托儿所要迟到，我上班也要迟到。"

"好吧，看来现在真不是个好时机。我待会儿再给你打电话。"

"反正都迟了，而且我也得冷静冷静，免得也忍不住朝我宝贝女儿脸上扔草莓。说吧，什么事？"

"我翻出一些老家庭账簿和商业账簿。真的是老账簿，可以追溯到 18 世纪晚期至 19 世纪早期。我详细地浏览了一遍，然后得出一些十分有趣的结论。"

"比如说？"

"我希望，有时间的话，你也浏览一遍。然后，我们再看你得出的结论是否跟我一致。"

"一点提示都不给？"

嘿，他真的很想给，但……"我不想影响你。我的结论或许站不住脚。"

"你勾起我的兴趣了。好吧，我很乐意跟它们玩玩。"

"我先扫描几页给你看看怎么样？这周末我或许能来，到时候再把所有账簿带给你。"

"行。或者，马克斯、目前已经解禁的塞利娜和我也可以周五晚上去你那里，在海滩上过周末，我趁此机会顺便看看它们。"

"这样更好。不过，如果草莓会引起那种反应，到时候这儿可不会有任何草莓。"

"她平时都很喜欢吃的，但女孩嘛，总有闹脾气的时候。我去把她放出来，我们得出门了。你能发什么就发，我会找时间看看的。"

"谢谢。还有……祝你好运。"

他遵循每天上午的日程表，拿出手提电脑，坐在阳台上浏览电子邮件。这儿一抬头就能望见"沙堡"，旁边的桌上摆着他一直信赖的"激浪"。

他首先打开一封来自雪洛琳·伯克的邮件，开始阅读她对贾斯廷·斯金德的最新报告。

伊莱发现，从上一次报告以来，这家伙就没在工作上花太多时间。一天在这儿、一天在那儿，每天都有几次外出会面。最有意思的是，他曾去一家律所约见过一位房地产专家，最后显然是怒气冲冲地离开了那里。

"没得到你想要的答案吗？"伊莱同情地想，"我完全理解你的感受。"

他通过报告，重温了一遍斯金德的行程：到学校接孩子，带他们去公园、吃晚餐，然后送他们回家。看他带着明显的怒气，匆匆离开的模样，他跟妻子的短暂会面比跟那位律师的会面好不了多少。

前天晚上十点十五分，他拎着一个手提箱、一个公文包和一个储物箱离开公寓。他往北开出波士顿，在一家通宵营业的超市买了一磅碎牛肉。

一个小时后，他驶离高速公路，在一家二十四小时商店停下，从那里买了一盒老鼠药。

碎牛肉。毒药。

伊莱没再往下读，猛地站起身。

"芭比！"

没在阳台上看见它的身影，他一下子恐慌起来。他拔腿就往前冲，趴在海边台阶上的芭比一骨碌爬起来，欢快地甩着尾巴，冲他跑来。

伊莱膝盖一弯，俯身抱住了它。这就是爱吗？虽然有时候来得如此之快，却丝毫无损它的真实。

"混蛋，那个该死的混蛋！"伊莱往后仰了仰，任由狗狗亲热地舔着自己，"他不会伤害到你的。我绝不会让他伤害到你。丫头，你要跟紧我。"

他牵着它回到桌旁。"你就待在这里，跟我在一起。"

作为回应，它把头搁在他膝上，满足地叹了口气。

他读完剩下的报告，点开"回复"，这样写道：

> 那混蛋计划毒死我的狗。你如果在威士忌海滩，先别过来。我不想让他对你起疑心。我已经做好一切准备，就等着他的下一步行动了。

他向她大致描述了一番自己的调查结果、已经基本做完的事和即将进行的计划。

以及此刻他计划要做，而非仅仅想做的事——径直冲到斯金德面前，把他揍个半死。

伊莱收拾好东西，领着狗进屋时，依旧余怒未消，愤愤不平。

"这混蛋被抓进监狱前，你最好别再出去。"

手机响了。不出所料，屏幕上果然是雪洛琳的名字。

"我是伊莱。"

"伊莱，我是雪洛琳。我们先聊聊你的那个想法吧。"

他听出了对方的隐含之意——"愚蠢"，于是耸耸肩。"好，那就聊聊吧。"

他一边通话，一边在房子里走来走去，因为这能提醒他记住自己正在奋力争取什么。即便对方否定了他想用拳脚带来快感的做法，对他来说，这也是一场斗争。

他走上三楼，望着山形墙上的这面弧形玻璃窗。他想，终有一天，等打赢这场仗，等他成功保护了他所爱的一切和自己的尊严，他一定会在这里写作。

"你的一些观点很有道理。"终于，他说出了这么一句话。

"你却不会听。"

"我听了，你说得对。但问题是，我要是退缩，让警察，甚至让你处理这事，我就又回到一年前的状态了。听天由命，让事态控制我，而非我控制事态。我不能再变成那样。为了我自己，也为了我的家人，这事我都必须做。而且，最后，我也想让他知道这点。只要一想到林赛、我奶奶和这幢房子，我就觉得这事非做不可。"

"你不相信他的妻子。"

"嗯。"

"我错过什么了吗?"

看到芭比靠上来，他垂下手，摸了摸它的脑袋。"你说你已婚，还有几个孩子。"

"没错。"

"结了几次婚?"

她不禁笑出声来。"就一次。它进展得还不错。"

　　"那可能就对了。你没有经历过婚姻黑暗的一面。或许这会导致我判断失误。但我并不这么认为。要确定此事的唯一办法，就是将他抓住。而那正是我接下来要做的事。在这里、在我的地盘上，将他抓住！"

　　她叹了口气。"我可以帮忙。"

　　"嗯，你应该能。"

　　不知怎的，跟她通完话后他突然觉得轻松了一些。"你知道吗？"他对狗狗说，"我要去工作几个小时，以便提醒自己记住本应做的事。你可以跟我一起去。"

　　他已放下过去，走出阴影，全身心活在当下。

第二十九章

阿布拉捏着清单，大摇大摆地进了超市。她一连上完了好几节课，替一位准备跑五公里的顾客做了场运动按摩，然后完成了清单上的最后一项工作——为一间出租屋做清洁。此刻，她只想赶紧买完想要的东西，回到伊莱身边。

没错，她想，接下来的生命里，她最想做的事，就是回到伊莱身边。

但今晚可能成为他或他们俩的转折点。从此以后，他们便可以将过去的所有问题和痛苦都留在过去，开始为明天而努力。

无论明天会发生什么，她都很开心。因为，他已经将爱带回到她的生命中。那是一种充满接纳和理解的爱。甚至比这还好——它是一种欣然接受了她一切过去的爱。

还有比这更神奇和美妙的事吗？

她仿佛看见自己提起仍拎在手中的那个小包袱，将它投入了大海。

一切都过去了！

但现在可不是做白日梦的时候，她提醒自己。现在是要付出行动、纠正错误的时候。其间要是能有些冒险活动，就更好了。

她拿起她偏爱的那种可生物降解、未做动物实验的厨房台面清洁剂，扔进购物篮，转过身来。

没想到，她竟一下撞到了贾斯廷·斯金德！

尽管心如擂鼓，忍不住急促地喘气，她还是努力做出一副忙着道歉的样子。

"真抱歉，我没注意。"但愿自己没有颤抖。她觉得自己马上就要抖起来了，却依然努力挤出一个轻松的笑容。

他把头发剪短了，并晒成了浅金色。过去两周，他要么一直都在晒太阳，要么就用了仿晒乳。

而且，她相当确定，他还给眉毛打了蜡。

他狠狠地瞪了她一眼，朝前走去。

心血来潮之下，她动作一变，用手肘把货架上的几件东西撞翻在地。

"天哪！我今天真是笨手笨脚的。"她蹲下来捡东西，成功挡住他的去路，"已经落后于预定计划的时候，就总会出这种事吗？我还得赶紧回家啊。我男朋友要带我去波士顿共进晚餐，查尔斯酒店还有间套房等着我，我都还没想好该穿什么呢！"

她抱着一堆洗涤用品站起身，冲他抱歉地笑了笑。"对不起，我还挡着您的路。"

她退到一旁，开始把东西重新摆上货架。听见他远去的脚步声，她努力克制住回头的冲动。

这下你知道了，她想。或者说，你以为你知道了。你不会再错过机会，我也不会！

她命令自己完成清单，以防他在监视自己。她甚至还停下来，跟瑜伽课上的一位学员聊了一会儿。一切正常，她对自己说，不过是在去波士顿狂欢前，到超市的一次短暂停留。

因为一直在观察，所以把购物袋放进车里时，她瞥见了停车场里坐在一辆深色运动休闲车里的他。她故意调高收音机的音量，理理头发，又抹了些唇彩，才将车驶出来，以超出限速几公里的速度向家赶去。

拐向布拉夫府时，她在后视镜里看见斯金德也跟了上来。她抓起购物袋，飞快地闪身进了屋。

"伊莱！"扔下购物袋，她飞快地冲上楼，朝他的办公室跑去。

听到喊声，他起身迎了出来，差点跟她撞个满怀。"怎么了？你没事吧？"

"没事，我很好。我还刚得到'脑子转得快，行动更快'大奖！我在超市撞上斯金德了！"

"他碰你了吗？"伊莱下意识地抓过她的手臂，寻找伤口。

"没有，没有。他知道我是谁，我却装了傻。或者说，我简直太机智了！我从货架上撞落了一些东西，挡住他的去路，接着便语无伦次地一阵嘀咕。我说我真是太笨手笨脚，还说我在赶时间，因为男朋友马上要带我去波士顿共进晚餐，还要在查尔斯酒店一夜狂欢。"

"你跟他说话了？天哪，阿布拉！"

"只是冲着他说话。他什么也没说，却一直等到我结账离开。他一直在停车场等我，接着便跟了过来。伊莱，他以为我们要出门过夜。对他来说，这是个大好机会。毫无疑问，他肯定会监视到亲眼目睹我们离开。他现在一定已经开始计划行动了。伊莱，他就要落入我们的圈套了。就在今晚，就是这样！"

"他跟踪你了？我是说，你离开超市前，他跟踪你了吗？"

"我……不，我觉得没有。他提了个购物篮，篮子里还有东西。所以，他要是一直在监视我，就不会离我那么近。伊莱，这是命运。命运站在我们这边！"

他会说这是机会，或运气，不过，也没什么好争论的。"我收到一份雪洛琳发来的报告。他在来威士忌海滩的途中，分别在两个相隔数英里的超市停留了片刻。"

"或许他有逛超市的癖好。"

"不，他只是很谨慎，不在同一个地方买个人物品。他买了一磅碎牛肉和一盒老鼠药。"

"老鼠药？从没听人说过这里有老鼠……噢，天哪！"她先是震惊，继而勃然大怒，"那——那个混蛋！他想毒死芭比？真是太卑鄙了！幸好我不知道，否则我一定对着他的命根子再踹上一脚。"

"别急，'老虎'。我们预订的什么时候？"

"什么？"

"我们的晚餐。"

"噢，我还没想得那么详细。"

伊莱看了看表。"好吧，我们应该六点左右出发。你跟莫琳说好了吗？"

"嗯。他们会照顾芭比的。所以，我们只要按计划行事就好。带着狗出门，把它留在莫琳家，然后步行绕到南边，哎呀——坏了。"

她抱着脑袋，原地蹦跶了几下。"这是晚餐约会啊。我得穿上高跟鞋才像那么回事。好吧，好吧，只能往包里塞双运动鞋，换了鞋再跑回来。别那么看我，鞋子是很重要的！"

"我们需要把整个计划从头到尾理一遍，我还得详细跟你说说雪洛琳要如何参与进来。"

"那下楼去说吧。对付那人前，我得先把在超市里买的东西拿出来，还得想想穿什么赴我们的假约会和夜伏行动。"

※

他全方位地检查了一遍，然后换了个角度，又核查了一遍。他检查了通道和架子后部，还调试了摄像机。现在，就剩下备用方案没有核查了。

要是出了什么岔子，他还有备用方案。

"你在质疑自己。"阿布拉在黑背心和瑜伽短裤外穿了条裙子。她边说，边检查裙子是否服帖。

"我也曾在司法系统里，对其深信不疑。现在，我却在另寻他路。"

"不，你仍在利用那个系统，只是换了种方式解决问题。伊莱，即便那个系统曾让你失望，那也恰好证明了这一点。你有权保卫家人，更有权做任何能洗脱自身嫌疑的事。"

她戴上耳环，不仅是为了完善整体形象，也因为它们能让她更自信。"你甚至还有享受这事的权利。"

"你真这么认为？"

"是啊。"

"很好，因为我就是这么做的。你真漂亮。了结这事后，我一定要带你去波士顿共进晚餐，一夜狂欢。"

"不过，我有个更好的点子。一切结束后，你之前描述过的那些派对，应该举办一场了吧！你需要来场盛宴。"

"这点子的确更好，但得有人帮我才行。"

"幸运的是，我不仅免费，还非常乐意，也有能力助你一臂之力。"

他拉过她的手。"我想，这之后，有很多事我们都得谈谈。"

"我想，我们肯定会有一个漫长而愉快的夏天，可以想谈什么就谈什么。"她翻过他的手腕，看了看表，"六点整。"

"那我们最好赶紧出发。"

他拿起过夜的行李，阿布拉则收拾好两人给狗狗准备的东西。下楼后，伊莱联系了雪洛琳。

"我们现在出门。"

"伊莱，你确定要这么做？"

"这就是我想要的解决方式。我们回来时，我会再给你打电话。"

"好吧。我立刻就位。好运！"

他把手机调成振动，塞进口袋。"行动吧！"

阿布拉伸出两根手指，扯了扯伊莱的嘴角。"笑一笑。记住，你是要跟一个辣妹去豪华酒店共进晚餐，而且走大运的几率还很高。"

"今晚我们至少要在黑漆漆的通道里待上一段时间，剩下的时间估计也都用来跟警察打交道了，这还能说我要走大运？"

"当然。"

"瞧见我的笑脸了吗？"

两人走出大门。

"你知道我现在最开心的是什么吗？"她边替狗狗和行李打开后车门，边问，"一想到他正在那里盯着我们，庆幸自己很幸运，我就开心。"

伊莱关上车门，将她一把拉进怀里。"那我们就表演给他看看。"

"乐意奉陪。"阿布拉热情地拥住伊莱，仰脸吻了上去。"团队工作。"她在他嘴边喃喃道，"这就是我们在威士忌海滩上的做事方式。"

他打开副驾驶的门。"记住，到莫琳家后，我们动作一定要快。我们不知道他会等多久。"

"我也觉得最好快点。"

抵达莫琳家后，伊莱一把抓起装着他待换衣物和阿布拉鞋子的那个包。

两人还没走到门口，莫琳便开了门。"瞧瞧，你们俩都到了。迈克和我正在说——"

"太迟了。"阿布拉一踏进屋，就开始拉裙子拉链。她扭动着身子脱掉裙子时，伊莱已经脱下西装外套，拉松了领带。

"我们可以静静地在一旁监视，然后打电话报警——"

"他可能被惊动，"伊莱拿着牛仔裤和黑色 T 恤衫，朝他们的浴室走去，"很可能警察还没到，他就溜了。"

"不仅如此——"伊莱关上门时，阿布拉正好甩掉高跟鞋，"他需要参与进来。我得帮他。这事我们已经说定了。"

"我知道，但他要是真杀了人——"

"他杀了。"方便起见，阿布拉直接坐在地上穿运动鞋，"他很可能杀了两个人。今晚，我们就要开始拉锚收网，把他抓起来。"

"你们不是罪案斗士。"迈克开口道。

"今天晚上，我们就是。"伊莱走出浴室，阿布拉正好跳起身来，"我们甚至看起来都像进入了角色的样子。孩子们呢？"

"在楼上玩。他们不知道这事，我们劝你们放弃行动的事，他们既一无所知，我们也不想让他们听见。"

"他们会跟芭比玩得很开心的。"她吻了吻莫琳和迈克。"我们一完事，我就马上给你打电话。动作快些？"她对伊莱说，"转身，出发！"

"你先走。"他又待了片刻，"我不会让她出事的。要是有任何危险的苗头，我都会立刻停止行动。"

"你们都别出事。"莫琳赶紧追了出去，看着他们穿过她家后院，进入阿布拉小屋后方。"迈克，"她伸手去拉他的手，"我们应该做点什么？"

"带上孩子们和狗狗，出去散步。"

"散步？"

"亲爱的，我们到沙滩上去。从那儿可以看见布拉夫府，也许能起到一定的监视作用。"

她握紧了他的手。"好主意。"

伊莱打开布拉夫府的边门，迅速重设了警报器，才转身对阿布拉说："要确保万无一失。"

"得了吧。"她边说，边朝地下室走去，"现在还没到六点十分，我们已经够快了。"

一关上门，伊莱便打开手电筒，率先朝仆人通道走去。他觉得，他们仿佛走了好几分钟，又像走了好几个小时。不过，他还是选择相信几率最大的那种情况。"他很可能会一直等到黄昏，或许更黑的时候，因为他觉得他有一整晚的时间行动。"

"不惜一切代价。"她跟着他挤进架子后，进入通道。

两人打开了头顶的电灯。阿布拉站在台阶上，检查手提电脑显示器和他们装在三楼的摄像头。伊莱又检查了一遍摄像机，才开始联系雪洛琳。

"我们已经在通道里了。"

"斯金德还按兵不动。他要是有任何行动，我会立刻通知你。"

"问题是要到什么时候？"

"乐观点。"见伊莱挂掉电话，阿布拉说。

"他肯定不是到这里来冲浪或晒日光浴的。这是他的目标，是他再试一次的机会。他一离开'沙堡'，我们就要隐入暗处。"

"而且，要像潜水艇一样悄无声息。我知道啦，伊莱。他要是上三楼，摄像头会拍到他。他要是下到这里来，就很有可能栽在我们手里。如果他真要等下去，那也还有不到两个小时天就黑了。我们或许得先消磨点时间。"

此刻，两人贴得很近，甚至连消除紧张情绪的空间都没了。

"真该带副牌来，"他说，"既然我们没带，不如你跟我讲讲如果有了瑜伽房，你打算怎么布置？"

"噢，谈希望和理想吗？这倒能消磨掉不少时间。"

她滔滔不绝地讲了差不多一个小时，才歪着脑袋问："电话响了？是屋里的电话在响吗？"

"嗯。任何人都可能打来电话。"

"或者也有可能是他打来，确定家里真的没人。"微弱的铃声消失了，她摇摇头说，"待在这下面，如果来电者留了言，我们也听不见。"

片刻后，伊莱口袋里的手机震动了起来。

"他动了。"雪洛琳对他说，"他拎着个大行李袋，看样子是要用车。先别挂，等我看看他要干什么。"

伊莱小声向阿布拉复述了一遍听到的消息，看见她眼中满是期待。

没有恐惧，真的没有。

"他用的是离布拉夫府约八分之一英里的那间出租屋的车道。他出来了，正在往你那边走。"

"我们已经准备好了。他进来后，你等十五分钟再打电话。"

"没问题。伊莱，这部分你算准了，但愿接下来的事也如你所料。待会儿见。"

他挂掉电话，塞回口袋。"按商量好的办，你待在这儿。"

"好吧，但是——"

"没有但是。我们没时间更改计划。待在这儿，把灯关掉。"他顿了片刻，俯下身吻了吻她。

"记住，我永远支持你。"

"嗯，我就指望着这个了。"他也指望着她安全地待在这儿。

他溜出通道，小心地移开身后的控制面板，在架子后站定，让眼睛努力适应黑暗。

他可以跟阿布拉待在里面，打开摄像机录像就行。但他需要亲眼看见、亲耳听见，需要在现场亲自动手，以便及时做出任何必要的改变。

他没听见开后门的声音，也不确定自己听见的脚步声是真实的，还是虚幻的。但他听见地下室的门"吱呀"一声开了，狭窄的楼梯上传来沉重的脚步声。

开演了！这么想着，他"啪"地打开了摄像机。

他举着手电筒，走得很慢。伊莱看着宽宽的光束从发电机房一直扫到前方更远的区域，接着从发电机房边缘扫向地下室老区。光打在墙上、地面，接着又射向架子，而那个握着手电筒的男人，则不过是一抹幽暗的影子。

光束跳动着爬过架子和墙壁。伊莱的心怦怦直跳。他绷紧身子，已经准备好，或者说已经迫不及待地要扑上去大战一场。

可那光束却继续扫向了前方。

看到他拧亮户外工作灯，伊莱想：他一定认为现在已经安全了。第一次，伊莱清楚地看见了斯金德的样子。

和自己一样，也是一身黑。但斯金德剪短了头发，还挑染成了金色。伊莱觉得，的确是个新形象，很容易混入度假的人群中。

他检查了一下摄像机的取景器，趁斯金德提起丁字镐之际，微微调整了一下。铁铲重重砸在地面上的声音，让伊莱感到非常满意。

这下你完了，他想，我们逮着你了！

他不得不拼命克制，才忍住跳出去跟他大干一场的冲动。还不到时候，他命令自己，还不到时候！

因为时刻关注，他听见了警笛声。但隔着厚厚的墙壁，那声音还很微弱。反观斯金德，那家伙仍在挖个不停。尽管凉风阵阵，他还是满头大汗。

警报声消失后，伊莱开始倒数计时。听到头顶传来的脚步声，斯金德顿时僵立当场。

此时，斯金德像握武器般紧紧抓着丁字镐，眼睛慢慢地扫向左边，又扫向右边，接着关掉了工作灯。

伊莱在黑暗中等了十秒，通过他沉重的呼吸断定他所在的位置。然后，他猛地从架子后蹿了出来，举起自己的手电筒，直射向对方。

斯金德连忙抬起一只胳膊，遮挡迎面而来的强光。

"你最好扔掉那把丁字镐，重新把灯打开。"

斯金德斜睨了他一眼，改为双手握住丁字镐。伊莱没动，一直等到斯金德俯下身，做出蓄势待发的样子。

"你只要敢动，我就开枪。我从三楼那批藏枪里拿了把'和平制造者'①——科尔特点四五左轮手枪。你或许对它并不熟悉，但它已经上了膛，不仅依然能用，还正瞄准你。"

"你唬人。"

---

① 该手枪的昵称。

"试试看，趁警察还没下来，请吧。我奶奶的事还没跟你算，我很乐意血债血偿。"

楼梯上传来一阵脚步声。斯金德握着丁字镐的手开始泛白。"我也有权利！这房子和里面的一切，也是我的。那批嫁妆更是我的！"

"你是这么认为的？"伊莱随口一问，接着大声喊道，"到这里来！把灯打开！斯金德正拿着把丁字镐威胁人呢！"

"我真该杀了你！"斯金德咬牙切齿地说，"我真该在你杀了林赛后，就杀掉你。"

"你真是个蠢货。而且，这已经是最客气的说法了！"

远方亮起第一束光时，伊莱稍稍退后了一步。接着，他朝那边一瞥，便撞上阿布拉的目光。

他听见她跟着自己溜出通道，离开安全之地。

科比特、文尼和另一名身穿制服的警察冲了进来。三人举着武器，一字排开。

"放下它。"科比特命令道，"立刻放下。斯金德，你无路可逃了。"

"我有权待在这里！"

"立刻放下丁字镐，举起手！"

"我有权待在这里！"斯金德扔掉丁字镐，"他是小偷，是杀人犯！"

"还有件事。"伊莱走上前，站在警察和斯金德中间，很随意地扔下这么一句话。

"兰登先生，我希望您能退回去。"科比特喝道。

"嗯，知道了。"但他要先做完一件事。他耐心地等着，直到斯金德望向自己，直到他确定两人视线相接，才冲着斯金德的脸，一拳挥了过去。可以说，这一拳凝聚了过去一年的愤怒、苦痛和悲哀。

见斯金德跌撞到墙上，伊莱才退回来，抬了抬手，示意他要做的事已经做完。"血债血偿！"他边说，边垂下一只手，晃了晃指关节上的血迹。

"你会付出代价的。你会为这一切付出代价！"

见斯金德把手伸向背后，伊莱想都没想，就又扑了上去。第二拳不仅直接将他揍趴下，他拔出来的枪也哐啷一声掉在了地上。

"我早就已经付出了代价。"

"手放在我看得见的地方！"斯金德一动，科比特就厉声喝道，"立刻举起手来！兰登先生，请您退后！"科比特一边警告他，一边把枪踢向一边，然后冲文尼点头示意："警官。"

"是，长官。"文尼一把拉起斯金德，将他的脸按到墙上，检查他身上是否还有其他武器。他解下斯金德别在腰下的枪套，递给另一名警察。"你因非法入侵和破坏他人私有财产被捕。"他边说，边铐住斯金德的手腕，"对你的额外起诉，还包括两起人身攻击。不过，我们似乎还可以再加一项——私藏危险武器，意图伤害他人。"

"告诉他他有什么权利，"科比特命令道，"看好他。"

"没问题。"文尼悄悄冲伊莱竖了个大拇指，才跟另一名警察扭着斯金德的胳膊，将他拽了出去。

科比特收起枪。"这真是场愚蠢的行动，你很可能中枪的！"

"我没有。"伊莱又看了眼血污的手，"他欠我的。"

"好吧，我想他是欠了你。这一切都是你安排好的。你给他下了套。"

"我有吗？"

"你的私家侦探给我打电话，说刚刚看见贾斯廷·斯金德闯入布拉夫府。她认为他或许带着武器，所以很担心你的安全。"

"这不是很合理、很负责的说法吗？尤其他真的闯了进来，还带着武器。"

"而你俩就正好在案发现场？"

"我们……在探索通道。"阿布拉挽住伊莱的胳膊，露出一个狡黠的笑容，"你懂的，就是点儿'海盗和小妞'的游戏。我们听见这下面有动静。我不想让伊莱出去的，但他非要去。我正想上楼打电话报警，就听见你们进来了。"

"说得真容易。狗去哪儿了？"

"去朋友家过夜了。"伊莱平静地说。

"圈套。"科比特摇摇头，"你可以相信我的。"

"我信。过去，我是真的相信警察。为了我的房子、我的奶奶、我的生活和我的女人。不过，我相信你。所以，我想在你审问斯金德之前，先跟你讲一个故事。其中的一部分跟最近的一些事密切相关。我知道谁杀了林赛，或者说，我马上就要知道了。"

"你引起我的兴趣了。"

"待会儿就告诉你，但我想旁观审讯，我想在场。"

"你要是有跟凶案有关的信息或证据，那不用争论，也绝对没问题。"

"我有一个故事和一整套理论。两样你都会喜欢的。我想，即便沃尔夫警官，多半也会感兴趣。警官，我想旁观审讯。对我们来说，这都是笔好交易。"

"你可以跟我一起去，这事可以商量。"

"我们可以自己去。"

科比特吁了口气。"把你的私家侦探叫上。"

"没问题。"

"圈套。"科比特又小声嘀咕了一遍，才穿过走廊，径直朝楼梯走去。

"你没待在里面。"伊莱对阿布拉说。

"拜托，你要真那么以为，那你或许爱我，却不了解我。"

他撩起她的一缕发丝，放在手中把玩。"事实上，一切进展都正合我意。"

"给我看看那只手。"她抬起他的手，温柔地吻了吻淤伤的指节，

"一定很疼。"

"嗯，很疼。"他轻笑出声，弯了弯手指，疼得微微一缩，"感觉却很棒，真是满意极了。"

"除非自卫或保护他人，否则我是强烈反对暴力的。但你做得对，那是他欠你的。"她又吻了吻他的手，"而且，我承认，我非常喜欢看你揍那个混蛋。"

"这可一点都不像反暴力言论。"

"我知道。真丢人。但趁现在没别的人在，你知道我想说什么吗？你带了把枪！我们的计划里可没这一项！"

"不过是点小小的调整。"

"枪呢？"接着，她又补充了一句，"警察一进来，我就关掉了摄像机。"

伊莱一言不发地走到架子跟前，拿下那把枪。"因为我觉得自己很了解你，知道你不会待在后方。所以，我不能冒任何风险，尤其是跟你在一起的时候。"

"真是把牛仔用的大枪啊。"她问，"但你真的会用它吗？"

把它从锁好的柜子里拿出来，装上子弹时，他也问过自己同样的问题。此刻，他深深地凝望着她，思索着她是谁，以及她对自己意味着什么。

"会。如有必要，如果我认为他会越过我对你下手，我会。不过，正如我所说，一切进展都正合我意。"

"你以为你很聪明。"

"除了那段相对来说不太长的自我封闭期，我向来都很聪明。"他一把将她揽进怀里，吻上她的头顶。

我已经得到了你，不是吗？他想，这足以证明我有多聪明！

"我得联系一下雪洛琳，让她跟我们在警察局碰头。而且，我也需要把这东西放回原位。"

"那我去拿摄像机，然后给莫琳打电话，告诉他们一切都清楚了。开始吧，团队工作！"

"这话我爱听！"

※

科比特坐在斯金德对面，仔细打量了他好一会儿。他还没要求请律师。科比特觉得他真是蠢。但蠢货总能让科比特的工作容易些，所以他不会有什么异议。他把文尼也请了进来，因为他喜欢这位警察的办事风格，也觉得他在场会颇有助益。

但他仔细打量了一番斯金德后，发现他着实有些紧张——放在桌上的手松了又紧、紧了又松，下巴又青又肿，肌肉紧绷。而那坚硬固执的唇角，也有开裂的迹象。

科比特觉得：没错，就是紧张，却又固执地坚持他所谓的权利。

"嗯……布拉夫府地下室那个坑可真大啊，"科比特开口道，"得花不少时间和精力吧。你有帮手吗？"

斯金德一言不发地盯着他。

"估计没有。我觉得，这应该是你的工作、你的任务，是一件不能与外人分享的事。你……你说这是'权利'，对吗？"

"这是我的权利。"

科比特摇摇头，往椅子上一靠。"这事你可得好好解释一下。我看到的，只是个跟兰登妻子奸情败露，又闯入兰登家里，在他地下室挖了个大坑的家伙。"

"那房子也是我的！"

"为何这么说？"

"我是维奥莱塔·兰登的直系后代。"

"抱歉，我不熟悉兰登家族的族谱。"他瞥了眼文尼，"警长，你对此要熟悉些吧？"

"当然。据说，很久以前，她救起了那个从'卡吕普索'号幸存下来的水手，并照顾他直至康复。有传闻说两人发生了关系，还被逮个正着。"

"他不是水手，是船长！纳撒尼亚尔·布鲁姆船长。"斯金德猛捶着桌子说，"他不仅仅是活下来了，而且是带着埃斯梅拉达的嫁妆活下来了！"

"关于这事的说法可就多了。"文尼开口道。

斯金德一拳砸向桌面。"事实我知道。埃德温·兰登因为想要那批嫁妆，所以杀了纳撒尼亚尔·布鲁姆。接着，他又把自己的妹妹赶出家门，并说服父亲跟她断绝关系。她当时已经怀了布鲁姆的孩子，是个男孩！"

"听起来，她很不走运啊。"科比特道，"但那已经是很久以前的事了。"

"她怀了布鲁姆的孩子！"斯金德又重复了一遍，"而她贫困交加、缠绵病榻之际，那个已经长大成人的孩子哀求兰登帮帮他妹妹，让她回家，他却无动于衷。那就是兰登家的人，所以，我完全有权利取回属于我、属于她和布鲁姆的东西！"

"你是怎么知道这些事的？"文尼随口问道，"关于那批宝藏的传言可不少。"

"那些都是传言，并非事实。我花了将近两年的时间，一点一点还原事实。我花了不少钱，才搞到维奥莱塔和纳撒尼亚尔·布鲁姆的儿子——詹姆斯·菲茨杰拉德写的那些信。她把那晚发生在威士忌海滩上的事都告诉了他。他则把那些事都原原本本地写进了那些信里。她的儿子——菲茨杰拉德放弃了自己的权利，也放弃了属于他的一切，但我不会！"

"我感觉，这事你应该跟律师谈。"科比特插嘴道，"而非拿把丁字镐在地下室里挖坑。"

"你以为我没试过？"斯金德猛地凑上前来，脸因为愤怒涨得通红，"除了借口，我什么都没得到！已经过了太久，她无论如何也不能再合法继承什么。不合法！难道无论从血统，还是道义，都说不过去？那批嫁妆是我祖先的战利品，不是兰登的！它是我的！"

"所以，仅凭这份道义和血统，你就数次闯入布拉夫府？还有，你为何专门去地下室？"

"维奥莱塔告诉儿子，为了安全起见，布鲁姆把东西藏在了那里。"

"好吧。你难道没有想过，几百年来，已经有人找到并花掉了那批嫁妆？"

"她已经把它藏起来了。它就在那里，我有权利拥有它！"

"所以，你觉得这份权利让你可以非法入室、破坏财物，并将一位老太太从楼梯上推下去？"

"我没推她。她一根手指头我都没碰。那是场意外。"

科比特眉毛一扬。"是有可能发生意外。那次是怎么回事？"

"我得去三楼转转。兰登家的人存了很多东西在那里。我得去看看能否找到更多关于那批嫁妆的细节。那位老太太起床看见了我，接着拔腿就跑，结果便摔下去了。就是这样。我从头到尾都没碰过她。"

"你看着她摔下去的？"

"当然。我就在那里，不是吗？那不是我的错。"

"好吧，我们来说得清楚点。今年一月二十日，你闯入布拉夫府。赫斯特·兰登太太当时在屋里。她看见你后，试图逃走，结果摔下了楼梯。是这样吗？"

"嗯。我从头到尾都没碰过她。"

"你切断布拉夫府电源，闯进屋的那晚，却碰了随后到来的阿布拉·沃尔什。"

"我没伤害她。我只是得……在脱身之前制住她。她袭击了我，就跟兰登今晚干的一样。你不都看见了吗！"

"我看见你伸手去拿藏在身后的武器。"科比特瞥了眼文尼。

"只是挨了几拳,你已经够幸运了。好了,我们还是回头说说你跟阿布拉·沃尔什在布拉夫府交手那晚的情况吧。"

"我已经说过了,她袭击我。"

"这种解释真有趣。那么,你射杀柯比·邓肯,将他抛尸灯塔下的悬崖,也是因为他袭击了你?"

斯金德下巴上的肌肉又开始抖动起来,他转过眼去。"我不知道你在说什么,柯比·邓肯是谁?"

"应该说,他曾经是谁。我来提醒一下你吧。他是你从波士顿雇来监视伊莱·兰登的私家侦探。"科比特抬了抬手,阻止斯金德插话,"我们就别绕弯子了。世人总以为他们可以掩盖一切行迹。比如以为闯入邓肯的办公室和公寓,销毁他所有记录的事不会留下任何蛛丝马迹。但在做这些事的同时,人们往往会忽视一些细节,比如备份的文件。而一旦当事人保存着那些东西……我们只需出动一队人马,彻底搜查你在这里和在波士顿的房子,它们自然会浮出水面。"

他慢慢消化了这些信息。

"我们已经确认,你刚才拔出的武器是登记在柯比·邓肯名下的。邓肯的武器怎么会在你手里?"

"我……找到的。"

"仅凭运气吗?"科比特笑望着他,"在哪儿找到的?什么时候,又是如何找到的?"科比特逼近斯金德。"答不出来了?给你点时间,想好了再说。很多人认为,戴上手套或擦干净枪就能万无一失。但给枪上膛的时候,他们却想不到要戴手套。斯金德,你虽然把枪藏进阿布拉·沃尔什家,但法医从邓肯尸体中取出的那种子弹上,却不是她的指纹。你猜是谁的?"

"我那是正当防卫。"

"有道理,说说看。"

"他袭击我，我正当防卫。他……袭击我。"

"跟阿布拉·沃尔什一样？"

"我没有选择，他袭击我。"

"你射杀了柯比·邓肯，将他的尸体推下了灯塔下的悬崖？"

"嗯，这是正当防卫。然后，我拿走了他的枪。他拿着武器冲向我，我们扭打在了一起。那是场意外。"

科比特挠了挠脖子。"你可真容易出意外。但事实上，我们也很擅长自己的工作。柯比·邓肯并非在扭打过程中近距离中枪。法医的结论并不支持你的说法。"

"事实就是如此。"斯金德交叉起双臂，"那是正当防卫，我有保护自己的权利。"

"那你也有权闯入私人住宅挖坑？有权对一个在睡梦中因你的闯入而惊醒，继而摔伤的女人不闻不问？有权袭击另一个女人，并杀死一个男人？斯金德，你会发现，法律不会给你上述任何一项权利。你因一级谋杀罪被判终身监禁后，会有很长时间好好想想这些的。"

"那都是正当防卫！"

"杀掉林赛·兰登，也是正当防卫吗？她袭击你、威胁你，所以你从她身后敲爆了她的脑袋自卫？"

"林赛不是我杀的！兰登杀了他，你们这些警察却让他逍遥法外。正是因为金钱和家族名誉，所以她才死了，而他不仅自由了，还霸占了本该属于我的房子！"

科比特瞥了眼单向透明玻璃镜，微微点了下头。他几乎要叹气了：但愿自己没做错。不过，交易就是交易，毕竟是早已说好的事。

"你怎么知道杀了她的是兰登？"

"因为就是他干的。她怕他！"

"她告诉你，她害怕自己的丈夫？"

"那天，他当众去找过她后，她就已经成了受害者。她说不知道他会做出什么事来。他威胁她，说一定要让她后悔，让她付出代价。这些话记录里都有！我承诺一定会照顾她，也会处理好一切。她爱我，我也爱她。兰登跟她已经完了。但他发现我们俩的事后，无法忍受她获得幸福。所以，他去那儿杀了她，接着收买警察，撇清一切。"

"所以，沃尔夫也被收买了？"

"当然。"

科比特环顾了一下四周，再次点点头。接着，伊莱走了进来。"伊莱·兰登会加入审讯。斯金德先生，我还是认为，如果兰登先生与此有关，我们可以节约点时间，尽快把一切都说清楚。如果您反对他在场，只需说一声，我们可以请他出去。"

"此时此刻，我也有很多话要对他这个该死的谋杀犯说！"

"这话该我说才对。不过，我们谈谈吧。"伊莱在桌旁坐了下来。

第三十章

"你根本不想要她!"

"没错。"伊莱赞同道,"我不想,尤其发现她对我撒谎、背叛我、利用我之后,就更不想了。她知道你为何要招惹她吗?她知道你只是利用她获取关于我、布拉夫府、兰登家族和那批嫁妆的信息吗?"

"我爱她。"

"或许吧,但你刚开始跟她上床时,却并不是因为爱。你之所以那么做,只是想扰乱我的生活,并从她那里套话,了解任何我或许会告诉她的与那批嫁妆有关的信息。"

"我懂她。我理解她。你甚至不知道她是什么样的人。"

"天哪,你说得对。我没有异议。我的确不懂她。我不想要她,也不爱她,但我没有杀死她!"

"你去了那幢房子。当她叫你去死,叫你滚蛋,说她要嫁给我,跟我在一起开创新生活时,你就杀了她!"

"你在还有妻子的时候打算如何娶她?"

"我已经告诉伊登我想离婚。林赛告诉你我们都将自由时,你就无法容忍了。你虽然不想要她,却也不想其他任何人拥有她。"

"我想,林赛遇害后,你妻子才知道你们俩的事吧?"

斯金德攥紧了放在桌上的手。"她不了解林赛。"

"你只是告诉你的妻子、你两个孩子的母亲，你想离婚，她却没有任何疑问？"

"我和伊登之间的事跟你无关！"

"不过，这可真够有趣的。林赛和我走向离婚时，显然没有这般文明和理智。我们起过很多次争执，也没少攻击指责对方。我想，你妻子或许是个更好的人，就那样走开，让你得偿所愿。林赛去世那晚，你们要去哪儿？说吧，贾斯廷，她当时在收拾行李。我们前不久才非常难堪地当众吵了一架，她肯定很沮丧。你爱她，又已经告诉妻子要离婚。林赛不会扔下你，独自出城的。"

"我们要去哪儿不关你的事！"

"但你顺便过去接她时……"

"太迟了！你已经杀了她，警察都到那里了！"

他突然站了起来。文尼连忙上前一步，一手搭上斯金德的肩膀，把他按回到椅子上。"坐好。"

"把你的手拿开！你和他一样有罪。你们每个人都有罪！那天晚上，我甚至无法停下来看她一眼。我只能站在雨里，问一个邻居发生了什么事。他告诉我，一定有人非法入室。而住在那幢房子里的女人已经死了。她死了，你却把这一切撇得干干净净！"

伊莱一言不发地瞥了眼科比特，心照不宣地示意他接招。

"就林赛·兰登谋杀案而言，您现在的说辞跟之前对警方的陈述并不一致。"

"我知道规矩。你以为我是傻子？我要是承认当时就在那附近，警察一定会盯上我的。是他杀了她！"斯金德指着伊莱，"你知道的！而且，你把我抓到这里来，就是让我做我有权做的事吧！那赶紧履行你的职责，逮捕他！"

"就算要我履行职责，也得等我把一切都弄清之后再说。我需要知道真相。你什么时候开车经过兰登在后湾区的家？"

"七点十五分左右。"

"之后去了哪儿？"

"直接回家了。我那时候已经处于半癫狂状态，根本无法思考任何问题。伊登正在做晚餐，她对我说刚刚听到一则林赛遇害的公告。我彻底崩溃了。你还想知道什么？我爱她！那时候，我已经发了疯，是伊登帮助我冷静下来，帮我想清楚一切。她担心我和孩子们，所以答应告诉警察我从五点半起，就一直跟她待在家里。这样，我们应该就不会因为兰登的所作所为，经受丑闻和压力。"

"她撒了谎。"

"她是为了保护我和我们的家庭。我虽然让她失望，但她还是为了我挺身而出。她知道林赛不是我杀的。"

"是啊，她知道。"伊莱赞同道，"她知道林赛不是你杀的。她也知道，林赛不是我杀的。贾斯廷，她替你做了不在场证明，而有个警察相信了。而跟你在一起的她，也有了不在场证明。她跑去直面林赛，被林赛放进屋时，却成了跟你共品玛格丽塔鸡尾酒，为你们两人做晚餐的好妻子。"

"撒谎！这谎言太荒谬，太自私了！"

"林赛多半把我们上次的谈话都告诉她了。比如她很抱歉，但事已至此。她爱你，你们在一起很快乐。因此，怒火中烧的伊登抓起火钳，敲死了她。"

"她不会那么做的。"

"这点你比我们清楚。一个被她当作朋友的女人欺骗了她，所以她才会痛下杀手。这个女人不仅威胁到她的一切，还让与她相濡以沫、她深信不疑的丈夫选择了背叛，选择了为别人的妻子，毁掉他们的婚姻。"

"她没有直接答应离婚，"科比特插嘴道，"你争取了，她也提出了要求。你告诉她你爱上了别人，然后你说出了那个人的名字。"

"那有什么关系。"

"什么时候？你什么时候告诉她那人是林赛的？"

"她被杀的前一晚。但这有什么关系！伊登只是想保护我。而她要求的回报，不过是让我再为我们的婚姻努力一次，再尝试几个月。她做这事全都是为了我。"

"她是为了她自己。"伊莱站起身，"你们俩都只为了自己，哪儿会去管别人的死活。贾斯廷，你可以拥有她。我只想要回我奶奶的戒指，可伊登显然想要更多，而她也利用你得偿所愿。这事很难怪她。"

他踏出房门，径直走向阿布拉。她从等待的长凳上站起来，在他伸手抱住她，额头抵上她的额头时，她也紧紧地回抱了过去。

"这的确很不容易。"她轻轻地说。

"比我想象中更难。"

"跟我说说。"

"嗯，我全都会告诉你的。我们先回家，好吗？让这该死的一切都见鬼去吧，我们回家！"

"伊莱。"文尼疾步走出审讯室，"等等。"他停住脚步，仔细打量了一下伊莱的脸。"你怎么样？"

"总的来说，还不错。能摆脱这一切，想到它终于可以结束了的感觉还不错。"

"听你这么说我很高兴。科比特让我转告你，一审完斯金德，他就立刻联系沃尔夫。他们也会提审伊登·斯金德。依我看，科比特一定会亲自去波士顿处理此事。"

"那是他们的事，我已经置身事外。它再也不是我生命中的一部分。文尼，谢谢你的帮助。"

"这也是我工作的一部分。但你可以什么时候请我喝杯啤酒。"

"喝多少都没问题。"

阿布拉绕上前来，捧起文尼的脸，温柔地吻了上去。"他会买啤酒的，但这个吻是我给的。"

"比啤酒更好！"

"我们回家吧，"伊莱又重复了一遍，"都结束了。"

※

但事情没有结束。至少对他而言，还没有结束。

第二天清晨，在阿布拉的陪伴下，伊莱坐到了伊登·斯金德对面。尽管脸色苍白，她依然眼神坚定，声音也异常平静。

"很感谢你们一路到波士顿来。我知道来一趟很不方便。"

"你有话想跟我，不，是跟我们说。"伊莱纠正道。

"嗯。上次来我家，我就已经看出你们强烈地吸引着彼此。我向来都很相信这种人与人之间的联系，以及由此产生的承诺。我的成人生活也是由这种联系建立起来的，只不过，它现在已经不复存在。所以，我想跟你们俩谈谈。昨晚以来，我已经跟警察谈过了。当然，谈话期间我的律师也在场。"

"这么做很明智。"

"贾斯廷还在犯糊涂，但他一直都任性，还有点冲动。我一直在试图平衡这点，因为我更愿意把事情想清楚，任何时候都权衡好利弊。长久以来，我们都合作无间。我所谓的平衡，你应该知道是什么意思。"她对阿布拉说。

"嗯，我知道。"

"我也觉得你一定能理解。如今，贾斯廷已经供认了那么多事。这下，我都知道他干了些什么了。我可以，也很想继续前行。我无法再保护他并替他找回平衡，希望他再次醒悟过来把我们的家庭放在第一位。这事永远都无法实现。警方相信，他十分冷血地杀了一个男人。"

"没错。"

"他还害你奶奶身受重伤。"

"嗯。"

"这是他的执念。虽然很像借口，但事实就是如此。大约三年前，贾斯廷的伯祖父去世后，他找到一些信和一本日记。这些东西把他的家庭和你的家庭，以及那批嫁妆扯到了一起。"

"关于维奥莱塔·兰登和纳撒尼亚尔·布鲁姆的信息吗？"

"嗯。他是背着我开始收集那一切的，所以我知道的并不多。从那时候起，一切都变了。贾斯廷总想也总有办法将自己的失败、过错和弱点都归罪于他人，但我并不打算拿他过去的这些问题来烦你。不过，我要说的是，他越了解他那一部分祖先的事，就越觉得他没有得到的一切，都该怪你和你的家族。而且，知道我认识你妻子，还会偶尔跟她共事后，他便将这视为了一种信号。谁知道呢？或许，那就是一种信号吧。"

"所以，他开始追求她。"

"嗯，但我不知道他进行到了哪一步。他在这事上欺骗了我。但说实话，我觉得他之所以想要她，说服自己他爱她，全都因为她是你的。他想得到属于你的一切，并将之视为他的权利。我不知道威士忌海滩上的产业，也不知道那个私家侦探或他非法入室的事。我只知道，林赛死前的几个月里，我的丈夫谎话连篇，一直从我身边溜走。我想，这些事我们都懂，不是吗？"她对阿布拉说。

"嗯，我们应该都懂。"

"我什么都试过了，终于决定不再就时间和金钱跟他争论，并说服自己静静等待就好。他以前也有过执迷不悟的时候，稍微偏离了正常轨道，却总能恢复过来。"

她顿了顿，把垂落的发丝别回耳后。"这次却完全不同。他告诉我他正在申请离婚。说得云淡风轻，仿佛这不过是个形式而已。他不想再要我们的婚姻，无法再假装还爱着我。我不想拿这种事惹你厌烦，但他真的击垮了我。我们也和别人一样吵架，对彼此恶语相向。他告诉我他跟林赛在一起了，她是他的灵魂伴侣——真是老掉牙的词——他们想在一起。"

"真是太伤人了。"见伊登沉默下来，阿布拉说。

"太可怕了。那是我人生中最糟糕的时刻。我爱的一切、相信的一切，都从指尖溜走。他说应该在周末把这事告诉孩子们。这样，我们就有很多时间陪着他们，减轻他们的痛苦。在此期间，他搬到客房睡，我们只维持表面的和谐。我发誓，我能从他口中听到林赛的话，体会到她的风格和语气。你懂我的意思，对吧？"她问伊莱。

"嗯，我懂。"

她点点头，肩膀挺得很直。"接下来要说的这些话，我既没告诉我的律师，也没告诉警察，更没留下任何记录。但我觉得你有权知道，所以我得告诉你。"

"我知道，是你杀了她。"

"那天晚上发生了什么事，你难道不感兴趣吗？你不想知道我出于什么原因，又是怎样杀了她吗？"

伊莱还没来得及说话，阿布拉便伸出一只手，握住了他的。"我感兴趣，我想知道。"

"此时起作用的，就是我俩之间的那种平衡。男人因为极其愤怒而转身离开时，女人能将他留下。因为理解能帮助男人结束这种情况。你终究也会摆脱这一切的。"

"你得面对她。"阿布拉开口道。

"你难道不会吗？他打电话告诉我，说他改变主意了，我们必须要推迟一段时间，再把这个消息告诉孩子们。伊莱，因为跟你吵了一架，所以林赛很沮丧，她需要离开一段时间。他得陪着她。他们只顾及自己的'需要'，却不顾他家庭的'需要'。我觉得，他们将最坏的一面——最自私的自我带给了对方。"伊登说。

"或许你说得对。"伊莱反手握住阿布拉的手，觉得自己真是无比幸运。

"所以，没错，我去面对她了，努力说服甚至苦苦哀求她。因为跟你见过面，你说过的那些话依然让她很生气。我想，回顾以往，她或许有一点内疚，但那远远不够。因为想了结此事，彻底扫清障碍，以便跟贾斯廷双宿双飞，所以她让我进了屋，并把我带进图书室。无论我说什么，她都无动于衷。我们的友谊一文不值，我的孩子、婚姻、他俩造成的伤害，都一文不值。我乞求她别夺走我的丈夫，别夺走孩子们的父亲，她却告诉我该长大了。事情的来龙去脉就是如此。她对我说了很多可怕、残酷又恶毒的话，然后就转身背对着我。她让我走。我的所有痛苦，都一文不值。"

伊登顿了顿，交叠起放在桌上的双手。"接下来的一切似乎都模糊了，仿佛是看着另一个人抓起火钳，狠狠地砸了下去。我那时已经完全丧失理智。"

"这种说法或许有用，"伊莱平静地说，"如果你的律师也跟你一样出色的话。"

"他很出色，但先不提这个。我想说，走进那幢房子时，我从未想过要伤害她，我只是想求她。当我终于恢复理智，一切都太迟了。我想到我的家庭和我的孩子们，以及刚刚的所作所为意味着什么。我无法改变丧失理智时犯下的事，我只能努力保护我的家庭。于是，我回到家，换下之前穿过的衣服，将它们剪成碎片。我把碎片包好，又往里加了些重物，便开车将它们带到河里扔掉了。然后，我回到家，开始做晚餐。贾斯廷回来时已经有点歇斯底里，因此，我发现我们可以保护彼此。我们应该如此，也注定如此。我们可以努力忘掉这事，重建我们的婚姻。我感觉他需要我。林赛会毁掉他，事实也的确如此。她留给我的男人，是一个我无法修复、无法拯救的男人。于是，我放过了他，只做了为保护自己必须要做的事。"

"但你的袖手旁观和所作所为，却毁了伊莱的生活。"

"我真的很抱歉，可我无法阻止或改变什么。一个被如此背叛的人，无法再承受失去更多。但说到底，毁掉他生活的不是我，而是林赛。他的、我的和贾斯廷的生活，都被她毁了。即便已经死去，她依然毁了我们所有人的生活。现在，我的孩子们已经逃脱不了伤痕累累的命运。"

她的声音颤抖了一下，接着又坚定起来。"即便我的律师跟检察官达成协议——我相信他一定能办到——但孩子们依然会受伤。你会找到你的平衡和你的未来。我的两个孩子，却要因自私父亲和绝望母亲的所作所为而彻底崩溃。你会得到自由。而我得到的惩罚，虽然可能让你觉得并不足够，但我永远都无法获得自由了。"

伊莱探过身子。"无论她做过什么，或计划做什么，她都罪不至死。"

"你比我善良。但我们可以回溯一下此事的根源。你的先辈因贪婪而行凶杀人，驱逐自己的亲生妹妹。如果没有那件事，我们都不会走到今天这步。我其实不过是此中的一环而已。"

"这么想或许能帮助你挺过接下来的几周。"伊莱站起身。

阿布拉也跟着站了起来，并再次握住他的手。"为了你的孩子们，但愿你的律师真有你相信的那么好。"

"谢谢。我真心祝福你们一切顺利。"

他必须要马上出去，离开这里。阿布拉攥住他的双手时，他能说的话，已经只剩一句——"基督耶稣！"

"有些人的内心是扭曲的，只是那种扭曲的方式极不明显，他们自己也无法看到或理解。伊莱，或许是环境让她扭曲，她却永远都无法真正看清这点。"

"我可以救她。"他说，"我可以让她判五年，却只需要在牢里待两年。"

"那我真庆幸，你不再当辩护律师了。"

"我也是。"沃尔夫沿着走廊而来时,他正好握紧了她的手。

"兰登。"

"警官。"

"我错了,但你看起来还不错。"

沃尔夫继续朝前走去,伊莱却转过身。"这就完了?你要说的就这么点?"

沃尔夫回头瞥了一眼。"嗯,就这些。"

"他很尴尬。"看到伊莱困惑地望向自己,阿布拉笑着说,"他虽然是个混蛋,但他也很尴尬。忘了他吧。记住,因果总有轮回。"

"我虽然不懂因果轮回,但我会努力忘掉他的。"

"很好。我们买些花送给赫斯特,也赶紧把这天大的好消息告诉你的家人。然后我们再回家,看看接下来会发生什么事。"

对于接下来的事,他已经有了一些想法。

※

他等了几天,让两人都慢慢消化这一切。生活已经恢复正常,他也不再需要媒体关于伊登·斯金德因林赛谋杀案被捕,或贾斯廷·斯金德因邓肯谋杀案被捕的报道来告诉他,事实就是如此。

他又有了自己的生活,却不再是之前的那种生活。对此,他十分满意。

他做了很多计划,其中的一些还是跟阿布拉一起完成的。七月四日,他们在布拉夫府举办了一场盛大的派对。他向她展示了安装电梯的初步计划。如此一来,奶奶回家后也能舒适地生活。

他还有一些尚未与她分享的计划。

因此,他耐心地等待着。遛狗、写作,和心爱的女人共度每一天,并开始用全新的眼光看待布拉夫府。

他选择了一个凉风习习的夜晚。日落后,一轮圆月如期而至。

她站在厨房岛前做着下周计划时，他也开始尽自己的职责——洗晚餐的盘子。

"我觉得，我要是稍微努把力，没准儿能在今年秋天加上尊巴舞课程。这舞不知怎的就流行起来了，我一定能考到资格证的。"

"嗯，你一定行。"

"瑜伽永远都是我的核心课程，但我也想加点其他选择，保持课程的新鲜感。"她站起身，把新的日程表钉在布告板上。

"说到新鲜感，三楼有些东西我想给你看看。"

"在通道里吗？你又想试试'海盗和小妞'了？"

"或许吧，但得先看看别的。"

"七月举行那场盛大派对时没能开放三楼，真是太糟糕了。"她边跟着他走，边说，"那里现在都还乱糟糟地堆满了东西。不过，兄弟，我们肯定能让那儿焕然一新！"

"或许某一天能行吧。"

"我向来喜欢'某一天'这种说法。"

"有意思，我也喜欢。不过，那得花上一段时间。"

他将她领进旧日仆人们的居住区。如今，这里摆了个装香槟的大桶。

"我们要庆祝什么吗？"

"我肯定做梦都想庆祝点什么。"

"我也喜欢庆祝。你这里放着蓝图！"她走到摊了一堆东西的桌前，仔细打量起来，"伊莱！你已经开始计划办公室了！噢，真是太好了。它一定会很棒的！你给阳台加了个室外出入口？好主意。如此一来，不仅进出方便，你还可以从屋里进阳台，然后坐到外面去思考。这些你怎么都没告诉我！"

她兴奋地转了一圈。

"它们都还是初步设想。我还想再确定一些，看看还能完善点什么，再拿给你看。"

"不管是不是初步设想，也够理由开瓶好酒了！"

"不够。"

"你还有更好的理由？"

"嗯，我的理由绝对比这好得多。你瞧，设计师并未给这片区域命名，就是从我们现在站的地方，到那头浴室的范围。我对他说只要把这块地方画出来就行，不用命名。"

"还有别的计划？"她一连转了两圈，"你能在这儿做的事太多了。"

"不，我不能，但你能。"

"我？"

"你可以拥有自己的瑜伽房了。"

"我的——噢，伊莱，你真是太好，太贴心了，但是——"

"听我把话说完。无论是你的客人，还是学员，都可以从阳台上进来。虽然这里是三楼，但该死的，他们不就是来锻炼的吗，所以爬爬楼梯也无妨。你要是想办高级瑜伽班之类的，屋里也有电梯。而且，这里还有片空间，可以作为你的按摩治疗室。我在北翼工作，那是一个私密空间，所以绝对不会受到这边的打扰。我已经问过奶奶的意见，她也觉得这点子很棒。所以，你完全可以拥有这里。"

"你考虑了不少啊。"

"嗯。而且都是为你，为我们，为布拉夫府，为……某一天考虑。你觉得怎么样？"

"伊莱！"她兴奋地转来转去，看看这儿，又看看那儿，"你实现了我的一个梦想，但——"

"你也可以礼尚往来，实现我的梦想！"

他在口袋里摸索了一阵，掏出一枚戒指。

"这不是我给林赛的那枚。我不想你那枚戒指，所以我问奶奶是否还能再给我一枚别的。这是枚老戒指，也是她非常喜欢，想要送给心爱的你的。我可以买一枚新的，但还是希望能给你一枚祖传的戒指，这样更有象征意义。你不是一向偏爱有意义的东西吗！"

"噢，天哪，天哪！"她激动地愣在当场，呆呆地盯着那枚完美的方形祖母绿戒指。

"我不想送你钻戒，太没新意。但无论如何，这枚戒指会让我想起你。想起你的眼睛。"

"伊莱！"她的手掌不住地在胸前磨蹭，仿佛只有这样才能维持住心跳一般，"我只是……我从未走到这一步，从没想过这种事。"

"那现在开始想吧。"

"我以为，我们只是要讨论让我搬进来，迈出新的一步，跟你正式同居。"

"行啊。如果目前我只能得到这个，那就这么办吧。我知道我们进展得有些快了，也知道我们才刚刚解决掉大麻烦。但那些事毕竟已经过去。阿布拉，我想娶你，我想跟你开始真正的新生活，跟你建立一个家庭，分享这片家园。"

他发誓，他能感觉到手中的戒指都要烧起来了，仿佛一簇火焰，又似旺盛的生命。"看着你，我就看到无数的'某一天'，看到将随它们而来的无数可能。虽然想马上开始，但我还是会等的。我会等，可你一定要知道，你不仅帮我找回了自己的生活，还帮我看到了我真正想要和能够拥有的那种生活。但无论如何，我想要的，是有你的生活。"

她的心没有停止跳动，而是涨得满满的。他身后的窗户在被落日染得粉红金黄一片之际，她凝望着他，心想：这就是爱。它就在这里，接受这份礼物吧！

"我爱你，伊莱。我相信自己的心，我已经学会这么做了。我觉得，爱是世上最强大，也最重要的事。而你，已经拥有了我的爱。我也想要你的。我相信，我们一定能努力过上我们想要的生活。我们可以一起开创那样的生活。"

"但你还想等等。"

"该死，当然不！"她笑着扑进他怀里，"噢，天哪！你就在这儿！我此生的挚爱就在这儿！"

她紧紧搂着他，吻上他的唇。这是两人做出承诺后的第一个吻，唇齿纠缠间，两人深深地沉沦了。

他的身子随着她摇摆，却始终将她搂得紧紧的。"再等下去我会死的。"

"有些幸福，你一定要牢牢抓住。"她伸出手，"正式一点吧！"当他把戒指套入她的手指，她再次抱住他，冲夕阳高高地举起了左手。"它真美！真温暖！"

"就像你一样。"

"我喜欢旧东西，它一定是你家的祖传之物。成为你的家人我真高兴！你什么时候找赫斯特要的戒指？"

"见完伊登·斯金德，我们带着花去看望她的时候。我无法，也不想在那事了结之前向你求婚。对我们来说，现在才是新生。阿布拉，接受这里，接受我，接受这一切吧。"

"接下来的一切，我们都会接受的。"她给了他一个温柔绵长，充满爱意的吻，"然后，我们还会创造更多。"

最后一抹余晖拂过她手上的戒指。戒指发出璀璨的光芒，正如世代以来，它在无数兰登家的女人手上时一样。

然后，它的光芒弱了下去，正如待在曾经那个铁箱里一般——那个随"卡吕普索"号残骸和精明船长一起被冲上威士忌海滩的铁箱。